Mainschatten

Anja Mäderer wurde 1991 in Gunzenhausen geboren und zog zum Studium nach Würzburg. Nach dem Staatsexamen unterrichtete sie an einer Schule für unbegleitete minderjährige Flüchtlinge und verbrachte anschließend ein Vierteljahr in Buenos Aires. Inzwischen lebt und schreibt sie wieder in Franken.

ANJA MÄDERER

Mainschatten

FRANKEN KRIMI

emons:

Bibliografische Information der Deutschen Nationalbibliothek
Die Deutsche Nationalbibliothek verzeichnet diese Publikation in der Deutschen Nationalbibliografie; detaillierte bibliografische Daten sind im Internet über http://dnb.d-nb.de abrufbar.

MIX
Papier aus verantwortungsvollen Quellen
FSC
www.fsc.org
FSC® C083411

Umschlagmotiv: Heinz Wohner/LOOK-foto
Umschlaggestaltung: Tobias Doetsch
Gestaltung Innenteil: César Satz & Grafik GmbH, Köln
Lektorat: Hilla Czinczoll
Druck und Bindung: CPI – Clausen & Bosse, Leck
Printed in Germany 2016
ISBN 978-3-95451-977-4
Franken Krimi
Originalausgabe
Die Zitate auf S. 7 und 133 stammen aus:
Juli Zeh, Corpus Delicti. Ein Prozess © Schöffling & Co. Verlagsbuchhandlung GmbH, Frankfurt am Main 2009

Für Paul, der an einem ganz normalen Tag in einem ganz normalen Bus in mein Leben gefahren kam und seitdem nicht mehr daraus wegzudenken ist

Teil 1

Der Mensch ist doch nur eine hübsche Verpackung für die Erinnerung.
Juli Zeh, »Corpus Delicti«

1

Drei, zwei, eins, zwei, eins, drei, zwei, eins, drei, zwei … Das Zählen hilft. Es hilft ihr dabei, das Haus zu verlassen. Es hilft, von einem Ort zum anderen zu kommen. Es hilft, die Zeit zwischen den bekannten Stationen zu überbrücken. Sie hat sich die Gedanken von früher zurechtgelegt, die normalen Gedanken. Auf diesen ausgetretenen Pfaden kann sie balancieren. Beim Metzger, wenn ihr Blick auf die fleckige Schürze der Verkäuferin fällt, denkt sie jedes Mal: Hoffentlich fasst sie meinen Wurstaufschnitt nicht mit der Hand an. Danach kann sie das Geld abzählen und einen schönen Feierabend wünschen, egal wie spät es ist.

Wenn sie wieder auf der Straße steht, beginnt das Zählen erneut, bis sie am Park angelangt ist. Dort füttert sie die Enten mit altem Brot und fragt sich: Ist das überhaupt gesund für die Tiere? Sie bleibt so lange stehen, bis jede Ente und jeder Erpel sein Stückchen bekommen hat, denn sie kennt ja inzwischen jeden Einzelnen. Danach zählt sie weiter bis zum Supermarkt, wo sie ihre Liste hervorholt und alles in den Wagen stapelt, wo sie manchmal viel zu viel kauft und manchmal viel zu wenig.

Sie muss ihre Gedanken beschäftigt halten. Denn in der kleinsten Pause, wenn sie das Zählen vergisst, dann pocht ein Name an die Oberfläche ihrer Wahrnehmung. Ein Name, der eigentlich nicht mehr existiert. Und mit dem Namen kommen Bilder und eine Stimme, die singt und flüstert und quasselt und bockt und trällert und schreit. Dann kommen Erinnerungen und eine Bewegung, die erste, und ein Geruch. Und dann kommt die Stille.

In die Stille hinein schleicht sich der Schmerz. Er zwingt sie, stillzustehen, auf die Stimme zu hören und zu begreifen. Danach kann sie nicht mehr weiter. Sie muss nach Hause laufen, nach Hause rennen und den Schmerz so lange zurückdrängen, bis sie allein ist. Dann erst darf sie rufen und eine Suche beginnen, die kein Ende findet und nie eines finden wird.

***

Es war Sonntag, sieben Uhr dreißig, als das Handy klingelte. Nadja Gontscharowa drehte sich unwillig im Bett herum und tastete nach dem Nachttischchen, wo sie es vermutete. Dabei stießen ihre Finger gegen ein Glas, das umkippte und einen Schwall Wasser über die Matratze ergoss.

Nadja fuhr hoch und suchte schimpfend nach einer Packung Taschentücher, um die Flut einzudämmen. Das Telefon klingelte weiter. Seufzend tappte sie zu dem einzigen Stuhl, der neben mehreren halb leeren Umzugskartons im Zimmer stand, und schnappte sich die über der Lehne hängende Jeans. Als sie das Handy aus der Hosentasche zog, kam ihr das Klingeln gleich doppelt so laut und mindestens fünfmal so nervig vor. Wieder einmal nahm sie sich vor, einen harmonischeren Klingelton einzustellen.

»Nadja Gontscharowa, hallo?«, meldete sie sich mit einem Räuspern, um ihre verschlafene Stimme zu kaschieren.

»Ah, habe ich Ihren Schönheitsschlaf unterbrochen, Verehrteste? Ich bin untröstlich, man könnte auch sagen, am Boden zerstört. Zerknirscht und mit tief gesenktem Büßerhaupt wage ich es dennoch, für einige Minuten Ihre Aufmerksamkeit aus den schönsten Träumen heraus an mich zu reißen.«

Nun gähnte Nadja ungeniert. »Kommen Sie zum Punkt, Professor«, sagte sie, angelte ihre Hausschlappen unter dem Bett hervor und schlurfte mit dem Handy am Ohr ins Badezimmer.

Während Lars Nauke zu weitschweifigen Erklärungen ausholte, musterte Nadja ihr Spiegelbild. Es war eindeutig von Vorteil, dass sie die Augen noch immer halb geschlossen hatte, so konnte sie sich einbilden, bei ihrem bleichgesichtigen Gegenüber handle es sich um eine optische Täuschung. Sie selbst sah auf keinen Fall so fertig aus. Sie war kaum Mitte dreißig, trieb viel Sport, rauchte nicht und ernährte sich gesund. Zumindest ab und zu. Wenn sie Zeit hatte.

Mit schlechtem Gewissen dachte sie an die letzten Wochen zurück, während derer sie sich hauptsächlich von Burgern, Pizza, Leberkässemmeln und Schmalzgebäck ernährt hatte. Aber seit Hauptkommissar Karlheinz Bär, ihr Vorgesetzter, wegen eines Herzinfarkts ausgefallen war und Nadja ihn vertreten musste, schien ihr die Zeit nur so davonzulaufen. Als stellvertretende

Leiterin des Würzburger K1 konnte sie nicht einfach um fünf nach Hause gehen und sich ein ausgewogenes Abendessen kochen. Meistens saß sie dann noch am Computer, brütete über Protokollen oder versuchte, der wachsenden Flut von E-Mails Herr zu werden.

Nadja realisierte, dass Lars Nauke seinen Redefluss unterbrochen hatte und nun ein belustigtes Schnauben von sich gab.

»Was?«, fragte sie verwirrt. »Sie müssen deutlicher sprechen. Wenn Sie so nuscheln, versteht man ja kein Wort.« Die Kommissarin konnte sein Grinsen richtiggehend erahnen.

»Aber Frau Gontscharowa, warum haben Sie so große Ohren?«, fragte der Rechtsmediziner mit verstellter Stimme.

Nadja seufzte. Lars Nauke war einer der brillantesten Köpfe, den sie kannte, aber leider auch der kindischste. Und eine weitere seiner schlechten Eigenschaften war die grässlich gute Laune am frühen Morgen. Er würde nicht eher Ruhe geben, bis sie sein Spielchen mitmachte. »Damit ich Sie besser hören kann«, erwiderte sie also brav.

»Sehr schön, also sperren Sie Ihre wohlgeformten Öhrchen mal hübsch auf und geben Sie gut Acht. Ich habe hier eine ziemlich tote Leiche vor mir liegen. Und da stinkt was zum Himmel, natürlich rein metaphorisch gesprochen. Will sagen, die Leiche ist ermordet worden, als sie noch keine Leiche war. Und da Kriminalhauptkommissar Bär noch nicht wieder einsatzfähig ist, dürfen Sie wohl die Ermittlungen leiten. Na, freuen Sie sich?«

Er klang so wohlwollend, als hätte er seiner Lieblingsnichte gerade ein rosa Pony zum Geburtstag geschenkt. Nur dass in diesem Fall das Pony aus einem Mordopfer bestand. Nadja kippte Mundwasser in einen Zahnputzbecher, nahm einen Schluck und gurgelte laut und vernehmlich. Sie hoffte, Professor Nauke würde den Wink mit dem Zaunpfahl verstehen und sich jetzt etwas kürzer fassen. Doch weit gefehlt.

»Was ist denn bei Ihnen los? Gibt es einen Rohrbruch? Soll ich vorbeikommen? Ich könnte in fünf Minuten da sein«, bot er an.

Nadja verschluckte sich vor Schreck an der Mundspülung und bekam einen Hustenanfall.

Lars Nauke schien zu lauschen, dann sagte er ungerührt: »Ah, dann sind Sie jetzt also endlich wach, und ich kann zur Sache kommen. Wie heilsam so ein kleiner Schock am Morgen doch sein kann. Und hören Sie auf, in mein Ohr zu husten. Das kommt davon, wenn Sie so ungezogen sind und Ihre Morgentoilette beim Telefonieren erledigen.«

Nadja gab sich geschlagen und ging zurück ins Schlafzimmer, wo sie einen zerknitterten Block unter einem Berg Wäsche hervorkramte und sich damit aufs Bett setzte. »Okay, alles bereit. Schießen Sie los«, sagte sie und zog sich die Bettdecke über die Füße.

Lars Nauke erklärte: »Es geht um den Tanzschultoten. Der Fall sah ja zuerst recht eindeutig aus, also sind wir von einem Unfall ausgegangen. Das Opfer heißt Sebastian Dreher, achtundzwanzig Jahre alt, Tanzlehrer. Er ist der Sohn von den Drehers, diesem Tänzerehepaar, Sie wissen schon.«

»Nein, weiß ich nicht«, antwortete Nadja. Sie bildete sich ein, vor dem Leichenfund noch nie etwas von der Familie gehört zu haben.

Lars Nauke seufzte, als hätte er es mit einer besonders langsamen Schülerin zu tun. »Ich vergesse immer, dass Sie ja keine echte Würzburgerin sind, sondern eine ›Zugroaste‹«, sagte er gönnerhaft und unterschlug dabei geflissentlich die Tatsache, dass er ebenfalls ein »Zugroaster« war, wenn er nun auch schon ziemlich lange in Würzburg lebte.

Dann bequemte er sich zu erklären: »Die Drehers sind die Besitzer unserer ältesten und renommiertesten Tanzschule. Yvonne Dreher war früher Turniertänzerin, hat sogar bei den Deutschen Meisterschaften teilgenommen, soweit ich weiß. Ihr Mann ist eher der gemütliche Typ. Es heißt, er stehe ziemlich unter dem Pantoffel, ist aber auch ein guter Tanzlehrer. Und Sebastian ist vor ein paar Jahren in das Familienunternehmen mit eingestiegen.«

»Das ist ihm anscheinend nicht gut bekommen«, murmelte Nadja.

»Wach gefallen Sie mir gleich viel besser«, antwortete Lars Nauke nur.

»Aber Sie haben mir doch vor drei Tagen noch erklärt, dass er zuckerkrank war. Wie hatten Sie das so schön formuliert: Er ist zuerst in den Unterzucker gefallen und dann die Treppe runter. Und war die Tür zur Tanzschule nicht sogar verschlossen, als die Putzfrau morgens kam und die Leiche fand? Der Mörder müsste ja irgendwie hinein- und hinausgekommen sein. Das fanden wir zuerst alle nicht sehr wahrscheinlich. Aber jetzt haben Sie eine andere Theorie entwickelt?«

Nun war es an Professor Nauke, sich zu räuspern. Er machte selten Fehler, und wenn doch, dann gab er sie ungern zu.

»Also der genaue Ablauf war nicht so ganz klar. Sebastian Dreher war Diabetiker Typ 1, musste sich also regelmäßig Insulin spritzen. Aber ob er wegen der Hypoglykämie überhaupt erst gestürzt ist oder zuerst den Unfall hatte und im bewusstlosen Zustand dann hypoglykämisch wurde, das ist eine schwierige Frage. Ich tendiere zum Letzteren. Die Sturzverletzungen waren jedenfalls nicht tödlich, das kann ich mittlerweile mit Sicherheit sagen.«

Nadja seufzte. Sie war eindeutig noch nicht wach genug, um Naukes Fachchinesisch deuten zu können. »Ehrlich gesagt, verstehe ich das Problem nicht ganz. Wie kommen Sie darauf, dass es sich um einen Mord handeln könnte?«

»Die Frage ist, warum er überhaupt in den Unterzucker gefallen ist! Diabetiker sind ab einem gewissen Alter meist ziemlich gut eingestellt, was die Insulinzufuhr anbelangt. Sie wissen, wann sie wie viel spritzen müssen, um weder hypo- noch hyperglykämisch zu werden. Stellen wir uns mal vor, dass er die Treppe herunterfiel – warum auch immer – und danach bewusstlos war. Nun würde man eigentlich erwarten, dass sein Zuckerwert bis zum nächsten Morgen ansteigt, da er nicht fähig ist, das nötige Insulin zu spritzen, wie er es sonst jeden Abend tut. Überzucker – also Hyperglykämie – ist auf Dauer auch gefährlich, aber eindeutig nicht so tödlich wie der Unterzucker, auch Hypoglykämie genannt. Genau dieses Szenario ist aber nicht eingetreten. Dreher war unterzuckert. Meine Vermutung ist deshalb, dass da jemand nachgeholfen hat. Jemand hat ihm eine so hohe Dosis Insulin verabreicht, dass er ins Koma fiel und starb.«

Nadja schwieg. Sie versuchte sich ins Gedächtnis zu rufen, wie das noch mal genau funktionierte mit Diabetikern und ihrem Insulin. Sie hatte eine Schulfreundin gehabt, die auf dem Heimweg einmal ohnmächtig geworden war. Das hatte am Unterzucker gelegen.

Sie glaubte nicht, dass sie das jetzt am Telefon so weit verstanden hatte, dass sie es den anderen Kommissaren erklären konnte. Also sagte sie: »Das verändert die Sachlage natürlich erheblich. Wir treffen uns in einer halben Stunde im K1. Ich trommele die Mannschaft zusammen, und Sie erklären dann noch einmal ganz genau, woran der Mann gestorben ist und wie Sie darauf kommen, dass ein Verbrechen vorliegt. Einverstanden?«

Lars Nauke seufzte: »Könnte der Berg nicht mal zum Propheten kommen? Ich habe es so gemütlich hier in meinem Institut.«

Nadja tröstete ihn: »Ich koche Ihnen auch einen extrastarken Kaffee, Professor! Und außerdem haben Sie sich schon länger nicht mehr bei uns blicken lassen, Gretchen hat sich schon Sorgen um Sie gemacht.«

Nauke brummelte noch ein wenig, klang aber durchaus geschmeichelt. Nadja beendete das Gespräch mit dem deutlichen Gefühl, dass ein langer Tag vor ihr lag.

Als die Kommissarin das Haus verließ, hing Nebel über dem Boden und verdeckte die Straßenbahnschienen. Sie fröstelte unwillkürlich, zog ihren grauen Mantel enger um sich und versteckte die Nase im Wollschal. In den letzten Tagen war es spürbar kälter geworden. Der goldene Herbst schien sich verabschiedet zu haben und war einem ungemütlichen November gewichen.

Sie stieg in ihren zweifarbigen Renault Captur und drehte zunächst die Heizung auf. Wahrscheinlich würde sie schon bald frühmorgens die Scheiben kratzen müssen, wenn das so weiterging. Sie sollte wenigstens regelmäßig den Wetterbericht anschauen, damit sie vom Wintereinbruch nicht überrascht wurde.

Mit kalten Fingern lenkte sie ihr Auto auf die Nordtangente und fuhr den mittlerweile vertrauten Weg in Richtung Zellerau. Die Würzburger Kriminalpolizeiinspektion mit all ihren schrägen Vögeln war ihr wirklich ans Herz gewachsen. Die Kommissare Neumann, Heideckert und Braun hatten sie insgesamt sehr herzlich aufgenommen. Die Zusammenarbeit funktionierte immer besser, und an guter Laune mangelte es normalerweise auch nicht.

»Gretchen«, die mütterliche Sekretärin Grete Morungen, hegte eine wöchentlich wechselnde Zuneigung für einen der Beamten. Ihr jeweiliger Favorit wurde eine Zeit lang mit selbst gestrickten Socken, Kuchen und Bonbons verwöhnt, bis ihr ein anderer Kandidat aussichtsreicher erschien.

Und dann war da noch Peter, Nadjas langjähriger Partner im Polizeidienst und ihr bester Freund. Sie waren gemeinsam von Nürnberg nach Würzburg gewechselt, und hier hatte Nadja mit Peters Hilfe ihren ersten Mordfall gelöst. Ein Fall, der ihr auch heute noch manchmal nachhing, da er gleich zwei Menschenleben gekostet hatte.

An diesem Punkt angelangt, schaltete Nadja das Radio ein und verbot sich energisch, an den vergangenen Sommer zurückzudenken. Sie hatte neben den beruflichen Herausforderungen auch mit privaten Problemen zu kämpfen gehabt und war sich nach wie vor nicht sicher, ob dies ihre Professionalität nicht beeinträchtigt hatte. Im Vergleich dazu ging es ihr jetzt deutlich besser. Seit sie ihren Chef vertrat, hatte sie nämlich überhaupt kein Privatleben mehr. Dafür fehlte schlicht und einfach die Zeit.

Nadja hielt an einer Ampel an und hörte mit einem Ohr den Radionachrichten zu. Ihre Gedanken versuchte sie auf Lars Naukes Anruf zu konzentrieren. Wenn seine Vermutung stimmte, dann mussten sie es hier mit einem äußerst kaltblütigen Mörder zu tun haben. Einem, der den Tod seines Opfers in aller Ruhe abgewartet und sein Verbrechen anschließend geschickt getarnt hatte.

Die Ampel wurde grün. Nadja trat das Gaspedal etwas zu heftig durch, sodass das Auto einen Satz nach vorn machte. Sie beschleunigte und fuhr mit überhöhter Geschwindigkeit Richtung Kommissariat. Sie hatte plötzlich das Gefühl, keine Zeit verlieren zu dürfen.

2

Manche Tage sind so schlimm, dass sie im Bett bleibt. Sobald sie die Augen aufschlägt, weiß sie, dass es nicht gehen wird. Dass sie nicht aufstehen kann, dass sie die Kraft dazu nicht findet. Dann bewahrt sie nur die hellgrüne Wand davor, aus der Realität herauszufallen. Alles zerfließt. Sie kann nicht sagen, ob der Boden nicht plötzlich abschüssig wird, wenn sie ins Badezimmer gehen möchte. Sie erträgt den Stoff des Nachthemdes nicht mehr auf der Haut. Sie schaut in den Spiegel und findet niemanden darin. Niemanden, den sie kennt. Die Uhr tickt, ohne dass die Zeit vergeht. Der Tag fließt träge dahin. Die Schatten auf der Zimmerwand verfinstern sich und werden zu tiefen, lauernden Höhlen.

Das Licht kann sie nicht einschalten. Sie bringt es nicht über sich, den Arm zu heben. Und um Hilfe rufen kann sie auch nicht.

***

Die Würzburger Kriminalpolizeiinspektion war direkt an einer dicht befahrenen Kreuzung in einem mehrstöckigen Ziegelbau untergebracht. Jetzt am frühen Sonntagmorgen gab es zum Glück nur wenig Verkehr, und Nadja brauchte keine entgegenkommenden Autos zu fürchten, als sie mit quietschenden Reifen auf den Parkplatz einbog. Im Laufschritt eilte sie auf das Gebäude zu, grüßte den Wachmann am Eingang und stieg die Treppe in den ersten Stock zum K1 hinauf. Zu ihrer Abteilung – zumindest war sie das, solange ihr Chef krankgeschrieben war.

Gretchen saß nicht an ihrem Platz, sodass Nadja sofort den Besprechungsraum ansteuerte. Sie hörte Stimmengemurmel von drinnen und öffnete die Tür, ohne anzuklopfen. Ihr Blick fiel zuerst auf Peter. Er sah so müde aus, wie sie sich fühlte. Allerdings schien er auch wütend zu sein. In diesem Moment rief er laut: »Auf gar keinen Fall, das ist viel zu gefährlich!«

Was ist viel zu gefährlich?, wollte Nadja fragen, doch sie bemerkte, dass Peter bei ihrem Anblick verstummte und auch die übrigen Anwesenden ihre Gespräche einstellten. Alle Blicke waren auf Nadja gerichtet, als sie zu ihrem Stammplatz lief, ihre Jacke und die Tasche über die Stuhllehne warf und fragte: »Gibt's Kaffee?«

Überraschenderweise war es Viktor de Mancini, der aufstand, etwas Pulver mit Wasser anrührte und ihr die Tasse reichte. Der Staatsanwalt war mit silbergrauem Anzug und Krawatte wie immer tadellos gekleidet. Sein Scheitel wirkte wie mit einem Rasiermesser gezogen. Nadja hatte den Verdacht, dass er nachts gar nicht wirklich schlief, sondern jedes störrische Härchen einzeln entfernte und die Bügelfalten seiner Anzughose mit dem Lineal abmaß.

Was die Kaffeequalität anbelangte, hatte er als gebürtiger Italiener einen gewissen Anspruch und betonte oft genug, er würde lieber sterben, als Instantkaffee zu trinken. Anscheinend drückte er heute ein Auge zu.

Nadja nahm einen vorsichtigen Schluck, befand ihn als viel zu stark und stellte die Tasse schnell auf dem Tisch ab. Dann blickte sie in die Runde um.

Obwohl sie nicht gerade getrödelt hatte, waren fast alle anderen schon versammelt.

Neben Staatsanwalt Mancini saß Steffen Neumann, ein gut aussehender Mittdreißiger, dessen Sportlichkeit Nadja vor einigen Monaten auf beeindruckende Weise demonstriert bekommen hatte. Neumann hatte einen Hund aus dem Main gerettet und sich im Alleingang in die Ermittlung gestürzt, bis er die Schuldigen gefunden hatte. Dabei gehörte Tierquälerei gar nicht zu seinem Aufgabenbereich. Seit der gemeinsamen Rettungsaktion hielt Nadja große Stücke auf ihn, auch wenn sie als seine Vorgesetzte sein eigenmächtiges Handeln eigentlich nicht gutheißen durfte.

Die kühle Arroganz Mancinis schien Neumann etwas auf die Laune zu drücken. Vielleicht lag es aber auch an der Abwesenheit seines Lieblingskollegen Maximilian Braun, dass er so wortkarg am Tisch saß. Braun und Neumann verbrachten einen Großteil der Zeit damit, sich gegenseitig aufzuziehen. Wäre Braun nicht deutlich korpulenter, hätte man die beiden für Zwillinge halten können. Zwillinge, die sich täglich Streiche spielten und sogar das

Pausenbrot teilten. Doch Braun war an diesem Wochenende aus privaten Gründen entschuldigt, und so wirkte Neumann tatsächlich etwas verloren.

Nadja hoffte, dass er seine gute Laune schnell zurückgewinnen würde. Als Chefin der Ermittlungsgruppe war sie auf motivierte, ideenreiche und aktive Kollegen angewiesen. Sonst konnte sie gleich aufgeben. Erwartungsvoll richtete sie den Blick auf Kurt Heideckert. Vielleicht konnte er heute die Rolle des Stimmungsmachers übernehmen?

Doch dem dritten der alteingesessenen Würzburger Kommissare sah man die zu kurze Nacht am deutlichsten an. Er ging auf die sechzig zu, und die Tränensäcke unter den Augen verliehen ihm ein trauriges Aussehen. Er hatte sich natürlich neben Professor Nauke gesetzt und kritzelte eifrig in seinem Notizbuch herum.

Nadja musste ein Lächeln unterdrücken, als sie ihn beobachtete. Heideckerts Interesse für Medizin war im Präsidium wohlbekannt. Und ebenso, wer sein großes Vorbild war. Er suchte und fand ständig Gelegenheiten, um Lars Nauke, seinem Halbgott in Weiß, Fragen zu stellen. Anscheinend hatte der ihm soeben neues Material geliefert und sich dadurch eine Ruheminute erkauft. Nauke nutzte sie, um sich im Stuhl zurückzulehnen und Nadja anzulächeln. In Gedanken noch bei seinem Weckruf, lächelte Nadja leicht säuerlich zurück.

Nadja nippte noch einmal an ihrem Kaffee. Ihr Blick wanderte weiter zu Peter, der auf Professor Naukes anderer Seite saß. Seine braunen Haare waren verstrubbelt, und er blickte mit düsterem Gesicht auf die Tischplatte. Sie fragte sich, worüber die Kollegen vor ihrem Eintreffen gesprochen hatten. Was es auch war, es schien Peter stärker zu beschäftigen als die anderen.

Sie eröffnete das Meeting, indem sie die Kollegen begrüßte und sich bedankte, dass alle so schnell gekommen waren. »Kommissar Braun fährt erst morgen zurück. Er ist auf einer Beerdigung in Dortmund«, erklärte sie seine Abwesenheit. »Aber weiß jemand etwas von Widukind?«

Nadja hatte den Leiter der Spurensicherung gern bei den Besprechungen dabei. Er war ein etwas seltsamer, aber sehr liebenswerter Mensch. Wenn Widukind Bruggner sich jemandem vorstellte, betonte er stets, dass er es mit seinem Vornamen noch schlimmer hätte treffen können. Seine Schwestern hießen Berthrada und Wulfhild. Den Namen eines sächsischen Herzogs zu tragen, der sich zehn Jahre lang gegen Karl den Großen behauptet hatte, erschien dagegen etwas humaner.

»Ich habe vorhin kurz an seine Tür geklopft. Er meinte, er kommt gleich nach, muss nur noch schnell etwas überprüfen«, meldete sich Neumann zu Wort.

Nadja nickte ihm zu. »Dann warten wir noch fünf Minuten. Wer will inzwischen einen Kaffee?«

Niemand meldete sich. Anscheinend hatten einige von ihnen Mancinis Gebräu getestet und für untrinkbar befunden, wovon die halb vollen Tassen auf dem Tisch zeugten.

Mancini bedachte Nadja mit seinem Haifischlächeln. Sie konnte sogar seine spitzen Eckzähne sehen. Zu gern hätte sie gewusst, warum er heute so gut gelaunt war und sich vor allem ihr gegenüber so freundlich gab. Normalerweise widmete er seine Aufmerksamkeit Peter, der seine kulturellen Interessen teilte und schon des Öfteren mit ihm über Dante und Boccaccio gefachsimpelt hatte.

Nadja hatte immer geglaubt, in Mancinis Verhalten eine gewisse Herablassung spüren zu können. Nicht, dass er unhöflich gewesen wäre, aber er ließ sie doch recht schnell merken, dass er ihr über die unmittelbare Zusammenarbeit hinaus wenig Sympathien entgegenbrachte.

In diesem Moment klopfte es, und Widukind Bruggner betrat den Raum. Wie immer umgab den Leiter der Spurensicherung ein Anflug von Chaos. Er war über einen Meter neunzig groß, dabei sehr dünn, und trug mit Vorliebe Pullis, die an den Ellenbogen ausgebeult waren. Seine langen Haare waren zu einem Pferdeschwanz gebunden.

»Guten Morgen, allerseits!« Widukind wirkte etwas nervös, als er sich durch die dicken Brillengläser, eingerahmt von einem breiten dunkelgrünen Gestell, in dem voll besetzten Raum umblickte. Er war kurzsichtig, betonte aber, dass ihn das besonders zu seiner Arbeit befähige, weil er von klein auf immer ganz genau hinschauen musste, deswegen übersehe er so selten etwas. »Entschuldigt die Verspätung. Mir kam eine Idee, als Nadja angerufen hat, deshalb wollte ich vor dem Meeting noch schnell was überprüfen.«

»Kein Problem«, »Schon okay«, »Mach man«, tönte es aus verschiedenen Ecken. Widukind war beliebt, gerade auch wegen seiner für Polizisten so untypischen Schüchternheit.

Er durchquerte rasch den Raum und ließ sich auf dem leeren Stuhl zwischen Nadja und Mancini nieder. Nadja wartete, bis er es geschafft hatte, seine langen Beine unter dem Tisch zu verstauen, dann räusperte sie sich.

»Im Groben wissen Sie ja schon, worum es geht. Der Tanzlehrer Sebastian Dreher ist vor drei Tagen tot in der Tanzschule seiner Eltern aufgefunden worden. Er selbst hat auch dort gearbeitet. Er lag am Fuße einer recht steilen Treppe, die in den Kostümkeller hinunterführt. Die Sturzverletzungen waren jedoch nicht tödlich, das hat mir Professor Nauke bereits verraten.« Sie nickte Lars Nauke zu. »Professor, Sie können anfangen.«

Nauke stand auf und schrieb eine Zahl an das Whiteboard: »50 mg/dl«.

»Sebastian Dreher litt wie ungefähr vierhunderttausend andere Menschen in Deutschland an Typ-1-Diabetes, einer Krankheit, bei der das körpereigene Immunsystem diejenigen Zellen angreift, die Insulin produzieren. Die Insulinproduktion fällt infolgedessen aus, der Blutzuckerspiegel steigt. Das hängt damit zusammen, dass der Körper ohne Insulin nicht fähig ist, den mit der Nahrung aufgenommenen Zucker aus dem Blut in die Zellen zu transportieren.«

Heideckert hatte alles in seinem Notizbuch mitnotiert. Nun meldete er sich und fragte: »Was für Folgen hat ein zu hoher Blutzuckerwert denn?«

»Er schädigt auf Dauer Blutgefäße, Nerven und zahlreiche Organe. Patienten mit Typ-1-Diabetes müssen ihr Leben lang mehrmals täglich Insulin spritzen, das hat auch Sebastian Dreher getan. Und hier wird es interessant: Diesmal war die Dosis tödlich hoch oder anders gesagt: hoch tödlich. Er ist an Unterzucker gestorben statt an den Folgen des Sturzes. Wenn der Zuckergehalt im Blut unter fünfzig Milligramm pro Deziliter fällt, dann wird es gefährlich. Die Unterzuckerung kann Bewusstlosigkeit oder sogar einen Herzinfarkt auslösen. Der Patient wird komatös, und ohne ärztliche Hilfe stirbt er.«

Neumann hob die Hand: »Meine Oma hatte auch Diabetes. Sie hat mir erzählt, dass sie weniger spritzen muss, wenn sie schwimmen geht, weil der Körper beim Sport von selbst mehr Zucker verbraucht. Kann es nicht sein, dass Sebastian Dreher sich nach dem Tanztraining die normale Dosis gespritzt hat und nicht daran dachte, dass gar nicht so viel nötig war?«

Lars Nauke nickte ihm zu. »Es ist zwar richtig, dass körperliche Anstrengung Auswirkungen auf unseren Zuckerhaushalt hat, aber unser Opfer hat schon seit Jahren als Tanzlehrer gearbeitet. Er muss sehr genau gewusst haben, wann er sich wie viel Insulin spritzen musste. Eine Überdosierung, die zum Tod führt, ist versehentlich kaum möglich.«

Nadja setzte sich aufrechter hin. Sie versuchte, sich mögliche Szenarien auszumalen und in Worte zu fassen.

»Professor, ich finde Ihre Ausführungen sehr einleuchtend, aber ich habe dennoch eine Frage: Könnte es sich nicht einfach um eine Verkettung unglücklicher Umstände handeln? Angenommen, Sebastian Dreher hat härter trainiert als an anderen Tagen und insgesamt weniger gegessen, dann wäre die normale Insulindosis wahrscheinlich schon etwas zu viel gewesen. Nehmen wir außerdem an, dass er sich an dem bewussten Abend mehr gespritzt hat als sonst, zum Beispiel, weil er vorhatte, gleich noch in die Pizzeria zu gehen und eine Riesenportion Tiramisu zu essen.«

Widukinds Magen knurrte hörbar, woraufhin er schnell eine Hand auf den Bauch legte und entschuldigend lächelte.

Nadja fuhr fort: »Aber Sebastian kommt nie in der Pizzeria an, weil er die Treppe hinunterfällt und nicht mehr fähig ist, jemanden zu Hilfe zu holen. Also isst er auch nichts, sodass das frisch gespritzte Insulin den extremen Unterzucker herbeiführt. Wäre das nicht eine denkbare Konstellation?«

Lars Nauke strich sich über den Bart. »Denkbar, aber da hätte Meister Zufall schon sehr stark seine Hände im Spiel haben müssen. Wie gesagt, ich bin der Meinung, dass bei einem so niedrigen Blutzuckerspiegel jemand nachgeholfen haben muss.«

Ein leises Räuspern unterbrach die Diskussion. Mancini, emotionslos wie immer, meldete sich zu Wort: »Ich denke, Sie sollten da zunächst einmal mit den Eltern reden. Sie werden wohl am besten gewusst haben, wie gut ihr Sohn mit seiner Krankheit zurechtkam und ob er in der Vergangenheit schon einmal Über- oder Unterzucker hatte.«

Nadja fühlte sich angegriffen. »Das auf jeden Fall, ja, ich hätte nur gern etwas Konkreteres in der Hand, bevor ich die Drehers mit dem Verdacht auf Mord konfrontiere.« Sie schaute in die Runde, als erwarte sie Hilfe von ihren Kollegen. Peter wich ihrem Blick nach wie vor aus, was sie langsam etwas beunruhigend fand.

»Was noch dazukommt«, fuhr Lars Nauke fort, »ist, dass bei Sebastian Dreher ein erhöhter Alkoholspiegel nachgewiesen werden konnte. Mit null Komma acht Promille war er zum Zeitpunkt des Todes zumindest angetrunken. Ich möchte hinzufügen, dass man als Diabetiker mit Spirituosen vorsichtig umgehen sollte. Wenn die Leber mit dem Abbau von Alkohol in Anspruch genommen ist, dann kann sie bei einer möglichen Unterzuckerung nicht regulierend eingreifen. Kombiniert mit einer Überdosis Insulin kann das sehr gefährlich werden. Wie gefährlich, haben wir in unserem Fall gesehen.«

Heideckert streckte den Finger in die Luft. Als Lars Nauke ihm ermunternd zunickte, fragte er: »Was meinen Sie, Herr Professor, können wir davon ausgehen, dass der Mörder medizinische Kenntnisse besitzt?«

»Wenn es überhaupt einen Mörder gibt, wie gesagt …«, warf Steffen Neumann ein.

Lars Nauke bedachte ihn mit einem bösen Blick und wandte sich an Heideckert: »Leider können wir davon nicht unbedingt ausgehen. Zwar scheint der Täter zumindest medizinische Grundkenntnisse zu besitzen, aber ich bin mir sicher, dass man das alles heutzutage genauso gut aus dem Internet erfahren kann wie in einem Studium oder einer Ausbildung.«

»Also ich könnte mit etwas noch Konkreterem dienen.« Es war Widukind Bruggner, der die Spannung auflöste. Wieder wandten sich alle Gesichter ihm zu.

»Als Nadja heute früh am Telefon erzählt hat, dass es um eine tödliche Dosis Insulin geht, bin ich noch schnell im Labor vorbei. Professor Nauke hat ja schon am Tatort gesagt, dass er vermutet, das Opfer sei an Unterzucker gestorben. Deshalb haben wir die Spritzen, die wir in Sebastians Sporttasche oben in der Tanzschule gefunden haben, natürlich mitgenommen. Wir hatten es noch nicht geschafft, alle genau zu untersuchen, aber ich habe gerade noch schnell die Fingerabdrücke überprüft.«

»Jetzt sagen Sie nicht, eine davon trägt noch andere Fingerabdrücke als die des Toten?«, fragte Neumann gespannt.

»Das nicht, aber an einer der leeren Ampullen konnte ich gar keine Abdrücke sicherstellen. Die hat jemand sehr sorgfältig abgewischt.«

Ein Raunen ging durch den Raum.

»Verdammt, das ist gut! Das ist was Handfestes«, rief Nadja. Sie spürte, wie die Müdigkeit von der Spannung abgelöst wurde, die ein neuer Fall unweigerlich mit sich brachte. Es galt, einen Mörder zu finden. Und diesmal wussten sie sogar schon, wo sie anfangen sollten, in der Tanzschule nämlich.

»Jetzt erklärt mir bitte noch mal jemand, was es mit dieser verschlossenen Tür auf sich hatte. Wer hat die Aussagen aufgenommen?«

Steffen Neumann meldete sich. Er zog einige zusammengeknüllte Zettel aus seiner Hosentasche, glättete sie rasch und erklärte nach einem Blick darauf: »Also, ich habe mit der Putzfrau gesprochen, die Sebastian Dreher am Donnerstag tot aufgefunden hat. Bei der Befragung hat sie erklärt, dass die Eingangstür zwar zufällt, aber man muss sie aktiv abschließen, damit man sie nicht einfach wieder aufdrücken kann. Normalerweise bleibt die Tür tagsüber unverschlossen, da sowieso immer jemand im Gebäude ist und die Leute ständig kommen und gehen. Erst abends nach dem letzten Tanzkurs wird abgesperrt.«

Er hob kurz den Blick von seinen Notizen. »Ich habe dann natürlich gefragt, warum die Tür denn abgeschlossen war, wenn Sebastian Dreher am Mittwochabend doch offensichtlich länger in der Tanzschule geblieben ist.«

»Ja, das würde mich allerdings auch interessieren«, warf Widukind Bruggner ein.

»Also, es ist folgendermaßen: Wenn einer der Tanzlehrer abends länger in der Tanzschule bleibt, um sich um die Buchhaltung zu kümmern oder sonst was zu machen, dann schließt er unten trotzdem ab. Sonst könnte ja jederzeit jemand hereinspazieren. Und das scheint den Drehers zu gefährlich zu sein. Immerhin gibt es dort ja auch eine Getränkekasse.«

Peter sprach die Schlussfolgerung, die sich daraus ergab, laut aus: »Sebastians eigenen Schlüssel haben wir in seiner Hosentasche gefunden. Das heißt, dass der Mörder ebenfalls einen Schlüssel gehabt haben muss. Er hat sich alle Mühe gegeben, einen Unfall vorzutäuschen. Als er den toten Sebastian zurückließ, hat er ganz normal abgesperrt.«

Der klassische Fall eines Toten in einem verschlossenen Raum. Diesmal half es vielleicht, den Kreis der Verdächtigen von Anfang an klein zu halten. Gleich nach dem Meeting würde Nadja überprüfen lassen, wer einen Schlüssel zur Tanzschule besaß und wo diese aufbewahrt wurden.

»Das sollten Sie auch noch mal verifizieren, Frau Gontscharowa. Fangen Sie mit den Eltern an?«, fragte Mancini.

Nadja nickte.

»Gut, gehen Sie behutsam vor. Die Drehers gehören zur kulturellen Elite Würzburgs. Und der Tod des einzigen Sohnes ist natürlich ein sehr sensibles Thema. Aber das muss ich Ihnen wohl nicht sagen.«

»In Ordnung, wir werden daran denken, wenn wir die Drehers anrufen und zu uns bitten. Wir machen die erste Befragung ganz formell.«

Als habe er Einwände, schwieg Mancini einen Moment lang. Dann stand er jedoch auf und verabschiedete sich mit einem kurzen Gruß in die Runde. Nadja blickte ihm hinterher. Er hielt sich noch aufrechter als sonst.

Sobald Mancini außer Hörweite war, wandte sie sich an Peter: »Kannst du den sensiblen Teil übernehmen? Ich tu mich schwer damit, wenn es Mancini ist, der das verlangt.«

Peter rieb sich über die Augen. »In Ordnung. Ich ruf sie gleich an.«

Vierzig Minuten später standen die Drehers an der Pforte und warteten auf ihn. Peter zögerte kurz, als er an der Glastür angekommen war. Noch waren sie durch eine Tür voneinander getrennt, die sich nur von seiner Seite öffnen ließ. Er wünschte, er könnte es dabei belassen. Die Glastür war der Schlüssel zur Büchse der Pandora. Öffnete er sie, so würde alles seinen Lauf nehmen.

Sobald man es mit den Verwandten und Freunden eines Mordopfers zu tun hatte, bekam der Fall eine ganz andere, persönliche Note. Emotionen würden auf ihn einströmen, denen er nicht entkommen konnte und die nur durch Arbeit zu dämpfen waren. Durch viel Arbeit.

Die Drehers blickten ihn erwartungsvoll an, und Peter öffnete die Tür, obwohl er am liebsten zurück in sein Büro gegangen wäre, um in der Stille die Bäume zu betrachten. Er trat zu ihnen, stellte sich vor, schüttelte Hände, sprach sein Beileid aus. Wenn sie sein Zögern bemerkt hatten, so zeigten sie es nicht.

Yvonne Dreher war zwischen vierzig und fünfzig und hatte lange rote Haare, die ihr in weichen Wellen über die Schulter fielen. Dass die Farbe echt war, bewiesen ihr heller Teint und die Sommersprossen, die durch das Make-up hindurchschimmerten. Die großen dunkelblauen Augen ließen ihr Gesicht mädchenhaft wirken. Schwer vorstellbar, dass sie einen erwachsenen Sohn haben sollte, einen, der tot war, noch dazu.

Benedikt Dreher sah weniger spektakulär aus. Auffallend war eher sein gut geschnittener Kaschmirmantel als der Träger selbst. Peter bat die beiden, ihm zu folgen.

Als sie auf dem Weg zu dem kleinen Raum, in dem das Gespräch stattfinden sollte, eine Zwischentür passierten, schloss Benedikt Dreher wie selbstverständlich zu Peter auf, um seiner Frau die Tür aufzuhalten. Sobald sie angekommen waren, half er ihr aus dem Mantel und rückte ihr einen der Stühle zurecht. Erst danach legte er seinen eigenen Mantel ab und setzte sich neben sie.

Yvonne Dreher schien diese Behandlung gewohnt zu sein, sie reagierte nur mit einem Nicken und einem kurzen Lächeln darauf. Peter beobachtete die Interaktion der beiden. Er fragte sich, wann er für Rebekka zuletzt eine Tür aufgehalten oder ihr aus dem Mantel geholfen hatte. So spontan fiel ihm keine einzige

Gelegenheit ein. Aber er betrachtete seine Frau ja auch als gleichberechtigt, da war das nicht nötig. Oder etwa doch?

Peter stellte sich die Frage, ob er zu der Sorte Männer gehörte, die ihrer Frau nach einigen Jahren Ehe kaum noch Beachtung schenkte. Aber das konnte nicht sein. Er war aufmerksam, er merkte meist, wenn Rebekka ein neues Kleidungsstück anhatte oder beim Friseur gewesen war. Er wusste sogar, wann sie ihre Tage hatte – immer Anfang des Monats –, und machte ihr dann oft eine Wärmflasche, bevor er morgens ins Kommissariat fuhr.

Vermutlich war Benedikt Dreher einfach ein Gentleman der alten Sorte. Und auch Yvonne Dreher schien wenig mit Peters eigener Frau gemein zu haben. Sie war eher der ätherische Typ. Kleiner und zarter, aber mit dem roten Haar auffallend sinnlich. Vielleicht wurde man ja automatisch zum Galan, wenn man mit so jemandem verheiratet war.

Peter räusperte sich und fragte Herrn Dreher, ob sie gut hergefunden hatten. »Es tut mir leid, dass wir Sie herbitten mussten«, sagte er dann. »Bei der Obduktion haben sich einige Fragen ergeben.«
Dabei suchte er nach Zeichen von Trauer in ihren Gesichtern und ihrer Gestik. Es musste ein Schock gewesen sein, vom Tod ihres Sohnes zu erfahren. Zum Glück hatten sie ihn wenigstens nicht selbst gefunden.

Benedikt Dreher fasste sich an die Schläfe, als habe er Kopfschmerzen. Er sah müde aus, frisch rasiert und gut angezogen, aber müde. Vermutlich hatte er die Nacht über nicht viel geschlafen. Seine Gewohnheiten behielt er offensichtlich bei, aber dass sich sein Leben von einem Tag auf den anderen geändert hatte, war ihm deutlich anzusehen.

Seine Frau konnte Peter schlechter einschätzen. Sie saß ruhig und konzentriert auf ihrem Stuhl, die Finger ineinander verflochten. Die Art, wie sie sich selbst an die Hand nahm, hatte etwas Trauriges.

Nadja betrat den Raum. Sie begrüßte die Drehers und sprach ihnen ihr Beileid aus. Dann kam sie ohne Umschweife auf ihre Fragen zu sprechen. »Es ist wichtig für uns, mehr darüber zu wissen, wie Sebastian mit seiner Diabeteserkrankung zurechtkam.

Wie hat er damit gelebt? Gab es manchmal Probleme mit der Insulindosierung? Kam es beispielsweise vor, dass seine Blutzuckerwerte zu niedrig waren?«

Wie selbstverständlich war es Yvonne Dreher, die antwortete: »Sebastian war schon als Kind zuckerkrank, es hat einige Zeit gedauert, bis er gut eingestellt war. Noch in der Pubertät kam es ab und zu vor, dass er hypoglykämisch wurde. Aber er hat recht bald ein Gespür dafür entwickelt, die ersten Anzeichen richtig zu deuten. Wir haben ihm immer einige Schokoriegel in die Büchertasche gepackt oder auch Traubenzucker, das hat er gegessen, wenn er das Gefühl hatte, dass etwas nicht stimmte. Übelkeit, Nervosität, Schwitzen, das sind typische Anzeichen, dass der Körper Zucker braucht.«

Sie sprach mit einer feinen, leisen Stimme, und Peter fragte sich, wie sie damit Tanzunterricht erteilen konnte. Die Antwort fand er kurz darauf selbst. Jedes Wort von ihr schien so viel Gewicht zu haben, dass alle anderen aufmerksam zuhörten, solange sie redete. Auch Benedikt Dreher vergewisserte sich erst mit einem kurzen Blick auf seine Frau, dass sie fertig gesprochen hatte, bevor er fortfuhr.

»Ich glaube, in den letzten zehn Jahren gab es keine ernsthaften Komplikationen mehr. Sebastian spritzte sich das Insulin selbst, und er war sehr gewissenhaft dabei. Er wusste ja, dass seine Gesundheit davon abhing. Wir waren zunächst skeptisch, als er sich fürs Tanzen entschieden hat. Ich meine, er hat die Begabung meiner Frau, aber wir waren uns nicht sicher, ob die stetige körperliche Anstrengung nicht zu viel für ihn sein würde.«

»Aber Sebastian konnte ohne Probleme als Tanzlehrer arbeiten?«, fragte Nadja.

Yvonne Dreher griff ihre Worte auf: »Ohne Probleme – bis vor vier Tagen.« Sie drehte ihren Kopf und blickte nun Peter an, der sich zunehmend unwohl fühlte. Ihr Blick schien eine Frage zu enthalten, die er nicht beantworten wollte.

Er straffte sich. »Es tut mir sehr leid, Ihnen sagen zu müssen, dass wir guten Grund zu der Annahme haben, dass der Tod Ihres Sohnes kein Unfall war. Wir gehen momentan davon aus, dass Sebastian ermordet wurde.«

Am abrupten Weiten der Nasenflügel, am schnellen Blinzeln und daran, wie ihre Halsmuskeln hervortraten, sah Peter, dass Yvonne Dreher mühsam darum kämpfte, ihre Fassung zu bewahren. Trotzdem blickte sie ihn unverwandt an. Benedikt Dreher hatte eine Hand auf ihre Schulter gelegt. Sie war wohl als tröstende Geste gedacht, doch es sah eher aus, als suche er nach Unterstützung.

»Sie glauben, dass jemand Sebastian ermordet hat?«, vergewisserte er sich.

Nadja nickte nur. »Der Bericht des Rechtsmediziners liegt zwar noch nicht vor, aber er hat uns bereits Einblick in seine Untersuchungsergebnisse gegeben. Sebastians Blutzuckerkonzentration war verdächtig niedrig. Wir vermuten deshalb, dass jemand ihm eine tödliche Insulindosis verabreicht hat.«

»Aber er war doch allein in der Tanzschule.« Benedikt Dreher blickte zwischen den Kommissaren hin und her.

Peter hielt seinem Blick stand. »Wissen Sie das sicher?«

»Nein, aber –«

»Dann erzählen Sie uns bitte kurz, wann Sie Sebastian zuletzt gesehen haben und was er am Mittwochabend genau vorhatte.« Kaum ausgesprochen, hätte Nadja ihre Worte am liebsten zurückgenommen. Besonders feinfühlig klang das jetzt nicht. »Damit würden Sie uns sehr helfen«, fügte sie schnell hinzu.

»Wir haben ihn am Abend seines Todes noch gesehen.« Es war Yvonne Dreher, die statt ihres Mannes antwortete. »Von neunzehn Uhr bis zwanzig Uhr dreißig findet der Grundkurs für Brautpaare statt und zeitgleich in einem anderen Saal der F4, der vierte Fortgeschrittenenkurs. Ich habe den Grundkurs unterrichtet und Sebastian den Fortgeschrittenenkurs. Benedikt war im Büro, um sich um die Steuer zu kümmern. Anschließend sind Benedikt und ich gegen einundzwanzig Uhr heimgefahren. Sebastian hatte noch einen Tanzkreis bis um dreiundzwanzig Uhr.«

»Ist Ihnen an diesem Abend irgendetwas ungewöhnlich vorgekommen? Wie ging es Sebastian?«, fragte Peter.

Benedikt Dreher hob hilflos die Schultern. »Ich habe mir das wieder und wieder überlegt, ob er vielleicht krank aussah oder angeschlagen. Aber ich glaube, es war alles normal. Allerdings saß ich auch die ganze Zeit im Büro. Ich habe ihn höchstens ein paar Minuten lang gesehen.«

»Und ich war mit dem Anfängerkurs beschäftigt. Der Kurs ist extra auf Paare zugeschnitten, die bald heiraten und davor noch die Grundlagen der wichtigsten Gesellschaftstänze lernen wollen. Eine Hochzeit ohne Brautwalzer ist keine richtige Hochzeit.«

Yvonne Dreher blickte Peter an, als wüsste sie ganz genau, dass er sich damals davor gedrückt hatte. Er lächelte zurück.

Sie fuhr fort: »Da die Kurse parallel in verschiedenen Räumen stattfinden, habe ich meinen Sohn auch nur kurz vor und nach dem Unterricht gesehen. Er hatte sein Wohnzimmer neu gestrichen und war gut gelaunt. Er sagte mir, dass er später noch etwas in der Tanzschule bleiben und seinen Part für die Discofox-Show beim Winterball üben wollte.«

»Kam das häufig vor?«

»Ja, Sebastian ist ehrgeizig.«

»Ja, Sebastian war ehrgeizig«, antwortete Benedikt Dreher im selben Moment.

Der unterschiedliche Gebrauch der Zeiten sorgte für einen Moment des Schweigens. Yvonne Dreher strich sich wie in Zeitlupe eine Haarsträhne hinter das Ohr. Ihr Blick war in die Ferne gerichtet. Benedikt Dreher streichelte die Schulter, auf der seine Hand noch immer lag.

»Wer war zu dem Zeitpunkt noch in der Tanzschule?« Nadja studierte ihre Unterlagen, die keine Namen preisgaben. Wer hatte nach dem Leichenfund gleich noch die Befragungen durchgeführt? Müsste das hier nicht bereits alles notiert sein?

»Im F4 und im Tanzkreis hat Laura Scott assistiert. Sie ist eine Freundin von Sebastian und eine sehr gute Tänzerin. Mir hat Fred Schweigert geholfen. Er hat in der Pause auch die Bar übernommen. Und am Empfang war Feli, die aber ungefähr zeitgleich mit uns gegangen ist.«

Yvonne Dreher hatte ihre Hand auf die ihres Mannes gelegt, vielleicht, um ihn am Streicheln zu hindern, schaute ihn aber nach wie vor nicht an. »Und soweit wir wissen, sind Fred und Laura nach dem letzten Kurs auch nach Hause gegangen. Sebastian wollte allein üben.«

Nadja versah das Wort »allein« mit einem dicken Fragezeichen. »Und die Übungen hat er im Keller gemacht? Oder was könnte er dort unten gewollt haben?«

»Er könnte dort geübt haben. Er könnte aber auch eines der Kostüme anprobiert oder einfach nur das Licht ausgeschaltet haben, bevor er ging. Gehen wollte. Ich weiß es nicht. Ich war nicht dabei.« Yvonne Drehers leise Stimme war höher und lauter geworden.

Peter fand es an der Zeit, das Gespräch zu beenden. Er warf Nadja einen beschwörenden Blick zu. Doch diese nahm ihn offensichtlich nicht wahr.

»Als Sebastian tot aufgefunden wurde, war die Tür zur Tanzschule verschlossen«, begann sie.

Benedikt Dreher nickte heftig. »Ja, deswegen habe ich ja gesagt, dass er allein gewesen sein muss. Wir sperren immer ab, wenn jemand von uns abends allein länger bleibt. Würzburg ist zwar eine sichere Stadt, aber man muss sein Glück ja nicht auf die Probe stellen.«

»Wenn Sebastian selbst abgeschlossen hat: Könnte sich nicht jemand von draußen Zutritt verschafft haben?«, fragte Nadja.

»Nein.« Benedikt Dreher klang sehr bestimmt. »Mit einem Dietrich kann man die Tür nicht so einfach öffnen. Und aufgebrochen war sie ja nicht.«

»Und wenn sich während des Kurses beispielsweise jemand hineingeschlichen hätte und gewartet hätte, bis Sebastian allein war?«

»Ausgeschlossen. Am Empfang sitzt immer jemand und kontrolliert, wer hereinkommt und zu welchem Kurs er oder sie gehört. Und selbst wenn das jemand gemacht hätte, hätte er nach dem Mord ja nicht hinter sich die Tür abschließen können. Nein, Sebastian war allein und ist gestürzt. Es war ein Unfall.«

Yvonne Dreher gab ein leises Schnauben von sich. Jetzt erinnerte sie Peter an ein nervöses Rennpferd. Bereit, loszustürmen und dabei alles niederzutrampeln, was sich ihm in den Weg stellte. Ihre Wildheit lauerte dicht hinter dem eleganten Auftreten.

»Ich glaube, die Kommissare sind ganz insgeheim der Meinung, dass jemand mit einem Schlüssel hinein- und hinausgekommen ist«, sagte sie.

»Mit einem Schlüssel? Aber das würde ja heißen …« Ihr Mann brachte den Satz nicht zu Ende.

»Dass wir unter Verdacht stehen. Wir und alle anderen, die einen Schlüssel haben.« Yvonne Dreher traf diese Feststellung in ruhigem Ton, ohne dass sie sie besonders zu berühren schien. Doch Peter sah, wie die Arterie an ihrem Hals pochte.

Wieder blickte er Nadja an, und diesmal verstand sie sein Anliegen.

»Das wäre eine Möglichkeit, die wir nicht ausschließen dürfen«, sagte sie. »Deshalb auch die vielen Fragen. Es tut uns sehr leid, dass Sie das jetzt alles noch einmal durchleben müssen. Das muss furchtbar für Sie sein.«

Benedikt Dreher nickte. »Ja, aber wenn es wirklich um Mord geht, müssen Sie natürlich fragen. Ich kann nur nicht glauben … Ich verstehe ja noch nicht einmal, dass unser Sohn tot sein soll. Wie soll ich da verstehen, dass ihn jemand ermordet hat?«

Nadja war genervt. Sie hatte Mancini über das Gespräch mit den Drehers informiert, woraufhin er auf einer erneuten Besprechung in großer Runde bestanden hatte. Alle hatten ihre jeweiligen Aufgaben unterbrechen müssen, um zum Meeting zu kommen. Dabei war der erste Ermittlungstag besonders wichtig.

Selbst Heideckert, der sonst die Ruhe selbst war, kratzte mit dem Fingernagel das Preisschild vom Rücken seines Notizbuches. Er war damit betraut worden, eine Liste der Tanzschulmitarbeiter und Tanzassistenten zu erstellen, und fühlte sich sichtlich unwohl, bei seiner Arbeit unterbrochen worden zu sein.

Nadja wurde durch ein Räuspern aufgeschreckt. Mancini war dazugekommen und beugte sich nun nach vorn, die Hände verschränkt auf dem Tisch, die Krawatte exakt in einer Linie mit seiner aristokratischen Hakennase. »Yvonne und Benedikt Dreher haben ausgesagt, dass ihr Sohn sehr gut mit seiner Zuckerkrankheit zurechtkam. Es ist daher schwer vorstellbar, dass sein Tod auf einen bloßen Unfall zurückzuführen ist.«

Nadja war versucht, einzuwenden, dass Benedikt Dreher das

etwas anders sah und eher die Mordthese für schwer vorstellbar hielt, hielt sich aber zurück, um abzuwarten, was Mancini noch zu sagen hatte.

»Außerdem haben die Drehers bestätigt, dass nur jemand mit Schlüssel die Tanzschule nach dem letzten Kurs betreten konnte«, fuhr er fort, »was nur auf eine begrenzte Anzahl an Personen zutrifft. Höchstwahrscheinlich ist der Mörder also einer dieser Leute, die zum engsten Umfeld der Tanzschule gehören. Deshalb möchte ich gern noch einmal auf den interessanten Gedanken zurückkommen, den Kommissar Heideckert heute früh vor dem offiziellen Beginn des Meetings hatte. Dürfte ich Sie bitten, das noch einmal zu wiederholen?«

Ausgerechnet Heideckert sollte einen interessanten Vorschlag gemacht haben? Der Kollege arbeitete sorgfältig und gewissenhaft, wenn man ihm entsprechende Aufträge gab. Besonders gern übernahm er die leidige Aufgabe, bei den Obduktionen dabei zu sein, wofür ihm alle anderen Teammitglieder dankbar waren. Aber Vorschläge für neue Ermittlungswege hatte Nadja aus seinem Mund noch nie vernommen. Sie schätzte ihn wegen seiner ruhigen Zuverlässigkeit, mit der er auch Braun und Neumann hin und wieder auf den Boden der Tatsachen zurückholte, nicht, weil sie ihn für besonders kreativ hielt.

Heideckert schien es nicht gewohnt zu sein, so direkt von Mancini angesprochen und dann auch noch gelobt zu werden. Er blickte etwas irritiert von seinem Notizbuch auf, dessen Einband mittlerweile deutlich zerkratzt war.

»Also ich habe eigentlich nur gesagt, dass es, wenn es sich wirklich um Mord handelt, eine Möglichkeit wäre, jemanden dort vor Ort einzusetzen. Jemanden, der so tut, als würde er einen Tanzkurs besuchen, und währenddessen Augen und Ohren offen hält. Ich stelle mir das als eine recht verschworene Gemeinschaft vor, und mit einem Polizisten reden sie vielleicht nicht so offen wie mit jemandem, der ihre Leidenschaft teilt.« Er verstummte.

Mancini wandte sich nun an Nadja. »Wären Sie bereit, diese Aufgabe zu übernehmen?«

Die Frage kam so plötzlich, dass Nadja nicht gleich antworten konnte, sie war zu perplex. Ihre Hand tastete nach dem schrecklich starken Kaffee, der noch vom Morgen auf dem Tisch stand. Sie nippte an der Tasse, um Zeit zu gewinnen. Sofort reagierte ihr Körper, indem er die Frequenz des Herzschlags gnadenlos erhöhte. Super, genau das, was sie jetzt eigentlich nicht brauchte. Ein Kamillentee wäre hilfreicher gewesen.

Erwartete Mancini wirklich, dass sie ihm hier und jetzt eine Antwort gab? Das war doch nichts, was man einfach mal schnell entscheiden konnte. Von einer verdeckten Ermittlung wie der, die Heideckert soeben grob skizziert hatte, hing vieles ab, und sie hatte keinerlei Erfahrung in diesem Bereich. Mancini musste das wissen. War das etwa ein Test? Wollte er herausfinden, wie gut er sie steuern konnte? Oder meinte er das ernst?

»Warum ich?«

Mancini lächelte auf eine Art und Weise, die in ihr den Drang auslöste, den Raum schnellstmöglich zu verlassen. »Können Sie sich wirklich einen Ihrer Kollegen in einer Tanzschule vorstellen?«

Nadja blickte von einem zum anderen. Steffen Neumann, Kurt Heideckert und schließlich Peter. Die ersten beiden starrten sie beschwörend an, mit der stummen Bitte, sie möge nichts Falsches sagen. Es war offenkundig, dass sie nicht die geringste Lust auf diesen Ermittlungsauftrag hatten. Vermutlich würden sie lieber stundenlang Aktenberge wälzen, als einen Nachmittag lang Tango zu üben.

Peter dagegen schaute auf Mancini. »Ich möchte noch einmal betonen, dass ich das Ganze für zu gefährlich halte, völlig unabhängig davon, wer von uns geht. Wenn wir davon ausgehen, dass Professor Nauke das Vorgehen des Mörders richtig entschlüsselt hat, dann haben wir es mit jemandem zu tun, der gezielt gemordet hat. Außerdem hat er absichtlich alles nach einem Unfall aussehen lassen. Was wird ein solcher Mensch wohl tun, wenn er auch nur den geringsten Verdacht hegt, dass es jemanden in der Tanzschule gibt, der zu viele Fragen stellt? Er wird diese Person beseitigen, bevor sie ihm gefährlich werden kann.«

Soweit Nadja wusste, war dies das erste Mal, dass Peter dem Staatsanwalt widersprach. Bisher waren beide immer ein Herz und eine Seele gewesen. Sie hatte ihn sogar häufig damit aufgezogen. Aber auch ihm schien nicht wohl bei dieser Sache zu sein.

»Gehen wir mal nicht vom schlimmsten Fall aus«, warf Neumann ein, »sondern vom besten: Dann deckt Nadja irgendeine nette kleine Intrige auf, gibt die Infos an uns weiter, wir können zielgerichtet Nachforschungen anstellen, und Nadja wird wieder abgezogen, ohne dass der Mörder auch nur im Entferntesten auf die Idee kommt, dass wir ihm einen Spion vor die Nase gesetzt haben.«

Mancini stellte fest: »Eine offizielle verdeckte Ermittlung kann in diesem Fall sowieso nicht stattfinden. Dafür haben wir weder die Mittel noch die Zeit, und das mögliche Ergebnis würde den Aufwand niemals rechtfertigen. Das heißt, dass Frau Gontscharowa eigentlich nur den Status eines NOEP haben würde, ohne Scheinidentität, mit etwas weiter gehenden Befugnissen, versteht sich.«

Für Nadja war das nicht schlüssig. Die »nichtöffentlich ermittelnden Polizeibeamten« wurden für kleinere Ermittlungsaufgaben eingesetzt. Aber in der Tanzschule würde sie sich anmelden müssen, das war etwas anderes, als einen harmlosen Passanten zu mimen oder der Auftrag, einen Strauß Blumen zu kaufen und sich dabei im Laden umzusehen, wenn der Besitzer der Gärtnerei der Geldwäsche verdächtigt wurde. Außerdem erkannte das Gericht Beweise, die ein NOEP erbrachte, häufig nicht an, da sie keinen offiziellen Status in einem Rechtsverfahren einnahmen.

Nun meldete sich Widukind, der bisher sehr still gewesen war, zu Wort: »Ich bin zwar nur von der Spusi, aber eines muss ich jetzt doch mal fragen: Die ganze Aktion können wir ja wahrscheinlich nur durchführen, wenn die Besitzer der Tanzschule, also Sebastians Eltern, eingeweiht sind. Und was, wenn die Drehers selbst hinter dem Mord stecken? Dann liefern wir ihnen unfreiwillig wichtige Infos. Sie könnten sogar Spuren fingieren.«

Eine Weile herrschte Schweigen im Raum. Widukinds Einwand war eindeutig berechtigt.

»Tjaaa, ich schätze, da müssten wir es drauf ankommen lassen«, sagte Heideckert schließlich.

»Wie beruhigend«, spottete Neumann, »die Polizei lässt es einfach mal drauf ankommen, wenn das kein vertrauenerweckender Ermittlungsansatz ist.«

Mancini drehte ungerührt einen Bleistift zwischen den Fingern. »Natürlich dürften Yvonne und Benedikt Dreher nicht zu viel erfahren – nur so viel, dass sie dem Einsatz zustimmen und dem Undercover-Beamten die nötige Deckung geben. Falls sie mit dem Tod ihres Sohnes wirklich etwas zu tun haben, dann müsste sie unsere Vermutung, dass es sich um Mord handelt, mehr als beunruhigen. Für sie wird es so aussehen, als seien wir ihnen dicht auf der Spur. Unter einem solchen Druck hat schon mehr als ein Verbrecher den entscheidenden Fehler gemacht.«

Damit hatte Mancini recht. Selbst wenn die Drehers potenziell in das Verbrechen verwickelt waren, so würden verdeckte Ermittlungen auch in diesem Fall nicht schaden, sondern die Aufklärung eher beschleunigen. Doch Nadja war sich nach wie vor nicht sicher, ob sie selbst für diese Aufgabe so geeignet wäre, wie alle zu denken schienen. In einem Judoclub ermitteln oder in einem Schießverein – da wäre sie sofort dabei gewesen, aber tanzen? Nadja hatte es noch nie gemocht, wenn ihr fremde Menschen zu nahe kamen, außer sie konnte diese am weißen Anzug packen und mit einem Schulterwurf auf die Matte befördern. Aber das war in der Tanzschule wohl eher nicht die Regel.

Peter stützte die Ellenbogen auf den Tisch und lehnte sich nach vorn. »Wie ich schon gesagt habe, würde ich die verdeckten Ermittlungen freiwillig übernehmen.«

Nadja war überrascht. Peter interessierte sich weder fürs Tanzen, noch war er besonders ehrgeizig. Zudem hatte er bereits deutlich gemacht, dass er die Idee für unverantwortlich hielt. Aus welchem Grund sollte er sich freiwillig für diesen Job melden?

Mancini hatte sein Lächeln verloren. »Und wie ich schon gesagt habe, lautet die inoffizielle Richtlinie, dass bei solchen Ermittlungseinsätzen Beamte ohne Familie bevorzugt eingesetzt werden.«

Nadja schluckte. Mancini hatte es offen in den Raum gesprochen, aber es war klar, dass er Peters Lebenssituation mit der von Nadja verglich. Peter, der verheiratet war und eine süße kleine Tochter hatte, sollte ein solches Risiko nicht auf sich nehmen. Nadja dagegen war kinderloser Single, lebte für die Arbeit, und wenn ihr etwas zustieß, würden nicht besonders viele Menschen um sie weinen.

»Frau Gontscharowa, was halten Sie denn davon?«

Warum forcierte Mancini diese Sache so sehr, wenn die Ermittlungen noch nicht einmal richtig begonnen hatten? »Also, ehrlich gesagt, bin ich mir noch nicht so ganz sicher, wie das funktionieren soll. Wenn ich während meines Einsatzes tatsächlich etwas entdecke, wird das vor Gericht doch niemals anerkannt. Und seit Hauptkommissar Bär im Krankenhaus ist, habe ich massenweise Überstunden angesammelt. Es wird nicht gehen, dass ich einerseits meine normale Arbeit erledige und andererseits in der Tanzschule herumhüpfe.«

»Ist ja Ehrensache, dass wir dich da unterstützen!«, kam es von Steffen Neumann, und Heideckert beeilte sich zu versichern: »Wir übernehmen den ganzen Papierkram. In der Tanzstunde wärst du ja immer nur ein paar Stunden abends. Wenn du vormittags ganz normal im K1 arbeitest und nachmittags freihast, dann bist du abends auch fit für die Undercover-Action!«

»Undercover-Action« hörte sich aus dem Mund ihres älteren Kollegen so ungewohnt an, dass Nadja fast gelacht hätte. Sie sah, dass auch die Übrigen ein Schmunzeln unterdrückten.

»Sie sehen, Ihre Kollegen werden sich um alles kümmern.« Mancini blickte wie ein wohlwollender Vater auf die Kommissare. »Und Sie sollen vor Ort keine Beweise sammeln, sondern Ihren Kollegen Tipps geben, wo sie diese finden können oder wer Ihnen verdächtig erscheint. Dann geht alles nach Vorschrift. Zusätzlich könnten Sie ein Auge auf die Familie Dreher haben. Wir wissen noch nicht, welche Rolle die Eltern des Opfers spielen oder ob sie vielleicht selbst in Gefahr sind.«

Nadja fing seinen Blick auf. Fürchtest du dich etwa?, schienen seine Augen zu sagen. Diesen Triumph konnte sie ihm nicht gönnen. Sie schüttelte unwillkürlich den Kopf. »Gut, ich übernehme das. Wenn wir plausibel machen können, dass andere Ermittlungsmethoden aussichtslos sind …«

Heideckert und Neumann atmeten hörbar auf, während Peters Schultern merklich herabsackten. Sein Gesicht konnte Nadja nicht sehen.

»Aber mit meinen tänzerischen Fähigkeiten ist es nicht weit her. Dafür müssten wir eine Lösung finden.«

»Glücklicherweise haben wir da den richtigen Mann schon vor Ort«, antwortete Mancini spöttisch. »Professor Nauke hat sich bereit erklärt, Ihnen Nachhilfestunden zu geben.«

Nadja seufzte. Tanzstunde mit Lars Nauke – sie sah grässliche Dinge auf sich zukommen. Eine Verschwörung, es war eindeutig eine Verschwörung.

3

Das Bushäuschen bietet Schutz vor dem Nieselregen. Sie steht an seine Schulter gelehnt da, den Kopf von ihm abgewandt. So kann er denken, sie ist einfach müde nach dem langen Tag, und muss nicht fragen, was los ist. Ihr gemeinsames Leben scheint nur noch aus solchen Fragen zu bestehen. »Wie geht es dir?«, »Ist alles in Ordnung?«, »Wie fühlst du dich?«, »Kann ich dir irgendwie helfen?«

Aber er kann nicht helfen, und es ist auch nicht alles in Ordnung. Es wird nie wieder alles in Ordnung sein.

Sie sieht ihr Gesicht bleich im Glas des Bushäuschens. Die Augen sind dunkle Teiche, schwarze Löcher, die das Licht der Umgebung in sich aufsaugen. Sie darf sie nicht zu weit öffnen, sonst wird sie selbst in den Strudel hineingezogen. Und das darf sie nicht, sie darf nicht wieder die Kontrolle verlieren und ihn ganz allein zurücklassen. Also hält sie die Lider halb geschlossen und blinzelt ihn scheinbar müde an, als er sie behutsam am Arm berührt. Der Bus ist da.

Im Bus schließt sie die Augen ganz. Er nimmt sie fest in den Arm und wird aufpassen, dass sie die Haltestelle nicht verpassen. Sie beneidet ihn. In ihren eigenen Armen hält sie nur schreiende Leere.

***

Peter saß an seinem Schreibtisch und starrte aus dem Fenster auf die Bäume, zwischen denen der Mainnebel gefangen war. Nadja war mit Staatsanwalt Mancini zu Bully, der Leiterin der Kriminalpolizeiinspektion, gegangen, um ihr zu erklären, was sie vorhatten. Er war froh, dass er bei dem Gespräch nicht dabei sein musste. Er hätte nicht gewusst, was er sagen soll.

Undercover in die Tanzschule – das Ganze war eine Schnapsidee. Nadja war für einen solchen Auftrag nicht ausgebildet worden. Verdeckte Ermittlungen übernahmen sonst Polizisten, die jahrelang gezielt darauf trainiert worden waren, in eine andere Rolle zu schlüpfen. Er kannte den Einsatz solcher Methoden außerdem nur in der organisierten Kriminalität. Aber hier, in Würzburg?

Mancini wollte seinen Kopf natürlich auch nicht dafür hinhalten, wenn etwas schiefging. Er hatte betont, dass Nadja eher als nicht offen ermittelnde Polizeibeamtin fungieren sollte. Ihre Tarnung würde nicht auffliegen, weil sie keine hatte.

Peter hätte über diese Absurdität lachen können, wenn es nicht um seine beste Freundin ginge. Um Nadja, die sich so viel Mühe gab, stark zu wirken, dass sie sich keinesfalls beschützen lassen wollte. Nicht einmal von ihm und nicht einmal dann, wenn er sie und das Team vor einer Dummheit bewahren wollte.

Statt zu lachen, schlug Peter mit der Faust auf den Schreibtisch. Als der dumpfe Schmerz sein Bewusstsein erreichte, schlug er noch einmal zu und noch einmal. Doch das Gefühl der Hilflosigkeit blieb. Es schien mit dem Nebel draußen vor dem Fenster zu steigen.

Das Telefon auf seinem Schreibtisch klingelte. Es war der diensthabende Beamte an der Pforte. Die Drehers waren angekommen und warteten, dass er sie zum Gespräch abholte.

»Einen Moment, ich bin gleich bei Ihnen«, sagte Peter.

Er drückte den roten Knopf und legte das Telefon in die Ladestation zurück. Dann öffnete er eine Schreibtischschublade, ganz unten links. Er nahm eine Fotografie heraus, die er nicht mehr berührt hatte, seit er mit seinem Kram im Würzburger Büro eingezogen war. Trotzdem hatte er immer gewusst, dass sie genau an dieser Stelle lag. Dort, wo sie auch in seinem alten Büro gelegen hatte.

Er drehte das Foto um und blickte einen Moment, nur einen kurzen Moment in ein schmerzlich vertrautes Gesicht. Dann legte er es vorsichtig zurück in die Schublade und verschloss diese.

Als er den Drehers durch die Glasscheibe hindurch zunickte, hatte er ein Déjà-vu. Er sah sich selbst vor kaum sieben Stunden an ebendieser Tür stehen und zögern, sie zu öffnen. Er wünschte sich seine etwas bedrückte Laune des Vormittags zurück. Zu dem Zeitpunkt hatte er nur die Unruhe davor verspürt, sich auf die emotionale Seite des neuen Falles einzulassen. Nun fürchtete er etwas ganz anderes.

»Was soll das?«, fragte Yvonne Dreher, kaum dass sie Peters

Gruß erwidert hatte. »Sie bestellen uns schon wieder hierher? Finden Sie das nicht etwas viel verlangt?«

»Oberkommissarin Gontscharowa wird Ihnen alles erklären.« Er hatte überhaupt keine Lust, Mancinis Ideen gegenüber den Drehers zu rechtfertigen.

Schweigend stiegen sie die Treppen zum K1 empor.

Nadja erwartete sie schon. Sie hatte die Beine übereinandergeschlagen und saß sehr aufrecht da. »Der Staatsanwalt lässt sich entschuldigen. Er muss heute Nachmittag vor Gericht und ist davon gerade sehr in Anspruch genommen«, sagte sie.

Yvonne Dreher atmete leise durch den Mund aus, als hätte sie beim Treppensteigen die Luft angehalten. Peter fragte sich, ob sie Mancinis Abwesenheit als Beleidigung ansah. Er jedenfalls war froh darüber. Dabei hatte er den Staatsanwalt immer gemocht, ihn sogar bewundert, weil sein Wissen über italienische Kunst und Literatur wirklich beeindruckend war. Er hörte ihm gern zu, wenn er von Dantes erster Begegnung mit Beatrice erzählte, als sei er selbst dabei gewesen.

Peter wusste allerdings auch, dass Nadja Mancini für eiskalt hielt. Ihrer Ansicht nach hatten sie beide sich von Anfang an nicht gemocht. Er selbst glaubte eher, dass Mancini Menschen mit seiner kühlen Art auf die Probe stellte. Das funktionierte gut – die wenigsten wollten mehr als nötig mit ihm zu tun haben. Und die Auserkorenen, die er an seine Gedankenwelt heranließ, mit denen er seine Interessen teilte, die musste er wirklich mögen. Peter hatte sich für einen dieser Privilegierten gehalten, doch heute fühlte er sich von Mancini verraten.

Nadja schwenkte in ihrem Drehstuhl herum, bis sie mit Peter auf einer Höhe saß. Er widerstand dem kindischen Drang, ein wenig von ihr abzurücken.

»Erst einmal muss ich mich bei Ihnen entschuldigen, dass wir Sie noch mal hergebeten haben. Wir haben bei unserer Teambesprechung beschlossen, einen etwas ungewöhnlichen Ermittlungsansatz zu wählen, und möchten das mit Ihnen abstimmen.«

Keiner der beiden sagte etwas.

Nadja schien die Information schnellstmöglich loswerden zu wollen. »Der Täter hat viel Wert darauf gelegt, den Mord wie einen Unfall aussehen zu lassen. Und leider haben wir nur eine äußerst geringe Chance, über Sachbeweise wie Fingerabdrücke oder DNA-Spuren in den Ermittlungen voranzukommen. Schließlich ist eine Tanzschule so etwas wie ein öffentlicher Ort. Wer ein Motiv für die Tat hatte, kann sich aus gutem Grund dort aufgehalten haben.«

Bei dem Wort »Motiv« hatte Benedikt Dreher den Kopf geschüttelt.

»Was schlagen Sie uns vor?«, fragte seine Frau. Ihre blassroten Lippen bewegten sich kaum.

»Wir sind im Team übereingekommen, dass es am sinnvollsten ist, den Täter in Sicherheit zu wiegen. Das heißt, dass wir nicht an die große Glocke hängen, dass wir in einem Mordfall ermitteln. Wir arbeiten in einer kleinen Gruppe, stellen Routinefragen, bohren hier und da ein bisschen nach, aber wir machen nichts Auffälliges. Und wir wollen eine Beamtin in die Tanzschule einschleusen. Dazu brauchen wir Ihre Hilfe.«

Yvonne Dreher hob nicht einmal die Stimme. »Auf keinen Fall.«

Peter war überrascht und sah Nadja an, dass auch sie nicht mit dieser entschiedenen Absage gerechnet hatte. Aber am irritiertesten schien Benedikt Dreher zu sein, der die Tischkante umklammerte.

»Liebes, überleg doch mal. Wenn Sebastian wirklich ermordet worden ist, dann ist das vielleicht die einzige Chance, herauszufinden, von wem!«

»Du weißt wohl nicht, was das für mich bedeutet! Wie soll ich unterrichten, wenn ich weiß, dass gleichzeitig jemand mein Büro durchwühlt? Wenn jemand jedes Gespräch belauscht, und sei es auch noch so privat? Da kannst du sie auch gleich in unser Haus einladen.«

»Sie suchen einen Mörder. Den Mörder unseres Sohnes, Yvonne. Da wird sicher niemand den Unterricht stören, und selbst wenn, dann ist das in dem Fall doch wirklich unwichtig.«

Sie hatte sich aufrecht hingesetzt, beide Füße fest auf dem Boden, als würde sie dort die Unterstützung bekommen, die ihr Mann ihr verweigerte. »Sei doch nicht so naiv! Die Polizei verdächtigt uns genauso wie alle anderen. Nur weil wir Sebastians Eltern sind, heißt das nicht, dass sie uns nicht überprüfen. Das habe ich dir heute Morgen doch schon gesagt.«

Benedikt Dreher blickte stumm auf Nadja und Peter, als hoffte er, in ihren Gesichtern den Gegenbeweis zu finden. Peter fühlte sich zunehmend unwohl. Vermutlich sollte er jetzt Argumente finden, um die Drehers zu beruhigen und Yvonne Dreher zu überzeugen, dass eine nicht offene Ermittlung eine grandiose Idee war und schnell zum Ziel führen würde. Doch dafür müsste er lügen.

Nadja schien klar zu sein, dass sie nicht groß mit seiner Hilfe rechnen konnte. »Bitte denken Sie noch einmal in Ruhe darüber nach. In einer Mordermittlung können private Dinge leider oft nicht privat bleiben. Aber wenn wir keine Möglichkeit haben, unter der Hand vorzugehen, weil Sie die Zusammenarbeit verweigern, dann wird das hier von Anfang an große Kreise ziehen. Und das kann Ihnen eigentlich nicht recht sein, wenn Ihnen der Ruf Ihrer Tanzschule wichtig ist.«

Yvonne Dreher schloss die Augen. »Sie drohen mir?«

Benedikt Dreher hatte die Hände diesmal um die Stuhllehne gelegt statt um seine Frau. Er sah unglücklich aus, jedoch lag ein Funke Hoffnung in seinen Augen. »Die Leute hier wollen uns helfen, Yvonne. Die Ermittlungen werden bestimmt schneller vorangehen, wenn eine Polizistin ungestört vor Ort ermitteln kann. Und es gibt viele Möglichkeiten, um sie bei uns unterzubringen, ohne dass jemand Verdacht schöpft. Wir könnten sagen, sie ist bei einem unserer Intensivprogramme angemeldet. Das hier ist bald vorbei, ich verspreche es dir!«

Seine Frau fuhr zu ihm herum. »Das hier wird nie vorbei sein. Sebastian wird nicht wieder lebendig davon, dass jemand seinen Mörder für ein paar Jahre ins Gefängnis sperrt. Als könnte ich die Tanzschule jemals wieder betreten, ohne daran zu denken, dass mein Kind in diesem Keller gestorben ist!«

»Unser Kind, Yvonne, Sebastian war unser Kind.«

Im Raum herrschte plötzlich Stille.

Peter rieb sich die Augen. Er trat zum Fenster und öffnete es. Der Nebel hatte sich aufgelöst, die Sonne warf ihre Strahlen nun ungehindert auf die Weinberge auf der anderen Mainseite. Irgendwo zwitscherte ein Vogel, im Hintergrund gedämpfter Verkehrslärm.

»Ich hoffe, Sie nehmen es mir nicht übel, wenn ich ganz offen zu Ihnen spreche«, sagte er, während er im Nacken einen kühlen Luftzug spürte, der ihm einen Schauder über den Rücken jagte, »ich war anfangs auch kein Freund dieser Undercover-Idee, ich bin es eigentlich auch jetzt noch nicht, aber selbst ich muss zugeben, dass es die Ermittlungen wohl deutlich schneller vorantreiben wird als jede andere Methode.«

Nadja blickte ihn mit einem fragenden Gesichtsausdruck an, doch Peter konzentrierte sich auf das Ehepaar Dreher.

»Viktor de Mancini, der leitende Staatsanwalt, und unsere Kriminaldirektorin haben der Aktion bereits grünes Licht gegeben, und das hätten sie bestimmt nicht getan, wenn sie einen anderen Weg sähen. Außerdem wird meine Kollegin ihren Job sicher sehr gut machen. Das ist auch gar nicht meine Hauptsorge, sondern ich sehe das größte Problem im Sicherheitsaspekt. Wir sind auf Ihre Mithilfe angewiesen, weil wir alle Informationen brauchen, die wir nur kriegen können, um Frau Gontscharowa vor einer Enttarnung zu schützen. Das alles steht und fällt mit der Frage, wie gut Sie mit uns zusammenarbeiten. Unsere Chefs können beschließen, was sie wollen, aber letztendlich haben Sie das Leben meiner Kollegin in der Hand.«

Er hatte übertrieben, natürlich, aber seine emotionale Ansprache schien die Drehers mehr beeindruckt zu haben als die ganze vorherige Diskussion.

»Sie werden die verdeckte Ermittlerin sein?«, wandte sich Yvonne Dreher an Nadja. Als diese nickte, seufzte sie. »Sie sind recht groß, mal sehen, welche Tanzpartner für Sie überhaupt in Frage kommen.«

Eine deutlichere Zusage hätte sie nicht machen können. Nadja lächelte und sagte: »Vielen Dank, Frau Dreher. Ich weiß Ihre Mitarbeit sehr zu schätzen.«

Als alles geklärt war und Nadja wusste, wann und wo sie mit welcher Hintergrundgeschichte auftauchen sollte, begleiteten Nadja und Peter das Ehepaar Dreher hinaus. Sie blickten den beiden hinterher und beobachteten, wie Benedikt Dreher seiner Frau die Autotür aufhielt und sich erst dann hinter das Steuer setzte. Der Wagen rollte langsam vom Parkplatz.

Peter inhalierte die kühle Luft, während er spürte, dass Nadja ihn ansah.

»Danke, Peter, ohne dich hätte ich das nicht geschafft.«

»Kein Problem, dafür hat man ja Kollegen.« Sofort bedauerte er, dass er das letzte Wort so betont hatte. Er blickte ihr ins Gesicht. Die grauen, leicht schräg gestellten Augen waren fragend auf ihn gerichtet.

Nadja biss sich auf die Lippe. »Bis morgen, schöne Grüße an Rebekka«, sagte sie lächelnd.

Er nickte nur und sah sie fortgehen.

***

Als Nadja pünktlich um neunzehn Uhr ihr Auto in Lars Naukes Garageneinfahrt parkte, war sie überraschenderweise ein wenig nervös. Ihre letzten tänzerischen Aktionen waren Jahre her und hatten eher aus rhythmischem Gehopse als aus koordinierten Tanzschritten bestanden. Sie würde sich blamieren, so viel war klar, allerdings war ihr das im privaten Rahmen schon deutlich lieber, als wenn sie eine Trainingsstunde vor versammelter Mannschaft abgehalten hätten.

Sie würde Lars Nauke zum Schweigen verpflichten. Das war zwar nicht gerade sein Spezialgebiet, aber mit einigen handfesten Drohungen sollte es klappen.

Schon fast an der Haustür angekommen, kehrte sie noch einmal um, weil sie die Schachtel Schnapspralinen im Auto vergessen hatte, die sie noch schnell im Supermarkt besorgt hatte. Sie wollte zumindest nicht mit ganz leeren Händen zur Tanzstunde antreten, und vielleicht würde der Weinbrand ihren Lehrer etwas milder stimmen. Lars Nauke war bestimmt ein Pedant, was die Schritte anbelangte.

Sie hätte sich allerdings keine Sorgen über eine allzu schulmäßige Atmosphäre machen müssen. Lars Nauke gefiel sich offenbar in der Rolle des perfekten Gastgebers und begrüßte sie, indem er ihr sofort ein Glas Sekt in die Hand drückte. Aus dem Hintergrund erklang leise Tangomusik, zu deren Takt er sich in den Hüften wiegte. Nadja unterdrückte ein Lachen, um ihn nicht vor den Kopf zu stoßen, und nahm schnell einen Schluck, der angenehm im Mund prickelte.

»Der Sekt ist gut«, sagte sie und stieß erst jetzt mit dem Rechtsmediziner an.

Er hob die Augenbraue und antwortete ein wenig verschnupft: »Ja, der Champagner besitzt wirklich ein verführerisches Aroma und eine überzeugende Reife. Mir gefällt besonders die verblüffende Tiefgründigkeit im Nachhall.«

Nadja boxte ihm mit der Faust gegen den Oberarm. »Manchmal könnte ich Sie mit Vergnügen auf Ihren eigenen Seziertisch verfrachten.«

Lars Nauke bekam plötzlich leuchtende Augen, er schien die Vorstellung gar nicht so schlecht zu finden.

»In totem Zustand!«, schob Nadja vorsichtshalber nach.

Er grinste nur, nahm ihr das Glas aus der Hand, um ihr aus dem Mantel zu helfen, und führte sie anschließend ins Wohnzimmer. Nadja blickte sich bewundernd um. Die eine Seite des Raumes war komplett verglast, sodass man auf den Main und das nächtlich beleuchtete Würzburg hinunterblicken konnte.

Sie trat ans Fenster, um die Szenerie zu betrachten. Der Mond versilberte den träge dahinströmenden Fluss und ließ die Bäume am Ufer umso dunkler wirken. Die Nacht besaß eine kalte, klare Schönheit. Eine Schönheit, die eine merkwürdige Leere hinterließ, als würde sie sich aus der Bewunderung des Betrachters nähren. Nadja musste an ihre Vorahnung von heute Morgen denken. An das Gefühl, ein Verhängnis auf sich zukommen zu spüren und nicht zu wissen, von welcher Seite es kam. Die Zeit drängte.

Sie löste sich von dem grandiosen Ausblick und sah sich nach Lars Nauke um. Er rollte gerade einen Servierwagen mit Sektkühler und Schnittchenplatte ins Zimmer. »Ah, die Frau Kommissarin wird ungeduldig«, rief er. »Aber keine Sorge, wir können sofort beginnen!«

Nadja nahm noch einen Schluck Champagner und musterte den Rest des Raumes.

Das Zimmer war puristisch eingerichtet. Außer einer Couchgarnitur in der Ecke neben einem kleinen Tisch, einer überdimensionalen Stereoanlage mit zusätzlichem Plattenspieler sowie Regalen voller CDs und Schallplatten gab es keine Möbel. An einer der Wände hing ein Gemälde, das von zwei Halogenstrahlern beleuchtet wurde. Darauf war ein Mann mit Stirnglatze zu sehen, der einen Schädel in der Hand hielt.

Lars Nauke war Nadjas Blick gefolgt. »Der gute alte Goethe bei der Betrachtung von Schillers Schädel. Hübsch, oder?«

Nadja zog die Augenbrauen hoch. »Selten so etwas Hübsches gesehen.«

Lars Nauke lachte nur. »Schnittchen?«

»Also los, ich bin gestärkt und bereit für die Arbeit«, meinte Nadja, nachdem sie einige Cracker mit Frischkäse und Schnittlauch verspeist und sich das Salz von den Fingern geleckt hatte.

Lars Nauke trat an die Stereoanlage und schaltete sie aus.

»Wir wiederholen zuerst die Grundschritte, dafür brauchen wir keine Musik.« Er stellte sich in die Mitte des Zimmers und streckte ihr die Arme entgegen. »Darf ich bitten?«

Nadja trat an ihn heran und positionierte ihre linke Hand auf seiner Schulter, die rechte legte sie in seine einladend geöffnete linke Hand, die angenehm warm war.

Lars Nauke blickte sie prüfend an. »Sie haben ja ganz kalte Hände. Wenn sie auch noch nass wären, könnte man Sie mit einem toten Fisch verwechseln! Sie sind doch nicht etwa nervös?«

»Träumen Sie weiter!«

»Das wäre durchaus nicht verwunderlich, ich habe schon Frauen in Ohnmacht sinken sehen, wenn ich sie zum Tanz gebeten habe.«

Wahrscheinlich, weil sie nicht wussten, wie sie höflich ablehnen sollen, dachte Nadja lächelnd. Sofort fühlte sie sich wohler.

Sie übten zunächst Cha-Cha-Cha und Rumba, Lars Nauke zählte die Schritte mit »Lang – kurz, kurz – lang«. Zwischendurch kommandierte er: »Nicht auf den Boden schauen!«, »Spannung halten!« oder »Schultern locker!«. Dann ließ er sie allein üben, wobei er sie mit einem amüsierten Ausdruck beobachtete.

»Etwas mehr Hüftschwung hätte ich von Ihnen schon erwartet, Verehrteste, Sie haben doch slawisches Temperament.«

»Lieber Professor, slawisches Blut wird durch Wodka befeuert, mit Ihrem Billigchampagner erreichen Sie da gar nichts.«

Lars Nauke blickte traurig zu seiner Flasche hinüber, die im Eiskühler auf dem Servierwagen stand. »Mein guter Veuve Clicquot, sei nicht beleidigt, sie meint es nicht so, sie weiß es nur nicht besser.«

»Wollen Sie weiterhin Ihren Schaumwein bespaßen oder mir lieber etwas Neues beibringen? Mit dem Grundschritt werde ich die ganzen Tanzwütigen wohl kaum von meiner Tarnung überzeugen können.«

Lars Nauke stellte tatsächlich sein Glas zur Seite und zeigte ihr einige einfache Figuren. Schließlich nickte er zufrieden. »Jetzt sind Sie so weit, um an einer meiner Lieblingsfiguren teilhaben zu dürfen: Wir werden mit der Großen Spirale beginnen.«

Nadja konnte sich ein Lachen nicht verkneifen. »Da komme ich mir ja vor wie beim Frauenarzt.«

Der Professor zwinkerte ihr zu. »Intim wird es in jedem Fall … Aber warten Sie nur, die Spirale wird Ihnen gefallen. Also, Schritt Numero eins: Wir lösen die Grundhaltung. Schritt Numero zwei: Sie lassen sich an meine Seite führen, bis Sie im Neunzig-Grad-Winkel zu mir stehen. Schritt Numero drei: Sie gleiten in haargenau sechs graziösen Schritten um mich herum, wobei meine Hand Sie immer begleitet, als wären Sie ein Lasso. Und schließlich Schritt Numero vier: Wir stehen uns wieder gegenüber und versinken beide in einem eleganten kurzen Knicks.«

Nadja blickte ihn entgeistert an. »Ich habe keine Ahnung, was Sie von mir wollen.«

Sie übten die Figur einige Male, bis Nadja ungefähr begriffen hatte, was sie tun sollte. Trotzdem vermasselte sie das Ende jedes Mal, indem sie zu lachen anfing. »Das kann doch nicht Ihr Ernst sein, dieser Knicks sieht total bescheuert aus!«, beschwerte sie sich.

»Machen Sie es einfach genauso wie ich, dann werden Sie alle anderen Tänzerinnen an Eleganz übertreffen.«

Nadja verkniff sich einen Kommentar. Sie sah Lars Nauke mit gepuderter Perücke und Rüschenhemd vor sich, wie er zu Spinettmusik im Kreis hüpfte. Dazu passte ein Knicks wunderbar. Sie sollte ihm Schnabelschuhe zu Weihnachten schenken und sich ebenfalls ein Paar gönnen. Die könnten ganz nützlich sein, wenn ihr ein übereifriger Tanzpartner zu nahe kam.

Nadja grinste. Vielleicht würden die Ermittlungen doch ganz lustig werden.

4

In manchen Nächten klammert er sich fest an sie. Sie spürt seine Sehnsucht, die er sonst nicht zulässt. Nachts erlaubt er sich das, er, der immer so stark ist. Dann schiebt sie ihr Nachthemd nach oben und dreht den Kopf zur Seite. Er ist schnell und leise, als könne sie jemand hören. Aber da ist niemand. Sie sind ganz allein in diesem Haus.

***

In seiner Würzburger Wohnung stand Viktor de Mancini vor dem Spiegel. Er sah sein eigenes Gesicht darin, doch dann verschwamm es und wurde zu dem eines Toten. Sebastian Dreher hatte seiner Mutter ähnlich gesehen.

Mancini zog den Krawattenknoten fester, so fest, dass er den Druck am Kehlkopf spüren konnte. Diese Ermittlungen mussten gut laufen und vor allem schnell Ergebnisse liefern. Er hoffte, dass es richtig war, Nadja Gontscharowa in die Tanzschule zu schicken. Die Entscheidung hatte ihn mehr gekostet, als seine Kommissare wussten. Das Vertrauen Kommissar Steiners und das Wohlwollen Bullys.

Die Polizeipräsidentin hielt eine Undercover-Aktion zu einem so frühen Zeitpunkt der Ermittlungen für unangemessen. Vielleicht war es das, aber er wollte das Gefühl haben, alles Nötige getan zu haben. Alles Nötige und noch mehr.

Jetzt war er noch einmal zu einer Besprechung mit ihr eingeladen. Aber Mancini würde sich nicht davon abbringen lassen, er nicht. Er zog die Krawatte noch fester. Er mochte es, wenn alles seine Ordnung hatte, und solange er das vertraute Engegefühl am Hals verspürte, wusste er, dass die Krawatte exakt dort saß, wo sie auch sitzen sollte.

Das war nicht immer so gewesen. Als Kind hatte er die Krawatten der Schuluniform gehasst. Er hatte mit den Fingern daran gezerrt, wenn er in der neapolitanischen Hitze durch das Gewirr der Gassen nach Hause gelaufen war. Einmal hatte er sie sogar absichtlich über dem Kleiderbügel hängen lassen und sich mit nacktem Hals aus der Wohnung gestohlen. Er war noch keine zwanzig Schritte weit gekommen, als ihn ein Schrei seiner Nonna ereilte: »Viktoooooor!«

Als er zurückblickte, winkte sie mit beiden Händen aus dem Fenster, die Krawatte hin und her schwingend. Der glänzende Stoff hob sich deutlich von den rußigen Mauern ab. Viktor war umgekehrt. Kein Junge Neapels wagte es, den Ruf der Großmutter zu ignorieren. Er stand an der Haustür und wartete darauf, dass sie den Eimer hinunterließ. In jedem der Haushalte gab es einen Eimer mit einer langen Schnur daran. Die Treppen in den Mietshäusern waren eng und steil. Wenn man etwas vergessen hatte, das man von unten nach oben oder von oben nach unten befördern musste, dann sparte man sich den Weg gern.

Er sah zu, wie der Eimer mit der ungeliebten Fracht sich auf den Weg zu ihm hinunter machte. Er schwebte an zwei Bettlaken vorbei, die im dritten Stock zum Trocknen aus dem Fenster hingen, und erregte die Aufmerksamkeit einer Katze, die im zweiten Stock auf dem Fensterbrett saß. Sie schlug mit ihren Krallen danach.

Sobald der Eimer in Reichweite war, hielt Viktor ihn fest. Er holte die Krawatte heraus, mit schlechtem Gewissen, da er erwischt worden war und seine Nonna sicher ahnte, dass er sie nicht aus Versehen vergessen hatte. Doch im Eimer lag noch etwas, ein Täfelchen Schokolade, wie er es sonst nur zum Namenstag bekam. Ungläubig blickte er zum vierten Stock hinauf und brachte nur ein leises »Grazie« über die Lippen.

»Presto«, rief sie hinunter, »sonst kommst du zu spät zur Schule.« Ihr Lachen folgte ihm, bis er um die Ecke gebogen war, die Krawatte lose über die Schulter gehängt, den Mund voll überraschender Süße.

***

Am Montagmorgen machten sie sich zu dritt auf den Weg zu den Drehers nach Heidingsfeld. Benedikt Dreher hatte sich erboten, für Nadja eine Übersicht derjenigen Personen zu erstellen, die einen Schlüssel zur Tanzschule besaßen, zehn Stück insgesamt, den von Sebastian nicht mitgerechnet.

Heideckert hatte genervt gestöhnt, als er davon erfahren hatte. »Zehn Schlüssel? Das ist ja wohl völlig übertrieben. Und uns macht es die Arbeit auch nicht grade leichter.« Doch Benedikt Dreher hatte am Telefon erklärt, warum so viele nötig waren.

»Jeder unserer Assistenten braucht einen Schlüssel. Feli benutzt ihn am häufigsten, denn sie übernimmt meistens den Empfang. Fred kümmert sich wöchentlich um die Getränkelieferung, und Han-Li ist vor den Bällen häufig bis spätabends da, um die Kostüme fertigzukriegen. Marc, Laura und Ralph gehören sowieso quasi zur Grundausstattung. Die drei tanzen in vielen Shows mit und leiten zum Teil auch Workshops. Wenn sie gemeinsam nur einen Schlüssel hätten, würde das im Chaos enden. Und Hausmeister und Putzfrau haben natürlich auch noch einen.«

Nadja hatte versucht, die Namen auf ihrer Schreibtischunterlage zu notieren, aber sie hatte schnell aufgegeben und Herrn Dreher stattdessen gebeten, eine Liste anzufertigen. Sie wollte zumindest eine grobe Übersicht haben, bevor sie den Mitarbeitern am Abend in der Tanzschule zum ersten Mal persönlich gegenüberstand.

Dass Nadja an diesem Morgen Peter mitnehmen würde, hatte außer Frage gestanden. Die Kollegen wussten, dass sie ein eingespieltes Team waren und schon in der Nürnberger Zeit viele Fälle gemeinsam bearbeitet hatten. Doch diesmal hatte sie auch Maximilian Braun eingeladen, mitzukommen. Er war Sonntagnacht noch von Dortmund aus zurück nach Würzburg gefahren, als er von dem neuen Fall gehört hatte, und Nadja fand es nur fair, ihm jetzt nicht die Büroarbeit aufzubrummen.

Während der Fahrt herrschte eine ungewohnte Stille im Auto. Seit den gestrigen Ereignissen war Peter sehr schweigsam, und Max Braun schien ohne Neumanns Sticheleien ebenfalls wenig Anlass zum Reden zu sehen.

Nadja heftete ihren Blick auf einige Ruderer, die ihr Boot mit gleichmäßigen Zügen vorantrieben. Nicht mehr lange, dachte sie, dann ist es zu kalt zum Rudern. Die roten, gelben und orangen Baumkronen am Mainufer gefielen ihr, aber die Blätter würden fallen und kahle Äste zurücklassen. Einige Zeilen aus einem Gedicht kamen ihr in den Sinn. Peter hatte sie letzten Winter zitiert, als sie die Beerdigung eines Kollegen miterleben mussten. Die eindringlichen Worte waren ihr weit mehr als die Predigt des Pfarrers im Gedächtnis geblieben.

»Weh mir, wo nehm ich, wenn es Winter ist, die Blumen, und wo den Sonnenschein und Schatten der Erde?«, sagte sie leise vor sich hin.

Peter fing ihren Blick im Rückspiegel auf. »Die Mauern stehn sprachlos und kalt«, fuhr er fort, »im Winde klirren die Fahnen.« Sein düsterer Gesichtsausdruck entspannte sich etwas. »Hölderlin, das passt gerade wirklich gut.«

Braun fragte: »Hölderlin? Ist das nicht dieser Verrückte, der sich selbst in einen Turm eingesperrt hat?«

»So ähnlich«, antwortete Peter mit einem Grinsen, »die Literaturwissenschaft streitet noch darüber, was es mit seinem Turmexil auf sich hatte. Vielleicht war der Wahnsinn auch nur vorgetäuscht.«

»Wer solche Gedichte schreibt, kann doch nicht verrückt sein«, meinte Nadja nachdenklich.

»Wer weiß, ob es nicht umgekehrt funktioniert. Vielleicht muss man verrückt sein, um so schreiben zu können.«

Da war er wieder, ihr alter, vertrauter Kollege Peter, der die richtigen Dinge zur richtigen Zeit sagte, der ihr immer wieder etwas zum Nachdenken gab und sie dazu brachte, die Welt aus einem anderen Blickwinkel zu betrachten. Wann hatten sie zuletzt ein gutes Gespräch geführt?

Nadja hatte das schmerzhafte Gefühl, dass auch in ihrer Freundschaft der Winter eingekehrt war. Sie hatte in den letzten Wochen so viel gearbeitet, dass ihr gar nicht aufgefallen war, wie sehr eine freundschaftliche Unterhaltung gefehlt hatte. War es ihre Schuld? Hatte sie sich so in ihren neuen Job verbissen, dass sie in Peter in erster Linie den Kollegen sah und nicht den Freund? Aber sie hatte sich doch nicht so viel anders verhalten als sonst. Arbeit war bei ihr schon immer an erster Stelle gekommen.

Nadja blickte auf den Fahrersitz vor sich, wo Peters Nacken zwischen den Stangen der Kopfstütze sichtbar war. Ein Stück Haut zwischen Haaransatz und Pulloverkragen. Ein Stück Haut, das ihr entsetzlich verletzlich vorkam. Sie wandte den Blick ab.

Yvonne und Benedikt Dreher empfingen sie an der Haustür. Benedikt hob sogar zögerlich grüßend die Hand, als Peter das Auto in die Einfahrt lenkte. Die deutlich kleinere Yvonne stand vor ihm, ihre roten Haare im besonderen Kontrast zu seinem weißen Hemd. Benedikt hatte einen Arm um sie gelegt. Für Peter sah es fast aus, als ob sie sich hilfesuchend an ihn anlehnte. Doch er war sich sicher, dass Benedikt Dreher sich in Wirklichkeit auf seine Frau stützte.

Nadja stieg als Erste aus dem Auto und überwand die zwei Stufen zum Eingang mit einem einzigen Schritt. Es war seltsam, die beiden Frauen nebeneinanderstehen zu sehen. Gegenüber seiner großen, sportlichen Kollegin im Trenchcoat und mit streng zurückgeflochtenen Haaren wirkte Yvonne Dreher noch zerbrechlicher als neben ihrem Mann. Und trotz des Altersunterschieds auch weiblicher.

Peter näherte sich der Gruppe langsam, Max Braun, der die Drehers noch nicht kennengelernt hatte, auf den Fersen. »Guten Morgen«, sagte er.

»Bitte kommen Sie doch herein.«

Die Beamten folgten Frau Dreher durch einen schummrigen Gang, in dem die Fenster aus Buntglas zusammengesetzt waren wie in einer Kirche. Die Herbstsonne malte rote und blaue Kringel auf ihre Gesichter, bevor sie in einem kleinen Vorraum anlangten, von dem aus eine Treppe nach oben führte und verschiedene Türen abzweigten.

»Ich habe mir gedacht, dass es am effizientesten wäre, wenn wir die Aufgaben aufteilen«, begann sie. »Die Unterlagen von Sebastians Medikation, seinen Krankenhausaufenthalten und Routinekontrollen liegen im Esszimmer auf dem Tisch. Denen kann sich einer von Ihnen gern widmen. Wir haben das meiste hier, weil Sebastians Hausarzt in der Nähe praktiziert. Dann würde ich vorschlagen, dass Frau Gontscharowa mit Benedikt alles Nötige bespricht und die Liste der Tatverdächtigen durchgeht. Und ich stehe natürlich auch zur Verfügung, falls Sie weitere Fragen haben.«

Peter sah Nadjas ironisches Lächeln, als Yvonne Dreher ihre Anweisungen herunterratterte, die sie nicht einmal als Vorschläge getarnt hatte. Schnell sagte er: »In Ordnung, Frau Dreher, ich hätte tatsächlich noch ein paar Fragen an Sie. Können wir vielleicht ins Wohnzimmer gehen oder an einen anderen ruhigen Ort?« Er verschwand mit einem Winken um die nächste Ecke.

Max Braun seufzte leise. Es war klar, dass die medizinischen Unterlagen nun auf ihn warteten.

Benedikt Dreher öffnete eine Tür hinter Braun und bat ihn und Nadja, einzutreten. »Na dann hoggd euch amahl her. Ich hol schnell die Lisde, wenn's rächd is.«

Nadja wäre fast gegen Maximilian Braun gestoßen, als dieser beim ungewohnt fränkischen Klang wie angewurzelt stehen blieb.

»Sie sinn ja a ächder Frange!«, stellte er enthusiastisch fest.

Benedikt Dreher lächelte. »Na des will ich mein! Mei Familie wohnd scho seit über zweihundert Jahr in Hätzfeld. Ich spräch nur normalerweis kei Frängisch, vor allem, wenn mei Fraa dabei is. Die mag des ned so.«

Nadja konnte es Yvonne Dreher nicht verdenken. Der Gebrauch des Dialekts ließ den Mann deutlich weniger seriös wirken. Und als Chef einer Tanzschule war Seriosität sicherlich nötig. Doch sie musste zugeben, dass das Fränkische ihn sympathischer machte, auch wenn sie jetzt von der Unterhaltung wenig verstand. Sie schob sich an ihrem Kollegen vorbei ins Esszimmer, wo sie sich auf die Eckbank setzte und der Unterhaltung lauschte.

Anscheinend berichtete Herr Dreher gerade von seiner bewegten Familiengeschichte. »Mei Großvadder haddes Haus gebaud, und es hat alles überstande. Allen Griechen had's gedrodzd, auch der Inflation und die Meehochwässer.«

Griechen? Nadja überlegte, was er damit meinen konnte.

»Kriege, er meint Kriege.« Max Braun ließ sich dazu herab, für sie zu übersetzen. »Kriege und Mainhochwasser.«

Nadja überging die Übersetzungshilfe geflissentlich. Im K1 hatten bis auf Kriminalhauptkommissar Bär doch immer alle Hochdeutsch gesprochen. Taten sie das etwa nur ihr zuliebe? Sie versuchte sich in die Unterhaltung einzuklinken. »Wo liegt denn dieses Hätzfeld, von dem Sie da sprechen?«

Die beiden blickten sie an, als hätten sie es mit einer Außerirdischen zu tun. »Hätzfeld«, sagte Braun gedehnt, »ist Heidingsfeld. Der Stadtteil von Würzburg, wo wir gerade sind. Das nennt man hier so.«

Nadja zog nur die Augenbrauen hoch. »Oh, das ist ja spannend«, sagte sie mit so viel Begeisterung, wie sie aufbringen konnte. Und das war nicht sonderlich viel.

»Wäste wahs? Ich hab scho lang amahl geblahnt, dass mer än Danzkurs auf Frängisch mach könnt. Da lad ich dich ei, Max, was meinst? Dann mach mer a bahr Volksdänz, nedd blohs des Foxdrodd- und Discofoxgehübf.«

Wann waren die beiden eigentlich beim Du angelangt? Nadja musste sich auf die Lippen beißen, um nicht laut herauszulachen. Sie versuchte sich ihren leicht bierbäuchigen Kollegen in Lederhosen vorzustellen, wie er mit dem eleganten Benedikt an der Hand Reihentänze um den Maibaum vollführte. Natürlich würde dieser seinen Kaschmirmantel über den Trachtenhosen tragen.

»Des is a richtich guhde Idee, des mach mer!« Braun schien begeistert. Vielleicht hoffte er darauf, dabei eine ähnlich gesinnte Partnerin zu finden. Es war im K1 allgemein bekannt, dass er seit Längerem auf der Suche war. Es wäre ja schön, wenn er seinen fünfzigsten Geburtstag nicht allein feiern müsste.

»In Drachd dann nadürlich, odder?« Brauns Gedanken schienen in ähnlichen Bahnen zu wandern wie ihre eigenen.

Nadja wollte seinen Enthusiasmus etwas dämpfen. »Da können dann vielleicht nicht so viele Frauen mitmachen. Es hat ja nicht jede hier ein Dirndl, oder?«, fragte sie.

Die Blicke der Männer wurden noch eine Spur herablassender. »Frau Gontscharowa«, sagte Benedikt Dreher, »die fränkische Tracht hat nicht das Geringste mit diesem Dirndlwahnsinn zu tun, der momentan die Jugend erfasst. Die Frauen in Franken haben noch nie Dirndl getragen! Die originale Kleidung und der Haarschmuck sehen völlig anders aus, als Sie sich das jetzt wahrscheinlich vorstellen. Meine Großmutter –«

»Meine a!«, unterbrach ihn Braun. »Jedn Sonndach kam die Omma in der Drachd und hat uns in die Hosen neigsteggd, und dann simmer zur Kirch gangn. Da gab's nix!«

Nadja gab es auf, die beiden Männer aus ihrem Gespräch reißen zu wollen. Benedikt Dreher wirkte deutlich gelöster als gestern, wo er im Präsidium zum Hochdeutsch verdammt gewesen war. Und sicherlich tat es ihm gut, einen Moment von seiner Trauer abgelenkt zu werden. Dr. Jekyll und Mr. Hyde, dachte sie, nur wann war er welcher?

Yvonne Dreher hatte Peter derweil ins Wohnzimmer geführt, das für seinen Geschmack etwas zu viel dunkles Holz, zu viele Teppiche und zu viele Dekogegenstände enthielt. Doch immerhin, das cremefarbene Sofa sah sehr bequem aus, und auf jedem Fensterbrett standen Blumen. Das milderte den leicht altmodischen Eindruck wieder etwas.

Er fragte sich, wessen Geschmack die Einrichtung widerspiegelte. Er konnte sich nicht vorstellen, dass Benedikt Dreher großes Interesse an Innendekoration hatte, aber zu seiner Frau passte der Stil nicht.

»Das ist Benedikts Elternhaus«, sagte Yvonne Dreher wie zur Erklärung, »er wollte zumindest eines der Zimmer möglichst so belassen, wie er es aus seiner Kinderzeit kannte. Deshalb haben wir hier nur die allernötigsten Modernisierungen vorgenommen. Neue Fenster und ein neues Sofa, aber sonst ist alles original aus den Fünfzigern, und die Möbel sind natürlich alle Erbstücke.«

»Das ist eine gute Idee«, sagte Peter, »sieht hübsch aus.«

Sie blickte ihn an, als würde sie ihm nicht glauben. Dann bot sie ihm einen Platz auf dem Sofa an und stellte eine Flasche Mineralwasser und zwei Gläser vor ihn hin. Sie selbst lehnte sich an den Schreibtisch und nahm eine kleine Bronzefigur in die Hand. Es waren die berühmten drei Affen. Der erste hielt sich die Augen zu, der zweite den Mund, der dritte die Ohren. Peter sah, dass die Köpfe der Figuren golden glänzten. Sie schienen oft berührt zu werden.

»Sebastian konnte die Hände nicht davon lassen«, sagte Yvonne Dreher, »die Affen haben ihn fasziniert. Er hat mich immer gefragt, warum sie das wohl machen. Warum sie nichts sehen, sprechen und hören wollen.«

»Und was haben Sie geantwortet?«

»Dass sie wohl intelligenter sind als die meisten Menschen, dass sie wissen, wie sie sich selbst vor der Welt schützen können.«

»Aber das funktioniert nicht immer …«

»Wenn man sich genug Mühe gibt, vielleicht doch.«

Es gab eine Pause, während der Peter Yvonne Dreher ruhig betrachtete. Sie rieb mit dem Daumen über die Affenköpfe, als würde es Glück bringen.

»Was ist es, das Sie nicht sehen, sagen und hören wollen, Frau Dreher?«

Sie stellte die Figur mit einem Knall zurück auf den Schreibtisch. »Eltern sollten ihr Kind nicht begraben müssen. Das ist vollkommen falsch, wider die Natur.«

Peter nickte nur, obwohl sie nicht auf seine Frage geantwortet hatte. »Da haben Sie vollkommen recht, das ist grausam.«

»Manchmal denke ich, es ist mehr, als ich ertragen kann.« Sie trat ans Fenster und blickte hinaus. Er hätte wetten können, dass sie die Aussicht überhaupt nicht wahrnahm.

»Wenn Sie möchten, kann ich Ihnen jederzeit professionelle Hilfe vermitteln. Wir stehen immer wieder in Kontakt mit Psychologen und Seelsorgern, vielleicht würde es Ihnen helfen, sich mit einem von ihnen zu unterhalten.«

»Das bringt mir Sebastian auch nicht zurück!« Ihre Stimme war laut geworden. In den Strahlen der Herbstsonne züngelten die Strähnen ihres roten Haares wie Flammen um sie herum. Die alten Griechen hätten in ihr eine Erinnye gesehen, dachte Peter, der regungslos sitzen geblieben war.

»Diese verdammten Ermittlungen helfen niemandem! Sie helfen meinem Mann nicht, Sebastian nicht, mir nicht! Mit Ihrer Schnüffelei werden Sie noch mehr Wunden schlagen, Sie ermitteln gegen uns und unsere Vertrauten, unsere Freunde.«

»Es könnte sein, dass einer dieser Freunde Ihren Sohn ermordet hat, vergessen Sie das bitte nicht.«

»Glauben Sie, das weiß ich nicht?« Yvonne Dreher schrie ihn jetzt geradezu an. Mit einer Handbewegung wischte sie die Blumentöpfe und Dekoschalen vom Fensterbrett hinunter. Das Porzellan zersprang auf dem Boden, Erde ergoss sich über die Fliesen.

»Denken Sie, ich begreife nicht, was es bedeutet, dass die Tür morgens verschlossen war, als Sebastian gefunden wurde? Natürlich war es einer von ihnen! Aber ich möchte gar nicht wissen, wer, und ich möchte auch nicht wissen, warum! Denn mein Sohn ist tot, und er wird es immer bleiben.« Sie hielt die linke Hand vor den Mund, um ein Aufschluchzen zu unterdrücken.

Sie ist selbst einer der Affen, dachte Peter, sie hält die Hand vor den Mund, und ich muss sie zum Reden bringen. »Phase zwei«, sagte er leise.

Yvonne Dreher blickte auf. In ihren Augen standen Tränen, doch die Wut dahinter bestimmte noch immer die Atmosphäre im Raum.

»Das Vierphasenmodell der Trauer nach Kast«, erklärte Peter. »Es beginnt mit dem Nicht-wahrhaben-Wollen, das ist Phase eins, und dann kommen intensive aufbrechende Emotionen, zum Beispiel Wut.« Warum ihre Wut allerdings dazu führte, dass sie eine Aufklärung der Tat ablehnte, dafür gab es in dem Modell keine Erklärung, soweit er wusste.

»Richtig so«, sagte sie höhnisch, »probieren Sie sich ruhig in Laienpsychologie. Sie sind wirklich ein besonders tüchtiger Polizist. So gebildet, so feinfühlig. Weiß Ihre Chefin das zu schätzen, ja? Kriegen Sie später ein Bonbon zur Belohnung?«

Alles in Peter schrie danach, mit der Faust auf den Tisch zu schlagen, die Frau zu schütteln oder sie einfach kommentarlos stehen zu lassen. Aber er presste die Finger zusammen, bis seine eigene Wut nachzulassen begann.

Diese Frau hatte ihren Sohn verloren. Und jetzt kämpfte sie, sie kämpfte mit dem erstbesten Menschen, der ihr zur Verfügung stand, und das war er.

»Wir sind auf Ihrer Seite, Frau Dreher«, sagte er nach einer Minute des Schweigens.

Sie blickte ihn an und strich die Haare über die Schulter zurück. »Das bezweifle ich«, murmelte sie.

Peter wartete, bis sie sich einen Stuhl heranzog und sich ihm gegenübersetzte. »Das sind wir wirklich.«

Sie griff nach der Wasserflasche und schenkte ihnen beiden ein. »Ich werde Sie nicht mehr anschreien.«

Er nickte. Näher würde sie einer Entschuldigung wohl nicht kommen. »In Ordnung, Frau Dreher, so können wir es halten.«

Zwanzig Minuten später ertönte ein kurzes Klopfen, und Max Braun steckte den Kopf zur Tür herein.

»Also wir wären dann so weit fertig. Nadja kennt die Namen und Hintergründe der wichtigsten Tanzleute, und ich hab die ärztlichen Unterlagen durchgesehen. Sebastian war regelmäßig zur Kontrolle, und die Blutzuckerwerte waren seit ein paar Jahren relativ konstant. Scheint nichts Ungewöhnliches vorgefallen zu sein. Wie schaut's bei euch aus?«

Sein Blick wanderte zu dem Chaos auf dem Boden, und er öffnete den Mund, offenbar, um eine entsprechende Frage zu stellen.

Yvonne Dreher kam ihm zuvor. Sie faltete die Hände über ihren Knien. »Oh, ein kleines Malheur. Ich wollte das Fenster öffnen und habe ganz vergessen, dass da ja die Blumen stehen.«

Max Braun schloss den Mund wieder, doch sein Gesichtsausdruck machte deutlich, dass er ihr kein Wort glaubte.

Peter stand auf und reichte Yvonne Dreher die Hand. »Wir haben's auch geschafft. Jetzt muss nur noch die Undercover-Sache gut über die Bühne gehen.«

Sie nickte. »Ich werde mein Bestes geben und Benedikt auch, das weiß ich. Ich denke, Ihre Kollegin wird so sicher sein wie nur möglich.«

»Das hoffe ich«, sagte er und ging zur Tür.

»Moment, ich begleite Sie natürlich hinaus.« Mühelos war Yvonne Dreher zurück in die Rolle der perfekten Gastgeberin geschlüpft.

Es kam Peter unwirklich vor, dass sie vor gerade einmal einer halben Stunde schreiend und mit Blumentöpfen werfend vor ihm gestanden hatte. Sie hatte sich alle Mühe gegeben, auch ihn zu verletzen – und doch, diese Yvonne hatte ihm besser gefallen als die unnahbare Dame, die ihn jetzt zur Tür begleitete. Er war schweigsam, als sie gemeinsam durch den kirchenartigen Gang Richtung Eingangstür gingen.

Benedikt Dreher, Max Braun und Nadja waren einige Schritte

voraus und konnten die Frage nicht hören, die Yvonne Dreher ihm leise stellte: »Und die letzten zwei?«

Peter wusste zuerst nicht, wovon sie sprach, doch dann verstand er. »Phase drei ist die Erinnerung«, antwortete er ebenso leise. »Dann folgen Akzeptanz und Neuanfang.«

Sie nickte. Er glaubte, ein schwaches Lächeln zu sehen, doch der Hausflur war sehr dunkel, er konnte sich auch getäuscht haben.

5

Es gibt ein Zimmer im Haus, das sie nie betritt, und doch steht sie oft vor der Tür und starrt auf die Klinke. Es ist, als könnte sie durch die Tür ins Innere sehen. Sie weiß, was sie dort vorfinden wird. Jedes Detail ist in ihrem Gedächtnis eingebrannt.

Manchmal legt sie den Kopf an die Tür und lauscht auf das Geräusch eines pochenden Herzens. Dann ist da ein Moment Hoffnung. Doch sie hört nur einen Schrei, ihren eigenen, abgebrochenen Schrei, der noch immer zwischen den Wänden gefangen ist. Er dringt durch das Schlüsselloch nach draußen. Seit dem Tag vor dreizehn Monaten bringt sie kaum Worte über die Lippen. Der Rest des Schreis steckt in ihr. Er macht ihre Kehle eng, er trübt ihren Blick, er zerschneidet ihr Herz.

***

Als Nadja endlich einen Parkplatz gefunden hatte – sie musste dafür mehrmals um den Block fahren, da die Tanzschule in einer Einbahnstraße lag – blickte sie noch einmal in den Rückspiegel, bevor sie ausstieg. Ihr Haar war wie immer geflochten und hochgesteckt, und auch ansonsten sah sie eher unspektakulär aus. Vielleicht zu unspektakulär für eine übereifrige Tanzschülerin. Ein wenig mehr Farbe musste her.

Sie durchwühlte ihre Handtasche auf der Suche nach einem Lippenstift, den sie vor zwei Jahren extra für ein Date gekauft und seitdem nie wieder verwendet hatte. Tatsächlich steckte er noch in einer der Seitentaschen. Das war nicht besonders verwunderlich, da Nadja nur eine einzige Handtasche besaß und diese grundsätzlich zu allen Gelegenheiten mitschleppte.

Sie spitzte die Lippen und trug »Hollywood Glow« großzügig auf. Dann betupfte sie ihren Mund vorsichtig mit einem Taschentuch und musterte sich erneut im Spiegel. Jetzt sah sie nicht mehr unscheinbar, sondern irgendwie vampirmäßig aus. Mit ihren leicht schräg gestellten Augen und der ohnehin hellen Haut wirkte sie wie einem Bram-Stoker-Roman entsprungen. Ein guter Grund, nach Knoblauch stinkende Tanzpartner abzulehnen, dachte Nadja und stieg mit Schwung aus dem Wagen.

Die Turnschuhe passten zwar nicht zum Kleid, doch Nadja wollte das Gefühl, mit beiden Beinen fest auf dem Boden zu stehen, möglichst lange bewahren. Ihre Tanzschuhe trug sie in einem extra Beutel bei sich. Zierliche Sandalen mit Wildledersohle, wunderschön, aber nicht geeignet, um damit über die Straße zu laufen oder gar Auto zu fahren. Sie hatte nach Luft geschnappt, als sie im Geschäft für Tanzbedarf den Preis erfahren hatte. Aber schließlich gehörten die Schuhe zu ihrer Mission, und das Geld würde ihr erstattet werden. Da konnte sie sich ruhig auch das schönste Paar aussuchen.

Sie ging die wenigen Meter bis zum Gebäude. Aus einem offenen Fenster im ersten Stock drangen Swing-Musik und leises Lachen herunter.

Die Tanzschule war in einem gelben Eckhaus, dreistöckig und mit weißen Stuckverzierungen um die Fenster herum untergebracht. Steffen Neumann hatte erzählt, dass das Haus unter Denkmalschutz stand. Als Nadja nun davorstand, fand sie das nur zu berechtigt. Ein gemauerter Torbogen führte in den Innenhof, darüber begrüßte ein steinernes Wappen den Besucher und verkündete das Jahr der Erbauung: 1730.

Nadja atmete tief durch und trat in den Innenhof. An einem Fahrradständer standen einige abgesperrte Räder, darüber verriet ein Schild dem Besucher den Namen der Tanzschule. Die Buchstaben des Wortes »Dreher« waren kunstvoll gestaltet und deuteten mit schwungvollen Ausläufern eine Drehbewegung an.

Nadja öffnete die Tür. Sie musste durch einen schweren Samtvorhang treten und fand sich in einem kleinen Raum wieder, der offensichtlich als Garderobe diente. An den Wänden standen Holzbänke, unter denen Schuhe abgestellt waren, und an den Garderobenhaken hingen Jacken, Mäntel und Schals. Ein Spiegel auf Kopfhöhe warf ihr blasses Gesicht zurück.

Linker Hand führte eine Treppe direkt ins Obergeschoss, und daneben hatte ein Empfangstresen Platz gefunden. Er war nicht besetzt, doch auf dem Holz des Tresens stand eine goldene Glocke, wie sie in Hotels üblich war, und teilte dem Wartenden mit, dass er sie ohne Scheu benutzen solle. Nadja klingelte und lauschte. Nichts geschah.

Sie machte einen Schritt auf die Treppe zu, um nachzusehen, ob sich oben etwas rührte, und trat dabei fast auf eine Quaste, die am Boden lag. Auf den zweiten Blick erkannte sie, dass es sich bei der Quaste vielmehr um ein Fellbüschel handelte und dass dieses Fellbüschel zum Schwanz eines der am merkwürdigsten aussehenden Hunde gehörte, die Nadja jemals gesehen hatte. Er lag klein und zierlich halb hinter dem Tresen versteckt und beäugte sie aus misstrauischen Augen. Seine fledermausähnlichen Ohren waren ebenfalls von Fellbüscheln geziert, und auch die Pfoten waren behaart, der Rest des Tieres war jedoch nackt und wies ein seltsames Muster aus rosiger Haut und schwarzen Flecken auf. Die Schnauze hatte es in die Höhe gestreckt und schien Nadjas Geruch förmlich zu inhalieren.

»Du magst mich wohl nicht?«, fragte sie den Hund und kam sich sogleich ziemlich dumm vor. Normalerweise sprach sie nicht mit Tieren, normalerweise hätte sie auch keine Sekunde lang darüber nachgedacht, warum der Hund so kritisch schaute. Es musste an der ungewohnten Situation liegen.

Sie klingelte erneut und vernahm mit Erleichterung eine helle Stimme, die von oben »Komme sofort« rief, und kurz darauf polternde Schritte auf der Treppe. Eine junge Frau wurde sichtbar. Sie hüpfte mehr, als dass sie ging, ein langer Pferdeschwanz aus hellbraunen Haaren wippte hinter ihrem Kopf auf und ab.

Routiniert stieg sie über den am Boden liegenden Hund und baute sich hinter dem Empfangstresen auf. Sie nahm einen goldenen Stift zur Hand, blätterte in einer großen Kladde und fragte mit geneigtem Kopf: »Welcher Kurs?«

Nadja erklärte: »Ich weiß nicht genau, für welchen Kurs ich jetzt eigentlich vorgesehen bin. Man hat mir nur gesagt, dass ich um neunzehn Uhr dreißig hier sein soll und dann noch von jemandem herumgeführt werde, bevor die Stunde beginnt. Ich bin Nadja Gontscharowa und habe das Intensivpaket gebucht. Frau Dreher hat mir am Telefon erklärt, dass ich die Möglichkeit habe, fast jeden Abend an einem der Kurse teilzunehmen und zusätzlich Privatstunden zu bekommen, wenn ich besonders schnell vorankommen will.«

Da sie in diesem Fall nicht wie ein verdeckter Ermittler unter falscher Identität vorgehen konnte, hatten sie sich entschieden, möglichst nahe an der Wahrheit zu bleiben. So konnte sie schon nicht in die Verlegenheit kommen, den Decknamen zu vergessen oder verschiedenen Personen verschiedene Geschichten über sich zu erzählen. Und diese Intensivtanzangebote waren perfekt, um ihre tägliche Anwesenheit in der Tanzschule zu erklären.

Die Frau blickte auf und lächelte sie an. »Ach so, Sie geben sich gleich die volle Dröhnung. Dann werde ich Sie in nächster Zeit ja fast jeden Abend sehen. Entschuldigen Sie bitte die Verwirrung. Ich wusste nicht, dass Sie heute schon anfangen. Ich bin Feli, Rezeptionistin, Tanzassistentin, Mädchen für alles …«

»… und die gute Seele der Tanzschule«, ergänzte eine weitere Frau, die sich soeben durch den Vorhang vor der Eingangstür schlängelte.

»Hallo, Laura«, begrüßte Feli sie, »alles klar bei dir?«

Laura nickte, obwohl die Schatten unter ihren Augen das Gegenteil nahelegten. Nadja versuchte sich die Personenbeschreibungen ins Gedächtnis zu rufen, die Benedikt Dreher ihr zur Vorbereitung gegeben hatten. Felicitas Huf, das Empfangsmädchen, war dreiundzwanzig Jahre alt und arbeitete halbtags in der Tanzschule. Laura Scott dagegen war nur wenige Jahre jünger als Nadja. Sie unterrichtete Englisch und Geschichte an einem der Würzburger Gymnasien, nebenbei half sie als Tanzassistentin aus.

Feli stellte die beiden einander vor. »Das ist Laura, sie ist seit zwei Jahren hier bei uns an der Tanzschule und assistiert seit einigen Monaten auch in einem der Kurse von Benedikt. Und das ist Nadja, eine von den Intensiven. Heute ist ihr allererster Tag.«

Die beiden Frauen schüttelten sich die Hand, und Laura sagte: »Ich hoffe, es stört dich nicht, dass wir uns hier alle duzen. Man braucht eine Weile, um sich dran zu gewöhnen, aber es gehört hier zur Tanzschulphilosophie, keine unnötige Distanz zwischen Schülern und Lehrern zu schaffen.«

»Das heißt, Yvonne und Benedikt Dreher werden auch von allen mit Vornamen angesprochen, obwohl sie die Chefs sind?«, vergewisserte sich Nadja.

»Von allen, sogar von der Putzfrau«, grinste Feli und fügte in verschwörerischem Ton hinzu: »Aber ich könnte schwören, dass Yvonne das eigentlich nicht mag, sie zieht immer ein ziemlich saures Gesicht, wenn unsere Putzfrau ihr ›Iiiih-wonne‹ hinterherruft, aber sie kann ja schlecht ihre eigenen Regeln in Frage stellen.«

In diesem Moment ertönte ein merkwürdiges Geräusch aus dem Schatten hinter dem Tresen, eine Mischung aus Bellen, Knurren und Fiepen. Feli zuckte wie ertappt zusammen. »Das ist Babe«, erklärte sie an Nadja gewandt, »er mag es nicht, wenn gelästert wird.«

Da sich sonst niemand im Raum befand, kam Nadja zu dem Schluss, dass es sich bei Babe um den seltsamen kleinen Hund handeln musste. Sie beugte sich vor und musterte ihn erneut. Die Ähnlichkeit mit einem Schwein war nicht besonders groß, ebenso groß oder klein wie die Ähnlichkeit mit allen anderen Tierarten, um genau zu sein.

Feli kniete sich neben ihn und zerzauste beruhigend das Fellbüschel auf seinem Kopf. »Als er noch ein kleiner Welpe war, hat er gequiekt statt gebellt, daher der Name.«

Nadja fragte sich, ob sie etwas typisch Weibliches wie »Süß« oder »Wie goldig« von sich geben sollte, entschied dann aber, dass es sowieso nur geheuchelt klingen würde. »Zeigt ihr mir noch die Tanzschule, bevor der Kurs beginnt?«, fragte sie stattdessen.

Feli kitzelte Babe gerade am Bauch und blickte kaum auf, als sie antwortete: »Ich bin jetzt eigentlich für den Empfang zuständig. Wenn dann so langsam die Kursteilnehmer eintrudeln, kontrolliere ich auf der Liste, ob alle ordnungsgemäß angemeldet sind, die Teilnahmegebühr schon bezahlt haben, und informiere sie dann, in welchem Saal der Kurs heute stattfindet. Aber Laura kann dir schnell alles zeigen, oder?«

Laura nickte. »Klar, wir haben ja noch ein bisschen Zeit, bis der Kurs anfängt. Es wird dir hier gefallen, die Räume sind wirklich schön.« Sie wandte sich zur Treppe, um die Führung zu beginnen.

Nadja nahm ihren Schuhbeutel und die Handtasche und wollte Laura hinterher, als sie es sah: Auf der Rückseite von Lauras geblümtem Rock prangte ein kleiner, doch deutlich sichtbarer Blutfleck. »Ähm, Laura, dein Rock ist … schmutzig«, sagte sie vorsichtig.

Laura versuchte, über die Schulter auf ihre Hinterseite zu blicken, und hielt den Stoff des Rockes etwas von sich weg. Entsetzen malte sich auf ihrem Gesicht. »Oh Gott, so ein Mist!«, rief sie aus. »Was soll ich jetzt bloß machen? In zwanzig Minuten fängt der Kurs an.«

Feli sagte tröstend: »Fahr doch schnell nach Hause und zieh dich um. Es ist ja nicht schlimm, wenn du mal eine Viertelstunde zu spät kommst.«

Laura schüttelte den Kopf. »Ich habe zugesagt, heute zu assistieren. Und Benedikt wollte gleich zu Beginn mit Salsa anfangen, das geht nicht ohne Partnerin.« Sie hielt eine Hand über den Fleck, als könne sie ihn dadurch zum Verschwinden bringen.

Nun schaltete sich Nadja ein: »Vielleicht kann ich helfen. Ich habe immer ein Fläschchen Handwaschmittel in meiner Tasche dabei, das ist ziemlich nützlich, wenn man viel unterwegs ist. Du kannst es gern benutzen. Wenn wir die Hinterseite des Rockes im Waschbecken waschen und dann eine Weile unter den Händetrockner halten, dann sieht er in einer Viertelstunde wieder aus wie neu.«

Laura zögerte einen Moment, sah dann jedoch ein, dass dies noch die beste Lösung darstellte. Sie ging auf eine versteckte Tür hinter dem Empfangstresen zu, die Nadja zuvor gar nicht aufgefallen war, und winkte Nadja mit hinein.

Ohne viel Federlesens schlüpfte Laura aus ihrem Rock und verschwand in der Toilettenkabine. Nadja bearbeitete den Blutfleck derweil mit Wasser, Waschmittel und einer Nagelbürste, die auf dem Waschbeckenrand lag. Nach mehrmaligem Ausspülen blieb jedoch immer noch eine Verfärbung zurück. Die Kommissarin gab erneut Seife darauf. Laura stand derweil daneben und hüpfte nervös von einem Fuß auf den anderen. In ihrem gepunkteten Höschen wirkte sie wie ein Schulmädchen, das etwas ausgefressen hat.

»Hoffentlich kommt jetzt niemand hier rein. Ich stelle mich besser an die Tür und halte die Klinke fest«, meinte sie schließlich. Nadja wrang den nassen Stoff ein letztes Mal aus und hielt den Rock unter den Handtrockner, der sofort losbrummte.

Laura kicherte hysterisch. »Gott sei Dank ist der Hausmeister so faul. Ich liege ihm seit Monaten in den Ohren, dass er diese Bakterienschleudern abmachen und stattdessen einen Papierhandtuchständer installieren soll, aber jetzt bin ich heilfroh über dieses altertümliche Monstrum.«

Nadja warf ihr einen Blick zu und fragte: »Sonst alles okay? Bist du versorgt?«

Laura klammerte sich an den Türgriff. »Ja, der Fleck muss schon länger da gewesen sein. Ich hab das gar nicht mitbekommen, als ich letztes Mal meine Tage hatte. Hoffentlich ist das nicht während des Unterrichts passiert. Aber ich denke, meine Schüler hätten was gesagt, die sind eigentlich recht fair.« Sie kicherte plötzlich. »Nicht auszudenken, wenn jetzt ein Mann reinkäme. Noch nie in meinem Leben habe ich mich so unsexy gefühlt!« Sie wackelte mit ihrem gepunkteten Po und setzte dabei eine todernste Miene auf.

Nadja musste lachen und warf Laura den mittlerweile trockenen Rock zu. Diese beäugte ihn kritisch. »Man sieht es wirklich kaum noch, das Blumenmuster ist zum Glück recht auffällig«, stellte sie erleichtert fest. »Eigentlich merkt man es nur, wenn man weiß, dass da mal ein Fleck war. Vielen Dank.«

Nadja lächelte und verstaute das Waschmittel wieder in ihrer Handtasche. »Kein Problem, da fängt mein Intensivkurs ja schon mal recht abwechslungsreich an.«

Als sie sich umdrehte, hatte Laura den Rock bereits wieder angezogen, und sie verließen gemeinsam die Toilette. Feli reckte beide Daumen in die Höhe, als sie Lauras frisch gewaschenes Hinterteil sah.

»Die Führung muss jetzt im Schnelldurchlauf stattfinden«, meinte Laura mit einem Blick auf die Uhr.

Sie stiegen die schmale Treppe nach oben und gelangten in einen Durchgangsraum, an dessen Seiten einige Barhocker und Cocktailtische mit Schälchen voller Salzstangen und Erdnüsse standen. Nadja wurde bewusst, dass sie bisher noch nicht zu Abend gegessen hatte. Vielleicht war es gar keine so schlechte Idee, sich vor dem Kommenden noch zu stärken. Schnell schnappte sie sich eine Handvoll Knabberzeug und folgte Laura, die durch eine doppelflüglige Tür getreten war.

»Das hier ist der kleine Saal«, verkündete sie mit einer wenig enthusiastischen Handbewegung. »Die Spiegel an den Wänden lassen ihn größer wirken, aber mit einem vollzähligen Kurs kann es hier drin schon ganz schön eng werden.«

Nadja nickte mit vollem Mund und war froh, dass Laura keine Erwiderung zu erwarten schien. Sie gingen zurück, und Laura öffnete eine weitere Tür. Hier gefiel es Nadja schon viel besser. Es war ein großer, heller Saal, dessen Tanzfläche durch einige verspiegelte Säulen unterbrochen war. Von der Decke hing eine Discokugel, in deren Facetten Nadja sich hundertfach zersplittert sah. Gleich neben dem Eingang befand sich eine Bar, hinter der ein großer dunkelhaariger Mann stand und Colaflaschen in den Kühlschrank räumte.

»Hallo, Fred, gibst du mir eine? Ich lös dich dann gleich ab«, rief Laura ihm zu. Er drehte sich um und freute sich offenbar, sie zu sehen. Sein Lächeln reichte von einer Wange zur anderen, als er eine Cola aus dem Kühlfach holte und sie Laura über den Tresen reichte. Sie dankte ihm und führte Nadja weiter in den Saal hinein.

»Fred ist sehr schüchtern«, sagte sie leise. »Er spricht kaum ein Wort und hat Probleme, mit Fremden in Kontakt zu kommen. Aber er ist ein guter Tänzer und führt so sanft wie kein anderer. Ein langsamer Walzer mit ihm und du verstehst, wie es sich anfühlen muss, auf Wolken zu laufen.«

Nadja war sich nicht ganz sicher, ob sie es für erstrebenswert halten sollte, wie auf Wolken zu laufen. Eigentlich hielt sie sich ganz gern an den Boden der Tatsachen. Aber schließlich befand sie sich hier im Künstlermilieu. Der Jäger musste sich in das Wild hineindenken. Ihr Auftrag war es, hinter die freundlichen Mienen und glitzernden Spiegelflächen zu blicken und einen Mörder zu finden.

Sie erschauerte unter dem allzu kühlen Luftzug der Ventilatoren und wandte sich Laura zu, die mittlerweile in einer kleinen Kabine, in der wohl die Musikanlage untergebracht war, stand und nach einer CD suchte. »Benedikt lässt mich oft die Musik für den Kurs auswählen«, rief sie Nadja durch das Mikrofon verstärkt zu, »und ich hab eine Idee, mit welchem Lied ich dir heute den Einstieg versüßen könnte. Es ist eines, das total gut zu dir passt, finde ich zumindest.«

»Na, da bin ich gespannt«, sagte Nadja.

Laura wedelte aber nur geheimnisvoll mit einer CD-Hülle und hielt Nadja dann eine weitere Tür auf. »Jetzt siehst du gleich zum ersten Mal den grünen Saal. Hier fühle ich mich am wohlsten. Ich finde, er ist ein richtiges Schmuckstück.«

Sie gelangten in einen schmalen Gang, an dessen Wänden gerahmte Fotos früherer Tanzaufführungen hingen. Nadja erhaschte im Vorbeigehen nur das flüchtige Bild fliegender Röcke und glänzender Smokings und nahm sich vor, ein andermal genauer hinzusehen. Dann betraten sie gemeinsam den grünen Saal.

Plötzlich blieb Laura stehen. Nadja wäre fast in sie hineingerannt. Sie wollte sich schon entschuldigen, als sie ihn sah: einen Mann, der verdächtige Ähnlichkeit mit Achill aus der Troja-Verfilmung Hollywoods aufwies. Nur dass er statt Lendenschurz ein weinrotes Hemd und Jeans trug. Vielleicht waren die emphatischen Beschreibungen, die antike Dichter über die griechischen Helden und Halbgötter verfasst hatten, doch nicht vollkommen übertrieben. Ein Angehöriger dieser Spezies schien vom Olymp herabgestiegen zu sein, um hier in der Tanzschule zu residieren.

»Wer ist das denn?«, raunte sie Laura zu. Als hätte er ihre Frage gehört, wandte der Unbekannte den Blick von seiner Gesprächspartnerin ab und richtete ihn auf Nadja.

Grünbraune Augen fixierten sie, sein Blick wanderte langsam und fast genüsslich an ihrem Körper hinunter. Sie fühlte einen Schauder über ihren Rücken laufen. Er lächelte leicht amüsiert, senkte den Kopf um eine Winzigkeit, um einen Gruß anzudeuten, und drehte sich wieder zu seiner Gruppe.

Laura seufzte und sagte: »Du scheinst ihm zu gefallen, unattraktive Frauen übersieht er ganz einfach. Das ist übrigens Marc, der schönste Mann auf Gottes grüner Erde.«

»Und er sieht aus, als ob er das auch ganz genau weiß«, ergänzte Nadja.

»Und ob er das weiß, sein Ego hält mit seiner Attraktivität locker Schritt«, antwortete Laura.

Nadja warf einen letzten Blick auf Marc und wandte sich dann energisch ab. »Ich werde ihm möglichst aus dem Weg gehen. Das Letzte, was ich jetzt brauchen kann, sind Verwicklungen mit dem Tanzschulcasanova. Ich werde erst einmal genug damit zu tun haben, meine eigenen Beine nicht zu verknoten, da kann ich kein zweites Paar dazwischen gebrauchen.«

Laura sah so erleichtert aus, dass Nadja unwillkürlich fragte: »Was ist?«

Mit einem etwas gequälten Lächeln antwortete sie: »Marc ist mein Freund. Na ja, genauer gesagt führen wir eine offene Beziehung.«

Nadja blickte die junge Frau peinlich berührt an. »Entschuldige meine unbedachte Bemerkung, wenn ich das gewusst hätte, hätte ich natürlich nicht so über ihn gesprochen.« Sie fragte sich, warum Benedikt Dreher dieses Detail nicht erwähnt hatte.

Laura zuckte die Schultern. »Alle Frauen reagieren so, wenn sie Marc das erste Mal sehen. Ich habe mich inzwischen daran gewöhnt.«

Danach sah Laura allerdings ganz und gar nicht aus, doch Nadja hielt es für besser, das Thema im Moment nicht zu vertiefen. Stattdessen blickte sie sich interessiert im Saal um, musterte das Parkett und die dunkelgrünen Wände. Vor den Fenstern hingen schwere Samtvorhänge, Ton in Ton mit der Wandfarbe, und an der Decke ein silberner Kronleuchter. Der Saal wurde außerdem von mehreren abgeschirmten Wandlampen erhellt. Auch hier war eine Seite des Raumes fast komplett verspiegelt. In einer Ecke befand sich eine kleine Bar aus dunklem Holz, und dort, wo der Saal in den Gang überging, waren mehrere Sitznischen hinter grünen Säulen verborgen.

»Es ist wunderschön hier«, schwärmte Nadja leicht ehrfürchtig. Sie konnte sich in diesem Raum höfische Reigen aus dem 18. Jahrhundert vorstellen, aber keine Horde ungeübter Tanzschüler, die über das gepflegte Parkett trampelten.

»Nicht wahr?«, meinte Laura. »Und immer, wenn ich Marc in diesem Saal sehe, habe ich das Gefühl, er gehört hierher wie ein besonders exquisites Einrichtungsstück. Er sieht dabei gleichbleibend unwiderstehlich und alterslos aus. Vielleicht hat er auf dem Speicher ein Porträt versteckt.«

Die Anspielung auf Wildes berühmtes »Bildnis des Dorian Gray« sprach nicht gerade für eine glückliche Partnerschaft, aber das hatte Nadja gleich geahnt. Diesem Mann sah man schon aus zehn Metern Entfernung an, dass er Unglück brachte. »Sieht er wirklich immer so perfekt aus? Hat er denn nie mal einen schlechten Tag?«

Von einem Moment auf den anderen erstarrten Lauras Gesichtszüge. Leise antwortete sie: »Du kannst es nicht wissen, aber wir haben erst vor einigen Tagen einen schlimmen Unfall hier in der Tanzschule erlebt. Sebastian, der jüngste Tanzlehrer, ist die Treppe hinuntergefallen und gestorben. Er war Marcs bester Freund und meiner irgendwie auch.«

»Oh nein, das tut mir leid«, sagte Nadja bemüht überrascht und betroffen, »ich scheine hier ständig die falschen Dinge zu sagen. Ich kann verstehen, wenn du nicht daran denken willst.«

»Ich denke sowieso daran, ob ich will oder nicht«, versetzte Laura. Sie betrachtete Marc, der seiner Gesprächspartnerin mittlerweile eine Hand auf den Arm gelegt hatte und ihr etwas ins Ohr flüsterte. Laura dagegen flüsterte mit sich selbst: »Aber ich frage mich, was man für ein Mensch sein muss, um so schnell wieder in die Normalität zurückkehren zu können. Er tut einfach so, als hätte es Sebastian nie gegeben. Sebastian, nicht irgendjemand!«

Menschen gingen sehr unterschiedlich mit Trauer um, und Marc war vielleicht jemand, der die Ablenkung brauchte, um mit dem Verlust klarzukommen. Aber diesen Gedanken sprach Nadja nicht aus, um ihren neu erworbenen Status als Lauras Vertraute nicht zu gefährden.

In diesem Moment betrat Benedikt Dreher den Saal. Er begrüßte Laura und Nadja sehr höflich und dankte Laura, dass sie Nadja durch die Tanzschule geführt hatte. »Ich hoffe, du fühlst dich wohl bei uns«, sagte er mit einem bedeutungsvollen Hochziehen der Augenbrauen, »und findest hier alles, was du suchst.«

»Bestimmt«, antwortete Nadja, die auf seine doppeldeutige Frage eine ebensolche Antwort geben wollte, »ich habe hier bisher nur nette Menschen getroffen. Da hilft mir bestimmt jeder weiter, wenn ich Fragen habe.«

Alle drei lächelten. Über Benedikts Schulter sah Nadja ihr eigenes Gesicht im Spiegel – ihr lächelnder roter Mund wirkte wie der einer Puppe, genauso künstlich und genauso unglaubwürdig.

6

Sie sitzt am Abendbrottisch und bemüht sich, ihn nicht anzuschauen. Die Bissen nicht zu sehen, die er zum Mund führt, die er kaut und kaut und kaut und schließlich hinunterschluckt. Sie hat einen Weg gefunden, ihren Blick so über seine Schulter zu richten, dass er sich trotzdem wahrgenommen fühlt. Sie sieht die Küchenuhr, wie die Zeiger sich bewegen und immer vorwärts laufen, nie rückwärts.

Essen ist für sie zu einer bloßen Notwendigkeit geworden. Hunger verspürt sie längst nicht mehr. Und Fleisch zu essen ist ihr unmöglich geworden. Es verwandelt sich auf ihrem Teller, es wird größer und größer und nimmt die Form eines Armes an. Ein weißer Arm auf karierten Fliesen. Das Letzte, was sie gesehen hat, bevor die Dunkelheit ihre Finger nach ihr ausstreckte und sie an sich zog.

Ihr wird übel, wenn sie daran denkt. Sie muss die Augen schließen und noch eine Tablette nehmen. Sonst wird sie seine Hand wegschlagen, die das Fleisch schneidet, und ihn anschreien, was er da tut.

***

Peter war froh gewesen, Würzburg einen Moment lang hinter sich lassen zu können, auch wenn es nur für eine gute Stunde und noch dazu in dienstlichem Auftrag war. Er brauchte Abstand von allem und jedem. Als Kripobeamter schien er immer nur auf zwei Sorten von Menschen zu treffen. Auf die, denen er helfen wollte, aber nicht konnte, und auf die anderen, denen er helfen könnte, die es aber nicht zuließen. In letzter Zeit häuften sich die Situationen, in denen er tatenlos zusehen musste, wie andere in ihr Verderben rannten.

Das war einer der Gründe gewesen, sich überhaupt aus Nürnberg weg versetzen zu lassen. Aus der immer wachen Stadt mit ihren U-Bahnen und Junkies, ihren Tauben, die so grau waren wie die Wände der Mietskasernen, und ihren allmorgendlichen Staus. Gut, Stau gab es in Würzburg auch regelmäßig, aber zumindest konnte seine Tochter hier in einer wahren fränkischen Idylle aufwachsen, einer Idylle ohne Drogentote.

Während er das Auto Richtung Mainstockheim lenkte, spukten in seinem Kopf Bilder von Fixern, die so jung waren und doch so alt aussahen. Die Überdosis folgte wie ein natürlicher Tod, wie eine Alterserscheinung. All das hatte er hinter sich gelassen, aber hier traf er auf andere Abgründe. Abgründe, mit denen er nicht gerechnet hatte und die ihn verunsicherten. Und er spürte, dass er an seiner Entscheidung zu zweifeln begann, die er vor Jahren getroffen hatte. Damals, als das Schicksal ihm eine Faust in den Magen rammte und ihn ohnmächtig zurückließ.

Peter atmete tief durch und hielt an einem kleinen Parkplatz an. Er kramte im Handschuhfach herum, bis er eine zerdrückte Packung Zigaretten gefunden hatte. Mit einer Gauloise in der Hand trottete er eine Weile hin und her, gierig das Nikotin inhalierend, den Blicken der Autofahrer ausweichend. Damals, dachte Peter, habe ich zumindest noch nach einem Sinn gesucht. Heute versuche ich so zu tun, als ob es noch immer einen gäbe.

Er drückte die Zigarette auf dem Deckel des Mülleimers aus und warf sie hinein. Dann stieg er zurück ins Auto und gab Gas. Fred Schweigert wartete.

Zu seiner Überraschung führte das Navi ihn zu einem weißen fest verschlossenen Tor, hinter dem ein großes Haus sichtbar wurde. Fred schien noch bei seinen Eltern zu leben.

Peter parkte das Auto vor dem Tor und klingelte. Nach wenigen Sekunden ertönte ein Summen, und das Tor schwang von selbst auf. Der junge Mann stand an der Haustür und blickte ihm entgegen.

Beim Näherkommen erkannte Peter, dass Fred so jung gar nicht mehr war. Im Gegenteil, er hatte die Statur eines Footballspielers und deutlichen Bartwuchs. Dennoch wirkte er durch seinen schüchternen Gesichtsausdruck und die Art, wie er unbeholfen an der Hauswand lehnte, fast kindlich.

Peter stieg die Treppe hinauf und zeigte Fred seinen Dienstausweis. Er war fast einen Kopf kleiner als sein Gegenüber. Schnell stieg er noch eine Stufe empor, um Fred die Hand zu reichen. Dieser begrüßte ihn leise und leicht stotternd.

Fred hielt ihm die Tür auf, doch Peter rührte sich nicht. Stattdessen saugte er die kalte Luft in seine Lungen und sagte: »Schön haben Sie's hier. Einen eigenen Weinberg im Garten, das sieht man nicht besonders häufig.«

Fred folgte seinem Blick über den sanft abfallenden Hang, über die braunen Blätter der Weinstöcke bis hinunter zum Main.

»M-meine M-mama«, erklärte er, »sie wollte das Haus unbedingt kaufen. Sie dachte, das sei gut für uns, der große Garten und die f-f-frische Luft.«

»Wer ist uns?«

»F-für meine Schwester und mich. Für meinen Vater auch, aber er arbeitet viel.«

»Sind jetzt alle daheim?«

Fred schüttelte den Kopf. »N-nur m-meine M-mutter. Aber sie hat sich hingelegt. Ich will sie nicht aufwecken.«

Peter lächelte ihn an. »Das wird auch nicht nötig sein. Ich möchte nur kurz mit Ihnen über den Tod von Sebastian Dreher sprechen. Sie haben ihn ja ganz gut gekannt, oder?«

Fred trat einen Schritt zurück. »Sie können ruhig Du sagen. Wollen wir reingehn?« Er sah Peter an, als wüsste er ganz genau, dass dieser trotz der Kälte gern noch länger draußen stehen geblieben wäre.

Der Blick über das Tal beruhigte Peter mehr, als es das Nikotin vermocht hatte. Dennoch folgte er Fred Schweigert durch den weiß gehaltenen Flur mit einem imposanten Jagdgemälde an der Wand in eine weitere Diele. Von dort führte er ihn in einen kleinen, fast quadratischen Raum, der an allen Seiten mit Bücherregalen ausgestattet war. Vor der Glastür, die auf den Balkon hinausführte, stand ein Holztisch mit zierlichen Beinen, der farblich zum Parkett passte. Nicht einmal ein Ohrensessel mit Fußschemel fehlte. Peter begann sich sofort wohlzufühlen. Außerdem konnte er auch von hier über den Weinberg auf den Main hinunterblicken.

»H-h-hier b-b-bin ich am liebsten«, sagte Fred und lief leicht rot an, als habe er eine Schwäche zugegeben.

»Das kann ich gut verstehen. Bestimmt wäre es auch mein Lieblingszimmer, wenn ich hier wohnen würde.« Peter lächelte ihm erneut zu.

Der junge Mann tat ihm leid. Seine Eltern schienen wohlhabend zu sein, wenn sie sich ein solches Haus leisten konnten, aber ihr Sohn war alles andere als selbstbewusst – er verkörperte den Typus des reichen Jünglings so überhaupt nicht.

Peter trat an eines der Regale und überflog die Titel, in der Hoffnung, Fred würde sich etwas entspannen, wenn er ihn so abgelenkt sah. Viel Lyrik, hauptsächlich frühes 20. Jahrhundert, dazu Biografien und Briefsammlungen. Celan und Bachmann, jemand hier hatte einen ungewöhnlichen Geschmack.

»Ich habe eigentlich eine eigene Wohnung in der Stadt«, hörte er Fred plötzlich sagen. Peter drehte sich nicht um. Anscheinend fiel es Fred leichter, mit seinem Rücken zu kommunizieren.

»Aber ich bin tagsüber lieber hier. Abends ist dann meine Wohnung in der Stadt praktischer, weil sie gleich in der Nähe der Tanzschule liegt.«

»Wie lange tanzt du schon dort?«

»Seit sechs Jahren. Meine Schwester Steffi hat mich mal zu einem von den Schülerkursen mitgenommen. Das hat mir gut gefallen, und ich habe mich selbst für einen Kurs angemeldet. Seit zwei Jahren darf ich auch assistieren, und bei den Tanzpartys übernehme ich meistens die Bar.« Er klang stolz.

Peter blickte auf die Bücher. Eine schön gebundene Ausgabe »Kästner für Erwachsene« fiel ihm ins Auge. Er zog eines der Bücher aus dem Regal und blätterte darin herum.

»Warst du gut mit Sebastian befreundet?«

Fred zögerte. »N-na ja, schon, ja. Sebastian war sehr lustig, hat immer viele Witze gemacht, auch beim Tanzen.«

»Und du wusstest, dass er Diabetes hatte?«

»Klar, das wusste jeder. Manchmal haben wir in der Umkleide auch gesehen, wie er sich spritzt. Aber er hatte eigentlich nie größere Probleme damit. Wenn er sich nicht gut gefühlt hat, wusste er immer gleich, woran es liegt, und hat einen Schokoriegel gegessen oder so.«

»Aber trotzdem ist er jetzt daran gestorben.«

»Ja – das ist komisch.«

Peter drehte sich zu Fred herum, der auf dem Fußschemel saß. Der Kommissar hielt das Buch noch immer in der Hand. »Hör mal«, sagte er und schlug eine Seite auf, die er mit dem Finger markiert hatte.

Vorgestern hab ich über zwei Stunden
in meinen Schreibtischfächern gekramt.
Ganz unten links hab ich dich gefunden:
Visitformat, schwarz eingerahmt.

Ein Bild von dir mit sieben Jahren.
In einem Kieler Matrosenkleid.
Mit hohen Stiefeln und langen Haaren.
Ich dachte: Gott, vergeht die Zeit.

Als wir uns kannten, ach Mathilde,
warst du bereits dreimal so alt
wie auf dem kleinen alten Bilde
und dientest mir als Aufenthalt.

Als kleines Mädchen gut und milde,
mit zwanzig Jahren ein Stück Mist!
Hast du dich je gefragt, Mathilde,
wie es dazu gekommen ist?

»Ist das nicht witzig?«

»N-nein, ist es nicht«, antwortete Fred ernst, »das ist f-frauenverachtend.«

Peter blickte ihn nachdenklich an. Er sah sich selbst an seinem Schreibtisch sitzen und ein altes Foto betrachten. Überraschend spürte er ein Gefühl von Scham und stellte das Buch schnell zurück. »Vermisst du Sebastian?«

»Es ist nicht mehr so wie früher. Er fehlt einfach, mit ihm konnte man immer so viel lachen. Ich glaube, es kann nie wieder so werden wie zuvor.«

Peter betrachtete ihn stumm. Er wurde nicht schlau aus diesem Jungen. Obwohl er so schüchtern und unbeholfen wirkte, verbarg sich in seinen Worten eine überraschende Weitsicht. Er schien Sebastian Dreher nicht als Freund zu vermissen, sondern vielmehr die Stimmung, die dieser verbreitet, und die Wirkung, die er auf andere gehabt hatte.

Er fragte sich, ob einige Witze Sebastians nicht manchmal auch auf Freds Kosten gegangen waren, und wenn ja, wie dieser darauf reagiert hatte. Nach allem, was er heute gesehen hatte, schätzte er Fred als sanften Riesen ein. Aber wer wusste schon, ob sich dahinter nicht etwas ganz anderes verbarg. Ein Mörder zum Beispiel.

***

Am Dienstagabend betrat Nadja die Tanzschule mit deutlich weniger Herzklopfen. Der erste Kurs am Tag zuvor war gut gelaufen – Benedikt Dreher hatte ihr den schweigsamen Fred als Tanzpartner zugeteilt, und der langsame Walzer war so gewesen, wie Laura gesagt hatte: ein Gefühl, als würde man auf Wolken laufen.

Nadja musste sich eingestehen, dass ihr das Tanzen sogar Spaß gemacht hatte, auch wenn sie einsah, dass das vor allem an Freds Führungskünsten gelegen hatte und weniger an ihren eigenen, sehr bescheidenen Fähigkeiten. Sie hatte versucht, darüber hinaus mit ihm ins Gespräch zu kommen, aber er hatte jedes Mal sehr einsilbig geantwortet. Seine Schüchternheit wurde sicherlich noch dadurch verstärkt, dass er hörbar stotterte, zumindest, wenn er mit ihr sprach.

Nach der Stunde hatte Nadja ihn mit Laura Neuigkeiten austauschen hören, und ihr gegenüber schien er deutlich aufgeschlossener zu sein. Nadja bildete sich sogar ein, dass er im Gespräch mit Laura die Sätze schneller und flüssiger formulierte, als er es die ganze Stunde über bei ihr getan hatte. Zu Laura schien er Vertrauen gefasst zu haben, und Nadja hoffte, dass sie über ihre Bekanntschaft mit Laura auch Zugang zu ihm finden würde. Nach allem, was Peter ihr über die Befragung berichtet hatte, schien ihr Fred allerdings nicht besonders verdächtig, aber es waren ja noch genug andere Kandidaten im Rennen.

Sie war gespannt, wen sie heute abbekommen würde. Das Gute an diesem Fall war, dass alle, die Sebastian Dreher besonders gut gekannt hatten, auch selbst schon sehr lange tanzten. Dementsprechend würde Nadja in den Genuss der besten Tänzer der

Tanzschule kommen, da die Drehers ihr einen nach dem anderen servierten, damit sie sie kennenlernen und ihnen unauffällig auf die Finger klopfen konnte.

Bevor sie die Tür öffnete, schüttelte sie erst einmal ihren Regenschirm aus und trat das Wasser von ihren Stiefeln. Feli saß in einen dicken Schal gewickelt hinter ihrem Tresen. »Scheißwetter«, sagte sie und nieste.

»Bist du krank?«, fragte Nadja teilnahmsvoll.

Feli schnäuzte sich lautstark. »Wie kann man bei diesem Wetter nicht krank werden? Kannst du die Tür bitte schnell zumachen? Hier ist echt nicht der ideale Ort für ein Schnupfenopfer. Man sitzt ständig im Zug.«

»Warum gehst du denn nicht nach Hause? Es muss doch jemanden geben, der dich vertreten kann, oder?«

Feli seufzte. »Ehrlich gesagt, will ich die Drehers mit so was momentan nicht nerven. Ich meine, sie machen jetzt grade echt 'ne harte Zeit durch, und es ist sowieso bewundernswert, dass sie die Tanzschule trotz Sebastians Tod am Laufen halten und so tapfer sind. Da habe ich wirklich kein Recht, mich wegen einer kleinen Erkältung zu beschweren. Die Tanzschule ist so eine Art Familie für mich, da lässt man sich gegenseitig nicht im Stich.«

»Laura hat mir gestern vom Tod des jüngsten Tanzlehrers erzählt«, sagte Nadja, »das tut mir sehr leid, das muss wirklich eine schwierige Situation für alle sein. Bestimmt kennt man sich untereinander ja auch sehr gut. Warst du eng mit ihm befreundet?«

Feli seufzte erneut. Sie griff hinter sich und hob Babe auf ihren Schoß. Der kleine Hund steckte heute in einem Wollkostüm. Auf seinem Rücken prangte ein rosafarbenes glitzerndes Rentier. Feli deutete Nadjas entsetzten Blick richtig, denn sie verteidigte sich sofort: »Er braucht das, weil er ja kein eigenes Fell hat. Ehrlich, im Winter friert er immer entsetzlich. Sobald er eine Pfote vor die Tür setzt, fängt er an, ganz fürchterlich zu zittern, das kann ich gar nicht mit anschauen.«

Nadja streckte eine Hand aus und streichelte über Babes Fledermausohren. Feli umarmte Babe und drückte ihn kurz an sich.

»Um auf deine Frage zurückzukommen, wegen Sebastian. Ich bin momentan einfach so froh, dass ich Babe immer bei mir habe, die ganze Sache ist schon irgendwie unheimlich. Allein die Vorstellung, dass er die ganze Nacht über im Keller gelegen haben soll, bis er irgendwann gestorben ist … Das finde ich eigentlich das Schlimmste. Wir kannten uns schon sehr lange, waren sogar eine Zeit lang wirklich gut befreundet. Als Sebastian seine Tanzlehrerausbildung gemacht hat und nur an den Wochenenden nach Würzburg kam, haben wir uns immer getroffen, meist war auch Marc dabei, und dann kam irgendwann Laura mit dazu.«

»Ach so, ihr wart so was wie eine Tänzerclique? Aber wie war das dann, als Sebastian hier zu arbeiten begann? Wurde er dann nicht vom Freund zum Chef?«

Feli verzog das Gesicht etwas. »So habe ich ihn eigentlich nicht gesehen, dazu kannte ich ihn einfach zu lange. Aber es stimmt schon, als er hier gemeinsam mit seinen Eltern zu unterrichten begann, hat er sich verändert. Ist irgendwie distanzierter geworden, als wäre ihm plötzlich bewusst, dass er ja einen anderen Status hat als wir anderen.«

Das Gespräch wurde unterbrochen, als die Tür erneut aufgestoßen wurde und gegen die Wand knallte. Feli zuckte zusammen, und Nadja wich zur Treppe hin aus, um den Neuankömmlingen Platz zu machen. Ein Ehepaar mittleren Alters betrat die Tanzschule. Beide waren in identische Regencapes gehüllt, von denen es auf den Boden tropfte.

Feli nieste. »Sagen Sie mir Ihren Namen«, murmelte sie hinter ihrem Taschentuch hervor. Nadja beschloss, dass sie hier nur im Weg war, und stieg langsam die Treppe hoch.

»Ach, Nadja, du bist heute im grünen Saal. Und du tanzt mit Pater Ralph«, rief Feli ihr noch hinterher.

Nadja glaubte, sich verhört zu haben. Ein Pater in einer Tanzschule war eine zu absurde Vorstellung. Dann fiel ihr jedoch ein, dass sie sogar schon von ihm gehört hatte. Yvonne Dreher hatte ihn als einen guten Freund der Familie bezeichnet, eine Erklärung, mit der Nadja noch nie etwas hatte anfangen können. Was bedeutete es, ein Freund der Familie zu sein? Hieß das, man war mit allen gleichermaßen befreundet, oder ging es eher darum, dass er den Drehers einmal einen Dienst erwiesen hatte?

Unter einem gerahmten Poster der berühmten Szene aus »Singin' in the Rain« zog Nadja ihre Schuhe aus und schlüpfte in die zierlichen Tanzschühchen. An der Wand standen schon einige Schuhpaare, die meisten davon mit einer kleinen Pfütze drum herum. Sogar quietschrote Gummistiefel waren darunter. Nadja stellte ihre eigenen Stiefel daneben.

Als sie den grünen Saal betrat, waren einige Kursteilnehmer schon versammelt, bildeten Kreise, lachten und unterhielten sich. Sollte sie sich einfach irgendwo dazustellen?

Sie blickte sich suchend um, ob ihr heutiger Tanzpartner bereits anwesend war. Schnell scannte sie die anwesenden Männer. Zwei sahen so dermaßen verheiratet aus, dass Nadja sie sofort abhakte. Dann gab es noch einen Mann in ihrem Alter, der an einer der grünen Säulen lehnte und sich mit einer Blondine unterhielt, einen korpulenten Endfünfziger und einen langen Lulatsch mit grässlich karierten Schuhen. Keiner von ihnen trug eine Soutane. Nadja überlegte, was passieren würde, wenn sie beim Tanzen aus Versehen darauftrat. Diese Dinger waren doch immer bodenlang, oder nicht? In ihrer Phantasie hörte sie bereits das Geräusch von reißendem Stoff und sah einen wütenden Pater Ralph vor sich, der sie als Hexe beschimpfte und das Kreuzzeichen machte.

»Bist du vielleicht Nadja?«

Nadja hob den Kopf in der Erwartung, in das verärgerte rote Gesicht zu blicken, das sie sich soeben vorgestellt hatte. Doch vor ihr stand der Mann, der gerade noch an der Säule gelehnt hatte. Die Blondine hatte sich einem anderen Gesprächskreis zugewandt. Überrascht musterte sie ihr Gegenüber, das freundlich lächelte. Der Mann hatte weizenblondes Haar, das sich an den Ohren und im Nacken leicht kringelte, und war braun gebrannt. Bekleidet war er mit Levis-Jeans und einem Baumwollhemd mit aufgerollten Ärmeln. Da die obersten zwei Knöpfe offen standen, konnte Nadja ein schmales Holzkreuz sehen, das er an einem Lederband um den Hals trug.

»Sind Sie Pater Ralph?« Nadja hoffte, dass man ihr die Überraschung nicht zu deutlich anmerkte. Sein amüsierter Blick zeigte ihr, dass er schon oft mit Vorurteilen konfrontiert worden war und sich recht gut denken konnte, was für eine Art Mensch sie sich unter dem Namen »Pater Ralph« vorgestellt hatte.

Er nickte. »Ralph genügt, ich bin ja nicht im Dienst.«

Ich auch nicht, hätte Nadja fast erwidert, erinnerte sich aber noch rechtzeitig daran, dass das erstens nicht stimmte und sie zweitens vielleicht nicht gleich am zweiten Abend ihre Deckung verlieren sollte. Dann wäre sie vermutlich die schlechteste verdeckte Ermittlerin aller Zeiten. »Ich dachte, als Priester sei man immer im Dienst«, sagte sie stattdessen.

»Ich glaube, Gott ist der Einzige, der immer im Dienst ist«, antwortete er gelassen, »von mir erwartet er das wohl kaum.«

Nadja betrachtete ihn neugierig. Sie hatte wenig Erfahrung mit der Kirche, zumindest mit der katholischen. Sie selbst war russisch-orthodox erzogen worden, hatte sich aber davon abgewandt, sobald sie von zu Hause ausgezogen war. An manchen Tagen vermisste sie den Geruch von Weihrauch, die Gesänge, die feierliche Atmosphäre. Aber jedes Mal, wenn sie sich daran erinnerte, saß auch ihre Mutter neben ihr in der Kirchenbank. Ihre Mutter, die ihr die Fingernägel in den Handrücken bohrte, wenn sie zu laut sang – oder nicht laut genug. Der Schmerz fühlte sich in der Erinnerung genauso real an wie damals, als sie noch ein Kind gewesen war. Das war einer der Gründe, warum Nadja seit fünfzehn Jahren keine Kirche mehr betreten hatte.

»Ich bin neugierig«, sagte sie, »ist Tanzen nicht ein ungewöhnliches Hobby für einen katholischen Priester?«

»Du meinst, weil ich dabei Körperkontakt mit Frauen habe?«

Nadja nickte. »Der Zölibat gilt doch trotz der vielen Diskussionen nach wie vor. Ist das nicht schwierig für dich, wenn man sich beim Tanzen näherkommt?«

»Im Gegenteil, das macht es sogar leichter. Es entzaubert das ganze Geschlechtliche. Menschen sind wohl so geschaffen, dass sie von Verbotenem angezogen werden. Das Unbekannte übt eine Faszination aus, wogegen das Alltägliche nicht ankommt. Seit ich mit dem Tanzen angefangen habe, habe ich viel mehr Kontakt zu Frauen, das ist nichts Besonderes mehr. Nichts, was mich in Versuchung führt.«

Plötzlich erklang Musik. Yvonne Dreher war von Nadja unbemerkt in den Raum gekommen und hatte die Anlage angeschaltet. »Frei führen«, rief sie jetzt.

Pater Ralph geleitete Nadja auf die Tanzfläche. »Gut, dass wir das gleich geklärt haben«, sagte er. Die meisten Leute trauen sich nicht, mich danach zu fragen, und rätseln lieber im Stillen, ob ich gar kein richtiger Priester bin oder vielleicht irgendwie pervers. Dabei tanze ich einfach nur gern. Meinem Beruf werden viele Vorurteile entgegengebracht.«

Wieder fühlte sich Nadja versucht, »Meinem auch« zu sagen, doch dann lächelte sie nur und legte ihre Hand auf Ralphs Schulter.

Yvonne Dreher näherte sich und korrigierte Nadjas Haltung. »Beim Tango hast du als Frau deine Hand ausnahmsweise am Rücken des Partners. Du schließt mit dem Unterarm an den Ellenbogen des Mannes an, streckst die Finger und legst deine Hand im rechten Winkel an seinen Rücken an. Außerdem gehst du etwas in die Knie. Versuch, den Boden zu spüren und dir immer bewusst zu machen, wo dein Schwerpunkt liegt.« Sie beobachtete Nadjas Bemühungen wohlwollend.

»Der Tango ist einer meiner Lieblingstänze«, sagte sie dann. »In keinem anderen Tanz ist es so wichtig, dass man seinen Partner versteht. Als Dame lernt man, jede minimale Bewegung zu fühlen. Das ist im Tango Argentino noch stärker ausgeprägt, aber du wirst es auch hier bei der europäischen Standardvariante spüren.«

Nadja wünschte sich, Yvonne Dreher einmal tanzen zu sehen. Lars Nauke hatte gesagt, dass sie Turniertänzerin gewesen sei. Und so wie sie über das Tanzen sprach, schien es mehr als Beruf und Hobby zu sein. Eher eine ganze Lebensphilosophie.

Sobald Yvonne Dreher außer Hörweite war, begann Ralph zu lachen. »Lass die Schultern locker. Du musst nicht gleich zum Roboter werden, ein wenig Körperspannung genügt mir schon. Das ist wichtig, weißt du, weil der Mann im Tango hauptsächlich mit dem Oberkörper führt. Eine stabile Haltung mit Spannung ist nötig, denn nur so kann sich jede Bewegung und jeder Impuls auf dich übertragen.«

Nadja versuchte, diesen Impuls zu erfühlen, und tatsächlich kam er nach einem Moment passgenau auf einen Paukenschlag. Als sie sich von Yvonne Drehers leisen Kommandos begleitet in Bewegung setzten, fühlte sie sich dennoch wie R2-D2.

»Eins, zwei, Wie-ge-schritt, Ab-schluss-schritt.«

Sie versuchte, sich an die Schrittabfolge zu erinnern, im Takt zu bleiben und gleichzeitig die Balance zu halten. Das war eindeutig zu viel auf einmal. Schnell wurde ihr warm.

»Klappt doch ganz gut«, sagte Ralph nach einer Weile.

Nadja warf ihm einen halb dankbaren, halb ungläubigen Blick zu. »Wenn du das sagst …«

Er lachte. »Ich hatte schon unbegabtere Tanzpartnerinnen. Du scheinst einen guten Gleichgewichtssinn zu haben, und führen lässt du dich ja auch. Wenn du jetzt noch aufhörst, so gequält auszusehen, dann könnte man fast glauben, es macht dir ein klein wenig Spaß.«

»Das ist eine höchst gewagte Vermutung!«

»Du willst doch wohl nicht die Worte eines Priesters anzweifeln?«

»Nicht, solange ich ihn zum Tanzen brauche.«

Er betrachtete sie belustigt. »Dann habe ich wohl Glück gehabt.«

Nadjas Blick fiel erneut auf das Kreuz um Ralphs Hals. Wie konnte so ein Mann Pater sein? Er war doch charmant, sah gut aus und war witzig obendrein. Nadja konnte sich gut vorstellen, dass es eine Menge Frauen gab, die seine Hingabe zur Kirche insgeheim verfluchten. Sie streckte den Rücken durch und versuchte, die wilden Tangoklänge in möglichst elegante Bewegungen umzusetzen.

»Kopf nach links und immer links lassen, außer ich führe dich in eine Promenadenposition.«

Was war denn eine Promenadenposition? Gehorsam drehte Nadja den Kopf weg und beobachtete die anderen Paare. Die meisten tanzten so eng, dass ihre Körper sich berührten. Aber das wäre für einen katholischen Pater dann wohl doch zu viel des Guten.

Ralph schien ihre Gedanken erraten zu haben. »Die Tanzhaltung im Tango wäre eigentlich etwas enger.«

»Ja, das dachte ich mir schon.«

Er betrachtete sie amüsiert. »Du denkst, das sei eine Vorsichtsmaßnahme meinerseits?«

Nadja fühlte sich ertappt. »Wäre doch verständlich.«

»Zu deiner Beruhigung. Ich halte den Abstand nicht wegen mir, sondern wegen dir.«

»Wieso wegen mir?«

»Jedes Mal, wenn ich dir einige Zentimeter näher komme, ziehst du sofort die Schultern nach oben, und deine Hand drückt mich regelrecht weg. Ich habe mir schon gedacht, dass du das selbst nicht bemerkst, aber das Signal ist eigentlich mehr als deutlich. Ich nehme an, du hast fremde Menschen nicht gern so nahe.«

Einen Moment lang wusste Nadja nicht, was sie sagen sollte. Das Gespräch hatte eine Wendung genommen, auf die sie nicht vorbereitet gewesen war. Es war verwirrend, in einer Situation, die sie als Arbeit empfand, plötzlich über Persönliches sprechen zu müssen. »Wir alle haben unsere Ängste, oder nicht?«

Ralph blickte sie nachdenklich an. »Und die Frage ist, was uns dazu bringt, uns ihnen zu stellen.«

Nadja fühlte Yvonne Drehers Blick auf sich gerichtet und fragte sich, ob sie das Gespräch mitverfolgt hatte. Plötzlich war alles wieder so nah. Der Tote, Nadjas Auftrag und damit zusammenhängend die Möglichkeit, dass ihre Hand gerade in der eines Mörders ruhte.

Gegen seinen Rat drehte sie den Kopf, sodass sie dem Pater ins Gesicht sehen konnte. Plötzlich hatte sie das Gefühl, die körperliche Nähe keine Sekunde länger mehr ertragen zu können. Ihre Schritte stockten, und sie geriet aus dem Takt. Fast wäre eine andere Frau über Nadjas Fuß gestolpert. Pater Ralph blickte sich im Saal um und manövrierte sie dann geschickt in eine Ecke, wo er einen Schritt zurücktrat und ihr Zeit ließ, sich zu sammeln.

Was für ein Alptraum, dachte Nadja, ich will das alles nicht! Ich will einen stabilen Schreibtisch zwischen den Verdächtigen und mir, ich will Fragen stellen und mir Notizen dazu machen. Ich will Peter an meiner Seite, der seine Kommentare dazu gibt. Ich will meine Arbeit so machen, wie ich es gewohnt bin.

»Alles klar?«, fragte Pater Ralph abwartend. »Oder brauchst du eine Pause?«

Statt einer Antwort reichte Nadja ihm erneut die Hand. Tango, dachte sie, denk nur an den Tango.

Sie nahmen wieder Tanzhaltung ein, Nadja fühlte die Wärme seines Rückens durch den Hemdstoff, nahm einen leisen Anflug von Aftershave wahr und hielt den Kopf starr nach links gedreht. Die Musik setzte erneut ein. Tango, einfach nur Tango.

Pünktlich um zweiundzwanzig Uhr erklärte Yvonne Dreher den Kurs für beendet. Während Nadja in das Klatschen der übrigen Kursteilnehmer mit einstimmte, sah sie Laura in den Raum kommen. Sie trug die roten Gummistiefel, die Nadja beim Umziehen bewundert hatte, und hatte ihre Haare zu zwei fröhlichen Zöpfen geflochten. Nadja winkte, und Laura blieb stehen, um auf Pater Ralph und sie zu warten.

»Hallo, ihr zwei! Schön, dass ich euch treffe. Wie schaut's aus, Ralph, kommst du morgen?«

Er nickte. »Klar, sehr gern.«

Laura wandte sich Nadja zu. »Ich veranstalte morgen Abend eine kleine Feier bei mir daheim. Falls du noch nichts vorhast, bist du hiermit auch ganz herzlich eingeladen. Es wird was zu essen geben und guten Wein und nette Gesellschaft. Feli kommt und Marc und Fred, die kennst du ja alle schon, und Ralph auch, dann noch eine weitere Freundin hier aus der Tanzschule.«

Ralph zwinkerte ihr zu. »Das Event des Jahres! Lauras Partys darf man auf keinen Fall verpassen.«

Laura boxte ihn in die Rippen. »Das stimmt allerdings wirklich.«

»Gibt es denn einen besonderen Anlass?«

»Ich werde neunundzwanzig!« Laura schien selbst überrascht davon zu sein. Wenn man ihre Zöpfe und die Gummistiefel betrachtete, konnte man das wirklich kaum glauben.

Peter Ralph blickte auf die Uhr. »Ladys, ich muss los. Heute ist die Nacht der Lichter im Dom, da will ich nicht zu spät kommen. Wir zünden überall Kerzen an, und dann gibt es Musik und Gebete. Falls ihr Lust habt, könnt ihr ja nachkommen.«

»Oh, das klingt toll! Eigentlich habe ich schon seit Jahren vor, da mal hinzugehen. Aber ich bin später noch mit Marc verabredet.«

»Und ich muss dringend nach Hause und unter die Dusche.

Ich bin total durchgeschwitzt.« Nadja wedelte sich mit der Hand Luft zu.

»Ah, das war bei mir am Anfang auch immer so«, tröstete Laura. »Ich hatte mal die Vermutung, dass es mit der Attraktivität der jeweiligen Tanzpartner zusammenhängt, aber leider konnte ich niemanden finden, der bei meiner wissenschaftlichen Studie mitmachen wollte.«

»Mich hast du nicht gefragt«, sagte Pater Ralph gespielt empört.

Laura lachte. »Ich kann das ja morgen auf der Feier noch mal zur Sprache bringen. Um halb acht bei mir, ja?« An Nadja gewandt fügte sie hinzu: »Ich wohne in der Nähe des Tierheims, Ralph kann dich bestimmt dahin mitnehmen.«

Ralph nickte und verabschiedete sich.

Nadja sagte: »Sehr gern, ich freu mich drauf.«

Dann verschwand Laura um die Ecke, und Nadja setzte sich wieder unter das »Singin' in the Rain«-Plakat, um ihre Schuhe zu wechseln. Während sie damit beschäftigt war, die Riemchen zu lösen, hörte sie das Klackern von Absätzen. Dann wurde ein Vorhang aufgezogen. Der schmale Raum nebenan diente als Garderobe für die Tanzassistenten und war nur mit einem Vorhang vom Gang abgetrennt. So konnte Nadja mühelos verstehen, was drüben gesprochen wurde.

»Was hast du dir dabei gedacht?«, fragte eine leise Frauenstimme, die Nadja nicht identifizieren konnte.

»Womit?« Der unbekümmerte Singsang gehörte eindeutig Laura.

»Diese Neue einzuladen! Wir kennen sie doch gar nicht.«

»Du kennst sie vielleicht nicht. Ich dagegen habe gestern einige Zeit mit ihr verbracht und finde sie sehr nett.«

Dem Himmel sei Dank für diesen kleinen Blutfleck gestern, dachte Nadja im Stillen. Sie tat so, als würde sie noch immer am Verschluss ihrer Schuhe herumfummeln. Falls jemand um die Ecke kam, wollte sie nicht beim Lauschen ertappt werden. Wobei Lauschen hier nichts Ungewöhnliches zu sein schien. Oder woher wusste diese Fremde von der Geburtstagseinladung?

»Woher willst du wissen, was für ein Mensch sie ist und ob man ihr vertrauen kann?«

»Ich traue ihr mehr als den meisten anderen hier. Sie ist wenigstens nicht scharf auf meinen Part bei der Ballformation oder neidisch, weil ich montags bei Benedikt im Kurs assistiere. Die meisten Leute hier mögen mich doch aus mindestens einem der beiden Gründe nicht.«

»Die Leute werden sagen, dass du Sebastian ersetzen willst, so bald nach seinem Tod. Der Stuhl, auf dem diese Nadja morgen sitzen wird, wäre doch seiner gewesen!«

»Es ist mir scheißegal, was die Leute sagen. Sebastian hätte darüber doch bloß gelacht. Mehr als alles andere mochte er eine gute Party, und wenn wir alle rumsitzen und auf den leeren Stuhl starren, hätte ihm das wohl kaum gefallen.«

Bravo, Laura, dachte Nadja, gib's ihr nur. Sie war froh, dass Laura sie so engagiert verteidigte, denn sie wollte diesen Geburtstag auf keinen Fall verpassen. Dort würden zwei Drittel aller Verdächtigen versammelt sein und im Idealfall Alkohol trinken und unbedachte Bemerkungen von sich geben. Wenn sie da keine Hinweise bekam, dann nirgends.

Doch die andere Frau schien noch nicht aufgeben zu wollen. »Ich glaube trotzdem nicht, dass das eine gute Idee ist. Denk doch mal an Marc.«

Es folgte ein Moment der Stille. Dann fragte Laura scharf: »Was willst du damit sagen?«

Da hat Fräulein Giftzahn sich selbst ins Fettnäpfchen manövriert, dachte Nadja nicht ohne Schadenfreude.

»Na ja, du weißt doch, wie er ist …«

»Ja, richtig, ich weiß, wie er ist. Er ist nämlich mein Freund, und ich bin es, die ständig von ihm betrogen wird und über die alle lachen, obwohl sie vornerum scheißfreundlich tun! Die Hälfte von den ganzen Zicken hier war mit ihm im Bett, und mir gegenüber machen sie auf beste Freundin. Bei Nadja weiß ich zumindest, dass das nicht der Fall ist. Morgen ist mein Geburtstag, und da kann ich einladen, wen ich will. Und im Übrigen zwingt dich niemand zu kommen, wenn du mit meiner Gästeliste nicht einverstanden bist.«

Der Vorhang wurde mit einem Ratsch aufgerissen, und wütend polternde Schritte entfernten sich. Laura und ihre Gummistiefel, dachte Nadja.

Sie drückte sich in ihre Ecke, den Kopf tief über den Schuhbeutel gebeugt, und wartete. Nach einer Weile klackerten Absätze an ihr vorbei. Nadja blickte der Frau hinterher. Es war eine kleine, zierliche Asiatin, die Nadja noch nie in der Tanzschule gesehen hatte. Dennoch wusste sie von Benedikt Drehers Liste her sofort, wer sich da gerade so misstrauisch gegen sie gezeigt hatte. Han-Li, dachte Nadja, ich werde schon noch herausbekommen, was du gegen mich hast.

7

Nachts treibt es sie aus dem Bett. Sie wandert durch die Zimmer, die neben den Möbeln nur mit Leere gefüllt sind. Licht braucht sie keines. Von ihren nächtlichen Wanderungen kennt sie jeden Zentimeter Boden. Sie weiß, wo das Parkett knarrt, wo die Wand verläuft, wo die Stufen beginnen. Die Putzfrau ist nicht befugt, die Möbel zu verrücken oder alte Dinge wegzuwerfen. Seit einem Jahr gibt es keine Veränderungen mehr.

Im Wohnzimmer bleiben die Vorhänge offen, damit nachts das Mondlicht hereinscheinen kann. Es macht alles weniger real, sogar den Schmerz. Doch diesmal ist die Atmosphäre anders, falsch, beklemmend, als sie ins Wohnzimmer tritt. Das Licht scheint sich wie durch Nebel kämpfen zu müssen. Unruhig öffnet sie die Balkontür und tritt hinaus. Ihr Blick wandert über den Nachthimmel und erstarrt. Der Mond ist groß heute Nacht, groß und rot wie Blut.

Eine Gänsehaut wandert ihre nackten Beine hinauf. Sie achtet nicht darauf. Jesus, Maria, denkt sie, es wird noch einer sterben.

***

Es war kalt an diesem Morgen, besonders in Peters Schlafzimmer. Nachdem er den Wecker ausgeschaltet hatte, tapste er ins Bad, um Zähne zu putzen und sich zumindest oberflächlich zu rasieren. Dann kehrte er mit einem gewagten Sprung ins warme Bett zurück. Es protestierte quietschend und wackelnd. Rebekka grummelte unwillig. Er legte sich hinter sie und schlang einen Arm um ihren pyjamabekleideten Bauch.

»Hey, weg mit dir! Deine Hände sind kalt.« Sie gähnte und versuchte, sich von ihm wegzurollen.

Peter hielt sie fest. »Ja, aber meine Füße sind noch viel kälter.« Zum Beweis streichelte er mit seinen Zehen über ihre Waden.

Rebekka zuckte zurück. »Peter Steiner, du bist ein Quälgeist.« Sie gähnte erneut und drehte sich zu ihm um. »Ein schlimmerer noch als deine Tochter. Mariechen lässt mich inzwischen zumindest morgens schlafen.«

»Das bisschen Kälte. Das dient der Abhärtung.«

»Der Pfarrer hat von guten und schlechten Zeiten gesprochen, Eiszeit war meines Wissens nicht Vertragsbestandteil.« Sie versuchte, ihr Lächeln im Kissen zu verstecken.

»Du bist eine böse, böse Frau!«

»Und du bist ein böser, böser Mann mit abscheulich kalten Extremitäten, was ist wohl schlimmer?« Sie barg ihren Kopf in seinen Armen und seufzte zufrieden. »Obwohl, es wird schon wieder wärmer. So ist es gemütlich, so könnte ich den ganzen Tag im Bett verbringen.«

Er strich ihr über die kurzen, vom Schlaf zerzausten Haare. »Ich auch.«

»Nanu?« Rebekka sah plötzlich viel wacher aus. Sie musterte ihn prüfend. »Keine Lust auf Arbeit, obwohl ihr an einem neuen Fall dran seid?«

»Dran? Ich bin überhaupt nicht dran. Ich fahre höchstens herum, spreche mit ein paar Leuten und schreibe dann Berichte darüber, während Nadja jeden Abend in der Tanzschule herumschleicht und Geheimnisse aufdeckt.« Peter hatte seiner Frau von der Diskussion mit Mancini erzählt und auch, dass er sich freiwillig für den Einsatz gemeldet hatte.

»Und warum genau ärgert dich das so?«

»Weil es mich eben ärgert.«

»Ich verstehe ja, dass du dir Sorgen um Nadja machst, aber sie kann doch auf sich selbst aufpassen. Sie hat alle Fähigkeiten, um erfolgreich zu ermitteln und sich dabei nicht in die Schusslinie zu bringen.«

Er sagte nichts.

»Peter«, sie stieß ihn in die Seite, »rede mit mir!«

Er seufzte. »Später, heute Abend, irgendwann. Ich muss jetzt auf die Arbeit.«

»Ich werde dich dran erinnern«, sagte sie, als er aus dem Bett stieg.

Peter ging zum Kleiderschrank. Warum hatte sie davon anfangen müssen? Er hatte einfach nur ein bisschen länger kuscheln wollen als gewöhnlich. War das so verdächtig?

Als Peter die Tür zum Eingang des K1 öffnete, saß Sekretärin Gretchen Morungen mit frisch gelockter Dauerwelle auf ihrem Platz und begrüßte ihn erleichtert.

»Ach endlich sind Sie da, Herr Kommissar, ich habe mir schon Sorgen gemacht, weil heute doch das Teammeeting ist und Sie sonst nie zu spät kommen.«

Peter blickte auf die Uhr. Ihre Sorge um ihn war wie üblich etwas übertrieben. Es war kaum elf Minuten nach halb neun.

»Unkraut vergeht nicht, das wissen Sie doch, Gretchen.«

»Aber nein, Sie sind doch kein Unkraut. Sie sind …« Sie errötete.

Seit Peter erfahren hatte, dass Gretchen eine Vorliebe für dunkelhaarige, schlanke Männer hegte, wunderte er sich zumindest nicht mehr über ihre Anflüge von Schüchternheit und nervösem Gekicher, wenn er mit ihr sprach.

Auch wenn sie manchmal etwas anstrengend sein konnte, so überwogen ihre Vorzüge doch deutlich. In ihrem Schreibtisch schien ein unerschöpflicher Vorrat an Schokoladenplätzchen zu existieren, und wenn man ihre Hilfe brauchte, so war Gretchen die verlässlichste Bürokraft aller Zeiten. Ohne mit der Wimper zu zucken, erledigte sie die Aufgaben, die man ihr antrug, seien es unangenehme Anrufe, Verhörprotokolle ins Reine tippen oder Gebäckbestellungen. Als Kommissar Neumann im Sommer den Hund aus dem Main gerettet hatte, hatte Gretchen innerhalb von einer halben Stunde Futter, eine Wasserschüssel, eine Decke und einen Föhn besorgt und den Hund so liebevoll gepflegt, dass man meinen konnte, er sei seit Jahren ihr eigenes Haustier.

»Nehmen Sie lieber noch ein Halsbonbon mit rein, momentan ist Erkältungszeit, und die Grippe geht auch um.«

Gretchen wühlte in ihrer Süßigkeitenschale und hielt Peter ein quietschbuntes Bonbon unter die Nase. Es sah weder gesund noch nahrhaft aus, doch er nahm es dankend entgegen. Wenn er Glück hatte, würden ihm die Zähne zusammenpappen, sodass er bei der Besprechung nicht viel sagen musste.

Als er an die Tür des Teamraums klopfte und eintrat, blickten ihm spöttische Gesichter entgegen.

»Gott sei Dank bist du endlich da. Wir konnten Gretchen nur

mit Mühe davon abhalten, sämtliche Krankenhäuser Würzburgs anzurufen, ob du nicht irgendwo in einen Unfall verwickelt warst«, sagte Max Braun über einen angebissenen Donut hinweg.

Steffen Neumann witzelte: »Sie hat uns alle vorsorglich gleich nach unseren Blutgruppen gefragt, falls wir dir Blut spenden müssen.«

Peter schniefte nur und setzte sich auf seinen Platz neben Nadja.

»Hat Mariechen dich nicht gehen lassen?«, fragte sie lächelnd.

»Nein, irgendwie bin ich heute gar nicht aus dem Bett gekommen, ich hab mich zweimal mehr rumgedreht als sonst, und dann war es plötzlich schon nach acht. Tut mir leid.«

Nadja nickte nur und stand auf. Am Whiteboard standen noch Lars Naukes Kritzeleien von der sonntäglichen Besprechung. Sie wischte die Zahlen ab und schrieb stattdessen die Namen derjenigen auf, die über einen Schlüssel zur Tanzschule verfügten: Benedikt und Yvonne Dreher, Fred Schweigert, Pater Ralph, Laura Scott, Felicitas Huf, Marc Kupido und Han-Li. Die Namen des Hausmeisters und der Putzfrau schrieb sie in eine weitere Spalte.

»Zehn Personen«, begann sie, »die sich in der Nacht von Sebastians Tod Zugang zur Tanzschule verschafft haben können. Sebastian selbst trug seinen Schlüssel bei sich, als er starb, und es sind auch nur seine Fingerabdrücke darauf. Wir können also davon ausgehen, dass einer dieser zehn unser Mörder ist.«

Heideckert hob die Hand. »Außer jemand hat sich einen der Schlüssel beschafft und ihn nachmachen lassen oder ihn geklaut.«

Nadja nickte. »Genau. Das müssen wir natürlich überprüfen. Besser gesagt, ihr müsst das tun. Am besten, ihr fragt Widukind erst mal, was für eine Art Schlüssel das ist. Ob man den einfach so nachmachen könnte oder nicht. Und dann müsst ihr jeder einzelnen dieser Personen einen Besuch abstatten und euch ihren Schlüssel zeigen lassen. Fragt auch, wo sie ihn normalerweise aufbewahren. Ob sie ihn schon einmal verlegt haben oder ob es vorkommt, dass sie ihn über einen längeren Zeitraum hinweg gar nicht benutzen.«

Neumann schüttelte den Kopf. »Wenn wir das machen, dann können wir das Märchen von der reinen Routinebefragung aber nicht lange aufrechterhalten. Da checkt doch jeder, dass was nicht stimmt.« Er schien langsam wach zu werden und begann, schwarze Fusseln von seiner Lederweste zu zupfen.

»Hm, da hast du auch wieder recht.« Nadja blickte in die Runde und wartete, was die Übrigen dazu sagen würden.

Peter räusperte sich. »Die Frage ist, ob es überhaupt so viel Sinn macht, weiterhin die Unfallgeschichte vertreten zu wollen. Ich zumindest habe bei der Befragung von Fred gemerkt, dass es mich ziemlich ausbremst. Man kann nur sehr allgemeine Fragen stellen und niemanden unter Druck setzen. Ich weiß nicht, ob uns das so weiterbringt.«

»Aber es dient Nadjas Schutz. Wir wollten den Mörder doch in Sicherheit wiegen.« Braun hatte die Stirn in besorgte Falten gelegt.

Nadja dachte an das Gespräch zwischen Han-Li und Laura zurück, das sie gestern belauscht hatte. Das hatte nicht gerade so geklungen, als würde die ganze Tanzschule ihr rückhaltlos vertrauen.

»Die Stimmung in der Tanzschule ist eine ganz komische. Niemand redet offen darüber, was passiert ist. Aber man hat den Eindruck, es brodelt ständig unter der Oberfläche. Ich habe gerade erst angefangen, die wichtigen Leute kennenzulernen, ich brauche definitiv noch mehr Zeit.«

»Hast du denn überhaupt das Gefühl, dass diese ganze Undercover-Geschichte Sinn macht?«, fragte Neumann.

Nadja überlegte einen Moment. »Ja, das auf jeden Fall«, antwortete sie dann, »es ist nicht einfach, hinter die Fassade zu blicken, weil sie alle etwas von Schauspielern an sich haben. Das ist ein absolut verwirrendes Geflecht, in dem ich da herumstochere. Jeder kennt jeden, und doch sind es auf ihre Weise alles Einzelkämpfer. Aber ich lerne langsam, wie diese Leute ticken. Und heute Abend habe ich zum ersten Mal die Gelegenheit, unsere Verdächtigen ganz privat kennenzulernen. Laura Scott hat mich zu ihrem Geburtstag eingeladen.«

Braun stieß einen anerkennenden Pfiff aus und klopfte mit den Fingerknöcheln auf die Tischplatte, Heideckert und Neumann stimmten mit ein. Nadja verbeugte sich mit einem Grinsen.

»Also wie gehen wir jetzt bezüglich der Schlüsselfrage vor?«, fragte Peter, der als Einziger ruhig sitzen geblieben war.

»Wir machen es so wie vorgeschlagen«, sagte Heideckert, »fangen aber mit Hausmeister, Putzfrau und den Drehers an. Vielleicht verschafft das Nadja noch etwas Zeit.«

Nadja nickte, und die anderen murmelten zustimmend. »Okay, dann kann ich jetzt berichten, was ich bisher so mitbekommen habe.«

Sie nahm einen der Whiteboardmarker und malte ein von einem Pfeil durchbohrtes Herz neben Lauras Namen. »Laura Scott hat eine offene Beziehung mit Marc Kupido, ist aber offenbar unglücklich damit, weil er sämtliche Damen der Tanzschule beglückt und sie ganz schön blöd dastehen lässt. Jeder weiß, was er so treibt, und es wird anscheinend gern drüber getratscht, ansonsten aber toleriert. Das mag daran liegen, dass Marc ungewöhnlich gut aussieht und zu den besten Tänzern gehört. Er hat somit einen recht hohen Status. Zudem war er nach Lauras Angaben Sebastians bester Freund, zeigt aber ungewöhnlich wenig Betroffenheit über dessen Tod.«

»Klingt ja wahnsinnig sympathisch«, knurrte Braun.

Nadja lächelte nur. Sie kannte das Rivalitätsdenken ihrer Kollegen bereits. Wenn ein gut aussehender Mann in den Ermittlungen auftauchte, so wurde er meist recht schnell zum Hauptverdächtigen erklärt.

»Ich frage mich, warum die Leute offene Beziehungen immer so empörend finden«, sagte Neumann nachdenklich. »Das ist doch fairer, als seinen Partner heimlich zu betrügen, was angeblich ein Großteil der Deutschen macht.«

»Aber es ist ein Tabubruch, das ganz offen abzusprechen. Beziehungen sind auch im 21. Jahrhundert auf Monogamie ausgelegt.« Heideckert schien sich bei dem Thema unwohl zu fühlen. Er vermied den Blickkontakt mit den anderen Kommissaren, während er seine Meinung preisgab.

»Und es ist immer die Frage, ob das wirklich beide Partner wollen«, wandte Nadja ein. »Oder ob einer der beiden nur mitmacht, um seinen Partner nicht zu verlieren.«

»Ich glaube, dass es funktionieren kann, wenn beide sich an

gewisse Regeln halten.« Neumann verteidigte seinen Standpunkt. »Wenn Laura so unglücklich damit ist, dann müssen sie die Regeln eben anders aushandeln.«

»Ach, Regeln soll es dabei also doch geben«, meinte Braun spöttisch. »Regel Nummer eins: Ich schlafe nur mit Personen, die einen Nachweis vorlegen, dass sie keine Geschlechtskrankheiten haben.«

»Vielleicht funktioniert es bei manchen Paaren, und vielleicht hat es auch bei Laura und Marc mal funktioniert. Wenn ich sie besser kennengelernt habe, kann ich das vielleicht beurteilen.« Nadja setzte der Diskussion ein Ende, bevor Neumann ärgerlich wurde.

»Aber jetzt weiter zu unseren Verdächtigen: Es gibt da noch Felicitas Huf, das Mädel am Empfang. Sie war gut mit Sebastian befreundet. Sie meinte aber auch, dass er sich verändert habe, als er offiziell als Tanzlehrer in der Tanzschule angefangen hat.« Sie überlegte kurz und malte eine krakelige Version von Babe an das Board.

»Was soll das sein? Eine Kröte mit Schwanz?«

»Nein, keine Kröte. Feli besitzt einen ganz komischen kleinen Hund ohne Fell und dafür mit Rentierpulli.«

Peter blickte sie ungläubig an. »Im Ernst? Oder erfindest du das jetzt, weil wir nicht selbst hingehen und nachschauen können?«

Nadja zögerte kurz. »Na ja, ihr könnt schon nachschauen. Eigentlich hatte ich gedacht, du könntest heute Vormittag zur Tanzschule fahren und dich mit Han-Li unterhalten. Frau Dreher hat mir gesagt, dass sie zwischen zehn und zwölf oft da ist und an den Kostümen arbeitet. Und ich glaube, sie ist eine wichtige Zeugin. Gestern habe ich ein Gespräch belauscht, in dem sie sich darüber beschwert hat, dass ich auch zum Geburtstag eingeladen bin. Sie hat bezweifelt, ob man mir trauen kann. Und das klang sehr danach, als hätte sie Geheimnisse, die sie nicht gern preisgeben möchte.«

Peter nickte und machte sich eine Notiz.

Max Braun studierte die Namensliste. »Was ist eigentlich mit diesem Priester? Was hat der in der Tanzschule zu suchen?«

Nadja lachte und malte ein Kreuz neben seinen Namen. »Mit Pater Ralph hatte ich gestern das Vergnügen. Er ist ein außerordentlich charmanter und intelligenter Mann. Das Tanzen ist für ihn eine Art Prävention gegen sündige Neigungen. Er behauptet, dass er Frauen weniger interessant findet, seit er sie besser kennt.«

Neumann stieß ein ungläubiges »Hmpf« aus.

»Er wirkt normaler als die meisten anderen Leute dort. Also er trägt keinen Heiligenschein mit sich herum, sondern macht Witze und integriert sich. Aber er hat trotzdem etwas Besonderes an sich. Eine besondere Art, Menschen zu beobachten und einzuschätzen.«

Sie dachte an den gestrigen Abend zurück. Einen Moment lang hatte sie sich so gefühlt, als hätte er ihre Tarnung durchschaut. Und gleichzeitig hatte sie das Bedürfnis verspürt, sich ihm anzuvertrauen. Das durfte nicht noch einmal vorkommen.

Braun meldete sich. »Von dem Priester mal abgesehen, ich habe da noch eine Frage: War Sebastian Dreher eigentlich schwul?«

Nadja überlegte. »Keine Ahnung, ehrlich gesagt. Darüber habe ich noch gar nicht nachgedacht. Wie kommst du darauf?«

»Na ja, er ist Tanzlehrer … Die haben doch einen gewissen Ruf.«

»Ich kann mir nicht vorstellen, dass Obermacho Marc mit einem Homosexuellen so gut befreundet gewesen wäre.«

»Wieso, der wäre zumindest schon mal keine Konkurrenz.«

»Denken Männer wirklich so?« Sie blickte ihre Kollegen an. »Das müsstet ihr besser wissen als ich.«

Heideckert wiegte den Kopf hin und her. »Also ich nicht«, sagte er gedehnt. »Aber ich gehöre auch einer anderen Generation an. Keine Ahnung, wie das heutzutage ist. Man geht ja mittlerweile mit so etwas viel offener um als früher.«

»Stimmt, heutzutage bezeichnet man Schwulsein auch nicht mehr als ›so etwas‹«, sagte Neumann spöttisch.

»Wir könnten die Eltern fragen«, schlug Braun vor.

Peter nickte. »Das kann ich gleich machen, wenn ich zur Tanzschule fahre. Vielleicht ist einer der beiden Drehers ja auch da.«

»Und ich werde heute Abend mal ein bisschen nachforschen«, sagte Nadja. »Falls es die Eltern nicht wissen, dann zumindest seine besten Freunde.« Sie blickte nachdenklich auf Peter, der bisher recht still gewesen war. Nadja fragte sich, was ihn beschäftigen mochte.

Er sah ihren Blick auf sich gerichtet und erklärte: »Mir geht dauernd ein Detail im Kopf herum. Nämlich die Frage, ob der Mörder wirklich sicher sein konnte, dass Sebastian an der Injektion sterben würde und ob das rechtzeitig geschehen würde, bevor morgens die Putzfrau kommt.«

»Wieso ist das wichtig?«, fragte Heideckert. Er schien etwas gekränkt, da die medizinischen Fragen sonst in sein Ressort fielen.

Peter begann gedankenverloren, Nagelhaut von seinem Zeigefinger zu zupfen. »Also ich halte das für wichtig, weil es uns viel über die Psyche des Mörders verraten könnte. Nehmen wir mal an, er konnte sich nicht sicher sein, ob alles nach Plan klappt. Dann wird ihm wohl nichts anderes übrig geblieben sein, als neben Sebastian auszuharren, bis dieser aufhörte zu atmen.«

»Du meinst, er hat vielleicht mehrere Stunden in diesem Keller gesessen und sein Opfer beobachtet?« Diese Vorstellung schockierte Nadja mehr als der Mord selbst. Zuzusehen, wie ein Mensch langsam starb, erforderte eine besondere Art von Kaltblütigkeit.

»Und wenn es nicht schnell genug gegangen ist, hat er vielleicht noch mal eine größere Dosis nachgespritzt. Das wäre aber natürlich auch auffälliger gewesen.« Neumann schien sich für Peters Idee zu erwärmen.

»Aber müsste er dann nicht irgendwelche Spuren am Opfer oder am Tatort hinterlassen habe, wenn er sich so lange dort unten aufgehalten hat?«, fragte Braun.

»Das müssten wir Widukind fragen. Wer mag das übernehmen?«

Alle drei alteingesessenen Würzburger beeilten sich, »Ich« zu rufen. Widukind Bruggner war nicht nur eine Fundgrube für interessante Informationen, er besaß auch einen Milchaufschäumer mit Turbostufe und bot den Kommissaren gern Cappuccino an, wenn sie bei ihm vorbeischauten.

Nadja grinste. »Eigentlich hätte ich selbst auch Zeit, bei ihm vorbeizulaufen, aber wenn ihr alle so scharf darauf seid …« Sie erklärte die Sitzung offiziell für beendet und erwartete, dass Braun und Neumann nun sofort aus der Tür stürzen würden, um Widukind zu besuchen.

Doch vorher meldete Kurt Heideckert sich zu Wort. »Ich habe noch einen Antrag.«

Nadja sah, dass Braun und Neumann sich eine Bemerkung nur mühsam verkniffen. Wahrscheinlich gingen sie im Kopf sämtliche Ehewitze durch, die sie nur kannten.

»Als Dienstältester in diesem Kommissariat schlage ich vor, dass wir Hauptkommissar Bär einen Blumenstrauß ins Krankenhaus schicken.«

»Oh, ja natürlich. Das ist eine gute Idee.« Nadja hatte ein schlechtes Gewissen, weil sie nicht selbst daran gedacht hatte, ihrem Chef Blumen oder eine Genesungskarte vorbeizubringen. Dabei war das Uniklinikum von ihrer Wohnung aus sogar zu Fuß zu erreichen.

»Aber Moment, er ist doch gar nicht mehr im Krankenhaus, sondern auf Reha, oder nicht?«, warf Peter ein.

Nadja musste gestehen, dass sie keine Ahnung hatte. Sie öffnete die Tür und rief: »Gretchen, können Sie mal kurz kommen?«

Beflissenes Getrippel näherte sich, dann trat Gretchen herein, begeistert, dass sie gebraucht wurde.

»Sagen Sie, Gretchen, wissen Sie, wo Hauptkommissar Bär momentan ist? Noch in der Klinik oder auf Reha oder erholt er sich zu Hause? Wir würden ihm gern einen Blumenstrauß und eine Karte schicken.«

Zu ihrer Überraschung lächelte Gretchen zufrieden. »Herr Bär ist auf Reha in Bernried am Starnberger See. Aber er ist bereits bestens versorgt. Ich habe mir erlaubt, ein paar Euro vom Kaffee-Etat abzuzweigen und ihm etwas zukommen zu lassen. Pralinen, Blumen, gesunde Fruchtsäfte und die MotorSport, die liest er doch so gern. Immer mit den besten Genesungswünschen von seinem K1.«

»Sie sind ein Engel«, seufzte Nadja erleichtert, und ihre Kollegen begannen wieder auf den Tisch zu trommeln. Gretchen schien um einige Zentimeter größer zu werden, als sie aus dem Zimmer schwebte.

Nadja räumte ihre Unterlagen zusammen und wischte das Whiteboard sauber. Als sie aufblickte, sah sie Peter zögernd in der Tür stehen. Sie öffnete den Mund, um zu fragen, ob er noch etwas brauchte, doch er kam ihr zuvor.

»Sei vorsichtig«, sagte er leise, bevor er die Tür hinter sich schloss.

***

Peter betrat die Tanzschule mit einer Mischung aus Neugier und Skepsis. Nachdem Nadja den Kreis der Verdächtigen so genau beschrieben hatte, hoffte er, zumindest auf einige dieser seltsamen Gestalten zu treffen. Als er über den Empfangstresen lugte, war jedoch weit und breit kein kleiner nackter Hund zu sehen, und die Besitzerin fehlte ebenfalls. Also drückte er auf die Glocke.

Neben der Treppe wurde eine Tür geöffnet, und Yvonne Dreher stand vor ihm. Sie trug ein weites, fließendes Kleid in verschiedenen Grün- und Blautönen und sah mit ihren roten Locken aus wie die kleine Meerjungfrau.

»Guten Morgen, Herr Steiner«, begrüßte sie ihn mit einem Ausdruck der Erleichterung. »Ich muss zugeben, dass Sie mir gerade recht gelegen kommen. Ich sitze seit Stunden über dem Bürokram und brauche dringend mal eine kurze Unterbrechung.«

Sie bat ihn, hereinzukommen, und hielt die Bürotür für ihn auf.

Peter trat ein und setzte sich ohne große Umstände auf einen Klappstuhl aus Holz in der Nähe des Schreibtisches. Yvonne Dreher war offenbar gerade mit Abrechnungen beschäftigt gewesen. Vom Computermonitor blinkten ihm Zahlenreihen entgegen, daneben stand eine noch leicht dampfende Tasse Tee.

»Normalerweise kümmert Benedikt sich um all das«, mit einer Handbewegung umfasste sie den Computer und die zahlreichen Leitz-Ordner, die ordentlich sortiert in einem Regal an der Wand standen, »aber ich habe ihm gesagt, er soll heute lieber zu Hause bleiben. Es geht ihm nicht gut.« Sie schwieg und rührte in ihrer Tasse herum.

»Und wie geht es Ihnen, Frau Dreher?« Peter fand, dass sie sehr beschützenswert aussah. Ihre Handgelenke unter dem blauen Stoff des Kleides waren schmal wie die eines Kindes.

Sie seufzte. »Ich mache mir Sorgen um meinen Mann, aber ansonsten funktioniere ich. Gott sei Dank gibt es so viel zu tun, da kommt man gar nicht viel zum Nachdenken. Am Wochenende soll der Winterball stattfinden, dafür muss noch einiges organisiert werden, ganz zu schweigen von den Proben. Sebastian hat in jeder Show mitgetanzt, jetzt müssen wir improvisieren oder versuchen, schnell noch Ersatz anzulernen. Es ist ein schreckliches Gefühl, das tun zu müssen. Jedes Mal, wenn einer der Tänzer sich umdreht, erwarte ich, das Gesicht meines Sohnes zu sehen. Aber natürlich ist er es nie.«

Peter wusste nicht, was er darauf sagen sollte, und Frau Dreher schien sein Unbehagen zu bemerken. Sie zwang sich zu einem Lächeln. »Sie sind bestimmt gekommen, weil Sie weitere Fragen haben, nicht wahr?« Sie schwang mit dem Schreibtischstuhl herum und rollte etwas näher. »Also schießen Sie los.«

Er räusperte sich. »Ich habe eine Frage, die heute so zufällig bei der Besprechung aufkam.«

»Und die wäre?«

»War Sebastian homosexuell?«

Zu Peters Überraschung begann Yvonne Dreher zu lachen. »Ach ja, das müssen Sie wahrscheinlich fragen. Ihre Kollegen denken bestimmt, ein männlicher Tanzlehrer liefe in Pumps und Tutu durch die Gegend. Aber das ist ein Irrglaube. Im Gegenteil, viele Tänzer sind ausgesprochen maskulin. Bei den Gesellschaftstänzen ist der Unterschied zwischen den Geschlechtern noch viel deutlicher ausgeprägt als im Alltag. Beim Tanzen ist es nach wie vor der Mann, der führt. Die Frau muss ihm vertrauen und etwas tun, was wir in Zeiten der Emanzipation nicht mehr gewohnt sind: sich führen lassen.«

Peter fragte sich einen Moment lang, wie Nadja damit zurechtkam, dann sagte er: »Sebastian war also nicht schwul.«

»Richtig, er war nicht schwul.«

»Hatte er aktuell eine Freundin?«

»Soweit ich weiß, nicht.«

»Können Sie mir dann vielleicht die Namen etwaiger Exfreundinnen nennen?«

Yvonne Dreher zog die Augenbrauen hoch. »Sebastian war erwachsen. Ich habe ihn nicht über sein Liebesleben ausgefragt.«

»Er hat Ihnen nie irgendjemanden vorgestellt?« Peter hörte den Unglauben in seiner Stimme. Yvonne Dreher schien er auch aufgefallen zu sein. Ihre Miene wurde zusehends verschlossener.

»Zu der Zeit, als er die Kollegstufe besuchte, war er eine Weile mit einer Mitschülerin zusammen. Aber das hat nicht gehalten, als er seine Ausbildung begann. Seitdem habe ich keine Freundin mehr kennengelernt.«

»Waren Sie denn gar nicht neugierig?«

Sie begann erneut in ihrem Tee zu rühren, obwohl er längst kalt sein musste. Einige Tropfen schwappten über den Rand. »Herr Steiner, ich weiß nicht, ob Sie Kinder haben, und es geht mich auch nichts an. Aber eines kann ich Ihnen sagen: Man will immer wissen, was sie tun, man ist immer neugierig, aber insgeheim ist man manchmal auch froh, wenn man nicht allzu viel erfährt.«

Peter nickte. Er sollte das Gespräch vorantreiben, ansonsten wäre vermutlich bald die ganze Schreibtischunterlage durchtränkt. »Wo bewahren Sie normalerweise den Schlüssel zur Tanzschule auf?«

»Ich habe meinen immer dabei, er befindet sich am gleichen Schlüsselbund wie mein Hausschlüssel.« Sie griff nach einer mit Fransen verzierten Handtasche, die über der Stuhllehne baumelte, und kramte darin herum. »Das hier ist er.« Sie hielt Peter einen großen Messingschlüssel hin.

Er betrachtete ihn, ohne ihn zu berühren. »Haben Sie ihn schon einmal verlegt oder eine Zeit lang nicht gefunden?«

Sie ließ den Schlüssel wieder in die Tasche fallen. Es klirrte. »Nein, Schlüssel, Brille und Handy haben ihre festen Plätze. Ich hasse es, danach suchen zu müssen. Deshalb bin ich da sehr konsequent.«

Yvonne Dreher hatte eine Brille? Das passte gar nicht in das Bild, das sich Peter von ihr gemacht hatte. Lag sie am Wochenende etwa auch auf dem Sofa und schaute fern? Und saß Benedikt dann mit einem Bier daneben? »Gilt das auch für Ihren Mann?«

»Meistens. Aber er ist gut darin, verlorene Sachen zu finden. Wenn er die Schlüssel mal an einem ungewohnten Ort ablegt, erinnert er sich auch immer daran.«

»Streng genommen sind sie dann ja gar nicht verloren.«

»Streng genommen haben Sie da bestimmt recht.« Yvonne Drehers Mundwinkel hoben sich kaum merklich. »Ist ein Gegenstand erst dann verloren, wenn überhaupt niemand weiß, wo er sich befindet? Darüber habe ich noch nie nachgedacht.« Sie öffnete und schloss den Reißverschluss ihrer Tasche, als versteckten sich darin tausend verlorene Dinge. »Auf Ihre Art sind Sie inspirierend, Herr Steiner.«

»Das freut mich.« Peter freute sich tatsächlich über das Kompliment. »Aber um noch mal auf den Schlüssel zurückzukommen: Kommt es vor, dass Sie ihn über einen längeren Zeitraum nicht benutzen?«

»Höchstens im August, wenn wir Sommerpause haben. Aber da ich den Schlüsselbund trotzdem täglich in der Hand habe, würde ich es merken, wenn einer fehlte.«

Das klang logisch. »Vielen Dank, dass Sie sich Zeit für mich genommen haben. Ich würde jetzt gern noch mit Han-Li sprechen. Ist sie da?«

»Sie ist sicher unten bei den Kostümen«, sagte Yvonne Dreher, »da gibt es vor dem Ball auch immer eine Menge zu tun. Ich zeige Ihnen schnell den Weg. Sie waren ja noch nie bei uns.«

Sie begleitete ihn eine Treppe hinauf, durch einen Gang und in einen großen Tanzsaal mit Säulen. Dann blieb sie stehen. »Hier ist die Treppe zum Kostümkeller. Ich muss jetzt zurück an meinen Computer.«

»Gut, dann gehe ich mal hinunter«, sagte Peter. Dorthin, wo Sebastian gestorben ist, hing es unausgesprochen zwischen ihnen in der Luft.

Sie sah ihn an. Er meinte, Unwillen in ihrem Blick zu erkennen, aber vielleicht war es auch Trauer. Dann drehte sie sich um und ging schnell davon. Peter blickte ihr hinterher, der Kopf gerade, die Haltung tadellos, und doch war ihm klar, dass sie am liebsten geweint hätte.

Die Treppe war eng und steil. Nur auf einer Seite gab es ein Geländer, auf der anderen Seite kam schon die Wand. Das ist ja fast so schlimm wie im Petersdom, dachte Peter. Er erinnerte sich mit Schaudern an die Flitterwochen mit Rebekka in Rom, als er darauf bestanden hatte, die Kuppel des Petersdoms zu besteigen. Schnell hatte er sich für seine Kulturunersättlichkeit verflucht, als die Treppen sich in endlosen, immer enger werdenden Schleifen hinaufschraubten und die Decke auf der linken Seite näher zu kommen begann, was der Kuppelrundung geschuldet war.

Peter hatte den Weg mit eingezogenem Kopf und heftig klopfendem Herz zurückgelegt. Hier dagegen konnte er zumindest aufrecht stehen. Außerdem war die Treppe gut beleuchtet, und er langte heil unten an.

Dort sah er sich zunächst einem großen, goldgefassten Spiegel gegenüber, von dem er sich fragte, wie sie ihn hier hinuntertransportiert hatten. Er zog sich selbst eine Grimasse und blickte sich dann weiter um. An den Wänden hingen gerahmte Fotos in Schwarz-Weiß. Paare in phantasievollen Kostümen, Gesichter, halb im Schatten verborgen, zwei verschlungene Beinpaare auf Fischgrätparkett. Vielleicht war Yvonne Dreher auch darunter. Bevor er sich die Bilder näher ansehen konnte, raschelte es in einer Ecke, und eine junge Asiatin steckte ihren Kopf zwischen zwei Flamencokleidern hervor.

»Guten Tag«, sagte sie leise, »wollen Sie zu mir?« Das Licht der Glühbirnen spiegelte sich in ihren Pupillen und machte es Peter unmöglich, den Ausdruck ihrer Augen zu deuten. War es Zurückhaltung, Schüchternheit oder Angst?

»Ja, ich wollte mit Ihnen über Sebastian Dreher sprechen. Es ist eine reine Routineangelegenheit. Wir befragen momentan alle, die ihn näher kannten. Vielleicht lässt sich ja noch genauer klären, wie es zu dem tödlichen Unfall kam.«

Sie schob eines der Kostüme zur Seite und schlüpfte unter dem Kleiderständer hindurch.

Han-Li trug den Kapuzenpullover einer amerikanischen Universität in Übergröße und dazu Leggins. Diese Kombination ließ sie noch kleiner und zerbrechlicher wirken, als sie ohnehin schon war. Peter schätzte, dass sie kaum eins sechzig groß war und höchstens fünfundvierzig Kilo auf die Waage brachte. Er erlaubte sich einen verstohlenen Blick auf ihre Füße, vermutlich musste sie Kinderschuhe kaufen.

Han-Li versteckte die Hände in den Taschen ihres Pullis. »Würde es Ihnen etwas ausmachen, wenn wir dafür nach oben gehen? Wenn man hier unten arbeitet, wird es schnell recht kühl.«

Da Peter zustimmte, schaltete sie die Lampe über dem Nähtisch aus und ließ ihm höflich den Vortritt. Während er vor ihr die Treppe hinaufstieg, überlegte er, dass sie genau die verkehrte Reihenfolge gewählt hatten. Wenn er stolperte und auf Han-Li fiel, hätte die Tanzschule Dreher gleich den nächsten Todesfall zu beklagen. Bei diesem Gedanken wurde sein Griff um das Geländer sofort fester.

Im ersten Stock angekommen, führte Han-Li ihn in den grünen Tanzsaal. Auf einer Seite des Raumes waren die Fenster besonders hoch und breit, wahrscheinlich um auszugleichen, dass der Innenhof viel Licht schluckte. Sie streifte ihre Schuhe ab, kletterte auf eines der Fensterbretter, zog die Füße an und umklammerte ihre Knie. Es sah aus, als wollte sie sich so klein machen, dass sie in der Ecke verschwinden konnte. Peter versuchte sich ebenfalls auf das Fensterbrett zu setzen, doch von ihm passte wenig mehr als eine Pobacke darauf, sodass er schließlich aufgab und mit der Sitzbank darunter vorliebnahm.

Han-Lis Mundwinkel zuckten leicht, als sie seine vergeblichen Bemühungen beobachtete. Wenigstens hat sie jetzt keine Angst mehr vor mir, dachte Peter.

Im Tageslicht, das nun auf ihr Gesicht fiel, sah Peter, dass sie nicht so jung war, wie er gedacht hatte. Der Teint war makellos, aber die feinen Fältchen am Hals zeugten davon, dass sie wohl doch ungefähr sein Alter hatte.

»Danke, dass wir hinaufgegangen sind«, sagte sie mit einem tiefen Seufzer, »ich wollte unten nicht über Sebastian sprechen. Ich habe manchmal das Gefühl, dass seine physische Präsenz im Keller zu spüren ist.«

»Sie glauben an Geister?« Peter kannte natürlich Geschichten von Gespenstern, die besonders gern am Ort ihres Todes herumspukten. Doch das war einfach Blödsinn. Die Menschen bildeten sich ein, unheimliche Dinge wahrzunehmen, wenn sie wussten, dass es an einer bestimmten Stelle einen Todesfall gegeben hatte.

»Manche Ereignisse bekommen plötzlich eine ganz neue Bedeutung«, versuchte Han-Li zu erklären, »wenn das Licht flackert zum Beispiel oder wenn ich mir beim Nähen in den Finger steche und das Blut auf den Boden tropft, dorthin, wo Sebastian gelegen haben muss.«

»Vielleicht sollten Sie nicht ganz allein da unten arbeiten. Nehmen Sie sich doch Ihre Nähsachen einfach mit nach oben. Hier herrscht eine viel angenehmere Atmosphäre, und außerdem ist das Licht besser.«

»Ja, vielleicht.« Der Vorschlag schien sie nicht zu überzeugen. Vielleicht gruselte sie sich ja auch gern ein wenig.

»Wie lange arbeiten Sie schon hier in der Tanzschule?«

»Ich bin seit fünfzehn Jahren dabei. Eine Zeit lang hat Yvonne sich für Ballett interessiert. So haben wir uns kennengelernt. Ich gebe hin und wieder Kurse für Anfänger und Fortgeschrittene und habe früher auch im Mainfranken Theater mitgetanzt.«

»Aber Ihre Arbeit hier ist doch jetzt eine ganz andere.«

»Arbeit.« Sie lächelte. »Ich sehe es eigentlich nicht als Arbeit, sondern mehr als Hobby. Es macht mir Spaß, Kostüme zu entwerfen und Kleider zu nähen. Die zarten Stoffe und schönen Farben gefallen mir. Und es freut mich, wenn ich damit den Charakter eines Tanzes oder der Tänzer hervorheben kann.«

»Aber Sie werden doch für Ihre Arbeitsstunden bezahlt, oder nicht?«

Han-Li drehte den Kopf weg und blickte zum Fenster hinaus. Peter fiel ein, dass er einmal gehört hatte, Asiaten sprächen nicht gern über Geld. Dann antwortete sie doch: »Yvonne und Benedikt haben es mir angeboten, aber ich habe ihr Angebot nicht angenommen. So viel Arbeit ist es nun auch wieder nicht. Und außerdem ist es nicht nötig. Mein verstorbener Mann hat für mich gesorgt.«

»Sie sind verwitwet?«

»Ja, schon eine Weile.« Wie um sich zu verteidigen, fügte sie hinzu: »Es ist gut, dass ich etwas zu tun habe. Man kann ja auch nicht den ganzen Tag daheim herumsitzen.«

Lieber sitzt du hier im Gruselkeller, dachte Peter. »Sie müssen Sebastian Dreher sehr gut gekannt haben, wenn Sie schon so lange mit der Familie befreundet sind.«

Han-Li zögerte. »Ich bin sieben Jahre älter als er.«

Peter fragte sich, was sie damit sagen wollte. Er studierte ihr Profil. Gleichmäßige Elfenbeinhaut, die Brauen wie mit Tusche gezeichnet, dazu eine schmale, etwas spitze Nase mit weiten Flügeln. Die Lippen ungeschminkt. Wieder kam sie ihm viel jünger vor. Der Altersunterschied zwischen Sebastian und ihr durfte kaum aufgefallen sein.

»Was hat Sebastian eigentlich im Keller gewollt?«

»Er hat Figuren und Bewegungsabläufe oft allein geübt. Und im Keller ist ein großer Spiegel für die Anproben. Das fand er praktisch.«

»Aber hier oben ist doch die ganze Wand verspiegelt, wäre es da nicht angenehmer, hier zu üben?«

»Ich weiß nicht.« Ihr Gesichtsausdruck verriet nichts. »Vielleicht wollte er auch eines der Kostüme holen.«

»Schade, dass Sie an dem Abend nicht da waren, sonst hätten Sie ihn vielleicht rechtzeitig gefunden.« Peter wechselte auf die andere Pobacke. Auf Dauer war dieses Bänkchen doch nicht so bequem.

Sie nickte nur.

So würde er nicht weiterkommen. Er musste offene Fragen stellen, die sie zu einer Antwort zwangen, sonst würden sich diese schmalen Lippen heute gar nicht mehr öffnen. »Warum waren Sie denn Mittwochabend nicht hier?«

»Das bin ich nie, da mache ich andere Sachen.«

»Was zum Beispiel?«

»Frisches Gemüse einkaufen und dann in Ruhe kochen.«

»Haben Sie ganz allein gekocht?«

»Ich habe eine Kerze aufgestellt für meinen Mann.« Bei jedem Satz wandte sie den Blick etwas weiter von Peter ab, bis sie schließlich wieder aus dem Fenster starrte.

»Und sonst war auch niemand hier, der Sebastian hätte helfen können?«

»Wer hätte das sein sollen?«

»Na ja, einer der Tanzassistenten oder jemand von der Show, der auch noch üben wollte. Oder Sebastians Freundin.«

Han-Li schüttelte heftig den Kopf. Noch immer starrte sie aus dem Fenster.

»Hatte er denn eine Freundin?«

Erneutes Kopfschütteln. Anscheinend hatte sie ihr Limit an Wörtern für heute erreicht.

»Aber dass er Diabetiker war, wussten Sie doch zumindest.«

Ein Nicken. Ihre Hände klammerten sich noch enger um die Knie. »Ja, sonst wäre er nicht gestorben.«

Peter sagte nichts. Vielleicht doch, dachte er, vielleicht doch.

8

Sie sitzt am Spielplatz, auf einer Bank zwischen den Bäumen. Sie will nicht, dass die Eltern sie dort sehen. Niemand soll wissen, dass sie immer wieder hierherkommt. Die Leute reden zu viel, und wenn er es hört, dann darf sie vielleicht nicht mehr kommen.

Die Kinder rennen mit ihren Pudelmützen um das Klettergerüst herum. Die Bommeln flattern im Wind. Tee wird verschüttet, Handschuhe gehen verloren, Taschentücher werden gezückt. Sie kann Stunden hier verbringen und einfach nur schauen. Ein kleines Mädchen mit blonden Zöpfen hat sich den Kopf an der Rutsche angestoßen. Die Mutter geht zu der Kleinen und tröstet sie, bis sie wieder aufspringt und zur Schaukel hinüberhüpft.

Sie sitzt da und spürt ihr Herz hart gegen die Rippen schlagen. So sehr wünscht sie sich, jemand würde nach ihr rufen, ihr die Arme entgegenstrecken, ihr ein verweintes Gesichtchen zuwenden. Sie würde rennen, so schnell sie nur kann, um zu ihrer Tochter zu kommen, um sie zu trösten und festzuhalten und nie wieder loszulassen. Nie wieder.

***

Pater Ralph hatte angeboten, Nadja mitzunehmen, und Nadja war dem gern nachgekommen. Er wusste zumindest, wo Laura wohnte. Hinter dem Mönchberg, hatte er mit einem Grinsen gesagt, da kenne er sich aus.

Nadja schaute aus dem Fenster und sah die Residenz und den Ringpark an sich vorbeiziehen, wo vor einigen Monaten ihre erste Würzburger Leiche auf sie gewartet hatte. Jetzt fühlte sie sich hier schon deutlich mehr zu Hause, konnte die Stadtteile nach Himmelsrichtungen einordnen und wusste, wo die besten Restaurants waren. Sie ging gern essen, auch allein, wenn sie keine Begleitung hatte. Manchmal fand sie das sogar angenehmer. Dann verlangte niemand Aufmerksamkeit von ihr, und sie konnte in Ruhe die Leute beobachten und ihren Gedanken nachhängen.

Momentan tat ihr das Alleinsein besonders gut. Wenn im K1 den ganzen Tag über Trubel herrschte, dann kam sie abends gern bei einem Glas Wein und einem Teller Pasta zur Ruhe. Aber oft fehlte selbst dafür die Zeit. Dann überfiel die Müdigkeit sie, sobald sie vor ihrem Haus aus dem Auto stieg, und der Abend endete gleich nach dem Zähneputzen.

Es war schon komisch, dass ihr soziales Leben ausgerechnet mit einem neuen Fall zurückkehrte, oder besser gesagt: Der neue Fall war jetzt ihr soziales Leben. Es war überraschend schön, wieder einmal ganz – oder zumindest annähernd – normal auf einen Geburtstag zu gehen.

Nadja hatte lange überlegt, was sie Laura schenken sollte, und war in der Würzburger Innenstadt durch die unterschiedlichsten Läden geschlendert. Schließlich hatte das bunte Schaufenster eines Gummibärchenladens sie gelockt, und jetzt hielt sie eine Schachtel voll mit den phantasievollsten Süßigkeiten im Arm. Wecker-Gummibärchen mit Koffein für Leute, die gern mal verschliefen, eine Herbstmischung aus vielen kleinen Gummiblättern in verschiedenen Rottönen und ihre Lieblingsteile, die »Gigolos«: Gummibärchen, die nackte Männer mit ordentlichen Muskeln darstellten. Nadja hatte für sich selbst auch eine Packung gekauft und sich vorgenommen, sie genüsslich vor Mancinis Augen zu verzehren. Vielleicht konnte sie ihn so endlich einmal zu einer Reaktion verleiten, die über die eines toten Fisches hinausging. Beim Gedanken an die Gummibärchen knurrte ihr der Magen.

»Da ist wohl jemand hungrig?«, fragte Ralph mit einem Lächeln. »Keine Sorge, Laura ist trotz ihrer britischen Wurzeln eine gute Köchin.«

Nadjas Laune hob sich merklich. »Das ist genial, dass sie uns zum Essen eingeladen hat. Wenn ich jetzt nach Hause käme, wäre ich viel zu ungeduldig, um mir noch etwas zu kochen. Da würde ich wieder bei einem Fertiggericht und einem Apfel zur Besänftigung des schlechten Gewissens hängen bleiben.« Sie blickte aus dem Autofenster, wo gerade ein Pizzahäuschen in Sicht kam. »Denkst du, es gibt vielleicht Pizza? Darauf hätte ich jetzt wirklich Lust.«

Ralph schüttelte überrascht den Kopf. »Du stehst auf Fast Food? Das sieht man dir aber nicht an. Du hast eine sehr sportliche Figur, ich dachte, du machst beruflich was in die Richtung, Physiotherapeutin, Erlebnispädagogin, Bademeisterin?«

»Bademeisterin? Ist das überhaupt eine offizielle Berufsbezeichnung?« Nadja lachte, und Ralph stimmte mit ein. »Nein, ich bin keine Bademeisterin. Ich meistere eher andere Dinge. Ich arbeite für eine Versicherung.«

Ralph warf ihr einen kurzen Blick zu. »Okay, dann kann ich verstehen, dass du abends Lust auf Bewegung hast. Und wie findest du es so bei uns? Fühlst du dich wohl in der Tanzschule?«

Nadja überlegte einen Moment. »Ja, ich denke schon. Das Tanzen macht mir Spaß, und die Drehers sind tolle Tanzlehrer. Ich hätte nie gedacht, dass man in ein paar Tagen so viel lernen kann. Und die Leute sind wahnsinnig nett und offen. Laura zum Beispiel, die mich spontan zu ihrem Geburtstag eingeladen hat, obwohl wir uns erst seit vorgestern kennen.«

»Ja, das ist typisch Laura. Sie ist recht schnell bei so was. Wenn sie jemanden mag, dann geht sie auch einfach auf ihn zu und zeigt ihm das. Bei Marc war das auch so ähnlich.« Er grinste. »Marc ist es ja sowieso gewohnt, die Aufmerksamkeit aller Damen zu bekommen. Aber Laura hat ihn dann doch aus dem Konzept gebracht. Sie ist eines Tages zu ihm hinmarschiert und hat ihn gefragt, ob er nur gut aussieht oder auch noch andere Qualitäten hat.«

Nadja lachte. »Das finde ich super. Warum sollen immer die Männer den ersten Schritt machen? Frauen können das womöglich sogar besser.«

Sie überlegte, ob sie ihn nach der offenen Beziehung der beiden fragen sollte. Aber vermutlich war der Pater da nicht die richtige Ansprechperson. Er konnte so etwas wohl kaum gutheißen, und deshalb ging Nadja nicht davon aus, dass Marc oder Laura viel mit ihm darüber redeten.

Aber sie konnte etwas anderes fragen. »Ralph? Als Laura mich zum Geburtstag eingeladen hat, habe ich zufällig mitbekommen, wie Han-Li ihr deshalb Vorwürfe gemacht hat. Sie sagte irgendwie, dass Laura Sebastian ersetzen will, obwohl er noch nicht einmal eine Woche tot ist.«

Er seufzte. »Na ja, sagen wir mal, du bist zu einer etwas unglücklichen Zeit in die Tanzschule gekommen. Momentan geht es hier drunter und drüber. Da ist natürlich die Trauer um Sebastian, die alle sehr belastet, die aber die wenigsten zulassen wollen. Und dann hat jeder zusätzlich seine eigenen Probleme. Laura beispielsweise hat viel Stress in der Schule, und Feli weiß nicht, wie es bei ihr beruflich weitergehen soll. Sie wollte eigentlich immer eine Ausbildung zur Tanzlehrerin machen, aber das wird wahrscheinlich nicht klappen, zumindest nicht bei den Drehers.«

»Warum nicht?«

»Sie hat nicht so ein sicheres Gespür für technische Details wie Laura oder Yvonne. Wie sie ihre Schritte setzt, die Körperhaltung oder Armbewegungen, das muss sie sich immer erst genau anlernen. Sie übt am fleißigsten von uns allen, deshalb ist sie auch sehr gut, aber wenn es um neue Figuren oder Shows geht, dann ist es manchmal etwas mühsam mit ihr.«

»Oh, das ist aber schade.«

»Ja, das deprimiert sie natürlich auch. Und Han-Li ist empfindlich, was solche Gefühlsschwingungen anbelangt. Sie zieht sich in letzter Zeit sehr häufig zurück und redet eigentlich nur noch mit uns, also den wirklich vertrauten Freunden. Sie hat wohl einfach Angst, dass du diese Vertrautheit zerstören könntest und ihr damit ihren Fluchtort nimmst.«

»Das will ich auf keinen Fall! Denkst du, ich sollte mit ihr reden?«

Ralph schüttelte den Kopf. »Das würde sie als aufdringlich empfinden. Damit würdest du nur das Gegenteil erreichen. Lass ihr einfach Zeit, sich an dich zu gewöhnen.«

»Okay.« Nadja fragte sich, wie viel Zeit überhaupt blieb, mit Han-Li warm zu werden. Momentan hatten sie zwar noch nicht einmal den Hauch einer Idee, weshalb Sebastian Dreher sterben musste, aber ihre Ermittlungen als Tanzschülerin würden sich kaum über Wochen hinziehen lassen. Sie brauchte konkrete Ergebnisse, und zwar bald.

Mit einem Lächeln wandte sie sich Ralph zu: »Danke, dass du mir das alles erzählt hast.«

»Keine Ursache. Es ist nur fair, solche Sachen klarzustellen. Und man merkt, dass es dich interessiert.«

Nadja hätte gern nachgefragt, was er mit dem letzten Satz meinte, doch da parkte er schon vor einem gelben Mehrfamilienhaus am Hang. »Da sind wir schon. Jetzt bekommst du gleich was in den Magen.«

»Ich habe wirklich großen Hunger«, gab Nadja zu und blickte auf ihren Bauch hinunter, der wie auf Kommando wieder zu knurren begann.

Laura winkte ihnen schon aus einem der oberen Fenster zu und betätigte den Summer. Nadja folgte Ralph die Treppe empor, bis er vor einer weiß gestrichenen Tür mit einem Willkommensschild in Form einer Sonnenblume anhielt. Davor standen die unterschiedlichsten Schuhe, darunter ein Paar weißer Turnschuhe in Kindergröße, die Nadja nicht zuordnen konnte, Marcs teure Lederschuhe und Lauras eigene quietschrote Gummistiefel. Wie schon in der Tanzschule stellte sie ihre Stiefel abermals daneben. Laura riss schwungvoll die Tür auf.

»Willkommen, willkommen!«, flötete sie bestens gelaunt. Sie trug zur Feier des Tages ihren geblümten Rock und eine Bluse mit Puffärmeln und sah sehr mädchenhaft aus. Die schulterlangen Haare wurden durch ein rotes Haarband zurückgehalten.

Sie führte die Neuankömmlinge in eine große Küche. Am Esstisch saß Feli neben einer Asiatin und Marc, Letzterer mit lässig geknöpftem Baumwollhemd. Seine übermännliche Ausstrahlung wurde diesmal etwas dadurch beeinträchtigt, dass er rosafarbene Hausschlappen trug, die Laura allen aufgenötigt zu haben schien. Nadja musste sich ein Grinsen verkneifen, als sie ihm die Hand schüttelte.

Anscheinend waren sie gerade schon dabei gewesen, die Geschenke auszupacken. Auf dem Tisch stapelten sich eine riesige, offenbar selbst gemachte Kerze, ein Essensgutscheinbuch und ein Gesellschaftsspiel. Nadja trat neugierig näher.

»Privacy«, sagte Marc und lächelte, »mein Lieblingsspiel. Man lernt seine Mitspieler dabei ganz besonders intim kennen.«

Laura hüpfte glücklich um den Tisch herum, als hätte sie ihn nicht gehört. »Das müssen wir später unbedingt spielen!«

Feli verdrehte die Augen, und Nadja drückte Laura kurzerhand ihr eigenes Geschenk in die Hand.

Laura lachte herzlich, als sie den Karton öffnete und darin herumkramte. »Oh, Koffeinbärchen! Die kann ich super gebrauchen, wenn ich nachts mal wieder am Korrigieren bin. Da werde ich dann an dich denken. Danke, Nadja!«

Es klingelte erneut. Laura sauste zur Tür und kam kurz darauf mit Fred zurück. Er zog automatisch den Kopf etwas ein, als er durch die Tür trat. In der Hand hielt er eine kleine blaue Schachtel, die mit einer riesigen Schleife verziert war. »Für dich«, sagte er verlegen und streckte Laura die Schachtel hin. »Alles Gute zum Geburtstag.«

Laura zog die Schleife ab und öffnete den Deckel. Nadja sah ihre Augen vor Überraschung groß und rund werden. »Oh Fred«, sagte sie nur.

Sie hielt die Schachtel tiefer, sodass die anderen ebenfalls hineinblicken konnten. Darin lag ein feines silbernes Armband, an dem fünf ineinander verschlungene Buchstaben befestigt waren: »L-A-U-R-A«, las Nadja auf dem Kopf.

Ihr war auf den ersten Blick klar, dass das Schmuckstück nicht billig gewesen sein konnte. Im Gegenteil, wahrscheinlich hatte Fred mehr dafür ausgegeben als die anderen Eingeladenen für ihre jeweiligen Geschenke zusammen. Laura warf einen unsicheren Blick auf Marc und hatte es plötzlich sehr eilig, alle Geschenke auf die Seite zu räumen und den Tisch fürs Essen zu decken.

Es gab Kürbissuppe als Vorspeise, danach Bandnudeln in einer Lachs-Brokkoli-Sahne-Soße. Pater Ralph hatte nicht übertrieben, Laura war eine gute Köchin und eine noch bessere Gastgeberin. Sie hatte die Gläser und Teller ihrer Gäste stets im Blick, sorgte für Nachschub und hielt das Gespräch in Gang.

Sobald alle fertig gegessen hatten und der Tisch abgeräumt war, stand Marc auf, um das Spiel zu holen. Han-Li half ihm dabei, das Spielbrett auszubreiten und jedem Mitspieler eine Wählscheibe zu geben. Auf eine Seite des Tisches legte sie viele kleine schwarze und orange Quader.

»Und jetzt, wie f-funktioniert das?«, fragte Fred.

»Das ist ganz einfach«, antwortete Laura ihm, »Marc und ich haben das schon mal auf einem anderen Geburtstag gespielt. Es geht darum, deine Mitspieler richtig einzuschätzen. Reihum werden Fragen vorgelesen, und jeder Spieler entscheidet für sich, ob er diese Frage mit Ja oder mit Nein beantworten würde.«

Sie kramte ein schwarzes Leinensäckchen aus der Spielepackung und hielt es hoch. »Jeder legt ein oranges Holzwürfelchen hier hinein, wenn er ›Ja‹ sagt, oder ein schwarzes für ›Nein‹. Dann muss sich jeder überlegen, wie viele Mitspieler wohl mit Ja antworten, und das auf seiner Wählscheibe einstellen. Anschließend wird ausgewertet, indem man das Säckchen ausleert und schaut, ob jemand richtig getippt hat.«

»Und am Ende muss jeder sagen, ob er mit Ja oder Nein geantwortet hat?«, fragte Ralph.

»Nein, das ist ja gerade das Spannende an diesem Spiel«, sagte Marc spöttisch. »Man antwortet anonym. Du kannst dem Säckchen deine Geheimnisse ruhig anvertrauen. Die anderen können zwar mutmaßen, welche Farbe dein Steinchen hatte, aber sicher sein können sie sich nicht. Außer natürlich, alle Steine sind schwarz oder alle sind orange.«

»Jetzt fangen wir doch einfach mal an und schauen, ob es funktioniert«, schlug Nadja vor.

»Moment, dazu gehört schon ein bisschen Atmosphäre, finde ich.« Feli beugte sich über den Tisch, um die Kerzen anzuzünden. Nadja sah, wie Marcs Blick dabei zu Felis Ausschnitt wanderte. Sie fragte sich, ob die beiden schon einmal etwas miteinander gehabt hatten. So abwegig war diese Vermutung wohl nicht, schließlich hatte Marc doch die Pflicht, seinem Ruf als Tanzschulcasanova gerecht zu werden.

Gespannte Stille senkte sich über die Runde, als Laura die erste Karte zog und schweigend studierte. Dann lachte sie. »Ja, ich glaube, das ist ein ganz guter Einstieg. Also überlegt mal, ihr Lieben, habt ihr schon einmal einen Menschen gleichen Geschlechts geküsst?«

Pater Ralph seufzte. »Im Ernst? Sind das alles solche Fragen? Da brauch ich gar kein Steinchen in den Sack werfen, das wisst ihr sowieso alle.«

»Dass Marc und du ständig Küsse austauscht? Ja, das ist allerdings allgemein bekannt«, zog Feli ihn auf.

Er drohte ihr scherzhaft mit dem Finger. »Die Zeiten der Hexenverfolgung in Würzburg sind noch nicht allzu lange vorbei, du solltest besser deine spöttische Zunge hüten. Aber im Ernst, ich wette, ich kann keine einzige Frage in diesem Spiel mit Ja beantworten, vielleicht sollte ich lieber nur zuschauen. Oder was denkt ihr?«

»Auf keinen Fall«, sagte Marc, »wir werden schon noch eine Frage finden, die dir den Schweiß auf die Stirn treibt.«

Nadja drehte unschlüssig an ihrer Scheibe, mit der sie die anderen einschätzen sollte. So wie Laura und Feli grinsten, hatten sie bestimmt schon mal eine Frau geküsst, wenn nicht sogar sich gegenseitig. Han-Li hatte das schöne Gesicht nachdenklich verzogen. Fred blickte Laura mit einem sehnsuchtsvollen Ausdruck an, an dem Spiel schien er nicht besonders interessiert zu sein. Marc beobachtete seinerseits Fred mit einer Miene, die man als belustigt bezeichnen musste.

Nadja räusperte sich. »Also ich bin zu einer Entscheidung gekommen, und jetzt?«

»Jetzt dein Steinchen«, sagte Han-Li und hielt ihr das Säckchen hin. Nadja umschloss ihr Steinchen so mit den Fingern, dass niemand die Farbe sehen konnte, und legte es hinein. Das Säckchen wurde weitergegeben, bis alle ihre Steine losgeworden waren. Anschließend leerte Laura das Säckchen aus.

»Zwei orange Steinchen. Hat jemand richtig getippt?«

Feli, Han-Li und Laura selbst hatten richtig getippt und durften ihre Spielfiguren drei Felder nach vorn bewegen.

Han-Li zog die nächste Karte und las mit unbewegter Miene vor: »Bist du in einen deiner Mitspieler verliebt?«

»Das ist eine blöde Frage, das lassen wir weg«, protestierte Laura, »nimm eine neue Karte.«

»Wieso denn, die Frage ist doch gut«, sagte Marc spöttisch. »Endlich können wir alle unsere geheimen Leidenschaften gestehen – und das auch noch völlig anonym.«

Laura sah Marc mit einem Blick an, den man nur bittend nennen konnte. Er seufzte und meinte: »Bitte, du hast ja schließlich Geburtstag, dann nehmen wir eben eine andere Frage.«

Han-Li studierte das Kärtchen. »Gut, dann frage ich jetzt, ob ihr schon einmal etwas geklaut habt.«

Alle begannen eifrig an ihren Einschätzungsscheiben herumzudrehen. Nadja tippte auf vier und warf einen orangen Stein in das

Säckchen. Es stellte sich heraus, dass sie als Einzige richtig geraten hatte und ihre Spielfigur vorrücken durfte.

»Du kennst uns ja schon recht gut«, stellte Marc fest.

»Glückstreffer«, meinte Nadja.

»Sag mal, Marc, du warst doch bestimmt einer dieser vier, oder?«, fragte Feli.

»Ja, allerdings. Ich bin sogar Wiederholungstäter. Die Rosen im Gewächshaus meiner Nachbarin duften einfach viel besser als die aus dem Supermarkt.«

»Also daher kommt mein Geburtstagsstrauß …«

»Zugegebenermaßen, ja, aber wenn ich einmal verhaftet werde, dann kannst du gleich mit in die Zelle, liebste Laura, schließlich hast du mein Herz geklaut.«

Alle stöhnten unisono.

»D-der war so was von schlecht«, stellte Fred fest.

»Warum bin ich noch mal mit ihm zusammen?«, fragte Laura an Nadja gewandt, »an seinem Charme kann es offensichtlich nicht liegen.«

»Vielleicht an seiner unfassbaren Bescheidenheit«, schlug Nadja vor.

»Oder an seinem angenehm zurückhaltenden Wesen«, schlug Ralph in dieselbe Kerbe.

Marc strich seine Haare zurück und strahlte in die Runde. »Ich habe euch auch so gern, Leute. Wollen wir jetzt weiter über mich reden oder vielleicht doch noch ein bisschen spielen?«

Fred zog die nächste Karte und lachte. »Hattest du schon einmal eine Ge-geschlechtskrankheit?«

Alle Blicke richteten sich auf Marc. »Warum schaut ihr jetzt schon wieder alle mich an?«, entrüstete er sich, musste dann jedoch auch lachen.

Diesmal tippten alle auf eins, und jeder durfte seine Figur weiterbewegen. Die nächsten beiden Runden war Nadja weniger erfolgreich. Schließlich war es an ihr, eine Karte zu ziehen.

Sie überflog die drei Fragen, die zur Auswahl standen. Nichts besonders Spannendes darunter. Währenddessen überlegte sie fieberhaft. Die Menschen, die hier mit ihr am Tisch saßen, wirkten so nett, so normal, so witzig. Aber einer von ihnen war vielleicht ein Mörder. Es konnte nicht schaden, ihn ein wenig aus der Deckung zu locken. Ihn nur ein kleines bisschen zu provozieren, gerade so viel, dass er sich fragen musste, wie viel seine Tarnung wert war. Sie atmete tief durch.

»Hast du schon einmal einen Menschen sterben sehen?«

Einen Moment herrschte Stille im Raum. Nadja schob die Karte umgedreht mitten in den Stapel zurück. Dann hob sie den Blick. Pater Ralph sah traurig aus, Marc überrascht, Feli nachdenklich.

»Das ist wirklich ein … Spiel, das an die Grenzen geht«, sagte Laura.

»Und darüber hinaus«, stellte Han-Li fest. »Das gefällt mir nicht.«

»A-a-aber es ist sp-spannend«, kam es von Fred.

»Gerade diese Frage ist tatsächlich spannend.« Pater Ralph blickte Nadja ernst an. »Es kann einen Menschen so sehr verändern, wenn er einen anderen sterben sieht. Zum Guten oder auch zum Schlechten.«

Marc klopfte ihm auf die Schulter. »Und wieder mal müssen wir bei dir nicht groß rätseln. Die Sterbebegleitung gehört ja wohl zu deinen Aufgaben als Priester, du hast bestimmt schon viele Leute sterben sehen.«

Nadja wünschte sich, er hätte sich nicht eingemischt. Zum Guten oder auch zum Schlechten, was hatte Pater Ralph damit gemeint? Wollte er ihr etwas mitteilen? Sie beobachtete ihn, doch er hatte sich den orangen und schwarzen Steinchen vor ihm auf dem Tisch zugewandt und schob sie mit dem Zeigefinger hin und her.

Feli nahm das schwarze Säckchen vom Tisch und wedelte damit durch die Luft. »Los geht's, die Herrschaften! Hopp oder top?«

Nadja schloss ihre Faust unauffällig um einen orangen Stein und ließ ihn hineinfallen, als die Reihe an ihr war. Dann überlegte sie, welche Zahl sie auf ihrer Wählscheibe einstellen sollte. Sie entschied sich schließlich für eine Drei.

Marc hatte sicher recht, dass Ralph schon einige Menschen in ihren letzten Momenten begleitet hatte. Er würde also auf jeden Fall orange setzen. Ihre weiteren Kalkulationen hingen von vielen

»Falls« ab. Nur falls Peters Vermutung richtig war, dass der Mörder bei dem sterbenden Sebastian ausgeharrt hatte, falls der Mörder jetzt mit ihr am Tisch saß und falls er nicht log, dann müsste sich neben ihrem eigenen noch ein drittes oranges Steinchen finden. Außer natürlich, Pater Ralph war der Mörder. Nadja rutschte unbehaglich auf ihrem Stuhl hin und her.

Als alle ihre Steinchen ausgewählt hatten, leerte Feli das Säckchen aus. Drei schwarze und vier orange Steine kullerten hinaus. Nadja betrachtete das Ergebnis und wünschte sich nicht zum ersten Mal, die Gedanken ihrer Mitspieler lesen zu können. Niemand sagte etwas, und so war das Zischen einer der Kerzen deutlich zu hören, als sie erlosch. Rauch stieg auf, und Kerzenduft verbreitete sich im Raum.

Ein schlechtes Omen, dachte Nadja. Sie fragte sich, ob sie gerade eine Dummheit begangen hatte.

Laura unterbrach die seltsam gespannte Stille, indem sie etwas verspätet rief: »Oha, vier Leute hier haben schon einmal jemanden sterben sehen.« Sie klang überrascht. »Hat das jemand richtig geraten?«

»Ich«, sagte Han-Li und zeigte ihre Wählscheibe.

»Dann darfst du drei vorgehen.«

Nun führte Han-Li mit einem knappen Vorsprung vor Feli. Lauras, Marcs und Nadjas Figuren waren jeweils durch ein Feld voneinander getrennt. Dann kam Pater Ralph, und Fred bildete das einsame Schlusslicht. Sie spielten weiter, bis Laura und Feli Han-Li überholten und die Ziellinie überschritten.

Feli sprang auf. »Jetzt wo ich gewonnen habe, wünsche ich mir einen Latte mit viel Löffelschaum. Hast du dieses Anrührzeug noch, Laura?«

»Du kannst dich gern bedienen. Das Pulver ist in einer Box neben dem Wasserkocher. Oder warte – möchte sonst noch jemand was? Dann kann ich gleich einen ganzen Schwung machen.«

Außer Marc wollte jeder einmal probieren. Laura ordnete an, dass die Gesellschaft inzwischen ins Wohnzimmer umziehen sollte. »Ich habe eine neue Kaminfeuer-DVD, die müsst ihr euch unbedingt ansehen.«

Nadja folgte den anderen ins Wohnzimmer, wo Feli sofort ein

kariertes Ecksofa für sich beanspruchte und eine Decke über ihre Füße zog. Marc setzte sich in einen Schaukelstuhl und begann hin und her zu wippen, sodass er ein beruhigendes Knarzen erzeugte. Fred stand einfach nur da und blickte sich unschlüssig um, während Ralph und Han-Li die DVD-Auswahl begutachteten und offenbar die Kaminfeuerausgabe suchten.

»Wollen wir Laura in der Küche helfen, Fred?«, fragte Nadja.

Er nickte ihr fast dankbar zu, und sie ließen die anderen im Wohnzimmer zurück.

Als Nadja nach zehn Minuten mit zwei Tassen, die Laura offenbar vom Würzburger Weihnachtsmarkt hatte mitgehen lassen, wieder ins Wohnzimmer trat, hatte Marc den Privacy-Spielekarton auf den Knien und blätterte die Kärtchen durch.

»Lass das, Marc«, rief Laura. »Sonst kennst du ja alle Fragen schon, wenn wir wieder spielen.«

Marc blickte auf und legte die Karten zur Seite. »Im Gegenteil, mein Schatz, die richtigen Mitspieler sorgen schon dafür, dass es spannend bleibt.«

Er zog Laura auf seinen Schoß hinunter und legte die Arme um ihre Taille. Über ihre Schulter hinweg beobachtete er Nadja. »Es gibt immer jemanden, der mit gezinkten Karten spielt«, sagte er mit einem ironischen Lächeln.

***

Es war schon spät, doch Viktor de Mancini saß noch immer an seinem Schreibtisch. Vor ihm lagen Papiere, wichtige und unwichtige, die er sortieren und abheften wollte. Aber er schob sie nur hin und her. Sie waren wie die Verdächtigen in diesem Fall. Es ergab sich kein Muster, das ihm gefiel. Keines, das ihm weitergeholfen hätte.

Nadja Gontscharowa war jetzt auf diesem Geburtstag. Er stellte sich vor, wie sie in einer fröhlich lauten Runde an einem Tisch saß und die Feiernden um sie herum beobachtete. Sie war die Richtige für diese Aufgabe. Heideckert war auf seine alten Tage schon zu eingefahren, Braun hätte die Sache nicht ernst genug genommen, und Neumann war vielleicht zu ungeduldig. Mancini schichtete die Blätter auf viele niedrige Stapel. Der Tote, der Mörder, Nadja, die Drehers. Wer spielte noch mit? Was war mit ihm selbst? Und mit Peter Steiner?

Nach kurzem Zögern räumte Mancini diesen Stapel beiseite. Steiner war ein guter Polizist, aber er war noch nicht so weit, die richtigen Prioritäten zu setzen. Persönliche Loyalitäten schön und gut, aber Beschützerinstinkte gegenüber einer Vorgesetzten waren fehl am Platz. Das musste er lernen. Notfalls gegen seinen Willen.

Mancini betrachtete sein Werk. Er hatte ein Kreuz gelegt. Dafür brauchte man fünf Stapel, fünf Mitspieler. Wenn er sich selbst nicht mitzählte, blieb ein unbeschriebenes Blatt. Vielleicht spielte jemand mit, von dem sie noch nichts wussten.

Sein Zeigefinger fuhr stockend an der Kante des Papiers entlang, und damit kam die Erinnerung.

Am Ende des Schuljahres hatte der Lehrer Viktor einen Brief mit nach Hause gegeben. Darin stand, dass seine Eltern überlegen sollten, ihn für die höhere Schule anzumelden. Der Junge sei intelligent und fleißig, er könne eines Tages vielleicht sogar die Universität besuchen. Viktors Vater hatte den Kopf geschüttelt, die Mutter hatte sich sorgenvoll bekreuzigt, doch die Großmutter hatte die Arme in die Hüften gestemmt.

»Wenn das Kind von Gott eine solche Begabung bekommen hat, dann muss es sie auch nutzen«, sagte sie, »alles andere ist Frevel, und ich will mich nicht versündigen. Unser Herrgott weiß schon, was er tut.«

»Wer soll das bezahlen? Die Bücher sind teuer«, hatte der Vater eingewandt.

»Ich werde mein Bügeleisen versetzen. Mich alte Frau schaut sowieso keiner an, da ist es egal, ob die Röcke knittern.«

Damit war es beschlossene Sache. Viktor lernte mehr, als er sich je hätte träumen lassen. Griechisch und Latein, Mathematik und Philosophie und – weil sein Klassenleiter eine Vorliebe für Kant und Schlegel hegte – Deutsch. Während die Jungen aus der Nachbarschaft aufs Meer hinausfuhren und Netze zurücktrugen, die vor Fischen zu bersten schienen, während die Mädchen sangen und Wäsche wuschen, saß Viktor über seinen Büchern.

Als Klassenbester in fast allen Fächern schloss er die Oberschule ab. Seine Freunde erwarteten, dass er zum Studium nach Rom gehen würde, vielleicht Priester würde oder Professor. Doch Viktor ging nach Heidelberg. Er hatte sich für die Juristerei entschieden.

Der Abschied von seiner Nonna war kurz. »Grazie«, sagte er und wagte es nicht, ihr in die Augen zu schauen.

»Presto«, antwortete sie, »sonst verpasst du deinen Zug.« Die zerknitterten Röcke hingen traurig an ihr herab. Er war gegangen und hatte sie nie wiedergesehen.

***

In Lauras Wohnzimmer herrschte eine angenehme Stille. Nadja hatte sich mit Ralph und Han-Li noch auf das Sofa gequetscht, und Laura saß auf dem Boden, den Rücken an Marcs Schienbeine angelehnt. Alle blickten auf den Flachbildschirm von Lauras Fernseher, wo mittlerweile Flammen loderten und Kaminholz knisterte.

Es sah erstaunlich echt aus. Nadja fühlte sich versucht, ihren Kopf auf eines der Sofakissen zu legen und die Augen zu schließen. Sie war so müde von diesem langen Tag, und das Kissen war so weich. Am liebsten wäre sie jetzt zu Hause in ihrem Bett gewesen, weit weg von der Suche nach einem Mörder und weit weg von Marc, der ihr Spiel durchschaut zu haben schien. Hatte er sie enttarnt? Mit einem Mal kam Nadja die Stille belastend vor.

»Das ist die erste Party, seit Sebastian tot ist«, sagte Han-Li plötzlich. Alle schienen wieder wach zu werden. Feli blickte schuldbewusst auf ihre Tasse hinunter, während Pater Ralph sich langsam die Lippen mit einem Taschentuch abwischte.

»Davon wollen wir doch jetzt wirklich nicht sprechen«, sagte Marc ärgerlich.

»Du willst ja nie darüber sprechen«, warf Laura ihm vor. Sie hatte sich zu ihm umgedreht und blickte von ihrem Posten auf dem Fußboden zu ihm hinauf.

»Weil es keinen Sinn macht! Das bringt ihn auch nicht wieder zurück. Es ist nicht wie in einem deiner Bücher, wo irgendjemand als Engel auf die Erde zurückkehrt und das Leben seiner Freunde regelt, wenn sie nur oft genug über ihn reden.«

»Ich kann mich nicht erinnern, jemals ein solches Buch gelesen zu haben.«

»Dann tu nicht so, als wärst du die Fachfrau für solche Fälle. Mein bester Freund ist gestorben, und ich könnte wirklich ein bisschen Ablenkung vertragen. Aber sobald man mal einen gemütlichen Abend macht, fangt ihr wieder mit dem Thema an.« Er blickte in die Runde. Nadja bemerkte, dass er sie besonders lange musterte.

»Was du unter Ablenkung verstehst, weiß ich ja ganz genau.«

Marc öffnete den Mund, um Laura eine entsprechende Antwort zu geben. Doch Ralph stand auf, trat an den Schaukelstuhl heran und drückte ihm leicht die Schulter.

»Es ist nur natürlich, dass du ihn vermisst. Ich bin sicher, er weiß das, wo auch immer er jetzt ist. Wenn du nicht darüber sprechen möchtest, dann ist das in Ordnung. Aber Menschen gehen sehr unterschiedlich mit Schmerz um. Vielleicht ist es für Laura wichtig, mit dir darüber reden zu können.«

Marc schüttelte seine Hand ab. »Warum musst du eigentlich ständig deine Gutmensch-Predigten halten? Ausgerechnet du, obwohl du Sebastian doch gar nicht gemocht hast.«

Pater Ralph sah aus, als hätte er einen Schlag ins Gesicht bekommen. »Wieso soll ich Sebastian nicht gemocht haben, wie kommst du darauf?«

»Er hat mir doch selbst gesagt, was du ihm für Vorträge gehalten hast.«

»Als Priester ist es meine Aufgabe –«

Marc unterbrach ihn mit lauter Stimme. »Und als Freund? Ist es da auch deine Aufgabe, ja?«

»War Sebastian etwa schwul?«, platzte Nadja heraus. Welche Bedeutung konnte diese Auseinandersetzung sonst haben?

Marc warf ihr einen müden Blick zu. »Nein, war er nicht. Aber das hätte ein katholischer Priester bei seinem Freund natürlich auch nicht akzeptiert.«

»Es ging nicht darum, ob er schwul war oder was auch immer. Sondern darum, wie er mit seiner Sexualität umging.« Ralph blickte unglücklich in die Runde. »Ich hatte den Eindruck, dass das weder für ihn noch für andere gesund war.«

Marc verzog das Gesicht zu einem unechten Lächeln. »Klar, ist ja auch dein Fachgebiet.«

»Marc! Das reicht!« Laura starrte ihren Freund wütend an. »Das reicht jetzt«, wiederholte sie.

Nadja fragte sich, worauf Pater Ralph da gerade angespielt haben mochte. Wenn sie weiter nachbohren würde, käme es den anderen wahrscheinlich komisch vor. Aber vielleicht war ja jemand anderes genauso neugierig wie sie?

Leider schien das nicht der Fall zu sein.

»H-hört doch auf zu streiten!« Fred, der sich in der Nähe des Fernsehers zusammengekauert hatte, war ganz rot im Gesicht geworden. Er hatte die Fäuste geballt, als würde er gleich auf jemanden einschlagen.

Laura drehte sich zu ihm um. Ihre zornig zusammengekniffenen Augen entspannten sich. »Ja, du hast recht, Fred. Das ist wirklich kindisch, jetzt zu streiten. Trinken wir lieber einen Schluck Milchkaffee auf Sebastian. Mit einem Schuss Rum, wer mag, Sebastian fand das immer toll.«

Sie schenkte jedem einen großzügigen Schluck ein und erhob ihre Tasse. »Auf Sebastian!«

»Auf Sebastian«, murmelten alle.

Nadja meinte fast, so etwas wie eine Träne in Marcs Augen glitzern zu sehen. Doch er kippte gleich darauf den Schaukelstuhl nach hinten, sodass der Lichtschein der Lampe sein Gesicht nicht mehr erreichte.

9

Der November ist zu warm und grau, noch grauer als voriges Jahr. Er will spazieren gehen, weil ihr das guttut. Dann lädt er sie auf eine heiße Schokolade ins Café ein.

Er redet über die Arbeit, die Kollegen im Büro, die geplante Weihnachtsfeier. Gleich wird er sie fragen, ob sie nicht mitkommen möchte. Sie weiß nicht, was sie sagen soll. Es sind zu viele Menschen um sie herum, Lachen und Niesen und Reißverschlüsse, die auf- und zugezogen werden. Das schafft sie nicht.

Sie spürt, wie sie sich von ihm entfernt. Die Farben verschwimmen, und die Stimmen werden lauter und leiser. Die Tasse in ihren Händen verliert ihre Wärme. Sie hat keinen Schluck daraus getrunken.

Dann ist da plötzlich seine Hand, die sie festhält. Der Druck auf ihrem Unterarm hält sie zurück. Fast verwundert blickt sie darauf.

»Bitte«, sagt er, »bleib bei mir.«

***

Sie saßen noch eine Weile bei falschem Kaminfeuerschein im Wohnzimmer und kehrten dann ins Esszimmer zurück, da Laura den Nachtisch angekündigt hatte. Nadja beeilte sich, ihr in die Küche zu folgen und kleine Löffel aus der Schublade zu kramen, während Laura den Kühlschrank öffnete und kritisch ihr Tiramisu betrachtete.

»Ich hoffe, es zerfließt nicht sofort«, meinte sie und stellte die Auflaufform neben dem Waschbecken ab.

»Bestimmt nicht. Das sieht doch toll aus!« Nadja war neben Laura getreten und musterte die Schale mit deutlich mehr Begeisterung als Laura. »Tiramisu ist meine absolute Lieblingsnachspeise. Und es riecht so gut nach Kaffee und Amaretto.« Sie beugte sich über die Schüssel. »Hmmm!«

Laura lachte. »Okay, du hast mich überzeugt. Vielleicht ist es doch ganz gut gelungen.«

»Der ganze Abend war doch super.« Nadja reihte Dessertschüsseln nebeneinander auf. »Na ja gut, bis auf die Diskussion zwischen Ralph und Marc gerade.«

»Marc lässt sich einfach ungern etwas von anderen Leuten sagen, und momentan ist er noch empfindlicher als sonst.«

»Kann man ihm wohl nicht verübeln.«

»Nein, das stimmt, du hast recht. Ich vergesse nur manchmal, wie sehr ihn Sebastians Tod mitnehmen muss, weil man ihm kaum etwas davon anmerkt.« Sie begann das Tiramisu mit einem Pfannenheber zu teilen.

Nadja bemerkte möglichst beiläufig: »Ich habe gar nicht verstanden, worum es da eigentlich ging.«

»Ach, Sebastian hat sich recht bedeckt gehalten, was sein Liebesleben anging. Da reden die Leute eben. Sie haben ihm unterstellt, dass er schwul sei oder seltsam veranlagt. Oder frigide, obwohl ich das von einem Mann noch nie gehört habe.« Sie zögerte einen Moment. »Es gab sogar mal Gerüchte über …«

Sie brach mitten im Satz ab, als Feli die Tür öffnete und hereinschaute. »Störe ich?«

»Nein, nein, wir verteilen nur gerade das Tiramisu.«

Nadja hätte die Tür am liebsten vor Felis Nase zugeknallt, um sich weiter mit Laura unterhalten zu können. Es hatte also Gerüchte über Sebastian gegeben, aber was für welche?

Statt sich eine der Schüsseln zu schnappen und wieder zu gehen, kletterte Feli auf die Küchenablage und baumelte mit den Beinen. »Das bricht doch nicht durch unter meinem Gewicht, oder?«

»Das hat Fred zusammengezimmert. Ich glaube, du bist völlig sicher.«

Nadja verteilte die Löffel auf die sieben Schüsseln. Sie überlegte, wie sie das Gesprächsthema unauffällig wieder auf Sebastian lenken konnte. »Fred kommt mir hier so viel entspannter vor als in der Tanzschule«, sagte sie schließlich. »Er scheint sich wirklich wohl bei euch zu fühlen.«

»Bei Laura meinst du wohl«, sagte Feli. Sie zog ihren Pferdeschwanz über die Schulter und begutachtete ihre Haarspitzen.

»Ach, lass das doch.« Laura war rot geworden. »Er hat ja wirklich schon einiges durchgemacht, da müsst ihr ihn nicht auch noch mit so was aufziehen.«

»Wurde er denn wegen des Stotterns gehänselt?«, fragte Nadja. Sie zuckte zusammen, als Feli plötzlich nach hinten kippte und gegen das Fenster knallte.

Nach einer Schrecksekunde rappelte Feli sich wieder auf und hielt sich den Kopf. »Au verdammt, ich habe ja ganz vergessen, dass ich mich hier nirgends anlehnen kann.« Sie betastete vorsichtig ihren Schädel. »Laura, dein Fenster ist aber ganz schön hart.«

»Das kommt davon, wenn du ständig deine Haare untersuchen musst. Ich hab dir schon tausendmal gesagt, dass du keinen Spliss hast!« Laura war offensichtlich auch erschrocken. Langsam wurde ihr Ton aber wieder ruhiger. »Warte, ich bring dir einen Kühlbeutel.«

»Ich könnte auch das Tiramisu nehmen«, witzelte Feli etwas kläglich.

»Falsch, das nehme jetzt nämlich ich mit. Die Herren der Schöpfung werden langsam ungeduldig.« Han-Li trat an die Spüle, klemmte sich drei Schüsseln zwischen Oberkörper und rechten Arm und schnappte sich mit der Linken noch zwei weitere Portionen.

Nadja nahm die übrigen beiden, und Feli drückte sich einen blauen Eisbeutel an den Hinterkopf, als sie ins Esszimmer zurückkehrten.

Während des Essens herrschte gefräßige Stille, bis Nadja schließlich gähnte. Der Abend war anstrengend gewesen, und sie hatte keine Lust, weiterhin Marcs neugierigen und zuweilen bohrenden Blicken ausgesetzt zu sein. Sie musste verhindern, dass er sie auf ihre erfundene Privacy-Frage ansprach. »Ich glaube, ich breche dann so langsam mal auf. Gibt es einen Weg von hier nach Grombühl, der für Fußgänger geeignet ist?«

»Soll ich dich denn nicht mit zurück zur Tanzschule nehmen?«, fragte Ralph.

»Nein, nein, ich bin vorhin mit der Straba in die Stadt gefahren. Mein Auto steht also daheim und nicht an der Tanzschule.«

»Dann fahre ich dich eben nach Hause. So weit weg wohnst du doch nicht, oder?«

Nadja lehnte lächelnd ab. »Das ist wirklich nicht nötig.« Es fehlte gerade noch, dass einer der Verdächtigen wusste, wo sie wohnte. Das konnte sie nicht riskieren, vor allem nicht nach der heutigen Spieleaktion.

»Willst du wirklich laufen? Das ist aber schon ein Stück«, wandte Laura ein.

»Das macht nichts. Ich bin ganz gut zu Fuß, wenn ich nicht grade in Tanzschuhen stecke.«

Pater Ralph schien ihren Entschluss zu akzeptieren. »Es gibt einen Weg, den ich immer nehme, wenn ich mit einem Hund aus dem Tierheim spazieren gehe. Das ist auch da in der Ecke. Du musst einfach den Elferweg hinunterlaufen, bis du zu den Bahnschienen kommst. Dann biegst du links ab. Es gibt eine alte Straße, die nicht mehr benutzt wird und genau daran entlangführt.«

»Das ist doch dieser Weg, den man auch nimmt, wenn man aus der Stadt zum Airport will, oder?«, fragte Han-Li.

Nadja fragte sich, woher die Chinesin das wusste. Ob sie schon einmal in der berüchtigten Disco gewesen war?

»Ja, genau.« Es war Fred, der antwortete.

Han-Li beugte sich über den Tisch. »Ich habe gehört, dass dort schon einmal eine Studentin vergewaltigt wurde«, sagte sie ernst. »Sie wollte früher aus der Disco nach Hause, während ihre Freundinnen noch geblieben sind. Deshalb ist sie allein in Richtung ihres Wohnheims gelaufen, und dort hat sie jemand überfallen. Man hat nie herausgefunden, wer das war.«

Die Stimmung am Tisch kippte. Der furchtsame Unterton in Han-Lis Stimme war nicht zu überhören.

»So ein Unsinn!«, unterbrach Marc das allgemeine Schweigen. »Das ist ein Ammenmärchen, das die Würzburger Eltern ihren Töchtern erzählen, um sie vom Airport fernzuhalten. Nadja ist doch kein Teenie, sie schafft das schon.«

»Bei mir hat es jedenfalls geklappt. Ich hab nie einen Fuß ins Air gesetzt«, sagte Feli fröhlich.

»Und ich höre immer nur von meinen Schülern davon. Aber so schlimm kann es ja nicht sein, wenn da selbst Zwölftklässler schon feiern gehen.« Laura knabberte an einer Salzstange. »Ich hätte schon mal Lust, hinzugehen und zu schauen, was da so abgeht.«

»Bloß nicht, danach muss das Air dichtmachen, weil kein einziger Schüler sich mehr blicken lässt. Man geht doch nicht in eine Disco, wo Lehrer abhängen!«

»Ach komm, so peinlich bin ich auch wieder nicht.«

»D-d-die Disco und der Weg dorthin sind jedenfalls zwei verschiedene S-sachen, da sind wir uns ja wohl einig. Egal w-wie verrufen das Airport auch sein mag und ob ihr d-da hingeht oder nicht, für Nadja wäre die Straße heute auf alle Fälle der k-kürzeste Weg«, stellte Fred fest.

Nadja blickte ihn überrascht an. So viel auf einmal hatte sie selten von ihm gehört. Der Abend schien seine Zunge gelöst zu haben. Oder vielleicht lag es auch am großen Schuss Amaretto in Lauras Tiramisu.

Ralph fuhr mit seiner Erklärung fort: »Irgendwann kommt auf der rechten Seite ein Tunnel. Da musst du durch und bist dann schon auf der richtigen Seite von den Bahnschienen, wenn du nach Grombühl willst. Dann wieder geradeaus laufen, immer Richtung Aldi, Real und Burger King. Die Werbeschilder sind eigentlich kaum zu übersehen. Aber ich kann Han-Lis Bedenken nachvollziehen, vielleicht solltest du um die Uhrzeit wirklich nicht allein nach Hause laufen.«

Nadja winkte ab. »Ich habe keine Angst. Vergewaltiger lauern doch normalerweise nicht die ganze Nacht hinter Büschen, ob auf einer einsamen Straße zufälligerweise mal ein Opfer vorbeimarschiert.«

»Ja, das habe ich auch schon gehört. Bei Vergewaltigungen stammt der Täter meist aus dem direkten persönlichen Umfeld des Opfers«, gab Feli ihr recht.

»Ich kann dich auch heimfahren, falls du unserem Priester nicht traust«, bot Marc an. »Ich habe nur ein Glas Wein getrunken.«

Nadja schaute vorsichtig zu Laura hinüber, die sich hastig abgewandt hatte. Es war klar, was sie von diesem Vorschlag hielt.

»Danke, Marc, aber ich komme schon klar. Mir würde ein Spaziergang jetzt sogar ganz guttun. Das Gehirn noch mal durchpusten lassen vor dem Schlafen.«

»Wie du meinst, dann kann ich heute Nacht ja bei meiner Süßen bleiben.« Marc griff nach Lauras Hand und führte sie an seine Lippen.

Laura lächelte entschuldigend. »Heute nicht, Marc, ich habe morgen doch schon um acht Probe für unser Theaterstück in der Schule. ›Das Gespenst von Canterville‹«, fügte sie an Nadja gewandt hinzu.

Abrupt ließ Marc Lauras Hand los. »Ach verdammt, das habe ich ja ganz vergessen. Na ja, macht nichts, dann muss ich heute wohl mal allein schlafen.«

Feli streckte sich und gähnte: »Wenn das geklärt ist, dann können wir ja jetzt gehen. Ich freue mich gerade wahnsinnig auf mein Bett. Babe hat die Decke bestimmt schon vorgewärmt.«

Laura begleitete alle zur Tür und winkte, als einer nach dem anderen in sein Auto stieg und davonfuhr.

»Pass auf dich auf«, rief sie noch, als Nadja den Weg Richtung Bahngleise einschlug.

»Klar.« Nadja winkte zurück.

Aus der warmen, stickigen Wohnung kommend, war die Winternacht überraschend kalt, und Nadja wickelte ihren Schal mehrfach um den Hals, damit sie ihr Kinn auch noch darin verstecken konnte. Sie war froh, endlich allein zu sein.

Die Neue in einer so verschworenen Gemeinschaft zu sein war schon anstrengend genug, dabei auch noch auf mögliche Hinweise zu achten, die mit dem Mord an Sebastian Dreher zusammenhängen konnten, hatte ihre Konzentration gehörig auf die Probe gestellt. Die anderen teilten so viele gemeinsame Erlebnisse und Erinnerungen, dass Nadja Schwierigkeiten hatte, die Insiderbemerkungen zu erkennen und angemessen darauf zu reagieren. Manchmal war das Gespräch wie ein Sperrfeuer über ihrem Kopf hin und her gegangen. Andererseits hatte die vertraute Runde auch dafür gesorgt, dass die Unterhaltung sehr zwanglos gewesen war. Sie hatten offener gesprochen, als sie es im privaten Gespräch mit Nadja jemals getan hätten.

Marc wusste, dass sie die Frage bei Privacy nur erfunden hatte. Allerdings schien er niemandem etwas davon gesagt zu haben. Wartete er einfach nur ab? Oder gefiel es ihm, sie zappeln zu lassen? Musste sie Mancini und ihren Kollegen erzählen, dass die Möglichkeit bestand, dass sie enttarnt worden war?

Vielleicht war das gar nicht nötig. Vielleicht hielt Marc sie nur für eine besonders neugierige Person, die das Spiel mit ein bisschen zusätzlichem Pfeffer hatte würzen wollen. Dann konnte sie einfach so weitermachen wie bisher.

Je weiter sie sich von Lauras Wohnung entfernte, desto schneller ging sie. Sie sehnte sich nach ihrer chaotischen, aber gemütlichen Küche, wo sie sich vor dem Schlafengehen noch eine Tasse Tee machen würde. Gleichzeitig sorgte die kalte Nachtluft dafür, dass ihr Kopf allmählich wieder klar wurde.

Es war ziemlich eindeutig, dass Fred in Laura verliebt war. Allerdings würde er sich wohl niemals trauen, ihr das zu gestehen, schließlich würde er dann in direkte Konkurrenz zu Marc treten. Und mit Marc zu konkurrieren wäre auch für selbstbewusstere Männer, als Fred einer war, eine große Herausforderung. Marc schien die ganze Situation eher lustig zu finden. Zumindest hatte er nicht eifersüchtig gewirkt. Offensichtlich war er sich sehr sicher, dass Laura ihm nicht für Fred den Laufpass geben würde.

Nadja teilte diese Einschätzung nicht. Zwischen Fred und Laura schien es eine ganz besondere Verbindung zu geben, ein gegenseitiges Verständnis, das romantische Gefühle nach sich ziehen konnte. Andererseits wirkte Laura nicht besonders glücklich damit, eher besorgt als verliebt. Sie hatte gesagt, Fred habe schon viel durchgemacht. Was mochte sie damit gemeint haben?

Der Elferweg führte mitten durch ein Waldstück hindurch. Nadjas Schritte wurden langsamer. Die dunklen Bäume auf beiden Seiten sahen bedrohlich aus. Hätte sie doch einen anderen Weg wählen sollen? Sie drehte sich noch einmal um. Es sah aus, als würde der Nebel das orangefarbene Licht der Straßenlaternen in Schach halten, sodass es nicht bis zu ihr reichte.

Nein, sie würde nicht umkehren. Sie war die ganze Zeit bergab gegangen und wollte jetzt den Berg nicht wieder hinauflaufen. Sie lief am äußersten Rand der Straße entlang, sodass ein vorbeifahrendes Auto sie nicht aus Versehen streifen würde. Ihr Mantel war dunkelgrau, und sie hatte keine Reflektoren bei sich, die die Autofahrer aufmerksam machen könnten. Aber hier fuhr sowieso niemand lang.

Morgen würde sie erst einmal ausschlafen. Danach konnte sie

sich überlegen, wie viel sie Mancini und den anderen erzählen sollte. Eine wichtige Erkenntnis des heutigen Abends war auf jeden Fall, dass in Sebastians Privatleben irgendetwas Seltsames vor sich gegangen war. Angeblich war er weder schwul noch bisexuell, aber eine feste Freundin hatte er auch nie gehabt. Und das als junger, attraktiver Tanzlehrer. Die Frage war, was genau Pater Ralph hatte andeuten wollen – und ob alle anderen auch Bescheid wussten.

Die Straße beschrieb eine Biegung. Als Nadja einige Meter weitergegangen war, fiel ihr auf, dass die Straßenlaternen hier in deutlich größerer Entfernung zueinander standen. Es gab nur noch die Straße, den Wald und sie.

Zum Glück hatte sie nie Angst vor der Dunkelheit gehabt, und auch jetzt sah sie keine Veranlassung, sich zu fürchten. Die schlimmen Verbrechen passierten normalerweise am helllichten Tag in ganz normalen Wohnungen und Vorstadtsiedlungen. Sie war allein hier im Nebel, also konnte ihr auch niemand etwas tun. Dennoch war sie erleichtert, als der Wall mit den Bahnschienen in Sicht kam. Jetzt musste sie nur noch ungefähr eine Viertelstunde lang auf dem Weg parallel zu den Schienen laufen und dann den Tunnel finden, der sie Richtung Grombühl führen würde.

Nadja hatte die Kreuzung kaum hinter sich gelassen, als sie glaubte, Schritte hinter sich zu hören. Sie blieb stehen und drehte sich um.

Man konnte nicht besonders weit sehen, aber natürlich war da niemand hinter ihr. Sie hatte sich das nur eingebildet. Schnell ging sie weiter, mit zu Fäusten geballten Händen in den Manteltaschen. Ihre eigenen Schritte hallten schwach auf dem Beton wider.

Links von ihr verlief eine dichte Hecke, die das Waldstück begrenzte. Rechts sah sie in regelmäßigen Abständen die roten Warnlichter der Schienenbeleuchtung. Im Gebüsch raschelte etwas. Sicher nur ein Vogel oder ein Kaninchen.

Das Rascheln verstummte, sobald Nadja sich umdrehte. Dann noch einmal ein leises Knacken, diesmal deutlich näher. Und wenn es doch kein Tier war? War ihr jemand gefolgt?

Es gab ein wischendes Geräusch, wie von Zweigen, die über eine Jacke streifen. Nadja starrte auf die dunkle Hecke. Ein Gefühl der Beklemmung ließ sie schneller atmen. Ihre hastigen Atemzüge gefroren an der Luft. Auf der Polizeischule hatte sie gelernt, ihrer Intuition zu vertrauen. Und jetzt hatte sie das deutliche Gefühl, dass etwas nicht stimmte.

Sie stand nun genau im Lichtkegel einer Laterne. Ein viel zu gutes Ziel, schoss es ihr durch den Kopf. Falls da wirklich jemand war, dann konnte er sie von allen Seiten angreifen, ohne dass sie ihn rechtzeitig sehen würde. Sie drehte schnell den Kopf hin und her, um auch hinter sich blicken zu können. Es hatte keinen Sinn, die Dunkelheit außerhalb des Lichtscheins wirkte noch tiefer als zuvor. Sie musste sich einige Meter ins Dunkel zurückziehen und ihren Augen die Möglichkeit geben, sich daran zu gewöhnen. Aber in welche Richtung sollte sie gehen?

Sie musste wissen, wo sich ihr Verfolger befand. Sie musste sich auf ihr Gehör verlassen. Und das bedeutete, dass sie nicht wegrennen konnte. Ihre Schritte würden seine Geräusche übertönen, dann konnte er sie von hinten oder von der Seite überfallen, ohne dass sie die Chance hatte, durch seine Bewegung gewarnt zu werden.

Nadja zwang sich, reglos stehen zu bleiben und flach zu atmen. Wo bist du?, dachte sie. Komm schon, beweg dich! Ihre Augen waren starr auf einen Punkt in der Dunkelheit gerichtet. Sie lauschte.

Und dann hörte sie ein Geräusch, das ihr mehr Angst machte als alles andere. Das Klicken eines Sicherungshebels. Sie musste hier weg, wenn sie auf dieser verdammten kalten Straße nicht sterben wollte. Er hatte eine Waffe. Wahrscheinlich zielte er aus dem Gebüsch heraus auf sie.

Instinktiv wusste Nadja, dass sie keine Chance hatte, wenn sie weiter die Straße entlanglief. Von hinten auf einen weglaufenden Menschen zu schießen war nicht allzu schwer. Trotz Nebel und Dunkelheit. So schnell konnte sie gar nicht rennen. Zurück konnte sie auch nicht, und Richtung Wald lief sie ihm wahrscheinlich direkt in die Arme.

Es gab nur eine Möglichkeit. Das Adrenalin beschleunigte ihren Herzschlag, Pupillen und Bronchien weiteten sich, der Blutdruck stieg. Ihr Körper machte sich bereit.

Nadja drehte sich und rannte los, nach rechts auf die Schienen zu. Ihre Schuhe rutschten auf dem feuchten Gras des Bahnwalls, doch sie schaffte es, sich wieder hochzuziehen, indem sie ihre Finger in die Erde bohrte. Hinter sich hörte sie nun deutlich das Brechen von Ästen, dann Schritte auf dem Beton. Nadja sprintete in gebückter Haltung weiter. Bloß nicht zu viel Angriffsfläche bieten. Ihr eigener keuchender Atem machte es ihr unmöglich, die Lage hinter ihr einzuschätzen. Wie nah war er schon? Sie musste dringend Deckung finden.

Plötzlich wurde ihr Sichtfeld von Licht überflutet. Ein dumpfer Warnlaut durchbrach die Nacht. Sie konnte nicht mehr anhalten, sie musste schnell genug sein. Ihr rechter Fuß traf auf die Schiene, sie stieß sich sofort wieder ab. Als sie auf dem Boden aufkam, stolperte sie und fiel kopfüber ins Gras. Hinter ihr rauschte ein Zug über die Gleise.

***

Peter würde das Bild nie vergessen, das sich ihm bot, als er nach Nadjas Anruf in ihre Wohnung stürmte. Am Telefon hatte sie recht gefasst gewirkt, deshalb war er darauf nicht vorbereitet gewesen.

Nadja saß in der Küche auf dem Boden. Sie hatte alle Lichter in der Wohnung eingeschaltet und die Vorhänge zugezogen oder mit Decken verhängt. Sie trug ihren grauen Mantel, der voller Schmutzflecken war, hatte die Arme um sich geschlungen und wiegte sich vor und zurück.

Als er die Küche betrat, legte er Nadjas Zweitschlüssel auf den Tisch und ging vorsichtig neben ihr in die Hocke. Sie hob den Kopf. Ihr Gesicht war unnatürlich blass, die Lippen blutleer. Sie sah ihn mit großen dunklen Pupillen an. »Ich glaube, ich wäre gerade fast gestorben.«

Teil 2

Wäre ich ein Hund – ich würde mich ankläffen,
damit ich nicht näher komme.

Juli Zeh, »Corpus Delicti«

1

Auf der alten Mainbrücke war zu dieser Jahreszeit nicht viel los. Hier gab es nur ihn und ein unermüdliches Touristenpärchen, das trotz des Nebels mit einem Selfiestick Fotos aus allen Blickwinkeln schoss. Vor zwei Minuten waren zusätzlich ein zu dicker Golden Retriever und seine Besitzerin, die neben dem Hund extradünn wirkte, über die Brücke getrottet. Mancini dachte, dass das vermutlich Absicht war.

Vielleicht sollte er sich eine Bulldogge zulegen. Neben diesem ewig verkniffen aussehenden Hund würde er vielleicht sympathischer wirken. Er hatte sich bereits daran gewöhnt, dass die meisten Menschen ihn nicht sonderlich mochten, aber ab und zu konnte ein wenig Sympathie ganz nützlich sein.

Während er den heiligen Kilian mit seinem goldenen Schwert umrundete und sich an die Brüstung stellte, um den Dezemberwind durch den Mantel in seinen Körper schneiden zu spüren, fragte er sich, ob er Steiners Sympathie für immer verloren hatte. Der Junge war verärgert, weil er Gontscharowa den Undercover-Auftrag erteilt hatte. Vielleicht wurde es tatsächlich zu gefährlich für sie. Aber ein außergewöhnlicher Fall erforderte außergewöhnliche Methoden. Oder ging er zu weit? Noch hatten sie nichts vorzuweisen, und in den letzten Tagen hatte sich nicht viel Neues ergeben. Die Kommissare hatten Sebastian Drehers beruflichen und finanziellen Hintergrund überprüft und keinerlei Unstimmigkeiten gefunden.

Für Mancini war es ungewohnt, sich so unsicher zu fühlen, und er mochte es nicht besonders. Lange Zeit hatte er gedacht, dieses Gefühl zusammen mit seiner italienischen Staatsbürgerschaft abgelegt zu haben.

Viktor Domenico Mancini war mit nicht viel mehr als einem schmalen Koffer, einem Anzug und einer Krawatte in Deutschland angekommen. Der Beamte in der Einwanderungsbehörde schien einen harten Tag hinter sich zu haben, er gähnte so häufig, dass er den Mund zwischendrin gar nicht mehr schloss.

»Name?«

»Viktor D. Mancini.« Er hatte gehört, dass die Deutschen effizient waren und ungern Zeit vertrödelten. Er wollte dem müden Mann nicht gleich alle Silben seines Namens zumuten.

Während der Beamte Schubladen öffnete und schloss und an einem Stempel herumschraubte, stand Mancini sehr gerade, die Schultern nach hinten. Er hatte den Blick fest auf den Mann gerichtet, der seine Zukunft in den Händen hielt.

Der Beamte schob ihm seinen neuen Pass zu. »Viel Glück!«

Mancini hatte das Bild betrachtet, auf dem er jung und etwas hungrig aussah. Mamas herzhafte Pastagerichte schienen eine Ewigkeit her zu sein. Dann blieb der Blick an seinem eigenen Namen hängen. Er runzelte die Stirn und las erneut, was dort stand. Ein Lächeln stahl sich auf seine schmalen Lippen.

Als Viktor de Mancini hatte er die Behörde verlassen.

***

»Was meinst du mit: ›Ich habe kein Kleid‹?«

Nadja lachte. »Das ist kein Grund, mich gleich so entsetzt anzuschauen. Ich bin eben nicht so der Kleidertyp, ich trage lieber Jeans.« Sie hatte kurz in der Tanzschule vorbeigeschaut, um ihre Karte für den Winterball abzuholen. Laura war auch da und hatte gefragt, was sie anziehen würde. Eine Frage, über die Nadja sich noch keine großen Gedanken gemacht hatte.

»Aber jede Frau hat doch mindestens ein Kleid!« Laura konnte es kaum fassen.

»Ich nicht.« Und das stimmte sogar.

Nadja erinnerte sich sehr genau an den Tag, an dem sie zum letzten Mal ein Kleid getragen hatte. Sie war an einem heißen Sommertag nach München gefahren, um einer Spur in ihrem ersten Würzburger Mordfall nachzugehen. Als sie zurückkehrte, erwartete Peter sie mit der Nachricht, dass es einen weiteren Toten gab. Sie waren sofort zum Tatort gefahren. Nadja konnte den Anblick bis heute nicht vergessen. Und ihr weißes Leinenkleid, das ihr so gut gefiel, war danach nur noch ein Gegenstand, an den sich die Erinnerung klammerte. Sie konnte es nicht mehr tragen und hatte es wenige Wochen später in die Kleidersammlung gegeben.

»Was machst du denn, wenn du zu einer Hochzeit eingeladen wirst?«

»Das kommt nie vor.«

Laura sah sie noch immer mit großen Augen an und blickte dann hilflos an sich hinab. »Ich würde dir ja eines ausleihen, aber ich fürchte, dass da weder in deiner Größe noch in deinem Stil etwas dabei ist.«

Nadja musterte Laura ebenfalls und lächelte. Laura war deutlich kleiner als sie und besaß eine schöne weibliche Sanduhrfigur. Im Moment trug sie einen gepunkteten Rock, der an die fünfziger Jahre erinnerte, und eine Rüschenbluse dazu. An Laura sah es toll aus, doch Nadja wusste genau, dass sie damit eher einem Clown ähneln würde.

»Keine Sorge«, meinte sie, »ich will auch gar nichts ausleihen. Aber hättest du Lust, zum Kleiderkauf mitzukommen und mich zu beraten? Du kennst dich ja damit aus, was balltauglich ist und was nicht.«

Lauras Gesicht hellte sich auf. »Oh klar! Sehr gern, Nadja, wir könnten eigentlich gleich nebenan mal in das Geschäft schauen. Da ist ein schnuckeliger kleiner Kleiderladen mit sehr netten Verkäuferinnen, das wird dir bestimmt gefallen.«

»Jetzt?« Nadja blickte auf die Uhr. »Ich hatte eigentlich nicht vor …«

»Der Ball ist doch schon übermorgen. Du bist eh spät dran!«

»Allerdings.« Nadja seufzte.

Sie hatte sich auf einen ruhigen Abend mit einem Glas Wein in ihrer Lieblingspizzeria gefreut. Seit der Verfolgungsjagd an Lauras Geburtstag fühlte sie sich sicherer, wenn viele Menschen um sie herum waren. Vor allem in Marcs Nähe war ihr unwohl, obwohl sie sich immer wieder sagte, dass er doch kaum der Angreifer gewesen sein konnte. Es wäre viel zu offensichtlich gewesen, nachdem er ihre Lüge bei dem Spiel enttarnt hatte. Und so plump würde er nicht vorgehen, oder doch?

Trotz ihrer Bedenken ließ Nadja es zu, dass Laura sich ihre Handtasche schnappte, die offenbar als Unterpfand gedacht war, damit Nadja ihr auch ganz bestimmt in das Kleidergeschäft folgen würde, und sie daran zur Tür zog. Nun ja, vielleicht tat ihr das jetzt auch ganz gut. Ballkleid kaufen, das war normales Mädchenzeugs, anderen Frauen machte so etwas sogar Spaß.

Das »Belissima« befand sich tatsächlich gleich neben der Tanzschule, und Nadja fragte sich, warum ihr die Schaufenster nie aufgefallen waren. Wahrscheinlich, weil ihr Interesse an Ball- oder Hochzeitskleidern bisher gegen null tendiert hatte. Jedenfalls hatte das Geschäft den Vorteil, dass es nicht besonders groß war. Das hieß zumindest, dass es keine unendliche Auswahl an Kleidern geben konnte.

Sobald sie den Laden betreten hatten, ertönte eine melodische Glocke, und eine Verkäuferin eilte auf sie zu, um sie zu begrüßen. Laura begann sofort, Stoffe, Farben und Schnitte mit ihr zu diskutieren, während Nadja herumschlenderte und unter die Plastikhüllen lugte. Dann zog die Verkäuferin den Vorhang einer der beiden Umkleidekabinen auf, und Laura komplimentierte Nadja hinein. Während sie sich bis auf die Unterwäsche auszog, hörte sie draußen Gemurmel sowie das Rascheln zahlreicher Kleiderschichten und entzückte Ausrufe Lauras.

Ein Arm teilte den Vorhang und hielt ihr ein schwarzes Kleid hin, das Nadja zunächst ganz akzeptabel fand, bis sie die Schlitze auf Bauchhöhe entdeckte. »Entschuldigung, aber das Kleid ist kaputt. Da sind überall Löcher drin«, rief sie hinaus.

»Das gehört so«, antwortete Laura vergnügt. »Probier es mal an, dann wirst du schon sehen.«

Nadja zog den Reißverschluss auf und schlüpfte in das Kleid, dann trat sie aus der Kabine.

Laura betrachtete sie. »Du hast ja richtige Bauchmuskeln!«

»Ich wusste gar nicht, dass man auch falsche haben kann. Aber ich möchte trotzdem nicht, dass jeder sie sieht.«

»Mit Ihrer Figur könnten Sie das problemlos tragen«, schaltete sich die Verkäuferin ein, »wobei ich zugeben muss, dass dieses Modell eher von Teenagern gekauft wird.«

Nadja blickte Laura mit hochgezogener Augenbraue an.

»Wir haben doch gerade erst angefangen«, beruhigte Laura sie. »Komm, probier das nächste.«

Das zweite Kleid, in Hellgrün, war zwar ganz hübsch, aber trotz Schnürcorsage obenrum zu groß. Das dritte lobte die Verkäuferin in den höchsten Tönen, doch Nadja störte sich an den Glitzerelementen am Ausschnitt.

»Trägt man auf einem Ball nicht normalerweise ein bodenlanges Kleid?«, rief sie hinaus, während sie mit den Knöpfen kämpfte.

»Nein, nicht unbedingt. Ein Cocktailkleid ist viel besser. Die bodenlangen Kleider bergen gewisse Risiken. Man kann sich mit dem Absatz im Saum verheddern, der Partner kann draufsteigen, du könntest irgendwo hängen bleiben … Die Unfallgefahr steigt direkt proportional zur Kleiderlänge.«

Als sie das Glitzerkleid erfolgreich abgestreift hatte, reichte Laura ihr ein rosafarbenes Etwas mit einer besorgniserregenden Menge Tüll drum herum.

»Das ziehe ich auf keinen Fall an. So etwas Grässliches habe ich überhaupt noch nie gesehen!«

Lauras lachendes Gesicht erschien hinter dem Vorhang. »Aber der zarte Roséton schmeichelt bestimmt deinem Teint.«

»Wenn ich Babe wäre, würde es mir vielleicht schmeicheln.«

»War nur ein Scherz«, Lauras Kopf verschwand wieder, »aber schau mal, was ich hier gefunden habe.« Sie hielt ein weiteres Kleid vor ihren Körper. »Das könnte dir gut stehen. Ich glaube, das hat den gleichen Farbton wie deine Augen.«

»Rauchblau«, sagte die Verkäuferin.

Nadja nahm das Kleid entgegen und spürte den weichen Satin über ihre Haut gleiten. Als sie sich im Spiegel betrachtete, musste sie unwillkürlich lächeln. Sie sah viel weiblicher aus als sonst. Das Kleid war knielang und ganz schlicht geschnitten, vorn und hinten mit V-Ausschnitt. Eine leichte seitliche Raffung brachte ihre Taille zur Geltung.

»Schätzchen, ich glaube, wir haben das Richtige gefunden.« Die Verkäuferin strahlte ebenso wie die beiden Frauen.

Nadja störte sich nicht einmal an der ungewohnten Anrede. »Das müssen wir feiern«, sagte sie zu Laura.

***

Peter hatte endlich wieder einen Plan. Auch wenn er damit ein Versprechen brechen würde, das er Nadja vorletzte Nacht gegeben hatte. Die Angst in ihren Augen war so erschreckend gewesen, dass er zu allem Ja gesagt hätte.

Aber nun stand er vor Mancinis Bürotür und klopfte mit Nachdruck an.

»Herein!« Mancinis Stimme klang haargenau wie immer. So wie er auch jeden Tag genau gleich aussah, von der Krawattenfarbe einmal abgesehen.

Peter mochte das eigentlich an ihm. Er hatte immer gefunden, dass Verlässlichkeit eine wichtige Charaktereigenschaft für einen Polizisten war und für einen Staatsanwalt nicht weniger. Doch heute kam ihm zum ersten Mal der Gedanke, dass die gleichbleibende Korrektheit es Mancini nicht erlaubte, von einem einmal eingeschlagenen Kurs wieder abzuweichen. Geschweige denn, dass sie irgendeine Möglichkeit böte, einzuschätzen, was in ihm vorging. Beides konnte Peters Mission gefährlich werden.

Er betrat das Büro des Staatsanwalts, das mehr einer mittelalterlichen Klosterbibliothek als einem Arbeitsplatz ähnelte. Das war auch eines der Dinge, die Peter an Mancini mochte. Seine Vorliebe für alte Bücher, gepaart mit einem Hang zur Askese.

Peter setzte sich auf einen Stuhl, dem mächtigen Holzschreibtisch mit den Klauenfüßen gegenüber. Mancini stützte die Arme auf den Tisch und faltete die Hände. Er brachte sogar so etwas wie ein Lächeln zustande.

»Herr Steiner, was gibt es?«

»Ich möchte Sie bitten, Nadja von den Ermittlungen in der Tanzschule abzuziehen.«

Wenn Mancini überrascht war, so zeigte er es nicht. »Haben Sie einen bestimmten Grund für Ihre Bitte?«

Peter holte tief Luft. Nadja würde es ihm niemals verzeihen, wenn sie davon erführe. Aber er würde es sich nie verzeihen, wenn er nicht versuchte, sie aus dieser Sache herauszuholen. »Sie wurde auf dem Nachhauseweg von der Geburtstagsparty bei einer der Verdächtigen überfallen.«

Mancini lehnte sich nach vorn. »Ist ihr etwas passiert? Warum erfahre ich erst jetzt davon?«

»Es geht ihr gut. Der Angreifer hat in der Dunkelheit wohl gezögert zu schießen, und Nadja konnte über einen Bahndamm entkommen.«

»Konnte sie ihn beschreiben?«

»Nein, er oder sie hatte sich wohl in den Büschen am Wegrand versteckt. Und es war nebelig.«

Mancinis Züge entspannten sich wieder. »Also hat effektiv gar kein wirklicher Überfall stattgefunden? Nur ein Beinahe-Überfall?«

»Muss erst etwas passieren, damit Sie Ihre Leute schützen?« In Peter stieg die Wut hoch. Er wusste genau, was Mancini vorhatte. Er würde den Vorfall so darstellen, dass er plötzlich ganz und gar harmlos aussah, und Peters Besorgnis damit für unnötig erklären.

»Gegenfrage: Haben Sie an Frau Gontscharowas Arbeit etwas auszusetzen?«

»Nein«, antwortete Peter widerwillig.

»Und glauben Sie, dass ihre Arbeit für die Ermittlungen hilfreich ist?«

»Vielleicht, ich weiß nicht. Aber darum geht es doch gar nicht!«

»Doch, darum geht es sehr wohl. Wir haben eine Verantwortung gegenüber den Drehers, die Verantwortung, den Mörder ihres Sohnes zu finden. Und Frau Gontscharowa erzielt erstaunliche Fortschritte, wie ich gehört habe.«

Von wem hast du das gehört?, fragte Peter sich.

Mancini schien jetzt ganz in seinem Element zu sein. »Es war doch relativ klar, dass der Mörder möglicherweise rasch Verdacht schöpfen würde. Ich halte diese überraschend schnelle Reaktion für ein gutes Zeichen. Das heißt, wir sind ihm dicht auf den Fersen.«

»Sie haben damit gerechnet, dass Nadja enttarnt wird?«

»Über kurz oder lang, ja. Sie soll sich ab jetzt etwas bedeckter halten. Keine Privatausflüge mehr mit einem oder mehreren Verdächtigen. Sie soll sich auf die Tanzstunden beschränken. Da dürfte sie relativ sicher sein.«

»Relativ sicher«, diese Worte hatte Peter schon einmal gehört. Er sah das Gesicht einer Frau vor sich, einen lachenden Mund, ein Rucksack über der Schulter, Augen, die vor Unternehmungslust funkelten. Er blinzelte und musste sich zurück in Mancinis Büro zwingen.

Dieser schien sein Schweigen als Eingeständnis der Kapitulation zu betrachten. »Das wäre dann so weit alles?«

Peter schob den Stuhl zurück und stand auf. »Wenn ihr etwas passiert …«

Mancini lächelte nur. Peter ging zur Tür.

»Ach, Herr Steiner, ich nehme an, Ihre Kollegin soll nichts von unserem Gespräch erfahren, liege ich da richtig?«

Peter wandte sich noch einmal um. Er blickte in Mancinis Augen. Blassgrau wie Kiesel in einem Gebirgsbach – und genauso kalt. Er verließ das Büro ohne Gruß.

***

Im »Wunschlos glücklich« war es voll um diese Zeit, aber Nadja und Laura bekamen noch einen Tisch in einem kleinen Nebenzimmer mit stilechtem Quietschsofa, dessen Federung zum Hopsen herausforderte, und einer Stehlampe, die ein Relikt der Siebziger zu sein schien.

Nadja lehnte sich zufrieden zurück und richtete den Blick auf die Metallrohre, die an der Decke entlangführten. Ob das wohl zum Design gehörte? Oder war es einfach eine bauliche Notwendigkeit? Laura vertiefte sich in die Karte und murmelte vor sich hin.

»Eigentlich muss man hier Waffeln essen, die sind einfach genial, aber die Paninis klingen auch lecker …«

Nadja gähnte. »Bestell doch einfach beides.«

Laura blickte sie strafend über den Rand der Karte hinweg an. »Das kannst du vielleicht machen, ohne es zu bereuen, aber ich werde nicht in mein Ballkleid passen, wenn ich jetzt so zuschlage.«

»Das Kleid ist für dich da und nicht du für das Kleid. Unterwirf dich bloß nicht dieser Kaloriendiktatur.«

»Eigentlich hast du recht.« Laura lachte. »Das Leben ist viel zu kurz, um nicht das zu essen, worauf man Lust hat.« Sie winkte dem Kellner und gab ihre gemeinsame Bestellung auf. Nadja sah Freds Armband an ihrem Handgelenk schwingen.

Das Leben war wirklich viel zu kurz, dachte Nadja, zumindest, wenn man Sebastian Dreher hieß. Es gab so viele Dinge, die sie Laura fragen musste, die sie den Ermittlungen zuliebe herausfinden musste. Und doch hätte sie jetzt am liebsten ganz unbeschwert mit einer Freundin hier gesessen, ohne den Gedanken an Mord. Sie schlug die Beine übereinander.

»Sag mal, Laura, das ist jetzt hoffentlich keine indiskrete Frage, aber kann es sein, dass Fred in dich verliebt ist?«

Laura seufzte. »So offensichtlich?«

»So offensichtlich.«

»Das geht schon eine Weile so. Aber er hat nie mit mir darüber geredet, und ich hoffe, er wird es auch nie tun.«

Nadja wartete, während eine junge Kellnerin vorsichtig zwei Cappuccino in bunt gemusterten Tassen vor ihnen abstellte und die Blumenvase zur Seite rückte. »Essen kommt sofort.« Sie lächelte und entfernte sich.

»Hat Marc denn nichts dagegen, wenn du mit Fred tanzt? Oder dass ihr euch so oft seht?«

»Marc und eifersüchtig?« Laura lachte bitter. »Anfangs habe ich tatsächlich gehofft, dass er auch mal eifersüchtig wird, dass er vielleicht aufhört mit seinen Affären, wenn er merkt, dass es auch für ihn Konkurrenz geben könnte. Aber es ist ihm völlig egal. Er findet es witzig.«

»Das tut mir leid.«

»Es ist schon komisch. In den großen Dramen sind es meistens die Männer, die eifersüchtig werden und dann schreckliche Dinge tun. Denk nur mal an Ferdinand und Luise oder an Othello. Momentan läuft die Oper im Mainfranken Theater. Ich bin mit meiner zwölften Klasse reingegangen. Sie singen zwar auf Italienisch, aber wir haben Shakespeares Version im Unterricht gelesen, und ich dachte, es schadet nicht, wenn die Kids mal ein bisschen Kultur abkriegen. Jedenfalls gibt es da diese Stelle. Desdemona ahnt, dass Othello sie töten wird. Er betritt nachts ihr Schlafzimmer und fragt: ›Hast du zur Nacht gebetet, Desdemona?‹ Das war so eine endgültige Aussage. Da habe ich eine richtige Gänsehaut bekommen. Ich meine, ich wusste ja schon vorher, dass er sie ermordet, aber irgendwie habe ich die ganze Zeit gehofft, sie läuft nach dieser Frage davon und versteckt sich. Ich zumindest hätte das gemacht.« Sie sah sehr traurig aus, als sie das sagte.

Nadja versuchte, sie aufzumuntern. »Aber eigentlich ist es ja gut, wenn nicht alle Männer so eifersüchtig sind. Sonst wären alle Beziehungen ja die Hölle.«

Laura blickte auf. »Meine ist es auch so. Glaub mir, wenn man selbst der eifersüchtige Part ist, dann ist es schlimmer.«

Nadja fragte tastend: »Hast du schon einmal darüber nachgedacht, ihn zu verlassen?«

»Jeden Tag.« Laura löste das Armband und ließ es durch ihre Finger gleiten. »Aber jeden Tag entscheide ich mich wieder für Marc. Ich liebe ihn nun mal.«

Nadja wusste nicht, was sie darauf sagen sollte. Sie war nicht besonders gut in solch emotionalen Situationen, schon gar nicht als Beraterin bei Liebesproblemen. Sie kam ja nicht einmal mit ihren eigenen zurecht.

Zum Glück kam in diesem Moment die Kellnerin zurück. Sie servierte zwei Teller Waffeln mit Zimt, Zucker und selbst gemachtem Apfelbrei und ein zusätzliches Panini für Laura. Wieder passte das Geschirr nicht zusammen, aber die Mischung an Designs sorgte für eine merkwürdig heimelige Stimmung.

Nadja lud sich eine Portion Waffel mit Apfelbrei und einem halben Minzblatt auf die Gabel und kostete. »Das«, sagte sie nach einem Moment des Staunens, »sind die besten Waffeln, die ich je gegessen habe.«

Laura lächelte etwas angestrengt. »Hey, werd bloß nicht abhängig. Du sollst über die Tanzfläche schweben, nicht rollen.«

Nadja wartete, bis Laura einen Bissen vom Panini genommen hatte. »Jedenfalls tut mir die Situation leid für Fred, er ist so ein lieber Kerl. Und ich denke, er hat es sowieso nicht ganz leicht mit seinem Stottern.«

Laura kaute und schluckte. »Eigentlich war es früher nicht so schlimm. Aber seit Steffi gestorben ist, geht es ihm ganz schön mies. Er hat eine Weile fast gar nicht mehr gesprochen, und dann habe ich versucht, ihm zu helfen und ihn ein bisschen aufzubauen. Und daraus ist von seiner Seite dann wohl mehr geworden. Ich kann ihn doch jetzt nicht einfach im Stich lassen, oder? Wenn ich mich von ihm zurückziehen würde, weil ich weiß, dass er tiefere Gefühle hat, dann stünde er doch wieder allein da.«

Nadja hatte den zweiten Teil von Lauras Überlegungen gar nicht mitbekommen. »Wer ist Steffi?«, fragte sie.

Laura legte das Panini zur Seite. »Steffi war Freds Schwester. Sie war sechzehn, als sie gestorben ist. Ich kannte sie ganz gut, weil ich sie in der elften Klasse in Englisch unterrichtet habe, und außerdem war sie viel in der Tanzschule unterwegs. Soweit ich weiß, hat sie Fred überhaupt erst auf den Geschmack gebracht. Sie hat ihn zu einem der Kurse mitgeschleppt, und es hat ihm besser gefallen, als er dachte.«

»Aber … wie ist sie gestorben?«

Laura stocherte mit ihrer Gabel im Apfelbrei herum. »Das weiß ich auch nicht so genau. Ein Unfall, glaube ich. Fred spricht nie darüber.«

Noch eine Tote, dachte Nadja, das ist aber ein verdammt merkwürdiger Zufall.

***

Gretchen blickte erschrocken auf, als Peter die Tür zum K1 aufstieß und schnellen Schrittes an ihrem Schreibtisch vorbeifegte.

»Ist etwas passiert?«, rief sie ihm hinterher, doch er zog es vor, nichts darauf zu erwidern. Er blickte in das nächstbeste Büro. Kurt Heideckert saß auf dem Boden, halb vom Schreibtisch verdeckt, und war mit seinem Drucker beschäftigt. Als Peter ihn fragte, ob er mit zu Felicitas Huf kommen wollte, stieß er sich vor lauter Überraschung den Kopf an der Tischplatte und konnte erst nach einem Moment des Schwindels aufstehen.

Peter bekam ein schlechtes Gewissen, als er bemerkte, wie sehr Heideckert sich freute. Der ältere Kollege galt als zu detailverliebt und zögerlich, um bei Befragungen ein angenehmer Begleiter zu sein. Deshalb bekam er häufig die Bürojobs zugeteilt, wenn er nicht gerade Autopsien mitverfolgte und Lars Nauke mit Fragen löcherte.

»Nadja ist schon wieder in der Tanzschule«, erklärte Peter auf dem Weg zum Auto, »aber ich habe doch immer gern jemanden dabei, wenn ich einen Verdächtigen zum ersten Mal vernehme. Vier Augen sehen einfach mehr als zwei.«

Heideckert nickte so eifrig, dass Peter sich vornahm, ihn in Zukunft häufiger um Begleitung zu bitten. Vielleicht konnte er von Heideckert noch lernen. Schließlich war er der dienstälteste Kollege im Kommissariat.

Mit seinem honiggelben Pullover sah Heideckert ein wenig aus wie Winnie Puuh. Mariechen hatte den naschlustigen Bären vor Kurzem für sich entdeckt und ging nicht mehr ins Bett, bevor man ihr nicht mindestens fünfmal die Winnie-Puuh-Spieluhr aufgezogen hatte. Peter würde ihr heute Abend erzählen, dass Winnie Puuh auch im K1 arbeitete und sein Kollege war. Das würde ihr gefallen.

Felicitas Huf wohnte in der Sanderau, nicht weit vom Mainkai entfernt. Peter glaubte, das Wasser riechen zu können. Er mochte das. Wenn Heideckert nicht gewesen wäre, hätte er vielleicht noch schnell einen Abstecher ans Ufer gemacht, einfach nur, um eine Weile am Main zu stehen und den treibenden Blättern zuzuschauen. Aber das musste er verschieben. Vielleicht sollte er nach Dienstschluss noch einmal hierherfahren. Dann konnte er so tun, als habe er alle Zeit der Welt für einen melancholischen kleinen Spaziergang.

Heideckert klingelte an einem Mietshaus mit einer recht stabil wirkenden Eingangstür aus weißem Holz, wie sie besser zu einer Arztpraxis gepasst hätte. Nichts geschah. Peter trat einen Schritt vor und klingelte ebenfalls.

»Vielleicht ist sie nicht da?« Heideckert klang fast ein wenig traurig. Anscheinend sah er sich schon um seine schöne Befragung gebracht. »Sie hat doch sicher noch einen anderen Job als den am Tanzschulempfang, oder nicht?«

»Keine Ahnung.« Peter wollte so schnell nicht aufgeben und drückte den Finger einige Sekunden lang fest auf die Klingel.

In der Lautsprecheranlage knackte es. Peter beugte sich vor und sagte sehr deutlich: »Polizei, wir würden gern kurz mit Ihnen sprechen.« Sofort summte der Türöffner, und Peter hielt die Tür für seinen Kollegen auf. »Nach dir.«

Sie waren kaum eine halbe Treppe hinaufgestiegen, als Peter ein Paar nackter Männerfüße mit den dazugehörigen Beinen sah, die unter einem lavendelfarbenen Bademantel verschwanden. Zum Glück hielt der Gürtel am Bauch fest zusammen, doch die Schultern des Mannes waren wohl zu breit für den Frauenbademantel, sodass der Stoff über seiner muskulösen Brust auseinanderklaffte.

Peter musste das ausnehmend attraktive Gesicht gar nicht erst betrachten, um zu wissen, wen er vor sich hatte. Das konnte nur Marc Kupido sein. Er lehnte so lässig am Türrahmen, als trage er Cowboystiefel und einen Westernhut, und sein Grinsen war vielsagender als jede Bild-Schlagzeile. Aus der Wohnung drang leiser Gesang, Cher, wenn Peter sich nicht irrte.

»Wer Sie auch sind, Sie stören.«

»Kommissar Steiner und Kommissar Heideckert.« Er hielt Marc seinen Ausweis unter die Nase, Heideckert folgte seinen Bewegungen fast synchron.

»Ich bin Marc.« Wie selbstverständlich ging er davon aus, dass sie schon von ihm gehört hatten. »Falls Sie zu Feli wollen, sie kann gerade nicht, sie duscht.«

Zu wem sollten wir wohl sonst wollen?, dachte Peter. Angesichts der Tatsache, dass sie bei Felicitas Huf geklingelt hatten, war das wohl nicht allzu schwer zu erraten.

»Vielleicht gehen Sie besser zu ihr und melden unsere Ankunft, sonst können wir das auch gern übernehmen.«

»Wenn Sie darauf bestehen …« Er zog die Tür ganz auf und deutete geradeaus. »Dahinten ist das Wohnzimmer. Machen Sie es sich solange bequem.«

Der Flur von Felis Wohnung war überraschend karg. Außer einem Schränkchen, auf dem die Schuhe doppelt und dreifach gestapelt waren, und einem schmalen Spiegel gab es weder Dekoration noch Möbel. Der Eindruck änderte sich völlig, als sie das nächste Zimmer betraten oder besser gesagt: betreten wollten, denn ein kleiner, dürrer Hund saß auf der Schwelle und starrte sie an.

»Sieht nicht sehr gesund aus, oder?« Heideckert beäugte das Tier zweifelnd.

»Ich glaube, die gehören so, ist das nicht ein chinesischer Nackthund oder so was in der Art?« Peter fragte sich, ob er einfach über den Hund hinwegsteigen sollte oder ob dieser nur darauf wartete, um ihn an einer besonders empfindlichen Stelle beißen zu können.

Sein Kollege bückte sich und hielt dem Hund seine Hand hin, damit dieser daran schnuppern konnte, was er auch ausgiebig tat. Dann hob er ihn einfach hoch und ging mit dem Hund auf dem Arm zum Sofa, wo er sich hinsetzte.

Peter beglückwünschte sich zu seiner Entscheidung, Heideckert mitzunehmen.

Im Wohnzimmer sah man auf den ersten Blick, welche zwei Leidenschaften Felis Leben ausmachten. Über dem Sofa hing ein großes Poster in Schwarz-Weiß, das ein tanzendes Paar vor dem Eiffelturm zeigte. Daneben baumelten Tanzschuhe mit abgewetzter Sohle an einem Haken, und ein pinker Schriftzug verkündete: »Tanzen ist Träumen mit den Füßen.« Ansonsten gab es eine kleine Fotogalerie, die hauptsächlich Felis Hund in verschiedener Bekleidung zeigte, mal als Welpen, mal als jungen Hund, mal in jetziger Größe. Peters Favorit war ein Hasenkostüm mit langen Plüschohren, die auf dem Boden schleiften. Der Hund trug darin einen besonders unglücklichen Gesichtsausdruck zur Schau.

Momentan war der Hund einfach nackt und grunzte in Heideckerts Armbeuge zufrieden vor sich hin. Peter ließ sich neben Heideckert auf dem etwas abgewetzten Plüschsofa nieder und wünschte sich einen Kaffee. Es war ein anstrengender Tag gewesen, und die Überraschung, einen nahezu unbekleideten Marc in Felis Wohnung vorzufinden, hatte seine Laune nicht gerade gehoben. Was Nadja wohl dazu sagen würde?

Er hatte den Eindruck, Nadja und Laura waren mittlerweile so etwas wie Freundinnen geworden, und sie würde Marc sein Verhalten sicher übel nehmen. Vielleicht sollte er es ihr gar nicht erzählen? Das ging eigentlich nicht. Aber er wollte nicht der Überbringer schlechter Nachrichten sein. Vielleicht konnte er den Bericht auf Heideckert abwälzen? Andererseits musste Nadja als Ermittlerin auch emotionale Distanz wahren können. Wenn sie zu ärgerlich reagierte, sollte er das bei der Gelegenheit vielleicht vorsichtig andeuten.

Heideckert unterbrach Peters Überlegungen. »Ich bin eigentlich allergisch gegen Hunde, wusstest du das?«

Peter drehte sich zu seinem Kollegen um. Dessen Tränensäcke wirkten im schräg einfallenden Nachmittagslicht noch trauriger als sonst, doch die Mundwinkel waren zu einem Lächeln verzogen. Seine kurzen, leicht stummeligen Finger kraulten den Hundehals.

»Aber dieser Hund hat gar keine Haare, deswegen muss ich auch nicht niesen. Ich wusste gar nicht, dass es so etwas gibt.«

»Vielleicht solltest du dir dann auch so einen zulegen, wäre doch nett, wenn zu Hause jemand auf dich wartet, wenn du von der Arbeit kommst.« Soweit Peter wusste, lebte Heideckert allein, wie die meisten der Kommissare des K1.

»Vielleicht«, antwortete Heideckert. Sein Blick nahm einen träumerischen Ausdruck an. Wahrscheinlich sah er sich bereits als stolzen Hundebesitzer durch Würzburg marschieren.

In diesem Moment kam Marc zurück. »Feli kommt gleich. Ich soll Ihnen solange einen Kaffee anbieten.«

Peter fand Marc gleich viel sympathischer. Das mochte auch daran liegen, dass er sich mittlerweile umgezogen hatte und nun Jeans und ein schwarzes Sweatshirt trug. Barfuß war er jedoch immer noch.

»Also, wer möchte einen?«

Peter nickte nachdrücklich, Heideckert dagegen wehrte ab. »Für mich nicht, danke. Professor Nauke hat mir kürzlich die negativen Folgen von zu viel Koffein erläutert, seitdem trinke ich lieber Kräutertee.«

Marc verschwand, und kurz darauf hörten sie das vielversprechende Geräusch einer zischenden Kaffeemaschine.

Heideckert nutzte Marcs Abwesenheit, um Peter zuzuflüstern: »Glaubst du, die beiden haben eine Affäre?«

»Der Verdacht liegt nahe. Wenn eine Frau unter der Dusche singt, ist das meist ein sicheres Indiz.« Er dachte an Rebekka. Wann hatte er ihr zuletzt Grund zum Singen gegeben?

Heideckert erwiderte etwas gekränkt: »Nein, ich meine, ob du glaubst, dass sie schon länger etwas miteinander haben. Die Sache heute ist ja wohl mehr als offensichtlich.«

Peter zuckte nur mit den Schultern, da in diesem Moment Marc mit zwei dampfenden Tassen zurückkam. Eine gab er Peter, die andere stellte er vor Heideckert ab. »Heiße Liebe, einen anderen Tee hat Feli anscheinend nicht.«

Peter ging nicht darauf ein. Stattdessen fragte er: »Sie haben wohl viel Erfolg bei Frauen?«

Marc lächelte. »Das ist nur Glück. Einsilbige Männernamen lassen sich einfach gut stöhnen.«

»Marc, oooh Marc! Maximilian, oh Maximilian! Stef-fen aaah!« Peter probierte die Namen seiner Kollegen durch, dann schüttelte er belustigt den Kopf. »Verdammt, Sie haben recht.«

Kurt Heideckert schien mit sich zu kämpfen, dann siegte die Eitelkeit, und er zog sein Notizbuch unter dem Schwanz des Hundes hervor, um Marcs Weisheit zu notieren.

»Sebastian war Ihr bester Freund, habe ich gehört.« Wenn Marc schon da war, konnten sie gleich eine Doppelbefragung vornehmen. Das war doch ganz praktisch.

Marcs Grinsen verschwand von seinem gebräunten Gesicht. »Ja, das war er.«

»Vermissen Sie ihn?«

»Jeden Tag.« Die Antwort kam so unverzüglich, dass sie ehrlich klang. Dennoch musterte Peter sein Gegenüber intensiv. Er konnte sich Marc absolut nicht als besten Freund von irgendjemandem vorstellen.

»Waren Sie nicht so was wie Konkurrenten? Die zwei besten Tänzer der Tanzschule?«

»Sie vergessen Ralph und Fred und Benedikt. Wir sind alle gut.«

»Gibt es dann manchmal Streit um Auftritte oder Plätze in den Shows?«

Marc lächelte. »Ich weiß ja nicht, wie Sie sich das vorstellen. Aber wir streiten nicht offen miteinander. Es ist vielleicht mal jemand neidisch, dass ein anderer in einem höheren Tanzkreis assistieren darf. Oder jemand ist beleidigt, weil sein Platz in der Formation anderweitig vergeben wird. Aber das muss jeder mit sich selbst ausmachen. Wenn man genug Ehrgeiz hat, dann setzt man sich irgendwann auch so durch.«

»Wollte Sebastian deswegen Mittwochabend unbedingt noch allein üben?«

»Das hatte er gar nicht nötig. Im Gegensatz zu Ralph und Fred und eben mir hatte er eine Tanzlehrerausbildung absolviert, das hat ihm einen ganz anderen Status verschafft. Das Tanzen war sein Beruf. Wir haben uns selten mit ihm verglichen. Wir waren vor allem scharf darauf, von ihm zu lernen.«

»Aber an besagtem Abend sind Sie nicht geblieben, um mit Sebastian zu üben?«

»Nein, ich hatte am Donnerstag Frühdienst. Ich wollte nach Hause und schlafen.« Marc gähnte demonstrativ. »Gegen ein Nickerchen hätte ich jetzt auch nichts einzuwenden.«

Peter musste ebenfalls gähnen. Entweder der Kaffee oder das Gespräch hatten eine einschläfernde Wirkung auf ihn.

Zum Glück schien Heideckert durch seinen Tee wacher geworden zu sein. »Haben Sie auch einen Schlüssel zur Tanzschule?«, fragte er.

»Jawohl, Herr Kommissar.« Marc zog seinen Schlüsselbund aus der Hosentasche und hielt ihnen einen kleinen goldenen Schlüssel hin.

»Der sieht aber neu aus.« Peter fuhr mit dem Finger über das Profil. Es fühlte sich kühl an. Auf dem Material waren kaum Kratzer zu sehen. »Haben Sie den erst vor Kurzem nachmachen lassen?«

»Nein, ich habe ihn so bekommen, ihn aber kaum einmal benutzt. Wenn ich in die Tanzschule komme, ist meist schon jemand da.« Schnell steckte er ihn wieder weg.

Feli betrat den Raum. Nun trug sie den lavendelfarbenen Bademantel. Ihre Haare waren noch nass, und sie sah sehr jung aus, ungeschminkt und natürlich. Peter fragte sich, wie sie es mit ihrem Gewissen in Einklang brachte, wenn sie mit dem Freund ihrer Freundin schlief. Er wandte sich ihr zu.

»Frau Huf, wie Sie vielleicht schon mitbekommen haben, untersuchen wir die genauen Umstände von Sebastian Drehers Tod.«

Feli nickte. »Ja, Fred hat schon von Ihnen erzählt. Sie haben ihm ein Gedicht vorgelesen, hat er gesagt.«

Peter spürte Heideckerts irritierten Blick auf sich. Er nickte. »Erich Kästner, ja. Die Bibliothek der Schweigerts hat mich beeindruckt.«

»Damit kann ich leider nicht dienen.« Feli hob bedauernd die Schultern. »Ich lese nicht besonders viel. Vielleicht wäre das anders, wenn ich mehr Zeit hätte. Aber mit zwei Jobs und einem Hund, der Gassi gehen muss …«

Und einem Geliebten, der mitten am Tag vorbeikommt, fügte Peter im Stillen hinzu.

Feli schien seine Gedanken zu lesen. Sie warf einen Blick auf Marc und hatte den Anstand, rot zu werden. »Wir sind nur Freunde«, sagte sie.

Marc lächelte und legte seinen Arm um ihre Schultern. »Genau.«

»Weiß Ihre Freundin davon?«

Feli senkte den Blick und kaute an einer Haarsträhne herum.

Marc antwortete: »Sie will es gar nicht so genau wissen, hat sie mal gesagt. Wir haben eine Abmachung, dass wir uns gegenseitig unsere Freiheiten lassen.«

Der Hund hob den Kopf und knurrte. Heideckert strich ihm beruhigend über den Kopf.

»Das ist ja praktisch«, sagte Peter. »Sie wollten doch sicher sowieso gerade gehen, Herr Kupido, oder? Wir würden jetzt gern allein mit Frau Huf sprechen.«

»Sicher.« Marc stand auf, nahm seine Jacke vom Kleiderhaken und zog seine Schuhe unter dem Sofa hervor. »Wir sehen uns in der Tanzschule, Feli.«

Sie nickte und versuchte ein Lächeln.

Marc wandte sich umso fröhlicher an die Kommissare. »Auf ein nicht so baldiges Wiedersehen.«

»Danke für den Kaffee«, rief Peter ihm hinterher, als Marc mit einem Winken aus der Wohnung verschwand.

Feli, deren Hände in den Bademantelärmeln verschwunden waren wie in einem Geisha-Gewand, blickte unglücklich auf ihren Hund. »Sie haben mich in einer ganz blöden Situation erwischt«, sagte sie leise. »Das war das erste Mal seit Langem, dass Marc hier war. Wissen Sie, Sebastians Tod hat uns beide ziemlich mitgenommen.«

»Sie müssen sich nicht vor uns rechtfertigen.« Heideckerts ruhige Stimme enthob Peter der Pflicht zu antworten.

Er lehnte sich zurück und beschloss, seinem Kollegen vorerst das Feld zu überlassen. Vielleicht meinte der auch tatsächlich, was er sagte. Ihm selbst fiel es in diesem Moment schwer, Felis und Marcs Verhalten nicht zu verurteilen, obwohl er Laura noch gar nicht kennengelernt hatte. Wäre es nicht das Normalste, bei seiner Freundin Trost zu suchen? Warum gab es Männer, die die Flucht in fremde Betten vorzogen?

Heideckert fragte unterdessen: »Waren Sie überrascht, als Sie von Sebastians Tod erfuhren?«

»Geschockt trifft es wohl besser!«

»Aber Sie wussten, dass er zuckerkrank war?«

»Daran stirbt man normalerweise nicht. Vor allem nicht, wenn man körperlich so fit ist, wie Sebastian es war. Er hatte Respekt vor seiner Krankheit und hat sich entsprechend ernährt und die Medikation sehr ernst genommen. Er wusste, dass seine Arbeit davon abhing. Sonst hätte er vielleicht das Tanzen aufgeben müssen.«

»Ja, das hat Frau Dreher ganz ähnlich geschildert.« Heideckert sprach immer noch mit dieser leisen, ruhigen Stimme. Vielleicht wollte er die Hundeträume nicht stören. »Kennen Sie sich denn gut mit der Krankheit aus?«

»Schon etwas, ja. Über den medizinischen Hintergrund weiß ich nicht so viel, aber ich arbeite als Diätassistentin im Juliusspital. Dort gibt es auch eine geriatrische Abteilung. Da komme ich natürlich häufig mit Diabetikern in Kontakt.«

Das war also ihr Zweitjob. Peter machte sich in Gedanken eine Notiz.

»Ich habe sogar schon überlegt …« Feli zögerte.

Peter lehnte sich neugierig nach vorn. »Was haben Sie überlegt?«

»Na ja, weil das gar so viele Zufälle auf einmal waren – das ist doch schon komisch. Dass er plötzlich Unterzucker hatte und die Treppe runterfiel und niemand anderes mehr da war und er auch niemanden zu Hilfe rufen konnte.«

»Allerdings«, sagte Peter trocken, »das ist eine auffällige Häufung an unglücklichen Umständen.«

Feli nickte.

»Und wie lautet Ihre Schlussfolgerung?«

Es folgte eine kurze Pause, in der sie nach Worten zu suchen schien. Schließlich hatte sie sich entschieden. »Nichts – das, also das ist einfach nur schrecklich.«

Peter musterte sie schweigend. »Einfach nur schrecklich«, wiederholte er.

»Ja.« Feli konnte ihm nicht in die Augen blicken. »Ein schrecklicher Unfall.«

2

Nadja hatte für Samstagvormittag ein Teammeeting anberaumt und verfluchte sich selbst dafür, als sie um halb neun aus dem Bett kroch.

Der Abend gestern war zwar nicht besonders lang gewesen, weil Laura sie um einundzwanzig Uhr wegen der Ballprobe im Stich gelassen hatte, doch bis dahin hatten sie gemeinsam mehrere Gläser Wein geleert und zum krönenden Abschluss einen Tequila mit Orange und Zimt gekippt. Früher hatte Nadja sogar den selbst gebrannten Wodka ihres Onkels vertragen, und sie wunderte sich, dass sie derart aus der Übung gekommen war.

Vielleicht waren aber auch die zwei verpassten Anrufe von André Krönig, ihrem ehemaligen Chef in Nürnberg, der Grund für ihr heutiges Tief. Nach wie vor versuchte er regelmäßig, sie zu erreichen, obwohl sie die Anrufe niemals annahm und auch nicht zurückrief. Er schien es bei der kurzen Beziehung und der abrupten Trennung nicht belassen zu wollen. Seine Hartnäckigkeit schlug ihr auf den Magen.

Nadja blickte auf ihr Kleid, das in seiner Plastikhülle über dem einzigen Stuhl im Zimmer hing, und seufzte. Morgen war es so weit, der Winterball stand an, und ihre Vorfreude hielt sich deutlich in Grenzen. Männer, die Frauen in den Ausschnitt lugten, Frauen, die eben das beabsichtigten, aber sich trotzdem empört gaben, glattes Parkett, dicke Luft – das waren grässliche Aussichten. Vielleicht konnte sie Laura überreden, sich nach einigen Stunden mit ihr abzusetzen und noch mal das »Wunschlos glücklich« aufzusuchen.

Der beste Grund zum Feiern wäre, wenn sich heute noch etwas Brauchbares für ihre weiteren Ermittlungen ergäbe. Dazu musste sie sich mit Peter und den anderen absprechen.

Den Vorfall nach Lauras Geburtstagsfeier würde sie natürlich aussparen. Sie hatte keine Lust auf Vorträge oder gar Diskussionen, ob man die verdeckten Ermittlungen nicht besser einstellen sollte. Vielleicht glaubten ihr die anderen ja auch gar nicht. Sie hatte keinen einzigen Beweis, dass sie wirklich in Gefahr gewesen war.

Nur ihr Gefühl und die Geräusche, die sie gehört hatte. Oder zu hören geglaubt hatte. Danach würde zumindest Mancini fragen, und vor ihm wollte sie sich einfach keine Blöße geben.

Mit dem Tageslicht kehrte allmählich auch ihre Kampfeslust zurück. Wer auch immer ihr aufgelauert hatte, sie würde ihn allein finden. Aus der Gejagten musste die Jägerin werden.

Unter Gretchens wohlmeinender Obhut versammelten sich die Würzburger Kommissare im Besprechungsraum des K1. Sie hatte einen großen Teller mit selbst gebackenen Eulenmuffins auf den Tisch gestellt und drum herum einige Orangen, Mandarinen und Bananen drapiert. Brennende Teelichter vervollständigten das Ensemble.

»Schließlich ist morgen der erste Advent. Da gehört ein bisschen Besinnlichkeit und gute Stimmung doch dazu«, erklärte sie jedem, der es hören wollte, was außer auf den gutmütigen Heideckert auf niemanden zutraf. Braun und Neumann interessierten sich vorrangig für die Muffins, und Mancini zeigte außer einem knappen Nicken keinerlei Reaktion. Hoffnungsvoll blickte Gretchen nun Peter an, der sich gezwungen sah, ihr zuzustimmen und ihr im Namen aller ausführlich zu danken.

Gretchen schritt zufrieden von dannen. Bevor Nadja die Tür hinter ihr schließen konnte, zwängte Widukind Bruggner sich noch herein.

»Entschuldigung«, sagte er verlegen. »Ich habe von eurem Meeting gehört und dachte, ich schau mal vorbei.« Sein Blick wanderte über den Tisch, und Braun zog den Muffinteller vorsorglich näher zu sich heran. So schlaksig Widukind auch aussah, es war ein offenes Geheimnis, dass er Unmengen Essen vertilgen konnte. Allerdings schien er sämtliche Kalorien in Höhe umzuwandeln statt in Breite.

Neumann zog einen Stuhl neben sich unter der Tischplatte hervor und deutete einladend darauf. Widukind steuerte auf den Stuhl zu, und erst jetzt zeigte sich, dass er halb unter der Krawatte verborgen eine dampfende Kaffeetasse mitgebracht hatte. Nadja sah eine schön gewölbte Haube aus Milchschaum und darauf Kakaopulver.

»Du bringst deinen eigenen Kaffee mit? Ist dir unserer nicht gut genug?«, fragte Braun empört.

Widukind wurde tatsächlich rot. »Tut mir leid. Findet ihr das unhöflich?«

»Nein, nein«, Braun klopfte ihm kräftig auf den Rücken, sodass Widukind einen Teil des Milchschaumes einatmete und zu husten begann, »wir finden es nur unhöflich, dass du uns keinen mitgebracht hast.«

»Nächstes Mal kriegt ihr alle einen«, stieß Widukind keuchend hervor, »aber bitte hör auf, meinen Rücken zu misshandeln.«

Braun ließ von ihm ab und fragte strahlend in die Runde: »Hab ich das nicht gut gemacht?«

Mancini räusperte sich, woraufhin sofortige Stille einkehrte. »Frau Gontscharowa, bitte fangen Sie an.«

Nadja musterte ihr Blatt, auf dem sie während des Zähneputzens noch schnell einige Notizen zusammengekrakelt hatte. Dann blickte sie zu Widukind hinüber. »Gut, dass du da bist. Während des letztens Meetings hat Peter die Theorie vertreten, dass der Mörder eventuell einige Zeit in Sebastians Nähe verbracht hat, um sichergehen zu können, dass die Insulindosis tödlich war. Wir haben uns gefragt, ob irgendwelche Spuren am Tatort für diese These sprechen. Hast du etwas gefunden, das in diese Richtung weist?«

Widukind nickte. »Braun und Neumann waren vor ein paar Tagen deswegen ja bei mir im Büro. Ich habe bei der Spurenauswertung dann darauf geachtet, ob etwas für eine längere Anwesenheit des Täters im Keller sprechen könnte.«

»Und?« Peter beugte sich gespannt nach vorn.

»Also, ich habe im Umkreis der Leiche einige Haare und Hautschuppen gefunden, die meisten davon mit unterschiedlicher weiblicher DNA. Wenn wir DNA-Proben von den Verdächtigen nehmen, könnten wir das abgleichen. Aber in diesem Keller gibt es wohl regelmäßig Kostümanproben. Dass dort Haare und sonstige Gewebespuren zu finden sind, ist also nicht ungewöhnlich, vor allem wenn sie von den weiblichen Tanzschulmitgliedern stammen.«

»Die sich ihre Kostüme ständig umnähen lassen müssen, weil sie je nach Diäterfolg gerade zwei Kilo mehr oder weniger wiegen«, meinte Braun.

Nadja warf ihm einen bösen Blick zu, sagte aber nichts. Sie wollte sich jetzt nicht in eine Gender-Debatte verstricken lassen.

»Und sonst?«, fragte Peter, der etwas enttäuscht aussah. »Gibt es denn gar keine aussagekräftigen Spuren?«

»Am meisten weiterhelfen können euch vielleicht einige Textilfasern, die meine Leute sowohl an Sebastians Kleidung als auch auf dem Boden und an der Kellerwand gefunden haben.

»Wieso an der Kellerwand?«, wunderte Neumann sich.

»Die Fasern wurden auf relativ niedriger Höhe gefunden. So dreißig oder vierzig Zentimeter über dem Boden. Ich habe mir gedacht, dass der Mörder vielleicht dort saß, um Sebastian beim Sterben zuzuschauen, und sich dabei an die Wand gelehnt hat.«

»Von welcher Art Kleidungsstück könnte das kommen?«, fragte Nadja.

Widukind überlegte einen Moment und blickte die Kommissare der Reihe nach an. »Es muss irgendein Stoff mit einem relativ hohen Wollanteil gewesen sein, vielleicht so ähnlich wie deine Strickjacke, Nadja, oder wie Kurts Pulli.«

Heideckert zupfte an seinem honiggelben Pullover herum. »Ein Mörder im Pulli, das kommt einem irgendwie komisch vor.«

»Vielleicht war es ja Jack the Stricker«, sagte Neumann mit so todernster Miene, dass erst Peter und dann alle anderen zu lachen begannen. Selbst Mancini konnte sich ein Lächeln nicht verkneifen.

»Falls es dich tröstet«, meinte Widukind, als es wieder ruhiger geworden war, »die Fasern sind schwarz. Vielleicht passt das besser in euer Bild eines Mörders.«

»Schade«, meinte Peter, »das ist ja eine Allerweltsfarbe. Wenn es wenigstens Pink gewesen wäre, dann hätten wir Felis seltsamen Hund sofort verhaften können.«

Heideckert öffnete den Mund, schloss ihn aber wieder, als er Peters Zwinkern sah.

»Apropos Pink«, warf Neumann ein. »War Sebastian nun schwul oder nicht?«

»Nein«, sagten Nadja und Peter gleichzeitig. Dann erklärte

Peter: »Das behauptet zumindest seine Mutter. Aber eine Freundin hatte er seit der Schulzeit auch nicht mehr.«

Mancini blickte ihn wachsam an. »Gibt es Neuigkeiten von Frau Dreher?«

»Was für Neuigkeiten denn?«, fragte Peter verwirrt.

»Sie hat schließlich ihren Sohn verloren. Wie geht sie damit um?«

Nadja sah Peter an, dass er genauso wenig wusste wie sie, worauf Mancini hinauswollte. Er interessierte sich nie für Gefühlszustände, außer sie ergaben ein unmittelbares Motiv.

»Also … ganz gut, glaube ich. Sie ist natürlich sehr traurig, aber ich glaube, sie kommt besser damit klar als ihr Mann. Wobei das schwierig zu beurteilen ist, sie scheint sich anderen Menschen nicht gern anzuvertrauen.«

Mancini nickte. »Gut.«

Nadja wartete, ob er noch etwas sagen wollte. Dann fuhr sie fort: »Um noch einmal auf Sebastians Liebesleben zurückzukommen: An Lauras Geburtstag kam es zu einer recht heftigen Diskussion zwischen Pater Ralph und Marc. Marc warf ihm vor, er habe Sebastian nicht gemocht, und Pater Ralph rechtfertigte sich damit, er habe dessen Sexualverhalten einfach nicht für richtig gehalten. Kann sich jemand einen Reim darauf machen?«

Heideckert und Widukind schüttelten unisono die Köpfe.

Braun meinte: »Vielleicht stand er ja auf Lack und Leder?«

»Oder auf Tiere?«, fügte Neumann hinzu.

»Oder er war einfach nur ähnlich umtriebig wie Marc?«, schlug Peter vor. »Das kann doch so ziemlich alles bedeuten.«

»Da müssen wir auf jeden Fall dranbleiben!« Nadja nickte Heideckert zu, der das Protokoll führte. »Mach da bitte einen Vermerk mit ›wichtig‹. Ich werde versuchen, noch ein bisschen nachzubohren. Vielleicht ergibt sich morgen auf dem Winterball eine Gelegenheit. Garantiert weiß die halbe Tanzschule Bescheid, es will nur niemand drüber reden.«

Peter rutschte unruhig auf seinem Stuhl hin und her. Nadja betete im Stillen, dass er sie nicht verriet. Er hatte versprochen, den Kollegen nichts von der nächtlichen Verfolgungsjagd zu erzählen, aber jetzt war sie sich nicht mehr so sicher.

Um einem Einwand zuvorzukommen, fügte sie rasch hinzu: »Ich werde das natürlich möglichst unauffällig machen. Marc hat vorgestern eine Andeutung fallen lassen, dass er mein plötzliches Auftauchen in der Tanzschule zumindest ungewöhnlich findet. Ich denke, da muss ich vorsichtig sein.«

Das war jetzt zwar nicht so ganz die Wahrheit, aber es ging zumindest in die richtige Richtung. Und sie hatte sogar zugegeben, dass sie sich eventuell in Gefahr gebracht hatte. Das musste Peter reichen.

Mancini warf Peter einen spöttischen Blick zu. An Nadja gewandt sagte er dann: »Das ist eine gute Idee, Frau Gontscharowa. Halten Sie sich bedeckt, provozieren Sie keine Aussagen, sondern hören Sie lieber aufmerksam zu. Und bleiben Sie, wenn möglich, nicht allein mit einem der Verdächtigen.«

Nadja zwang sich zu einem Lächeln. »Natürlich.«

Mancini konnte sich ein »Das halten Sie auch im Protokoll fest, nicht wahr, Herr Heideckert?« anscheinend nicht verkneifen.

Heideckerts Stift sauste quietschend über das Papier.

Braun lenkte das Gespräch zurück auf ihre vorherige Diskussion. »Also dieser Priester mochte Sebastian Dreher nicht. Das ist doch zumindest mal ein Motiv, oder nicht?«

Neumann boxte ihm an die Schulter. »Wenn ich alle Leute umbringen würde, die ich nicht mag, würdest du jetzt auch nicht hier sitzen …«

»Als Motiv würde ich das noch nicht bezeichnen«, warf Peter ein, »zumal wir nicht wissen, was hinter der Sache eigentlich steckt. Wenn Marc ermordet worden wäre, dann gäbe es viel klarere Motive.«

»Richtig, Fred hätte Grund, Marc zu ermorden, weil er heimlich in Laura verliebt ist.« Nadja seufzte.

»Und Laura hätte ebenfalls ein Motiv für diese Tat, da Marc sie erst gestern mit Feli betrogen hat. Er war noch bei ihr, als Heideckert und ich zur Befragung vorbeigeschaut haben.«

»Dieser Mistkerl!« Nadja stand auf und ging ärgerlich im Raum hin und her. »Das ist doch unglaublich. So ein schwanzgesteuertes A…« Nach einem Blick auf ihre durchweg männlichen Kollegen führte sie den Satz nicht zu Ende.

Peter versuchte Mancinis Miene zu entschlüsseln. Nadjas Ausbruch deutete doch schwer darauf hin, dass sie in den Ermittlungen durch die engen Kontakte zu den Verdächtigen inzwischen voreingenommen war. Als Staatsanwalt musste Mancini das erstens auffallen und er zweitens etwas dagegen unternehmen. Doch er zeigte keinerlei Reaktion.

»Leute, Marcs herbeigewünschter Tod in allen Ehren, wir müssen uns erst mal um den realen Mord an Sebastian kümmern«, erinnerte Widukind sie mit leiser Stimme.

»Und dazu hat Feli noch was Interessantes gesagt.« Heideckert blätterte in seinem Notizbuch eine Seite zurück. »Sie hat uns gegenüber angedeutet, dass sie Sebastians Tod keineswegs für einen Unfall hält. Oder besser gesagt, sie hat es zuerst angedeutet, auf Peters Nachfragen hin dann aber wieder zurückgenommen.«

»War Marc da noch dabei?«, fragte Neumann gespannt.

»Nein, sonst hätte sie das bestimmt nie zugegeben. Die halten doch alle zusammen.«

Mancini schaltete sich ein: »Das ist ein guter Ansatz. Da sollten Sie dranbleiben. Finden Sie heraus, was Felicitas Huf weiß oder zumindest ahnt. Und den Priester sollte auch jemand befragen. Von ihm haben wir noch keine offizielle Aussage, oder?«

Nadja notierte sich Mancinis Anmerkungen. Dann sagte sie: »Ich bin noch auf etwas anderes gestoßen, worauf ich mir momentan keinen Reim machen kann. Laura Scott hat mir erzählt, dass es vor gut einem Jahr schon einmal einen Todesfall gegeben hat, der vielleicht mit der Tanzschule in Zusammenhang stand. Fred Schweigerts kleine Schwester Steffi ist damals gestorben. Genaueres konnte sie mir aber nicht sagen.«

Sie klappte ihr Notizbuch zu. »Ich schlage vor, dass wir jetzt eine kleine Pause machen. Ich werde Gretchen bitten, Informationen über den Todesfall herauszusuchen, dann können wir in einer halben Stunde darüber sprechen.«

Nadja fand Peter auf dem Parkplatz neben seinem Auto. Er stand da und rauchte eine Zigarette, den Blick Richtung Main gerichtet, obwohl er ihn von hier aus gar nicht sehen konnte. Nadja stellte sich neben ihn und vergrub die Hände in ihren Jackentaschen. Es war kalt, aber die frische Luft tat gut. Das Schweigen auch.

Nach einer Weile fragte Peter: »Woran denkst du?«

»An Laura und Marc und Fred – ob das jemals gut ausgehen kann?«

Er schüttelte den Kopf. »Wie kann man nur so dumm sein? Dieser Typ behandelt sie wie Dreck, und sie liebt ihn dafür! Was geht im Kopf von euch Frauen nur vor?«

Nadja war von seinem barschen Ton überrascht. Nachdenklich sagte sie: »Vielleicht kann man das als Mann nicht verstehen. Für euch sieht das unlogisch aus. Aber wir Frauen sind jahrhundertelang dazu erzogen worden, Dinge lieber zu ertragen, als sie zu ändern. Den eigenen Stolz zu verleugnen, um den Ernährer und Beschützer nicht zu verlieren. In gewisser Weise ist das in vielen Frauen auch heute noch ganz tief verwurzelt. Diese Angst vor dem Alleinsein. Da bleiben sie lieber bei einem Mann, der sie schlecht behandelt.«

»Nein, das ist nur ein Teil der Erklärung«, meinte Peter, »denn diese Frauen sind ja nicht von Kindheit an an diesen einen Mann gebunden. Sie suchen ihn sich selbst im Laufe ihres Lebens. Und es ist beklemmend zu beobachten, wie viele Frauen freiwillig ein solches Schicksal wählen. Sie wissen, um was für ein Schwein es sich handelt, und gerade deshalb finden sie ihn attraktiv. Das ist doch bei Laura und Marc nicht anders.«

Nadja musste ihm in gewisser Weise recht geben. Auch sie hatte schon oft mitbekommen, dass Frauen sich gerade in die Männer verliebten, die schon auf den ersten Blick nicht als die verlässlichsten Partner zu erkennen waren. Sie versuchte eine Erklärung.

»Nehmen wir mal an, es gibt einen Mann in deinem Bekanntenkreis, der einen gewissen Ruf genießt. Er baggert alles an, was sich in seiner Nähe befindet. Hat ständig wechselnde Partnerinnen oder One-Night-Stands. Dann wirst du als Frau erwarten, dass er es auch bei dir versucht. Tut er es nicht, so fängst du an, dich zu fragen, warum nicht. Ob er dich nicht hübsch genug findet oder ob du langweilig wirkst.«

Peter runzelte die Stirn, doch Nadja wollte sich nicht unterbrechen lassen.

»Von da an gibst du dir mehr Mühe mit deinem Aussehen, wenn du weißt, dass du ihn irgendwo treffen wirst. Du überlegst dir sorgfältiger, was du anziehst, und blickst dann ständig zu ihm hin, um herauszufinden, ob er dir Beachtung schenkt. Tut er es weiterhin nicht, dann wirst du es irgendwann aufgeben und ihn dafür hassen. Du versuchst dir selbst einzureden, dass du an so einem Kerl sowieso kein Interesse hättest und wie blöd doch all die anderen Frauen sind, die sich was auf seine Annäherungsversuche einbilden. Wenn im gegenteiligen Fall deine Bemühungen aber erfolgreich sind, dann beginnt der Teufelskreis. Du hast dich von seiner Aufmerksamkeit abhängig gemacht. Du kämpfst darum, ihm zu gefallen, und wirst unruhig, wenn du merkst, dass er sich mit anderen Frauen genauso oft unterhält wie mit dir. Du beginnst auch im Alltag an ihn zu denken. Eigentlich könntest du jetzt zufrieden sein, da du ja dein ursprüngliches Ziel erreicht hast, von ihm als Jagdobjekt wahrgenommen zu werden. Aber inzwischen willst du mehr, du willst über den anderen Frauen stehen. Du willst sein Herz erobern und den Tiger zähmen. Und wenn du irgendwann deine Zeit, deine Gefühle, deine Selbstachtung investiert hast, dann kannst du nicht mehr zurück. Dann ist der Schmerz der Enttäuschung schon fast zur Gewohnheit geworden. Du lebst für die Momente, in denen er dir ganz allein gehört, in denen er dir das Gefühl gibt, der Mittelpunkt seines Universums zu sein, ein strahlender, begehrenswerter Stern. Du denkst, dass du nur noch dieses eine Mal wegschauen musst, verzeihen musst, damit alles besser wird. Aber es wird nie besser.«

Peter blickte ganz dicht an Nadja vorbei. »Das«, sagte er, »ist das Traurigste, was ich jemals gehört habe, und gleichzeitig das Idiotischste.«

Sie zuckte die Achseln. »So funktioniert Liebe eben.«

»Das nennst du Liebe? Wenn man zulässt, dass der andere die eigene Selbstachtung zerstört?«

»Du wolltest doch wissen, wieso Laura bei Marc bleibt. Besser kann ich es auch nicht erklären. Ich bin schließlich keine Beziehungsratgeberin.« Nadja dachte an ihre letzten Beziehungen zurück, wenn man überhaupt von Beziehungen sprechen konnte. Keine davon hatte ein gutes Ende genommen. »Eigentlich bin ich sogar alles andere als das. Ich scheine mir auch immer die falschen Männer auszusuchen.«

Peter schwieg einen Moment. »Findest du nicht, dass du es dir damit zu einfach machst?«, fragte er dann.

»Was willst du damit sagen?«

»Nur, dass ich finde, dass ihr Frauen immer recht schnell alles damit entschuldigt, dass ihr eben einen schlechten Männergeschmack habt. Als könntet ihr nicht frei entscheiden, mit wem ihr zusammen seid oder in wen ihr euch verliebt.«

»Liebe ist doch keine Entscheidung!«

»Doch, genau das ist sie. Du hast doch jede Möglichkeit, einem Mann aus dem Weg zu gehen, wenn du das Gefühl hast, er ist nicht gut für dich. Was hindert dich daran, dich von ihm fernzuhalten?«

»Du tust gerade so, als gäbe es Männer mit Arschloch-Stempel auf der Stirn und ich würde mich denen absichtlich an den Hals werfen! Als hätte ich von Anfang an gewusst, dass André mit einer querschnittsgelähmten Frau zusammenlebt und mich nur ausnutzt.«

»Du hättest einfach vorsichtiger sein müssen. Ihn erst mal richtig kennenlernen und dich über seine Lebensumstände informieren, bevor du dich auf ihn einlässt.«

»Ihn richtig kennenlernen? Du weißt ganz genau, dass wir davor monatelang zusammengearbeitet haben. Du warst schließlich auch dabei. Was soll ich beim nächsten Mann machen? Ihn heimlich beschatten, seinen Müll durchwühlen, seine Exfreundinnen befragen?«

»Ach, hör auf. Es muss dir doch komisch vorgekommen sein, dass er dich anfangs nicht mit zu sich nach Hause genommen hat. Ist doch klar, dass er da etwas zu verbergen hatte. Und du springst trotzdem mit ihm in die Kiste und verliebst dich in ihn. Findest du das etwa besonders intelligent?«

Nadja holte mit der flachen Hand aus und gab Peter eine Ohrfeige.

Er zuckte nicht zurück, er sah sie nur an. Ein typischer Peterblick, lange und aufmerksam. Sie sah die Lachfältchen um seine Augen herum. Die Iris, die nach innen hin dunkler wurde. Die Intelligenz und den Humor, die dahintersteckten. Und jetzt auch die Traurigkeit.

Atemlos stand sie vor ihm, ein merkwürdiges Pochen im Kopf,

kurz vor dem Weinen. Er hob die linke Hand und legte sie an seine Wange, an die Stelle, wo sie ihn geschlagen hatte. Die Finger strichen leicht über die Haut, als könnten sie dort etwas Greifbares ertasten.

»Damit ist das Gespräch wohl beendet«, sagte er schließlich leise. Er trat die Zigarette aus und ging davon.

Nadja hatte nicht die geringste Lust, wieder ins K1 zurückzukehren. Alles in ihr drängte danach, ins Auto zu steigen und möglichst weit weg zu fahren. Weg von diesem Fall, weg von ihrer Arbeit, weg von Peter. Wie sollte sie ihm jetzt wieder gegenübertreten und so tun, als sei nichts geschehen?

Als sie an Gretchens Schreibtisch vorbeikam, reichte diese ihr einige Ausdrucke und drängte sie gleichzeitig, noch einen Eulenmuffin zu essen. »Sie sehen blass aus, Frau Kommissarin, Sie brauchen ein paar Vitamine.«

Wo die in ihrem Gebäck versteckt waren, verriet sie zwar nicht, doch Nadja bemühte sich um ein möglichst fröhliches Gesicht und erklärte, sie habe daheim reichlich gefrühstückt. Diesen Gesichtsausdruck behielt sie bei, als sie den Besprechungsraum betrat und sah, dass alle schon versammelt waren.

Sie blickte niemanden direkt an, sondern vertiefte sich sofort in die Infos über den Tod von Stefanie Schweigert. Sie versuchte sich zu konzentrieren, doch die Wörter flogen an ihr vorbei, ohne dass sie ihnen einen Sinn zu geben vermochte. Ihre Kollegen scharrten derweil mit den Füßen, rückten die Stühle hin und her oder begannen leise geflüsterte Gespräche. Nadja starrte auf das Blatt. Da blieb ihr Blick an einem Namen hängen. »Zuständiger Arzt der Rechtsmedizin: Professor Dr. Lars Nauke.« Nauke würde ihre Rettung sein.

Nadja sah Mancini an. »Aus dem Bericht werde ich nicht so ganz schlau. Ich würde gern ins rechtsmedizinische Institut fahren und Professor Nauke selbst dazu befragen. Er hat die Leiche damals untersucht, und er ist eine wahre Fundgrube, was seine alten Fälle anbelangt.«

Mancini musterte sie mit unbewegtem Gesichtsausdruck. »Sie wollen die Sitzung abbrechen?«

»Ja, soweit ich das sehe, hängt unser weiteres Vorgehen davon ab, ob es irgendeinen Zusammenhang zwischen Steffis Tod und dem Mord an Sebastian geben könnte. Da bringt es uns nichts, mit ungenauen Infos zu arbeiten oder Rätselraten zu spielen, was die medizinischen Fachausdrücke bedeuten.«

Zu Nadjas eigener Überraschung sagte Mancini nur: »In Ordnung. Halten Sie mich auf dem Laufenden«, und verließ mit einem flüchtigen Nicken den Raum.

Nadja packte schnell ihre Sachen zusammen, wobei sie versuchte, nicht gehetzt auszusehen. Braun, Heideckert und Neumann standen ebenfalls auf und unterhielten sich über ein Spiel der Würzburger Kickers. Aus den Augenwinkeln sah Nadja Peter mit dem Kopf in den Händen dasitzen. Er schien die Tischplatte anzustarren. Wartete er etwa darauf, dass sie sich bei ihm entschuldigte?

»Tschüss, schönes Wochenende noch«, sagte sie zu niemand Bestimmtem und hastete aus dem Raum. Sollte Peter doch sitzen bleiben, so lange er wollte.

***

Wie immer fühlte Nadja sich wie in eine andere Welt versetzt, als sie über das Gelände der Uniklinik Richtung Rechtsmedizin ging. Die Schornsteine rauchten, Menschen in weißen Kitteln eilten Richtung Notaufnahme, und ein erschreckend abgemagerter Mann mit Mundschutz stand vor dem Eingang zur Palliativstation und schien nach jemandem Ausschau zu halten. Sie fühlte sich wie ein Eindringling in eine Welt, die von Effizienz und Verlässlichkeit lebte. Eine Welt, in der es auf Sekunden ankam und wo aus Minuten Stunden werden konnten.

Sie selbst beschäftigte sich immer nur mit dem Vergangenen. Was war passiert? Warum war es passiert? Wer war der Täter? Doch die Menschen hier mussten nach vorn denken, Lösungen suchen, den Patienten mehr Zeit verschaffen. Wenn Nadja einen Fehler machte, dann hatte vor allem sie selbst die Konsequenzen zu tragen. Wenn ein Arzt einen Fehler machte, dann litt der Patient darunter.

Den Rechtsmedizinern kam eine besondere Aufgabe zu. Sie waren das Bindeglied zwischen Polizei und Medizin. Sie untersuchten Vergewaltigungsopfer oder nahmen Vaterschaftstests vor. Und sie arbeiteten daran, die letzten Momente im Leben der Toten nachzuvollziehen. Nadja konnte Heideckerts Interesse für diesen Zweig der Medizin durchaus verstehen. Auch für sie war es faszinierend, zu erleben, wie stumme Körper unter einem Skalpell ihre Geheimnisse preisgaben. Aber sie war lieber Zuhörerin als Zuschauerin, und der Gedanke, selbst einmal den berühmten Y-Schnitt anzusetzen, hatte für sie wenig Verlockendes.

Bevor sie am Eingang zum rechtsmedizinischen Institut klingelte, schloss sie kurz die Augen und atmete tief durch. Sie musste den Streit mit Peter hier vor der Tür zurücklassen. Er durfte sie nicht beschäftigen, wenn Lars Nauke ihr die Umstände von Steffi Schweigerts Tod erläuterte. Sie musste sich konzentrieren.

Nadja strich sich kurz über die Schläfen, als könnte sie den Ausdruck in Peters Augen, nachdem sie ihn geschlagen hatte, damit aus ihrem Kopf vertreiben. Dann klingelte sie und wartete darauf, dass Lars Nauke sie abholen kam. Er wusste durch einen Anruf bereits von ihrem Anliegen.

Tatsächlich bog er nach wenigen Sekunden so schwungvoll um die Ecke, dass sein weißer Kittel an einem Feuerlöscher hängen blieb und er sich umständlich befreien musste, bevor er Nadja die Tür öffnen konnte.

»Guten Morgen, guten Morgen, holde Kommissarin. Endlich sind Sie zurückgekehrt, um Licht in meinen grauen Alltag zu bringen, nein, zu strahlen! Kommen Sie nur herein.«

Nadja stieg hinter dem beschwingt vorauseilenden Lars Nauke die Treppe empor und folgte ihm in sein Büro, das leicht chaotisch, aber gemütlich eingerichtet war.

»Wenn Sie Ihren Besuch früher angekündigt hätten, liebe Frau Gontscharowa, dann hätte ich noch etwas gebacken. So müssen Sie mit meinem bescheidenen Pralinenangebot vorliebnehmen.« Er zog den Band mit den Buchstaben L bis P einer mehrbändigen Lexikonreihe aus dem Regal und klappte ihn auf. Das Buch war innen hohl und beherbergte eine Packung Mon Chéri.

Nadja lachte. »Ich weiß es zwar zu schätzen, dass Sie Ihre geheimen Verstecke vor mir preisgeben, aber ich habe im K1 schon von Gretchens neuester Muffinkreation probiert. Mit Oreos als Augen und Flügeln aus Zuckerguss und Keksen. Ich brauche keine Pralinen, nur Informationen.«

Lars Nauke stellte die Packung trotzdem auf den Tisch. »Ich aber«, sagte er ungewöhnlich ernst. »Ich erinnere mich gut an Stefanie Schweigerts Tod. Und glauben Sie mir, Pralinen sind das Mindeste, was man angesichts dieser Tragödie braucht.«

Nadja beugte sich zu ihm hinüber. »Was ist damals passiert, Professor?«

Lars Nauke riss die Pralinenpackung auf und zerknüllte die Plastikfolie. Er schien nicht sprechen zu wollen, bevor er nicht seine Schokoladensucht befriedigt hatte. Nadja tippte ungeduldig mit den Fingern auf den Tisch und trieb ihn mit Schnalzlauten an, schneller zu machen. Lars Nauke warf sich ein Mon Chéri in den Mund, kaute, schluckte, und dann begann er zu erzählen.

»Stefanie Schweigert war sechzehn Jahre alt, als sie an den Folgen einer Vergiftung starb. Ihre Mutter fand sie im Badezimmer, die Eltern waren wohl gerade erst von einem Wochenendurlaub zurückgekehrt. Neben ihr fand sich noch eine Thermoskanne und eine Teetasse mit merkwürdigem Inhalt.«

»Womit wurde sie vergiftet?«

»Mit Petersilie.«

»Petersilie? Das Zeug, das immer in die Suppe kommt?«

»Ja, die wenigsten wissen heute noch, dass es in hohen Dosen giftig sein kann. Im Mittelalter hat man es häufig zu medizinischen Zwecken eingesetzt.« Lars Nauke biss von seiner Praline ab und musterte die darin enthaltene Kirsche kritisch, als vermute er, auch mit ihr stimme etwas nicht.

»Aber warum hat sie das getrunken? War das ein Versehen? Oder Mord?«

»Das haben wir uns auch gefragt. Vor allem muss sie es wirklich in rauen Mengen konsumiert haben, damit es sie umbringen konnte. Den Grund dafür habe ich bei der Obduktion herausgefunden. Stefanie war schwanger, schon im fünften Monat.«

Nadja versuchte, die verschiedenen Fakten in Einklang zu bringen. »Sie meinen, sie wollte das Kind mit dem Petersilienzeug umbringen, weil sie zu dem Zeitpunkt nicht mehr regulär abtreiben konnte?«

Lars Nauke zuckte mit den Schultern. »Das haben wir überlegt, ja. Sie muss wirklich verzweifelt gewesen sein, um sich zu solchen Experimenten hinreißen zu lassen.«

»Na ja, Petersilie klingt eigentlich ziemlich harmlos. Kann es nicht auch ein Versehen gewesen sein?«

»Einheimische Kräuter sollte man nicht unterschätzen. Der mittelalterliche Volksmund prägte ein Sprichwort dazu: Petersilie hilft dem Mann aufs Pferd und der Frau unter die Erd'. Für Männer galt Petersilie als Aphrodisiakum, und bei schwangeren Frauen wirkte es abtreibend. Hebammen verwendeten es auch zur Beschleunigung der Wehen, wenn eine Geburt zu lange dauerte. Aber in falscher Dosierung starben die Frauen eben auch schnell daran.«

Nadja schüttelte den Kopf. »Das ist doch völlig verrückt. So etwas habe ich wirklich noch nie gehört. Wie kam Steffi denn überhaupt auf diese Idee? Kannte sie sich mit Pflanzen aus?«

»Ein Computerspezialist hat nachverfolgt, welche Internetadressen sie regelmäßig besucht hat. Sie hatte ein Lesezeichen auf einer Homepage zum Thema mittelalterliche Medizin gesetzt. Ich habe mir das selbst mal angeschaut. Dort findet man detaillierte Infos, mit welchen Mitteln Frauen im Mittelalter abgetrieben haben und wie man einen Tee oder Aufguss aus den entsprechenden Pflanzen zubereiten kann. In diesem Forum stand extra eine Warnung, dass man die Samen der Petersilie nicht verwenden soll, da sie noch stärker als die übrigen Pflanzenteile wirken. Steffi scheint sie trotzdem oder gerade deswegen gekauft zu haben. Sie wollte wohl sichergehen, dass die Abtreibung auf jeden Fall erfolgreich ist.«

»Wie muss man sich das vorstellen, was hat sie mit der Petersilie gemacht?«

»Sie hat wohl über mehrere Tage hinweg einen Sud aus Blättern, Stängeln und Wurzeln getrunken und am Tag ihres Todes ein Gemisch aus dem Petersilienöl und den Samen bereitet. Sie muss sich zuvor schon schlecht gefühlt haben, aber offensichtlich dachte sie, sie muss die Dosis noch erhöhen, damit der Fötus wirklich abgeht.« Lars Nauke legte die angebissene Praline zur Seite.

»Hat denn niemand etwas mitbekommen? Was ist mit ihren Eltern?«

»Wie gesagt, die waren ja nicht da. Und auch eine Sechzehnjährige kann eine Schwangerschaft verheimlichen. Solche Fälle gibt es immer wieder.«

Nadja musste an eine ähnliche Tragödie denken, die vor einigen Jahren für Aufsehen gesorgt hatte. Ein junges Mädchen, das in einer Dreizimmerwohnung mit ihren Eltern eng zusammenlebte, wurde schwanger. Sie verheimlichte ihren Zustand und brachte das Kind allein in ihrem Zimmer zur Welt, während die Eltern im Nebenzimmer vor dem Fernseher saßen. Anschließend wickelte sie das Baby in mehrere Decken, damit man es nicht schreien hörte, packte es in eine Reisetasche und stellte diese in den Schrank. Dort fand die Mutter des Mädchens nach zwei Tagen die Leiche des Säuglings. Die Eltern und sogar der Freund des Mädchens gaben später an, sie hätten von der Schwangerschaft rein gar nichts bemerkt. Nadja erschien die Sache immer noch zu absurd, um wahr zu sein, aber manchmal war die Realität makabrer als alles, was man sich ausdenken konnte.

»Vielleicht hat sie es zunächst ja selbst nicht gemerkt, das würde erklären, warum sie erst so spät etwas unternahm«, überlegte sie laut.

»Möglich. Aber wir wissen es nicht. Theoretisch könnte man auch annehmen, dass sie den Sud in suizidaler Absicht eingenommen hat. Dagegen sprechen allerdings der fehlende Abschiedsbrief und der uninszenierte Tatort. Ich weiß noch, dass sie eine Schlafanzughose anhatte. Ein Mädchen in diesem Alter würde ihren eigenen Tod eher sorgfältig vorbereiten, deswegen sind wir letztendlich von einem Unfall ausgegangen.«

»Und woher hatte sie das Zeug?«

»Na ja, Petersilie bekommst du überall. Es ist ja ein ganz normales Gartenkraut und Küchengewürz. Stefanie hat es allerdings im Internet bestellt, auf der Seite irgendeines Kräuterversands. Sie hat sich sowohl Samen als auch Petersilienwurzel und Öl schicken lassen.«

»Das war sicher sie selbst? Niemand anderes?«

»Ganz sicher. Und es war auch niemand bei ihr, als sie starb. Es gab keinerlei Hinweise auf Fremdverschulden, die Kommissare damals haben in alle Richtungen ermittelt.«

»Hat sich der Vater des Kindes gemeldet?«

»Nein, und sie hatte angeblich auch keinen Freund. Zumindest wusste niemand von einem.«

»Sie hätten DNA-Proben des Fötus entnehmen können und mit Männern aus Steffis Umfeld abgleichen.«

»Dazu gab es keine Veranlassung. Es war ein Unfall, und die Eltern wollten gar nicht wissen, wer ihre Tochter geschwängert hatte. Also wurde die Sache nicht nachverfolgt.«

Nadja schien es unvorstellbar, dass die Schweigerts der Sache nicht hatten nachgehen wollen. Sie mussten doch ein Interesse daran haben, genau zu verstehen, was mit ihrer Tochter passiert war und warum! Nachdenklich fragte sie: »Hat man damals auch an Stefanies Vater als möglichen Vater des Babys gedacht?«

Lars Nauke blickte sie an. »Das weiß ich nicht«, sagte er leise, »aber wenn Sie damals die Eltern miterlebt hätten … Sie kamen zu mir ins Institut, um ihre Tochter noch einmal zu sehen. Normalerweise überlasse ich das Gespräch mit den Angehörigen meinen Assistenten. Die wissen besser als ich, was man sagen sollte und was nicht. Aber in diesem Fall hatte ich das Gefühl, mich nicht davor drücken zu können. Ich habe über eine Stunde mit Theresa Schweigert und ihrem Mann gesprochen, und ich habe noch niemals zwei so schmerzerfüllte Menschen gesehen wie diese beiden. Deswegen glaube ich auch nicht, dass Herr Schweigert etwas damit zu tun hat, dass er seine Tochter missbraucht haben könnte, ist für mich unvorstellbar. Aber es gibt keine Beweise.«

Nadja nickte. Sie konnte Professor Naukes Gedankengang nachvollziehen. Er konterte normalerweise mit harten Fakten, aber seine gefühlsmäßige Argumentation wirkte nicht weniger überzeugend.

»Ich habe Steffis Bruder in der Tanzschule kennengelernt. Er ist sehr schüchtern und stottert.« Sie überlegte einen Moment. »Ich frage mich, ob das mit dem Tod seiner Schwester zusammenhängt. Vielleicht hat ihn der Vorfall traumatisiert.«

Lars Nauke zuckte mit den Schultern. »Aus medizinischer Sicht durchaus möglich. Und der Junge muss ja noch immer einiges durchmachen.«

»Wieso, was denn?«

»Nach Steffis Tod war seine Mutter wegen schweren Depressionen in Behandlung. Ich habe das damals mitbekommen, weil ihr Psychiater nach der Vorgeschichte gefragt hat. Anscheinend war sie völlig teilnahmslos, ist kaum noch aus dem Bett aufgestanden, und ihr Mann hat zeitweise eine Pflegerin für sie eingestellt. Sie hatten wohl Angst, dass sie sich selbst etwas antut.«

»Wie geht es ihr heute?«

»Das weiß ich nicht. Vielleicht könnten Sie Stefanies Bruder danach fragen.«

Der arme Fred, dachte Nadja, zuerst hat er seine Schwester verloren und dann in gewisser Weise auch die Mutter. Das musste wie ein Splitter in der Haut sein, der ständig schmerzte, nie verheilte, sich immer tiefer in ihn hineinfraß. Hatte er nie das Bedürfnis gehabt, herauszufinden, wer seiner Familie das angetan hatte? Mit wem Steffi ein Verhältnis gehabt hatte?

Sobald sie zu Hause war, würde sie eine Rundmail an die Kollegen schreiben. Sie musste sie darüber informieren, was sie herausgefunden hatte. Und vielleicht fiel einem von ihnen noch etwas dazu ein. Jetzt hatten sie ja das Wochenende lang Zeit, darüber nachzudenken.

»Die Sache lässt einen nicht los, oder?«, fragte Lars Nauke, nachdem sie einige Minuten schweigend dagesessen hatten.

Nadja schüttelte frustriert den Kopf. »Ich habe keine Ahnung, wie das mit unserem Tanzschulmord zusammenhängen soll, aber ich habe das Gefühl, dass wir etwas übersehen. Wenn wir wenigstens eine DNA-Probe des Kindes hätten …«

»Kein Staatsanwalt der Welt würde unter diesen Umständen einer Exhumierung zustimmen. Schlagen Sie sich das aus dem hübschen Köpfchen, liebe Frau Gontscharowa.«

»Das weiß ich doch.« Nadja schlug mit der Faust auf den Tisch, sodass die Pralinenschachtel hochhüpfte und Lars Nauke sie schnell auf seinem Schoß in Sicherheit brachte. Er beäugte den beachtlich geschrumpften Inhalt und steckte sich dann zwei

Pralinen gleichzeitig in den Mund. »Ch glbb, ch a-e Schffs Bru-a gsehn.«

Nadja legte eine Hand an ihr linkes Ohr: »Wie bitte? Können Sie nicht verständlicher brabbeln?«

Lars Nauke schluckte und verzog das Gesicht. »Ich brabble nicht, ich spreche nur unter erschwerten Bedingungen.«

»Wenn Sie noch mehr Schnapspralinen konsumieren, muss ich Sie zu Ihrem eigenen Besten in der Ausnüchterungszelle unterbringen.«

Lars Nauke ignorierte sie. »Ich glaube, ich habe Stefanies Bruder sogar einmal gesehen«, wiederholte er. »Auf ihrer Beerdigung. Ich bin hingegangen, weil … Eigentlich weiß ich selbst nicht so genau, warum. Aber ich bin jedenfalls hingegangen. Neben den Eltern stand ein großer Kerl, sah etwas unbeholfen aus, wusste nicht, wohin mit seinen Händen und Füßen, obwohl er auch schon Anfang oder Mitte zwanzig gewesen sein muss. Er hat den Sarg kein einziges Mal angeschaut, nur seine Eltern und den Pfarrer. Ich dachte, er rennt gleich davon.«

»Er ist aber geblieben?«

»Ja, er ist geblieben. Ich glaube, das war das Verdienst des Priesters. Er hat eine wirklich gute Predigt gehalten, wirkte sehr ehrlich. Nicht so lebensfern wie einige andere Katholiken.«

Nadjas Kopf ruckte nach oben. Sie starrte Lars Nauke an. »Wie sah er aus, der Priester?«

Der Professor zuckte mit den Schultern. »Keine Ahnung, das ist schließlich schon über ein Jahr her. Wieso, glauben Sie, Sie kennen ihn?«

»Wenn es so ist, würde mir das überhaupt nicht gefallen.«

»Wenn Sie wollen, können wir meinen Assistenten fragen. Er ist unten und bereitet eine Sektion vor, die wir gleich zusammen machen werden. Vielleicht erinnert er sich besser.«

Nadja nickte. Sie musste herausfinden, ob der außergewöhnlich mitfühlende Priester Pater Ralph gewesen war. Und wenn ja, was das für ihre Ermittlungen bedeutete.

Lars Nauke und Nadja stiegen die Steintreppe in den Keller hinab. Während Nadja noch über Steffi und eine mögliche Verbindung zu Pater Ralph nachdachte, schien Lars Nauke ihr

Gespräch längst vergessen zu haben. Nadja schob es auf die Schnapspralinen.

»Sagen Sie mal, wie geht es denn eigentlich in der Tanzschulsache voran? Hat unser kleiner Übungsabend etwas genützt?«

»Ja, das war toll. So stand ich zumindest nicht ganz unwissend da bei den ersten Tanzstunden. Mittlerweile traue ich mir etwas mehr zu. Morgen Abend gehe ich sogar auf den Winterball.«

»Oh, ein Ball!« Lars Nauke erging sich in schwärmerischen Erinnerungen über seine eigenen Ballerfahrungen sowie die Zahl der Schuhe und Damen, die er dabei verschlissen hatte. Plötzlich schien ihm eine Idee zu kommen. »Wer begleitet Sie denn?«, fragte er möglichst beiläufig.

Nadja nahm ihm diese Beiläufigkeit nicht ab. »Niemand, ich gehe allein hin.« Sie wartete amüsiert, wie er sein Anliegen wohl vorbringen würde.

»Allein auf einen Ball? Aber das geht doch nicht. Das ist ja geradezu eine Einladung an alle Damen, über Sie zu lästern, und an alle Herren, Sie als allgemein verfügbar zu betrachten. Nein, das können Sie auf keinen Fall machen.«

»Aber ich wüsste wirklich keinen angemessenen Begleiter.«

Lars Nauke schaute sie betrübt an. »Frau Gontscharowa, Sie enttäuschen mich.«

»So?«

»Sie stehen gerade neben dem vermutlich bestaussehenden Rechtsmediziner aller Zeiten, einem dynamischen Superhirn mit zufälligerweise beachtlichen tänzerischen Fähigkeiten, und da fällt Ihnen gar niemand ein, der Sie zum Ball begleiten könnte?«

»Ich hätte mich doch niemals getraut, Sie zu fragen«, sagte Nadja mit einem breiten Lächeln, »aber ich würde mich glücklich schätzen, Sie als Begleiter zu haben. Sie müssten dann aber auch Augen und Ohren offen halten, denn wir sind ja nicht zum Spaß da, sondern der Ermittlungen wegen.«

»Selbstverständlich!« Lars Nauke war ganz in seinem Element. »Sie können auf mich zählen. Ich bin auch auf dem glattesten Parkett eine wahre Spürnase. Ach übrigens, was für eine Kleiderfarbe werden Sie tragen? Ich möchte gern meine Krawatte daran anpassen, oder warten Sie, vielleicht wäre eine Fliege angemessener …

Wo ist eigentlich mein Smoking?« Er erging sich strahlend in Dresscodedetails, während er neben Nadja Richtung Sektionssaal schlenderte.

»Gehen Sie doch schon mal vor. Mir beim Umziehen zuzuschauen ist zwar auch spannend, aber Sie sind ja nicht deswegen gekommen. Mein Assistent müsste bereits da sein, den können Sie mit Ihren Fragen durchlöchern.«

Nadja ging in die angewiesene Richtung, ihre Schuhe quietschten leicht auf dem Linoleumboden. Sie sah eine breite Tür vor sich, nur ein Türflügel war geöffnet, und sie hörte etwas, das nicht wirklich hierhergehörte. Eine vage vertraute Melodie. Sie runzelte die Stirn.

Der Sektionssaal war in kaltes, grelles Licht getaucht. Der Stahltisch glänzte, die Wände und der Boden waren weiß gekachelt. Es roch nach Desinfektionsmittel. Doch inmitten dieser kalten, sterilen Welt schwebten Töne durch die Luft. Die warme, sinnliche Stimme Carla Brunis schien in jede Ecke des Raumes zu dringen. Sie sang mühelos gegen die weißen Mauern an, sie sang von Einsamkeit und vergessenem Glück, und in diesem Moment sang sie nicht nur für Nadja.

Im Zentrum des Raumes stand ein Mann. Die OP-Kleidung hob sich auffällig von seiner schwarzen Haut ab. Die kurzen Haare kräuselten sich so stark, dass sie fast lebendig wirkten. Er ordnete Instrumente auf einem Tischchen und legte sie mit vollendet harmonischen Bewegungen nebeneinander. Der linke Fuß unter dem Seziertisch tippte zu Carlas Gesang leicht auf die Fliesen. Bei den tiefen Tönen strich er am Boden entlang. Wenn sie den Refrain sang, schwangen die Zehen nach oben.

Nadja betrachtete ihn voller Faszination. Sie stand noch immer in der Türöffnung, als der Mann den Kopf hob. Warme braune Augen lächelten ihr über dem Mundschutz zu. Carla verstummte, sein Fuß zeigte geradewegs in Nadjas Richtung.

In diesem Moment wehten Lars Nauke und sein Kittel an ihr vorbei. »Und dieser attraktive junge Leichenschänder hier ist Dr. Nepomuk Kamil-Chechem. Seinem afrikanischen Heimatland seit Jahrzehnten untreu, hatte er das Glück, hier in Deutschland unter meine Fittiche zu geraten. Ich habe ihn gehegt und gepflegt und ganz nebenbei mit meinem umfangreichen Wissen gefüttert. So wurde er zu meinem Bedauern sehr schnell flügge und hat bereits erste Versuche unternommen, über den Nestrand hinauszublicken. Ich gebe mir jedoch alle Mühe, ihn hierzubehalten. Nicht wahr, Mukki?«

Nepomuk Kamil-Chechem ließ den Handschuh von seiner rechten Hand schnalzen und streckte sie Nadja entgegen. »Sie können mich Nepomuk nennen oder auch Mukki, Professor Nauke bringt sowieso nach und nach alle dazu, seinen Spitznamen für mich zu übernehmen.«

Lars Nauke klopfte sich demonstrativ selbst auf die Schulter. »Weil er genial einfach ist. Das kannst du ja wohl nicht bestreiten.«

»Lassen wir ihn in dem Glauben.« Er zwinkerte Nadja zu.

»Ich wusste ja gar nicht, wie gemütlich ihr's hier habt«, sagte sie, »sonst hätte ich schon früher mal vorbeigeschaut.«

»Glauben Sie etwa, Ihr Kollege Heideckert würde sich jedes Mal freiwillig zur Sektionsanwesenheit melden, wenn es hier nicht schön wäre? Kuschelig und heimelig nenne ich das.« Lars Nauke blickte sich zufrieden in seinem Saal um. »Und haben Sie schon einmal so eine schöne Knochensäge gesehen?«

»Oh ja, in der Tat ein selten schönes Exemplar.«

»Sehen Sie, Mukki, die Lady versteht was vom Metier.«

»Die Lady versteht was von Ironie, würde ich eher sagen.« Mukki lächelte, und Nadja war versucht, sein Lächeln zu erwidern.

»Und – konnten Sie den Priester näher beschreiben?«

Mukki blickte seinen Chef verwirrt an. »Welchen Priester?«

Lars Nauke runzelte die Stirn. Bevor er etwas erwidern konnte, erklärte Nadja, weshalb sie gekommen war. Hatte sie wirklich so lange in dieser Tür gestanden und den Rechtsmediziner angestarrt? Sie wünschte, sie hätte auch einige der Schnapspralinen gegessen, dann hätte sie zumindest eine Ausrede für ihr seltsames Verhalten.

»Er war ziemlich braun gebrannt, hatte blondes Haar und sah eigentlich eher aus wie ein Bergsteiger oder so was. Sehr natürlich irgendwie und sympathisch. Man konnte ihm auch gut zuhören. Er hatte eine ruhige Stimme, obwohl er selbst traurig zu sein schien.«

Eindeutig Pater Ralph, Nadja hätte ihn wohl mit sehr ähnlichen Worten beschrieben, wenn sie gemusst hätte. »Danke, Sie geben einen hervorragenden Zeugen ab«, sagte sie laut. »Gibt es einen bestimmten Grund, warum Sie so genau auf den Priester geachtet haben?«

Nepomuk Kamil-Chechem sah plötzlich verlegen aus. »Als ich noch ganz neu in Deutschland war, sahen für mich viele Leute gleich aus. Ich habe Nachbarn oder Kollegen oft nicht erkannt, wenn ich sie zufällig irgendwo getroffen habe. Deswegen habe ich trainiert. Ich versuche, mir Besonderheiten einzuprägen. Wie die Leute gehen oder sprechen, wie ihre Nase im Profil aussieht oder so etwas. Und an den Priester erinnere ich mich noch, weil ich ihn ungewöhnlich fand. Er sah eben nicht aus wie ein Priester.«

Wie ein Mörder aber auch nicht, dachte Nadja, nein, absolut nicht wie ein Mörder. Und dennoch …

***

Peter hatte Nadjas Rundmail gelesen und auch die dringende Frage, mit der sie endete: »Wer war der Vater von Steffis ungeborenem Kind???« Deshalb befand er sich jetzt auf dem Weg nach Heidingsfeld. Er wollte sich ein entspanntes Wochenende verdienen, indem er den Drehers vorher noch schnell einen Überraschungsbesuch abstattete und vielleicht eine Antwort auf diese Frage fand.

Als er den Wagen so nah wie möglich am Gartenzaun parkte, damit die enge Straße für andere Autos passierbar blieb, glaubte er im Inneren des Hauses eine Bewegung zu sehen. Doch als er aufblickte, zeugten nur noch die schwingenden Gardinen im ersten Stock davon, dass soeben jemand am Fenster gestanden hatte.

Yvonne Dreher kam ihm bis zum Hoftor entgegen. Sie trug eine weite Hose aus dunklem Stoff, ein sportliches T-Shirt und eine graue Strickjacke, die sie sich zum Schutz gegen den Wind eng um den Oberkörper wickelte.

»Herr Steiner, haben Sie denn nie frei?« Ihre leise, samtige Stimme klang von der Kälte völlig unberührt. Sie öffnete das

Hoftor und hielt es auf, bis Peter ihr die Hand zur Begrüßung reichte.

»Polizisten sind doch immer im Dienst.« Er hätte fast ein »Ma'am« hinzugefügt, da ihn die Szene auf fast absurde Weise an einen Vorabendkrimi erinnerte. »Detective Steiner befragt geheimnisvolle Dame«, so konnte der Titel des Drehbuchs lauten. Peter fragte sich, warum sich die Begegnungen mit ihr so irreal anfühlten. Unbehaglich zog er den Verschluss seiner Jacke hoch.

Yvonne Dreher hatte ihn beobachtet. »Sie frieren, kommen Sie, gehen wir hinein.« Kein Wort davon, dass auch ihr nicht besonders warm sein konnte.

Sie ging voraus, und er folgte ihr wieder durch den Gang mit den vielen bunten Glasfenstern. Doch diesmal schlug sie nicht den Weg zum Wohnzimmer ein, sondern führte ihn die Treppe hinauf in ein Jugendzimmer mit hellen Vollholzmöbeln. Einer der Schränke schien sogar maßangefertigt zu sein, damit er unter die Dachschräge passte. Die Zimmerdeko war dagegen weniger exklusiv. Auf dem Boden lag ein bunter Flickenteppich, und an den Wänden hingen Plakate, die gut und gern zehn Jahre alt sein mochten. Peter erkannte Lou Bega und Michael Jackson.

»Sebastians Zimmer?«

»Ja, wir haben einfach alles so gelassen, wie es war, als er ausgezogen ist. Eigentlich merkwürdig, oder? Als würde man versuchen, die Zeit anzuhalten.«

»Ich finde das überhaupt nicht merkwürdig. Das ist doch ein ganz menschliches Verhalten. Mir graut jetzt schon davon, wenn meine kleine Tochter eines Tages mit irgendeinem Macker ankommt, der Moped fährt oder sie zu sonstigen gefährlichen Dingen verleiten könnte. Sie soll lieber schön winzig und süß bleiben. Und brav natürlich.«

Sie blickte ihn amüsiert an. »Ihre arme Tochter. Dabei sollten Sie doch froh sein, wenn sie Ihnen die Jungs überhaupt vorstellt.«

Peter fand, das war eine tolle Überleitung zum eigentlichen Thema, doch er hielt sich zurück. Er brauchte nicht mit der Tür ins Haus fallen, Yvonne Dreher wusste sicherlich ganz genau, dass er nicht zu einem Freundschaftsbesuch hier war, und wenn sie so weit war, würde sie ihn auch danach fragen. Er wollte nicht wieder mit einem Blumentopf beworfen werden. Lieber ließ er ihr noch etwas Zeit, sich auf das Gespräch einzustimmen.

»Mein Mann ist unterwegs«, erklärte sie. »Er springt manchmal als Punktrichter bei Tanzwettbewerben ein, und ich habe ihn ermuntert, heute nicht abzusagen. Er muss mal raus aus dem Haus und an was anderes denken.«

»Warum haben Sie ihn nicht begleitet?«

Sie machte eine wegwerfende Geste mit der Hand. »Mir war der Trubel zu viel. Seit ich mit dem Profisport aufgehört habe, mag ich es eher ruhiger um mich herum.«

»So wie hier?«

»Genau, wie hier in diesem Zimmer. Setzen Sie sich doch.«

Peter zog den Schreibtischstuhl unter der Schreibtischplatte hervor und setzte sich darauf. Yvonne Dreher nahm eine Postkarte mit Wattenmeeransicht samt glupschäugiger Robbe vom Schreibtisch und ließ sie in einer Schublade verschwinden.

»Eine Karte von meinem Sohn«, erklärte sie auf Peters fragenden Blick hin. »Ich habe in den letzten Tagen damit begonnen, seine Wohnung und sein Zimmer hier aufzuräumen. Aber ich ertrage es nicht, die Sachen ständig um mich zu haben.«

Sie schob die Bettdecke etwas zur Seite und ließ sich mit überkreuzten Beinen auf der Matratze nieder. Sie war so klein, dass sie problemlos unter die Dachschräge passte. Es sah gemütlich aus, wie sie da auf dem Bett saß, ganz so, als sei es ihr Lieblingsplatz im ganzen Haus.

Er suchte nach weiteren Indizien dafür, dass Sebastians Zimmer in letzter Zeit häufiger von seiner Mutter in Beschlag genommen wurde. In einer leeren Teetasse mit einigen Kekskrümeln auf dem Nachttisch fand Peter, wonach er gesucht hatte. Und als er einen Blick zum Fenster warf, entdeckte er Vorhänge, die ihm bekannt vorkamen. Anscheinend hatte sie seine Ankunft von hier aus beobachtet.

»Ihrer Kollegin scheint das Tanzen großen Spaß zu machen«, stellte Yvonne Dreher schließlich fest.

Peter nickte. Es hatte wie eine ganz normale Bemerkung geklungen, doch er fragte sich, was sie damit beabsichtigte. »Stimmt, es gefällt ihr gut in der Tanzschule. Und sie hat auch schnell

Anschluss gefunden, was für unsere Ermittlungen natürlich sehr vorteilhaft ist.«

»Mit Pater Ralph klappt es anscheinend besonders gut.«

»Sicher auch nicht mehr als mit jedem der anderen.« Er betonte jedes einzelne Wort und kam sich gleich darauf lächerlich vor. Vielleicht hatte Frau Dreher nur seine Reaktion testen wollen. Sie war einer der Menschen, die in einem Gespräch mehr von ihrem Gegenüber erfahren wollten, als sie selbst preiszugeben bereit waren. Aber wenn die Idee nun nicht völlig aus der Luft gegriffen war? Nadja konnte doch nicht so blöd sein …?

Yvonne Dreher nickte, und Peter deutete das zunächst als Antwort auf seine unausgesprochene Frage, doch dann sagte sie: »Stimmt, sie versteht sich mit allen gut. Außer mit Han-Li vielleicht. Aber die braucht immer etwas länger, um mit neuen Bekannten warm zu werden. Ich fürchte, so lange kann Ihre Kollegin gar nicht bei uns ermitteln.«

Das klang harmlos. Hatte er ihre vorherige Bemerkung völlig falsch interpretiert? Ein Schweigen trat ein, das er als unbehaglich empfand.

»Sagen Sie mir jetzt, warum Sie hier sind?« Auch sie schien den Stimmungswechsel gespürt zu haben.

Auf eine deutliche Frage sollte auch eine deutliche Antwort folgen. Peter fragte: »Was wissen Sie über den Tod von Stefanie Schweigert?«

»Steffi hat in einem der Schülertanzkreise getanzt.« Yvonne Dreher wirkte nicht im Mindesten überrascht. Die Antwort kam so schnell, als habe sie sie schon unzählige Male geübt.

Sie fuhr fort: »Sie war voller Eifer dabei, eigentlich hat sie sich fast Tag und Nacht in der Tanzschule aufgehalten. Es ist immer schön zu sehen, wenn sich die Leute so wohl bei uns fühlen. Sebastian hat mir erzählt, dass sie jeden Rat und jeden Tipp im Gedächtnis behielt und selten einen Fehler zweimal machte, wenn man sie einmal verbessert hatte. Ich kann mir vorstellen, dass sie sich irgendwann für eine Tanzlehrerausbildung entschieden hätte. Es war eine Tragödie, als sie so plötzlich gestorben ist.«

»Sebastian kannte sie also gut?«

»Er hat sie unterrichtet.«

»Sie wissen aber schon, wie sie gestorben ist, oder?«

»So ungefähr, ja. Es hieß, dass sie schwanger war und eigenmächtig versucht hat, das Kind abzutreiben. Ist das denn wahr?«

»Leider ja. Haben Sie damals nicht darüber nachgedacht, wer der Vater des Kindes gewesen sein könnte?«

»Nein, ich kannte sie ja nur aus der Tanzschule. Über ihre Schulkameraden oder sonstigen Bekannten weiß ich gar nichts.« Sie wählte ihre Worte mit Bedacht.

»Aber wenn sie, wie Sie eben gesagt haben, Tag und Nacht in der Tanzschule anzutreffen war, dann ist die Wahrscheinlichkeit doch gar nicht so gering, dass sie dort auch den Vater des Kindes kennengelernt hat.«

»Herr Steiner, eine Tanzschule ist eine Tanzschule und kein Eheanbahnungsinstitut oder eine Partnerbörse. Schon gar nicht für Minderjährige.« Verhaltener Zorn klang in ihrer Stimme mit.

Peter blickte sich um und stellte beruhigt fest, dass die Tasse zu weit entfernt stand, als dass sie sie spontan werfen konnte. Er würde also noch ein bisschen weiterbohren. »Da haben Sie sicher recht. Lassen Sie uns dennoch mal mit Hypothesen spielen. Welcher Mann aus unserem vertrauten Schlüssel-Zirkel käme denn für eine Vaterschaft in Frage?«

Zuerst sah es aus, als würde Yvonne Dreher schlichtweg die Antwort verweigern. Dann sagte sie mit erkennbarem Widerwillen: »Wenn Sie unbedingt haltlose Hypothesen aufstellen wollen, dann bitte. Jeder von ihnen käme in Frage. Zunächst mein Sohn, weil er ihr Tanzlehrer war. Dann Pater Ralph, der sie aus irgendeinem kirchlichen Zusammenhang kannte, er hat dann auch die Beerdigung gehalten, und sogar Marc hat mal mit ihr für eine Show trainiert.«

»Das ist ja interessant.« Peter nahm ein leeres Blatt Papier vom Schreibtisch hinter sich und kritzelte darauf herum. Er hätte gern gefragt, ob es auch zu Benedikt Dreher eine bestimmte Verbindung gab.

»Das hat überhaupt nichts zu sagen!« Yvonne Drehers Stimme war laut geworden. »Sie können sich da jetzt natürlich irgendwelche Zusammenhänge konstruieren. Zusammenhänge gibt es immer, wenn man danach sucht. Steffi war einfach hilfsbereit und kontaktfreudig. Deshalb kannten sie alle, nicht weil einer von ihnen zwangsläufig mit ihrem Tod in Zusammenhang zu bringen ist.«

»Aber Fred …«

Sie unterbrach ihn empört. »Wollen Sie jetzt etwa auch noch Inzest unterstellen?«

»Keineswegs, ich wollte nur anmerken, dass er sich sicher auch Gedanken über diese Frage gemacht hat. Und wenn er zu einem ähnlichen Schluss gekommen ist wie wir soeben, dann könnte er doch ein gewisses Misstrauen gegen seine sogenannten Freunde entwickelt haben.«

Yvonne Dreher antwortete nicht. Ihre Wut schien ebenso schnell verschwunden zu sein, wie sie gekommen war. Oder hatte sie die Empörte nur gespielt?

Peter stand von seinem Stuhl auf. Er hatte genug. Er wollte nach Hause zu Mariechen und Rebekka und keine Gespräche mehr führen, die ins Nirgendwo führten. Aber eines musste er zuvor noch loswerden.

»Frau Dreher, sind Sie wirklich so ahnungslos, wie Sie tun? Oder haben Sie und Ihr Mann absichtlich vergessen, diesen seltsamen Todesfall uns gegenüber zu erwähnen? Vielleicht, weil Sie ganz genau wissen, dass er mit dem Mord an Sebastian zusammenhängt?«

Yvonne Dreher ging nicht auf seinen Vorwurf ein, sie schien mit den Gedanken ganz woanders. Das Samtige war aus ihrer Stimme gewichen und hatte tiefer Trauer Platz gemacht: »Unsere Kinder sind unsere Hoffnung. Und die Hoffnung zu verlieren, das ist das Schlimmste, das Allerschlimmste.«

3

Peter stand am Herd und beaufsichtigte zwei Eier, die im heißen Wasser vor sich hin kochten. Mariechen schlief noch, sodass sie in Ruhe frühstücken konnten. Rebekka lag mit überkreuzten Beinen auf der Eckbank und kommentierte die Artikel in der »Main-Post«.

»Es gibt momentan eine Picasso-Ausstellung im Kulturspeicher, da müssen wir unbedingt rein.«

»Mhmm.«

»Sie haben sich noch immer nicht entschieden, was mit dem Gebäude passieren soll, wo das Programmkino drin ist.«

»Hm.«

»In der Turnhalle auf dem ehemaligen Army-Gelände werden jetzt auch Flüchtlinge untergebracht. Weißt du, wo das ist?«

»Mh-mh.«

»Es gibt eine neue Krankheit, bei der Männer nur noch M und H sagen.«

»Hm.« Peter drehte sich zu seiner Frau um. »Was?«

Rebekka stand auf und stellte sich hinter ihn. Sie trug noch ihren Schlafanzug. Die Frotteeärmel schlangen sich um seinen Bauch. »Was ist los, Peter?«

»Was soll los sein?« Peter schaltete die Herdplatte um eine halbe Stufe zurück.

»Du hast gesagt, dass du weiche Frühstückseier machst. Die zwei hier vor uns kochen schon seit zwölf Minuten. Vor sieben Minuten hat die Eieruhr geklingelt, und du hast sie ausgeschaltet und dann weiter die kochenden Eier angestarrt.«

Mit einem Fluch zog Peter den Topf von der Platte und goss das Wasser ab, die Eier kugelten in die Spüle. Er drehte das kalte Wasser auf, um sie abzuschrecken. Rebekka hatte ihn nicht losgelassen. Er spürte ihre Wärme durch sein T-Shirt hindurch.

»Nadja und ich haben Streit«, sagte er schließlich.

Rebekka schwieg. Er wusste, dass sie wartete, ob er noch mehr erzählen wollte.

»Wir haben über Beziehungen diskutiert, und irgendwie sind

wir dann auf ihre persönliche Situation gekommen und dass sie es nie schafft, mal einen anständigen Mann kennenzulernen, und ich habe ihr vorgeworfen, dass sie Krönig gegenüber vorsichtiger hätte sein müssen.«

»Klingt eigentlich nicht besonders dramatisch.«

»War es aber.«

»Hm.«

»Jetzt machst du ›Hm‹.« Peter wollte eines der Eier hochheben und zuckte zurück. »Autsch, heiß!«

Rebekka nahm seine Hand und pustete der Reihe nach auf die Finger. »Heile, heile Segen, drei Tage Regen, drei Tage Schnee, tut nimmer weh.«

»Tut es wohl«, brummte Peter. Er griff nach einem Topflappen, um die Eier aus der Spüle zu holen.

Rebekka hielt ihn fest. »Machst du dir immer noch Sorgen um Nadja?«

Er seufzte. »Sie ist so verdammt stur. Sie würde niemals zugeben, dass sie Angst hat oder sich unwohl fühlt. Neulich Nacht war sie echt am Ende. Irgendeiner von diesen Tänzern hat Verdacht geschöpft und sie verfolgt. Anscheinend hatte er sogar eine Waffe. Sie wäre fast vor einen Zug gelaufen, als sie fliehen wollte. Und heute Abend geht sie allein auf den Winterball der Tanzschule. Das ist doch völlig unüberlegt.«

»Hast du dir mal überlegt, warum du sie immer beschützen willst?«

»Weil sie meine Kollegin ist.«

»Peter, ich bin nicht blind. Ich glaube, wir wissen beide, mit wem sie Ähnlichkeit hat.«

Er schloss die Augen. »Bekka, hör auf.«

»Sie weiß nichts davon, oder?«

»Sie weiß, dass ich mal Germanistik studiert habe.« Er trug Eier und Eierbecher zum Esstisch.

Seine Frau folgte ihm. »Aber sie weiß nicht, warum du dann zur Polizei gegangen bist?«

»Nein.«

»Du solltest es ihr erzählen. Vielleicht hättet ihr dann nicht streiten müssen.«

»Aber vorsichtiger wäre sie trotzdem nicht.«

Rebekka strich ihm übers Haar. »Vielleicht doch. Aber für heute Abend müssen wir uns tatsächlich was anderes überlegen.« Sie ging zum Regal und holte ihr Handy, wählte und hielt es ans Ohr.

»Wen rufst du an?«, fragte Peter alarmiert.

»Die Babysitterin«, sagte Rebekka mit einem verschmitzten Grinsen. »Ich glaube, du musst deine Frau mal wieder richtig schön ausführen.«

***

Lars Nauke trug einen Smoking mit Fliege, die er nach eigenen Angaben selbst gebunden hatte. Sein blondes Haar war mit Pomade in Form gebracht, sodass seine Frisur an die großen Schauspieler der fünfziger Jahre erinnerte, und das Funkeln in seinen Augen zeigte unmissverständlich, dass er sich auf den Abend freute.

Als er gegen neunzehn Uhr fünfzehn für Nadja die Beifahrertür seines Oldtimer-Porsches aufhielt, hatte er sich seit exakt acht Minuten in Lobeshymnen über ihr Kleid ergangen, »das auf ungewöhnlich elegante Weise Ihre weiblichen Vorzüge zur Geltung bringt«, ihre Frisur, »eine wahrlich prachtvolle Mähne, um die Sie sogar ein Löwe beneiden würde«, und die Farbe ihres Lippenstifts, »ich wusste, dass Sie zur Femme fatale geboren sind«.

Nadja lächelte und genoss die Komplimente, wie es eine Genießerin tun sollte: nämlich schweigend. Sie hatte lange überlegt, was sie mit ihren Haaren anstellen sollte, und sich schließlich gegen die übliche Flechtfrisur entschieden. Stattdessen fielen die Haare offen über ihren Rücken, seitlich nur von einigen locker gesteckten Strähnen in Zaum gehalten. Es fühlte sich ungewohnt an, ebenso ungewohnt, wie ihr das eigene Spiegelbild erschienen war, als sie das Ergebnis ihrer Bemühungen betrachtet hatte. Ihre Gesichtszüge wirkten weicher als sonst, die Augen größer, die Pupillen dunkler. Plötzlich hatte sie doch Lust auf den Ball bekommen. Sie wollte Sekt trinken und lachen und tanzen und mehr Frau sein als Kommissarin.

In den weichen Ledersitz zurückgelehnt, fragte sie sich, was dieses flaue Gefühl in ihrem Bauch zu bedeuten hatte. Aufregung? Vorfreude? Oder doch so etwas wie Angst?

Was sollte auf einem Ball schon passieren? Dort war sie von vielen Menschen umgeben. Der Mörder würde keine Chance haben, ihr etwas anzutun. Außerdem hatte sie Lars Nauke an ihrer Seite. Er wirkte zwar nicht übermäßig Furcht einflößend, aber da sie schon mehrmals gesehen hatte, wie gekonnt er Brustkörbe öffnete, hielt sie ihn für einen fähigen Beschützer. Sie blickte zu ihm hinüber. Er hielt das Lenkrad locker mit beiden Händen und summte während des Fahrens. Ganz anders als Peter, dachte Nadja, aber trotzdem ein Freund, vielleicht sogar ein guter.

»Wir sollten Du zueinander sagen«, schlug sie vor.

Lars Naukes Summen ging in einen Pfiff über. »Das wird mir komisch vorkommen. Ich duze Frauen normalerweise erst nach dem fünfzehnten Date.«

»Das hier ist kein Date. Und die anderen sollten möglichst nicht mitkriegen, dass wir uns beruflich kennen. Ich habe Laura gesagt, dass wir alte Freunde sind.«

»Sie haben mich als alt bezeichnet?«

»Du! Nicht Sie!«

»Du hättest sagen können, dass ich in der Blüte meiner männlichen Jahre stehe, das wäre der Wahrheit näher gekommen.«

Nadja seufzte. »Davon können sich ja alle gleich selbst überzeugen.«

»Stimmt!« Lars Nauke trat aufs Gaspedal, und der Porsche beschleunigte mit einem dezenten Schnurren. »Wir fahren jetzt ein bisschen schneller. Ich bin schon so gespannt.«

Vor dem Eingang zum Würzburger Congress Centrum herrschte ein verwirrendes Gewusel. Autos hupten und parkten verkehrswidrig auf dem Bürgersteig, Mädchen mit kurzen Kleidchen staksten auf hohen Hacken herum und suchten ihre Begleiter, und ein Ehepaar stritt lautstark darüber, wer die Eintrittskarten zu Hause vergessen hatte.

Lars Naukes Oldtimer erregte einiges Aufsehen, als sie am Ende der Schlange hielten, die zur Tiefgarage hinabführte. Eine Gruppe Jungs mit Blumensträußen in der Hand und schief geknoteten

Krawatten stellte sich an den Straßenrand und kommentierte das Modell mehr oder weniger fachmännisch.

»Boah, schau mal, das muss ein 365er sein!«

»Krass, vielleicht aus der B-Serie?«

»Schau dir doch mal die runden Außenspiegel an, das kann nicht B-Serie sein.«

»Bestimmt aus den Siebzigern.«

»Wieviel PS hat der wohl?«

»Der Typ muss Manager sein, sonst könnte der sich so ein Auto gar nicht leisten.«

Lars Nauke gab Nadja ein Zeichen, das Fenster herunterzukurbeln, und rief hinaus: »Das ist ein Porsche 356 C aus dem Jahr 1965, schreibt euch das hinter die Ohren! In eurem Alter kannte ich sämtliche Modelle in- und auswendig. Und wenn ihr mehr Zeit in eure Schulbildung investieren würdet, statt als Minderjährige auf Bällen herumzuhüpfen, dann könntet ihr euch vielleicht mal ein ähnliches Schmuckstück leisten.«

Die Jungen lachten, zwei rannten auf die andere Seite des Wagens und bildeten mit ihren Rosen ein Spalier. Lars Nauke fuhr gutmütig brummelnd hindurch. Nadja kurbelte das Fenster wieder rauf.

»Eigentlich ist es ja gut, dass sie sich in ihrem jugendlichen Alter bereits für Kultur und stilvolle Vergnügungen interessieren«, überlegte Lars Nauke, »vielleicht hätte ich nicht so hart mit ihnen sein sollen.«

»Sie haben heute Abschlussball – ich glaube, nicht einmal du kannst ihnen das vermiesen.«

»Der eine hatte Turnschuhe an! Hast du das gesehen?«

»Nicht zu fassen.«

Lars Nauke fuhr im Parkhaus umher, bis er einen Parkplatz gefunden hatte, der ihm gefiel. Zwischen einem Betonpfosten und einem silbernen Mercedes hielt er an.

»Warum hier?«, fragte Nadja, »was war verkehrt an dem Ford Galaxy vorhin?«

»Ein Ford Galaxy ist eine Familienkutsche. Glaubst du ernsthaft, ich parke meinen Oldtimer neben einem Auto, aus dem jederzeit Heerscharen von Kindern hervorbrechen können, die ihre klebrigen Finger an meinem Lack abwischen und die Autotüren überall dagegendonnern?«

»Du bist ein wahrer Menschenfreund.«

»Richtig, ich bewahre die Familie vor hohen Schadensersatzzahlungen.« Lars Nauke strahlte Nadja an. »Ich bin heute so gut gelaunt. Ich glaube, dieser Abend wird uns noch lange im Gedächtnis bleiben!«

Er bot ihr seinen Arm, und gemeinsam schritten sie durch das Treppenhaus, über den Hof und auf die Eingangstüren zu, wo die Eintrittskarten kontrolliert wurden. Nadja entdeckte Feli in einem asymmetrischen Kleid mit einer pinken Tüllrose am Ausschnitt und zog Lars Nauke dorthin.

Während sie ihre Karten vorzeigten, raunte Feli Nadja ins Ohr: »Was hast du denn da für ein Schnuckelchen dabei? Sieht aus wie ein Professor, richtig süß.«

»Du kannst ihn dir später gern mal ausleihen«, flüsterte Nadja zurück, »er wird begeistert sein.« Und dann lässt du vielleicht zur Abwechslung die Finger von Marc, setzte sie in Gedanken hinzu.

»Klar, gern, diesmal habe ich wahrscheinlich sogar ein bisschen Zeit für Tanz und Konversation. Für die Tangoshow gehöre ich leider nur zur Zweitbesetzung, und Agnes ist putzmunter, also werde ich außer bei der Balleröffnung nur noch in der Disco-Runde auftreten. Aber das wird lustig, ich freu mich schon.«

»Super!« Nadja winkte ihr zu und folgte dem Menschenstrom dann zur Garderobe, wo sie ihren Mantel abgab und die Schuhe wechselte. Kaum hatte sie ihre Marke erhalten, zog Lars Nauke sie zu einem professionellen Fotografen, der sich in einer Ecke positioniert hatte und Eltern mit ihren strahlenden Sprösslingen ablichtete.

»Wir hätten auch gern ein Foto«, sagte Lars Nauke. Er stellte sich genau vor die Kamera, sodass dem Mann nichts anderes übrig blieb, als die Abschlussballfamilie zu vertrösten und zuerst die neuen Kunden zu fotografieren.

Nadja versuchte sich an einem Lächeln, das jedoch zu einem breiten Grinsen wurde, als sie die geflüsterten Kommentare der Eltern neben ihnen hörte. »So ein Prolet, drängelt sich einfach vor.« – »Keinen Anstand hat der Mann.« – »Und die Frau sagt kein

Wort – sieht irgendwie slawisch aus, vielleicht hat er sie aus dem Katalog.«

Es blitzte zweimal, und der Fotograf erklärte: »Sie können Ihr Bild später käuflich erwerben. Wir stellen alle Fotos hier unten aus, sobald sie ausgedruckt sind. Und jetzt gehen Sie bitte weiter.« Er funkelte Lars Nauke böse an, der ungerührt zurücklächelte, sich bedankte und Nadja wiederum seinen Arm anbot.

Eine breite Treppe führte von der Eingangshalle hinauf zum Veranstaltungssaal, davor spielte ein Geigentrio für die Gäste. Als Nadja an Lars Naukes Arm die Treppe emporschritt, blinzelte sie überrascht. Das CCW hatte sich in einen Winterpalast verwandelt. Von Decke und Fenstern hingen künstliche Eiszapfen, die Tische waren mit schneeweißen Tischtüchern und Gestecken aus Stechpalme, immergrünen Zweigen und Kerzen geschmückt, und auf der Bühne stand ein gigantischer Weihnachtsbaum mit Kugeln, die gut und gern den Durchmesser von Nadjas Kopf haben mochten.

Neben einigen anderen Männern aus der Tanzschule, die Nadja nur vom Sehen kannte, standen auch Fred und Marc bereit, um den Gästen zu helfen, ihre Tische zu finden. Fred winkte und kam zu ihnen herüber. Als sein Blick auf Lars Nauke fiel, fragte Nadja sich erschrocken, ob er den Rechtsmediziner vielleicht wiedererkennen würde, doch er sagte nur höflich »G-guten Abend« zu ihm und bedachte Nadja mit einer Umarmung.

»Wow, Fred, du siehst toll aus!« Der Anzug stand ihm hervorragend. Zusammen mit seiner Alltagskleidung schien er auch seine Unbeholfenheit abgelegt zu haben.

»Danke!« Fred strahlte. »L-Laura hat das Hemd ausgesucht. Sie sagte, W-weinrot steht mir.«

»Da hat die werte Dame offensichtlich recht«, meinte Lars Nauke, und Nadja war plötzlich froh, dass sie ihn mitgenommen hatte.

Fred warf einen Blick auf ihre Eintrittskarten. »Ah, beste Plätze, direkt an der T-tanzfläche und mit Sicht auf die B-bühne.« Er führte sie Richtung Weihnachtsbaum zu einem Tisch, an dem bereits zwei Paare saßen, die Nadja nicht kannte.

Benedikt Dreher stand halb an einen Stuhl gelehnt da und unterhielt sich mit den Gästen. Seine grauen Schläfen kamen durch den dunklen Anzug noch besser zur Geltung. Dennoch sah er traurig aus, als er aufblickte und Nadja sah.

»Guten Abend, schön, dass ihr gekommen seid.« Er schüttelte Nadjas Hand und stellte sich auch Lars Nauke vor.

»Was für eine wunderschöne Deko, wer hat das denn alles gemacht?«

Benedikt Dreher sah sich im Raum um, als bemerke er den aufwendigen Schmuck erst jetzt. »Meine Frau, sie ist sehr talentiert bei solchen Sachen. Und unsere Tanzassistenten haben gestern Abend noch fleißig beim Aufbau geholfen.«

»Wirklich hübsch«, lobte Lars Nauke.

»Ja, Yvonne und Sebastian sind große Weihnachtsfans. Entschuldigung, waren, mein Sohn …« Er sprach nicht weiter.

»Sebastian wäre heute Abend sicher sehr gern dabei gewesen, und er wird in unseren Gedanken mitfeiern«, sagte eine ältere Frau am Tisch. Sie nahm Benedikts Hand und drückte sie fest.

Benedikt Dreher versuchte ein Lächeln und nickte. »Ja, da hast du recht. Danke, Ella.«

Nadja lächelte der Frau ebenfalls dankbar zu. Sie war froh, dass es hier zumindest eine Person zu geben schien, die Benedikt Dreher besser kannte und in dieser Situation die richtigen Worte fand.

In diesem Moment spurtete eine atemlose Feli heran. Statt ihres farbenfrohen Kleides trug sie nun eine Art silberfarbene Tunika, die sie beim Laufen mit den Händen nach oben raffte. »Benedikt, Entschuldigung, du musst langsam hinter die Bühne. Ihr solltet vor dem Eröffnungswalzer doch noch eine kurze Rede halten.«

Benedikt Dreher verabschiedete sich von Nadja und den anderen und folgte Feli auf ihrem Zickzackkurs zwischen den Tischen hindurch.

Inzwischen traten die Musiker auf die Bühne und stellten sich dem Publikum vor. Sie setzten sich und spielten einen Tusch, bei dem Yvonne und Benedikt Dreher Hand in Hand auf die Bühne traten. Benedikt hielt ein Mikrofon in der Hand, das er nach einigen Begrüßungsworten an seine Frau weiterreichte. Yvonne Dreher erklärte kurz, was die Schüler während ihres Tanzkurses gelernt hatten, und erinnerte sich an einige Anekdoten ihres eigenen Abschlussballs zurück. Benedikt legte den Arm um ihre schmale Schulter und drückte sie. Yvonne lächelte ihn an. Die lockigen roten Haare trug sie geflochten und zu einem Dutt hochgesteckt. Einzelne Strähnen umrahmten ihr dreieckiges Gesicht. Das dunkelgrüne Kleid, mit federleichtem Chiffon als Überstoff, verlieh ihr etwas Feenhaftes.

»Sie ist eine sehr schöne Frau«, raunte Lars Nauke in Nadjas Ohr.

»Und er ist sehr elegant. Wenn Sebastian von beidem auch nur ein bisschen geerbt hat, muss er ebenfalls sehr attraktiv gewesen sein.«

»Ja, ich denke, das kann man sagen«, meinte Lars Nauke nach kurzem Nachdenken.

Nadja schluckte. Sie hatte ganz vergessen, dass Lars Nauke Sebastian Dreher vor sich auf dem Obduktionstisch hatte liegen sehen.

»Freuen Sie sich nun mit uns auf die Balleröffnung im Wiener Stil durch zwölf Paare unserer Tanzschule.« Yvonne Dreher gab der Kapelle ein Zeichen, die einen Wiener Walzer anstimmte. Dann geleitete Benedikt Dreher seine Frau von der Bühne.

Ein Dutzend Paare nahm Aufstellung in der Mitte des Saales. Alle Damen trugen die gleiche silberfarbene Tunika, die Nadja schon bei Feli gesehen hatte. Die Herren gingen mit stolzen Schritten, hocherhobenem Kopf und gestrafften Schultern. Sie trugen alle weiße Hemden, schwarze Anzüge und dazu Fliege. Auch Fred hatte sich umgezogen. Nadja beobachtete die Walzerschritte, Partnerwechsel, das Schreiten und Schweben in parallelen Reihen, die Verbeugungen und das Lächeln. Es kam ihr vor wie eine Wiederholung und Zusammenfassung von allem, was sie bisher in der Tanzschule gesehen hatte.

Die Essenz, dachte sie, nur dass ich sie nicht mit Worten greifen kann. Und irgendwo zwischen dieser Eleganz liegt ein Mordmotiv.

Als der Walzer vorüber war und das Publikum begeistert applaudierte, stimmte Nadja erst spät mit ein. Ebenso zurückhaltend beobachtete sie den Einzug der Teilnehmer der Schülergrundkurse, für die es der erste Ball überhaupt war. Man erkannte es an den schüchternen Mienen, den teils recht unbeholfenen Schritten auf zu hohen Absätzen und den jungen, glatten Gesichtern. Ob Steffi wohl auch einmal so in den Saal eingezogen war?

Nadja hatte noch kein Foto des Mädchens gesehen, stellte sie sich jedoch mit hochgesteckten Haaren und einem hellblauen Kleid vor, groß gewachsen wie ihr Bruder. Sie schien schemenhaft zwischen den anderen Schülern mitzuschweben. Nadja versuchte, das Bild aus ihren Gedanken zu vertreiben und in die Realität zurückzufinden.

Lars Nauke hatte inzwischen den Oldtimerfachmann mit Turnschuhen wiederentdeckt und schnalzte missbilligend mit der Zunge. Die Frauen neben Nadja tauschten sich über die diesjährige Kleidermode aus und beschwerten sich über die viel zu kurzen Kleidchen mancher Schülerinnen. »So würde ich meine Tochter nicht aus dem Haus lassen!«

Als die Jugendlichen ihren Walzer hinter sich gebracht hatten, ohne dass es zu größeren Zusammenstößen oder Unfällen gekommen wäre, kündigte der Kapellmeister die erste Tanzrunde an.

»Das Parkett ist eröffnet, juhuuuuu!« Lars Nauke griff nach Nadjas Hand und zog sie auf die Tanzfläche.

»Ein Bankett wäre mir lieber«, murmelte sie und beobachtete Lars Nauke, der jeden einzelnen seiner zehn Finger dehnte, prüfend mit der Hüfte nach links und anschließend nach rechts kreiste, noch einmal seine Fliege betastete und dann erklärte, es könne nun losgehen, er sei aufgewärmt.

An dem atemlosen Gehüpfe der anderen Paare um sie herum erkannte Nadja, dass es sich um einen Jive handeln musste. Sie holte tief Luft, legte die linke Hand auf Lars' Schulter und reichte ihm die rechte, die er locker umfasste. Sie tanzten eine Weile Grundschritt. Doch das genügte Lars Nauke nicht lange.

»Pass mal auf, hier kommt das Hand-to-Hand!«, rief er euphorisch.

»Und der Schutzmann.«

»Und der Schubser.«

»Uuuuuuund der Bauchstreichler, den mag ich am liebsten!« Er drehte sich selbst und führte Nadja so, dass ihre Finger zwangsläufig an seinem Bauch entlangstrichen. »Das machen wir gleich noch mal.«

Er führte die Figur viermal hintereinander, bis Nadja zu lachen begann. »Ich kenne mittlerweile jedes Fältchen und Röllchen an deinem Bauch, ich glaube, das genügt.«

»Wenn dir die vielen Muskeln unter den sogenannten Fältchen und Röllchen noch nicht aufgefallen sind, muss ich es anscheinend noch ein paarmal öfter machen.«

Nach zwei weiteren Bauchstreichlern zeigte Lars Nauke jedoch ein Einsehen und ging zu anderen Figuren über.

»Den Zick-Zack-Schritt müsst ihr doch schon gelernt haben.«

»Ähm.«

»Ach, das haben wir gleich. Nichts leichter als das. Mach einfach, was ich dir sage.« Lars Naukes Hand an ihrem Schulterblatt zog sie leicht zur Seite. »Rück, seit, vor, seit – rück, platz – Wechselschritt, Wechselschritt, Wechselschritt – kick und kick und kick und kick – und drauf, zwei, drei, badam.«

Nadja versuchte, Lars Naukes Bewegungen zu folgen, dessen Beine sich blitzschnell abwechselten, und kam sich vor wie ein Hund, der über das Parkett geschleift wird. Als er begann, die »Kicks« zu kommandieren, kickte sie gegen sein Schienbein statt in die Luft daneben.

Er gab ein gequältes Stöhnen von sich. »Du solltest deinen Tanzpartner nicht gleich beim ersten Tanz lahm schlagen.«

»Ich kann meine Bewegungen nicht richtig koordinieren, wenn du mich überforderst.«

»Dafür hast du mein Schienbein aber erstaunlich zielsicher getroffen.«

»Anfängerglück.«

»Ich nehme das als dezenten Hinweis, dass ich dir keine neuen Figuren mehr beibringen sollte.«

»Nicht solche jedenfalls!«

»In Ordnung, jetzt kommt sowieso ein langsamer Walzer, da kannst du dich entspannen, und ich kann mich erholen.«

Sie wiegten sich langsam im Kreis, und Nadja beobachtete über Lars Naukes Schulter hinweg die anderen Tanzpaare. Marc und Laura segelten in vollendeter Anmut am Rande der Tanzfläche entlang. Fred tanzte mit der älteren Frau, die bei Nadja am Tisch saß und Ella hieß, und Pater Ralph schien mit Han-Li in ein Gespräch vertieft. Er blickte nur auf, wenn sie mit jemandem zusammenzustoßen drohten.

Plötzlich meinte Nadja, weiter hinten im Gedränge ein weiteres bekanntes Gesicht zu erblicken. Eine Frau mit kurzen Haaren, die ihren Tanzpartner anlachte. Durch eine Drehung verschwand die Frau aus Nadjas Blickfeld, doch sie versuchte, sich nach ihr umzudrehen.

»Nanu, sträub dich doch nicht so, das ist eine ganz normale Schleife, das haben wir bei mir schon tausendmal geübt«, sagte Lars Nauke leicht vorwurfsvoll.

»Oh, Entschuldigung, ich dachte, ich hätte da gerade jemand Bekanntes gesehen. Aber das kann eigentlich gar nicht sein.«

»Doch wohl kein verflossener Verehrer? Muss ich mich auf ein Duell vorbereiten? Zu dumm, dass ich meinen Degen im Auto gelassen habe.«

»Nein, kein Verehrer, ich bin nicht ganz sicher, aber –«

Sie wurde von Lars Nauke unterbrochen, der sie gezielt in eine Richtung schob und rief: »Aber das ist doch dein Kollege Herr Steiner!«

Nadja blickte auf das Paar, das sich nun direkt neben ihnen befand. Peter trug einen dunkelblauen Anzug und eine silbern gestreifte Krawatte. Er wirkte nicht besonders glücklich über Lars Naukes Annäherungsaktion. Rebekka dagegen strahlte. Sie sah sehr hübsch aus in ihrem schwarz-weißen Kleid mit psychedelischen Mustern und der silbernen Haarspange.

»Was tust du hier?«, brachte Nadja hervor, während Peter Lars Nauke zuzischte: »Sind Sie verrückt? Nadja ist undercover hier, die anderen dürfen nicht wissen, dass wir uns kennen!«

Lars Naukes Entzücken verwandelte sich in Besorgnis. Mit einer gemurmelten Entschuldigung drehte er Nadja wieder in die entgegengesetzte Richtung und steuerte im Walzerschritt auf den Rand der Tanzfläche zu. »Verzeihung, ich hoffe, das eben hat niemand gesehen.«

Nadja blickte sich um, doch niemand schien ihnen besondere Beachtung zu schenken. »Keine Sorge, Professor«, tröstete sie, »ich glaube nicht, dass jemand was mitbekommen hat. Und ich war genauso überrascht wie Sie, dass Peter und Rebekka hier sind. Wahrscheinlich wäre ich auch einfach zu ihm hingegangen, ohne an meine Deckung zu denken.«

»Zu deiner Deckung gehört auch, dass du mich duzt. Vergiss das nicht.«

Nadja seufzte. Sie wagte noch einmal einen Blick in Rebekkas Richtung und sah, dass diese nun allein auf der Tanzfläche stand und vorsichtig Richtung Toiletten deutete.

»Ich glaube, Peter will mit mir sprechen. Ich lasse dich einen Moment allein, in Ordnung?«

»Jaja, geh ruhig. Ich such mir schon mal eine Ersatztanzpartnerin, nur für den Fall, dass es länger dauert.« Lars Nauke hatte sein Selbstbewusstsein offenbar zurückgewonnen. Er schlenderte pfeifend zum Tisch zurück und warf dabei sämtlichen Damen, die in sein Blickfeld gerieten, Kusshände zu.

Nadja ging betont langsam auf die Treppen zu und suchte währenddessen Peters Gesicht unter den Ballgästen. Rebekka war nicht mehr auf der Tanzfläche, sie schien ebenfalls zu ihrem Tisch zurückgekehrt zu sein. Wo steckte Peter nur? Sie konnte sich hier doch nicht allzu auffällig umsehen.

Sie schritt die Treppen Richtung Toilette hinunter. Auf der letzten Stufe angekommen, schoss eine Hand im dunkelblauen Anzugärmel hervor, packte Nadja am Arm und zog sie in eine Nische. Sie musste sich etwas bücken, um stehen zu können, doch für eine kurze Aussprache war das Versteck perfekt. Eine vielblättrige Riesentopfpflanze in einem weißen Kübel versperrte die Sicht auf die Nische, und dunkel war es hier außerdem auch.

»Ich komme mir vor wie in einer Räuberhöhle«, flüsterte Peter.

»Was um Gottes willen machst du hier? Überwachst du mich etwa? Bist du in Mancinis Auftrag da?«

Als Peter nicht antwortete, sah Nadja ihre Vermutungen bestätigt. »Du bist so ein –«

Doch Peter fiel ihr ins Wort: »Nicht überwachen – bewachen, nein beobachten trifft es besser. Mit Mancini hat das gar nichts zu tun. Rebekka und ich wollten nur aus der Ferne ein Auge darauf haben, dass dir auch nichts passiert.«

»Toll, jetzt ziehst du deine Frau auch noch mit rein.«

»Eigentlich war es ihre Idee. Wir konnten ja nicht ahnen, dass du dir einen Beschützer mit Adleraugen aus der Rechtsmedizin rekrutieren würdest.«

»Lars Nauke eignet sich bestens als Begleiter.«

»Habe ich nie bezweifelt. Ich hätte nur nie gedacht, dass du über deinen Schatten springst und zugibst, dass du mit der Sache allein nicht fertig wirst.«

»Darum geht es nicht. Ich wollte nur nicht allein zum Ball.«

»Klar.« Man sah Peter an, dass er ihr nicht glaubte.

Um das Thema zu wechseln, fragte Nadja: »Wie bist du überhaupt an die Karten gekommen? Ich dachte, der Ball sei längst ausverkauft?«

»Frau Dreher hat mir VIP-Karten besorgt. Wir sitzen oben auf der Empore. Ich habe ihr erzählt, dass wir vermuten, der Mörder könnte noch einmal zuschlagen.«

Nadja schüttelte den Kopf. »Das glaube ich jetzt einfach nicht.«

Peter blickte etwas verlegen drein. »Solange Mancini es nicht erfährt …«

»Ach, seid ihr wohl keine Busenfreunde mehr?«

»Nadja, du weißt, ich kann nicht sonderlich gut streiten.«

»Da hatte ich gestern aber einen anderen Eindruck.« Nadja begann, Fetzen von den Blättern der Grünpflanze abzureißen. Peter hielt ihre Hand fest.

»Pass auf, ich entschuldige mich dafür, dass ich mich in dein Privatleben eingemischt habe. Es geht mich prinzipiell nichts an, mit wem du dich triffst und solche Sachen.«

»Doch«, sagte Nadja leise, »das geht dich schon etwas an. Vielleicht nicht als Kollege, aber als Freund. Und gerade deshalb hat es wehgetan, als du mich gestern als so blöd und naiv dargestellt hast. Weil ich das von dir niemals erwartet hätte.« Sie öffnete die Finger und sah zu, wie die Blattfetzen zu Boden segelten.

»Es tut mir leid.« Peter sah sehr unglücklich aus.

Nadja seufzte. »Mir tut die Ohrfeige leid. Ich bin auch kein guter Streiter. Sonst hätte ich dir einfach sagen können, wie fies ich dich in dem Moment fand. Ich habe total überreagiert, und danach habe ich es noch nicht mal über mich gebracht, das mit dir zu klären.«

»Ich kann einfach nicht mehr mit ansehen, wie du diese Topfpflanze misshandelst, also Frieden?« Peter hielt ihr die Hand hin, und Nadja schlug ein.

»Frieden. Übrigens musst du dir bald keine Sorgen mehr machen. Ich habe überlegt, meine Deckung in den nächsten Tagen aufzugeben. Mit der Steffi-Geschichte finde ich es jetzt wichtiger, dass wir offen und dafür intensiver ermitteln können.«

»Ganz ehrlich? Das finde ich gut.« Peter sah so erleichtert aus, dass Nadja doppelt froh über ihre Entscheidung war. Sie musste sie nur noch mit Mancini abklären. Und hatte sie nicht noch irgendetwas mit Peter besprechen wollen?

Er wollte das Versteck schon verlassen, als Nadja ihn noch einmal zurückhielt. »Moment, ich muss dich noch etwas fragen, was mir schon länger im Kopf herumspukt. Gibt es in der Weltliteratur irgendwelche eifersüchtigen Frauen?«

»Warum fragst du?«

»Ich hatte neulich ein Gespräch mit Laura über Eifersucht und wozu sie die Menschen treibt. Uns sind aber nur männliche Beispiele eingefallen.«

»Na ja, so spontan fällt mir da Medea ein. Eine Figur aus der griechischen Mythologie.«

»Was war mit ihr?«

»Medea war die Tochter eines Königs. Sie hatte Zauberkräfte, und ihr Vater besaß ein wertvolles Widderfell, das sogenannte goldene Vlies. Eines Tages kam Jason in das Königreich. Er hatte den Auftrag, das Vlies zu stehlen und zu seinem Onkel zu bringen. Medea verliebte sich in ihn und half ihm dabei. Dafür musste sie jedoch ihren Vater verraten. Zum Dank nahm Jason sie mit, als er mit dem Vlies nach Hause segelte, und die beiden heirateten.«

»Was hat das mit Eifersucht zu tun?«

»Medea und Jason zogen nach Korinth, wo Jason sich in die Tochter des dortigen Königs verliebte. Er wollte Medea verlassen und die Prinzessin heiraten. Daraufhin tötete Medea den König, dessen Tochter und ihre eigenen Kinder. Jason ließ sie am Leben, damit er auf ewig unter dem Verlust leiden sollte.«

»Das klingt tatsächlich nach vollendeter weiblicher Rache«, sagte Nadja nachdenklich.

»Denkst du, das hat etwas mit unserem Fall zu tun?«

»Nicht direkt, ich habe mich nur gefragt … Na ja, diese ganzen Verwicklungen zwischen Laura, Fred, Marc und Feli – das ist doch irgendwie verdächtig. Hatte Sebastian vielleicht auch noch irgendeinen Platz in diesem Geflecht? Oder Steffi? Und dann habe ich überlegt, ob ein Insulinmord eher als männliche oder weibliche Form des Tötens gelten kann. Du weißt ja, Männer neigen angeblich zu stumpfer Gewalt mit konkreten Waffen, Frauen eher zu Gift.«

»Ich glaube, das lässt sich in diesem Fall nicht entscheiden, weil es dem Mörder in erster Linie darum gegangen ist, einen Unfalltod vorzutäuschen. Und Sebastians Diabeteserkrankung war dafür eine Steilvorlage.«

»Vielleicht hast du recht. Ich habe nur dauernd das Gefühl, dass ich da etwas übersehe, dass es einen Zusammenhang gibt, an dem ich ständig knapp vorbeidenke.«

»Denk nicht zu viel drüber nach«, riet Peter. »Meistens kommt die Erleuchtung, wenn du dich grade nicht drauf konzentrierst.«

»Okay, dann los, stürzen wir uns wieder ins Getümmel!«

»In Ordnung, du gehst voraus, und ich schleiche mich in zwei oder drei Minuten hier raus, damit uns niemand zusammen sieht.«

Nadja hatte sich gerade zu ihrem Platz zurückgekämpft und hielt nach Lars Nauke Ausschau, als Pater Ralph vorbeilief. Sie rief ihm einen Gruß zu, und er blieb stehen. Ihr fiel auf, dass er anders aussah als sonst. Zuerst dachte sie, es läge an dem förmlichen schwarzen Anzug oder der Krawatte, die das Holzkreuz an seinem Hals verdeckte, doch dann wurde ihr bewusst, dass seine beruhigende, gut gelaunte Ausstrahlung fehlte. Er lächelte nicht so wie sonst, sondern sah sich mit ernstem Blick im Saal um.

Nadja wünschte sich, dass das Lächeln zurückkehrte. »Ralph, möchtest du vielleicht tanzen?«

Er konzentrierte sich einen Moment auf die ersten Takte des neuen Liedes. »Rumba, oh, und auch noch Pink Martini. Da hast du einen guten Moment abgepasst.« Er folgte Nadja auf die

Tanzfläche. »Falls du Französisch sprichst, musst du unbedingt auf den Text achten, das ist ein ganz und gar ungewöhnliches Lied.«

Er gab ihr ein paar Takte Zeit, ihre Bewegungen an die Rumba anzupassen, dann führte er sie in einige einfache Figuren. Nadja versuchte währenddessen, die erste Strophe zu verstehen. Französisch hatte sie zuletzt am Gymnasium gesprochen. Das war schon einige Zeit her, aber zum Glück artikulierte die Sängerin den Text sehr deutlich.

Bereits die erste Zeile kam Nadja merkwürdig vor: »Ich habe meinen Kopf in der Straße Saint Honoré verloren«, sang die Frau.

J'ai perdu ma tête
dans la rue Saint Honoré,
je cherche ça et là
je ne l'ai pas trouvé,
dis-moi … où est ma tête?

J'ai perdu mes bras
sur la Place de l'Opéra
je ne les ai pas trouvé
je cherche ça et là,
dis-moi … où sont mes bras?

»Wo ist mein Kopf? Wo sind meine Arme? Hab ich das grade richtig verstanden?« Nadja runzelte die Stirn. Sie wusste nicht, was sie damit anfangen sollte.

»Ja, das lyrische Ich hat überall in Paris Körperteile verloren und sucht sie jetzt.«

»Romantisch … Ist es Absicht, dass die Sängerin es wie ein Liebeslied singt?« Nadja nahm sich vor, Lars Nauke auf das Lied hinzuweisen. Er würde es sicher mit Entzücken bei seinem nächsten Date spielen.

Endlich lächelte Ralph. »Ich denke, das ist eine Metapher. Es geht wohl darum, wie man sich selbst verlieren kann, wenn man verliebt ist. Im Deutschen wirft man ja auch ein Auge auf jemanden oder verliebt sich Hals über Kopf.«

Nadja fragte sich, was ausgerechnet ein katholischer Priester an dieser Thematik spannend finden konnte. »Und du freust dich heimlich darüber, dass dir das erspart bleibt?«

Er lachte. »Das auch. Aber in erster Linie gefällt mir die Absurdität des Ganzen.«

»Ach komm schon, du machst dich lustig über uns arme Sterbliche mit unseren Irrungen und Wirrungen. Das Lied nimmt doch einfach diese übermäßige Verliebtheit auf die Schippe, in der manche Paare sich auflösen, sobald sie sich gefunden haben oder gefunden zu haben glauben.«

Ralph schien mit dieser Deutung nicht einverstanden zu sein. Ernst sagte er: »Es ist trotzdem ein Liebeslied. Hör dir mal den Refrain an.«

Nadja lauschte der zarten, klagenden Stimme.

Répare-moi, mon très cher,
parce que je ne suis pas entière
j'ai besoin de toi, seulement toi,
et en plus je t'aime.

Ralph erklärte: »Das lyrische Ich bittet den Geliebten darum, es zu reparieren, es wieder ganz zu machen. Es singt: Füge mich zusammen, mein Liebster, weil ich nicht ganz bin, ich brauche dich.«

»Siehst du das als eine Aussage, die sich auf den Glauben übertragen lässt?«

Ralph seufzte. »Ich weiß eben nicht, ob man das vergleichen kann. Gibt es einen Unterschied zwischen göttlicher und menschlicher Liebe?

Nadja zögerte. »Na ja, menschliche Liebe ist oft egoistisch, oder?«

»Ich würde eher sagen, Liebe ist eine unendlich wertvolle Gabe, aber scheinbar auch der Grund für viele Dummheiten im Leben.«

»Auch für den Tod von Steffi Schweigert?« Es war Nadja herausgerutscht, bevor sie überhaupt darüber nachdenken konnte, ob eine so deutliche Konfrontation klug war. Doch in Anbetracht dessen, dass sie vielleicht sowieso bald wieder als normale Polizistin auftreten würde, konnte sie ruhig noch ein bisschen provozieren.

Ralph starrte sie an. Er zögerte und verpasste einen Zwischenschritt. Es war das erste Mal, dass er aus dem Takt gekommen war. »Was weißt du darüber?«

»Ich habe nur gerüchteweise davon gehört, und ich habe mich gefragt, wie es zu so einer Tragödie kommen konnte. Das arme Mädchen.«

»Sie war kein armes Mädchen.«

»Was meinst du damit?«

»Sie war nett und lustig und hilfsbereit, und es fiel ihr leicht, auf andere Menschen zuzugehen. Man konnte ihr deutlich ansehen, wie viel Spaß sie beim Tanzen hatte. Sie war kein armes Mädchen, sie war Steffi!« Ralph war laut geworden, und einige Köpfe drehten sich nach ihnen um.

Wieder blieb er stehen und sah Nadja an. Er sah traurig aus. Seine gebräunte Haut wirkte plötzlich unecht, als verberge sich darunter normale Großstadtblässe. »Der Tanz ist vorbei. Komm, ich bring dich zu deinem Platz zurück.«

Nadja sah in der darauffolgenden Stunde nichts mehr von Pater Ralph. Sie tanzte noch einmal mit Lars Nauke und reichte ihn dann an Feli weiter, die mit Lob nicht sparte und dafür sorgte, dass der Rechtsmediziner strahlend und mit roten Ohren an seinen Platz zurückkehrte. Es folgten eine beeindruckende Tango-Show und einige Tanzrunden, bei denen Väter mit ihren Töchtern und Mütter mit ihren Söhnen tanzten. Nadja glaubte mehrmals, Peters Kopf in ihrer Nähe zu erblicken, wechselte jedoch kein weiteres Wort mit ihm. Ralph ließ sich an ihrem Tisch nicht mehr blicken.

Dafür kamen Laura und Fred vorbei. Fred machte Nadja einige offenbar ehrlich gemeinte Komplimente wegen ihres Kleides. Dann trat Benedikt Dreher auf die Bühne, um die Disco-Show »Saturday Night Fever« anzukündigen.

Sieben Tänzer stürmten auf die Bühne, die Männer mit Schlaghosen und gemusterten Hemden, die bis zur Brust aufgeknöpft waren. Nadja erkannte Marc, dessen Coolness der John Travoltas in nichts nachstand, und Fred mit Pilotensonnenbrille. Die Frauen trugen bunte Kleider mit weit schwingenden Röcken und offenes Haar. Laura und Feli ließen sich auf einen Tanz mit jedem der

Männer ein und wackelten auffordernd mit Hüften und Oberkörper.

Die Band spielte ein Medley der bekanntesten Songs der Siebziger, und das Publikum begann im Takt zu klatschen. Als sie zu »Stayin' Alive« von den Bee Gees übergingen, erklärte Lars Nauke allen Umstehenden, dass der Takt des Liedes hervorragend geeignet sei, um die Geschwindigkeit einer Herz-Rhythmus-Massage danach auszurichten.

Nadja wollte ihn gerade fragen, wann er zuletzt jemanden wiederbelebt hatte, als die Band unvermittelt zu spielen aufhörte. Nadja vermutete, dass die Technik versagt hatte, da die Tänzer noch etwas unschlüssig in den Knien wippten, doch dann hörte sie einen panischen, lang gezogenen Schrei, der von rechts hinter der Bühne zu kommen schien.

Während der ganze Saal wie erstarrt dastand und der Schrei noch zwischen Decke und Parkett hing, raffte Nadja ihr Kleid nach oben und rannte an der Tanzgruppe vorbei zur Flügeltür neben der Bühne. Ihre Absätze donnerten über das Parkett. In ihrem Kopf kreiste die Frage, was geschehen war, dazu die Liedzeile: »Ah, ah, ah, ah, stayin' alive, stayin' alive!«

Peter brauchte länger, um nach draußen zu gelangen, da er mit Rebekka an dem Tisch auf der Empore saß und sich erst zur Treppe durchschlagen musste. Bevor er losrannte, hatte er Rebekka zugeflüstert, sie solle, wenn möglich, die Menschen davon abhalten, ihnen aus dem Saal hinaus zu folgen. Sie könne ruhig behaupten, sie sei von der Polizei.

Er sprang mit einem Satz über einen Haufen Mädchen hinweg, die sich mit ausgestreckten Beinen auf die Treppe gesetzt hatten, und folgte seiner Kollegin durch die Flügeltür. Dort musste er sich erst einmal orientieren, da er in einem großen Raum mit mehreren Türen stand, von dem außerdem zwei Treppen abgingen. Auf einem Sofa an der Wand lagen ein Kleid, gefaltete Stoffreste sowie ein geöffnetes Köfferchen mit Scheren, Nadeln und verschiedenfarbigem Bindfaden.

Sobald die Tür sich hinter ihm geschlossen hatte, rief er: »Nadja, wo bist du?«

»Hier oben, du musst die linke Treppe nehmen und dann den Flur entlang.«

Peter folgte ihrer Stimme. Auf der obersten Stufe angelangt, sah er Han-Li, die das Gesicht in den Händen vergraben hatte und leise weinte. Sie hatte sich am Boden des Ganges zusammengekauert, halb an die Wand gelehnt, und blickte nicht einmal auf, als er an ihr vorbeiging.

Es war gleich die erste Tür rechts, drinnen brannte Licht. Peter stieß sie auf. Zuerst sah er Nadja, die anscheinend bereits mit den Kollegen telefonierte. Sie nickte ihm zu, dann schüttelte sie leicht den Kopf. Peters Blick wanderte weiter durch den Raum.

Sie saß in einem Sessel vor einem Schminktisch, ihr Oberkörper war nach vorn gesackt, der Kopf lag mit dem Gesicht nach rechts unten auf der Tischplatte. Einige Wellen ihres langen rötlichen Haares hingen über Wange und Nase fast bis auf den Boden herab und bildeten einen merkwürdigen Kontrast zu den weißen Tischbeinen. Der Spiegel zeigte ihre halb aufgelöste Frisur und den hellen Nacken darunter.

Es war nicht nötig, näher heranzugehen und zu kontrollieren, ob sie nicht vielleicht noch atmete. Yvonne Dreher war eindeutig tot.

4

Nadja hatte Lars Nauke über Handy gebeten, dringend zu ihnen zu kommen. Während sie auf ihn warteten, sah Peter sich im Zimmer um, soweit es ihm ohne große Bewegungen möglich war.

Auf dem Schminktischchen neben Yvonne Drehers Kopf stand außer einer Puderdose, einem Parfümflakon und einem Beutel mit Haarklammern ein Cocktailglas mit Resten einer dunkelroten Flüssigkeit.

Peter trat auf Zehenspitzen näher und schnupperte daran. »Tomatensaft«, sagte er überrascht.

»Sie hat am Ballabend immer eine Bloody Mary getrunken, das war schon richtig Tradition«, erklärte Han-Li von draußen. Sie hickste leise. Anscheinend hatte sie vom Weinen Schluckauf bekommen.

Nadja und Peter wechselten einen Blick. »Wer wusste davon?«

»Jeder, das war ja kein Geheimnis.«

»Das habe ich befürchtet«, seufzte Peter.

Sie hörten schnelle Schritte auf dem Gang. Lars Nauke bog um die Ecke, noch immer tadellos gekleidet und völlig gelassen. Hinter ihm kamen Laura und Feli, die beide abrupt stehen blieben, als sie einen Blick ins Zimmer geworfen hatten. Laura schrie leise auf. Sie hatte sich einen schwarzen Poncho über das dünne Showkleid geworfen und sah mit den zitternden Armen aus wie eine aufgescheuchte Fledermaus.

»Nauke, was denken Sie sich eigentlich?«, fuhr Peter ihn an. »Die beiden haben hier nun wirklich nichts zu suchen.«

»Ich wusste ja nicht, worum es geht«, verteidigte sich der Rechtsmediziner, »und außerdem habe ich jemanden gebraucht, der mir den Weg zeigt.«

»Ich kümmere mich darum«, sagte Nadja. Sie ging auf die beiden Frauen zu, als wollte sie mit ihrem Körper die Sicht auf die Leiche verdecken.

Peter entging der Blick nicht, den Laura Nadja zuwarf. Er

zeigte Überraschung, gefolgt von Misstrauen. Laura eilte rückwärts aus dem Zimmer. Feli dagegen war einfach stehen geblieben und starrte noch immer auf Yvonne Drehers leblosen Körper. Ihre stark geschminkten Augen wirkten im blassen Gesicht wie die eines Pandabären, groß, rund und irgendwie kindlich. Der Schrecken war ihr deutlich anzumerken.

Peter hob die Hand, um ihre Aufmerksamkeit auf sich zu lenken. Dann sagte er leise: »Bitte gehen Sie auch hinaus, Frau Huf, das ist wirklich kein Anblick für Zivilpersonen und schon gar nicht für gute Freunde.«

Es schien ihr Mühe zu bereiten, den Blick abzuwenden, doch endlich drehte Feli sich um und trat in den Gang hinaus, wo Nadja stand und auf Laura einredete. Peter fragte sich, ob sie ihr gerade erklärte, warum sie wirklich mit dem Tanzen angefangen hatte. Falls ja, konnte das dauern.

Peter wollte Lars Nauke auffordern, mit den nötigen Untersuchungen zu beginnen, doch dieser kam ihm zuvor. »Mein Koffer steht im Institut, ich habe nicht einmal Handschuhe dabei. Wir werden warten müssen, bis die Spurensicherung und mein Assistent eintreffen. Also kann ich nur das Offensichtliche zusammenfassen: Auf den ersten Blick scheint sie keine äußeren Verletzungen zu haben, und Blut ist auch nicht zu sehen. Woran sie genau gestorben ist, kann ich noch nicht sagen.«

»In Ordnung«, antwortete Peter. Er war sehr bedrückt, am liebsten hätte er ein Gebet oder so etwas gesprochen. Schließlich hatte er die Tote gekannt und großen Respekt vor ihr gehabt. Aber in Anwesenheit von Lars Nauke kam er sich dabei albern vor.

»Tja, damit geht eine Ära zu Ende«, bemerkte dieser. »Ich glaube kaum, dass Herr Dreher die Tanzschule allein fortführen wird, was glauben Sie?«

»Keine Ahnung.« Peter hatte keine Lust, Vermutungen über die Zukunft der Tanzschule anzustellen, wenn die Leiche der Mitbesitzerin noch nicht einmal kalt war.

Doch dann überraschte Professor Nauke Peter mit einer unerwartet einfühlsamen Bemerkung. »Es ist wirklich schade, dass sie tot ist. Ich kannte sie zwar nur vom Sehen, aber sie muss eine tolle Frau gewesen sein.« Er merkte an, wenn er schon mal hier sei, könne er gleich den physischen und psychischen Zustand der drei jungen Frauen überprüfen, er sei schließlich Arzt, und verließ kurz darauf das Zimmer. Peter hatte den Verdacht, dass Lars Nauke genau wusste, dass er gern einen Moment mit Yvonne Dreher allein sein wollte, und er war ihm dankbar dafür.

Schnell trat er einen Schritt näher an die Tote heran. »Es tut mir leid, dass Sie so sterben mussten. Sie hätten etwas anderes verdient, etwas Besseres. Das ist nicht fair. Ich weiß, Sie hätten gekämpft, wenn es möglich gewesen wäre.«

Peter hielt kurz inne. Falls der Cocktail vergiftet gewesen war, hatte sie tatsächlich keine Chance gehabt. Sie hatte ihrem Mörder nicht ins Gesicht sehen können, wusste vielleicht nicht einmal, warum sie starb. »Wir finden ihn«, flüsterte er leise, »das verspreche ich Ihnen.«

Er wusste, dass man als Polizist ähnlich wie Ärzte keine Versprechen abgeben sollte, sich eigentlich nicht emotional binden durfte, dennoch fühlte er sich jetzt besser.

Als kurz darauf Widukind Bruggner mit funkelnden Brillengläsern neben ihm stand, eine Schar von Tatortfotografen und Spusi-Mitarbeitern hinter sich, erklärte Peter nur kurz, was geschehen war, und zog sich dann zurück. Die Kollegen mussten ihre Arbeit machen, er seine.

***

Die Stimmung im K1 war gedrückt. Mit Yvonne Dreher hatten sie eine wichtige Zeugin verloren, ganz zu schweigen davon, dass sie einen weiteren Mordfall aufklären mussten.

Widukind Bruggner saß mit halb geschlossenen Augen am Tisch, den Kopf auf die Arme gestützt. Er hatte die Nacht durchgearbeitet und schien sich kaum noch wach halten zu können. Nadja und Peter ging es nicht viel besser. Die beiden hatten gemeinsam mit einigen Beamten des Kriminaldauerdienstes nachts noch die Musiker, die Kellner und die Tanzschulleute, die Zugang zu den Räumen hinter der Bühne gehabt hatten, befragt. Nur Pater Ralph war nicht mehr dort gewesen.

Auch Mancini schien nicht in Form zu sein. Sein Gesicht war so bleich, dass Nadja sich fragte, ob überhaupt noch Blut durch seine adligen Adern floss. Er saß still da und hatte den Blick ins Nirgendwo gerichtet, statt wie sonst die Anwesenden mit seinen Adleraugen zu fixieren.

Nadja eröffnete das Treffen mit einer kurzen Zusammenfassung der gestrigen Ereignisse. Als sie schilderte, wie der Schrei plötzlich die Show unterbrochen hatte, unterbrach Braun sie.

»Aber das ist doch gut!« Brauns Stimme klang fröhlich. »Dann verkleinert sich unser Kreis der Verdächtigen ja enorm. Wir müssen nur schauen, wer alles bei der Show mitgetanzt hat, denn diejenigen haben alle ein Alibi. Sie können ja nicht gleichzeitig auf der Bühne stehen und nebenbei Yvonne Dreher ermorden.«

»Nur, dass der Schrei nicht von Yvonne Dreher kam«, korrigierte Peter ihn, »sondern von Han-Li. Sie hat geschrien, als sie die Leiche gefunden hat.« Braun blickte ihn mit gerunzelter Stirn an, als frage er sich, was das für einen Unterschied machte.

»Aber warum war Han-Li nicht wie die anderen im Saal, um die Tanzshow anzuschauen?«, fragte Heideckert. Er hatte einen Platz neben sich frei gehalten. Wahrscheinlich hoffte er, dass Professor Nauke noch auftauchen würde.

»Eines der Kostüme für die Siebziger-Jahre-Show ist während der Anprobe gerissen. Han-Li hat den Riss wieder geflickt, was aber anscheinend länger gedauert hat als gedacht. Als Benedikt Dreher die Show ankündigte, war sie gerade eben fertig geworden und schickte das Mädchen mit den anderen hinaus. Han-Li wollte ihr Nähzeug nicht mitten im Durchgangsraum liegen lassen, also ist sie zur Sammelumkleide gegangen, um ihren Rucksack zu holen. Auf dem Weg dorthin fiel ihr auf, dass in Yvonne Drehers Umkleideraum Licht unter der Tür hindurchschien, und sie wollte sie fragen, ob sie die Show vergessen hat.«

»Und da hat sie die Leiche gefunden und geschrien«, ergänzte Peter.

»Wie lange war Yvonne Dreher da schon tot?«, fragte Mancini. Seine Pupillen hatten das Nirgendwo hinter sich gelassen und sich Nadja zugewandt.

»Laut Professor Nauke vielleicht eine halbe Stunde. Wir hatten gehofft, dass wir die Uhrzeit genauer eingrenzen können, aber ihr Mann hat sie ungefähr um zehn zuletzt gesehen. Also eine gute Stunde bevor sie gefunden wurde. Die beiden haben miteinander getanzt, dann hat Yvonne Dreher sich zurückgezogen.«

»Und danach hat sie niemand mehr gesehen?«

»Angeblich nicht, nein. Aber man muss auch dazusagen, dass hinter der Bühne und in den Ankleideräumen wohl immer ein ziemliches Durcheinander herrscht. Da kann praktisch jeder kommen und gehen, wie er will.«

»Schade.« Neumann klang ernst. »Ich fände langsam wenigstens ein paar Anhaltspunkte hilfreich. Ich habe das Gefühl, dass wir uns nur im Kreis bewegen, und der Mörder spielt ›Der Fuchs geht um‹ mit uns.«

»Es stimmt doch gar nicht, dass wir nichts haben!« Nadja fasste Neumanns Bemerkung als Kritik auf. »Ich habe sogar das Gefühl, dass wir kurz vor dem Durchbruch stehen. Warum sollte der Mörder ein solches Risiko eingehen und während des Winterballs zuschlagen, wenn er es nicht eilig gehabt hätte? Er weiß, dass wir ihm dicht auf den Fersen sind.«

Neumann murmelte etwas, das Nadja nicht genau verstand. Es klang wie: »Dann weiß er aber mehr als ich.«

Heideckert, der seine Mitschrift wohl als unvollständig befunden hatte, hob den Arm. »Woran ist Yvonne Dreher nun eigentlich genau gestorben?«

Nadja holte tief Atem. »Darauf wollte ich gerade kommen. Sie wurde vergiftet. Es handelt sich um irgendein sehr schnell wirkendes Gift, das sich in ihrer Bloody Mary befand. Genaueres werden wir morgen hoffentlich von Lars Nauke erfahren.«

»Dann hat also gar niemand ein Alibi, oder? Schließlich wissen wir nicht, wann das Gift hineingeträufelt wurde, da kann sich doch jeder in die Umkleide geschlichen haben.« Auch Braun wirkte nun entnervt.

Nadja musste sich zwingen, ihn nicht grob anzufahren. Schließlich war es nicht ihre Schuld, dass es eine weitere Tote gegeben und niemand etwas beobachtet hatte. Ihre Kollegen taten gerade so, als würde sie nur herumsitzen und Däumchen drehen.

»Doch, eine Person aus dem Kreis unserer Verdächtigen konnte entlastet werden«, sagte Peter.

Nadja lächelte ihn dankbar an. Sie hatte gar nicht mehr daran gedacht, dass sie tatsächlich einen greifbaren Fortschritt gemacht hatten. Und war er auch noch so klein.

»Die Bloody Mary wurde gegen einundzwanzig Uhr dreißig zubereitet. Das Personal hat sich deswegen daran erinnert, weil Yvonne Dreher dafür extra zur Bar des angrenzenden Hotels gegangen ist. Im Congress Centrum selbst gibt es normalerweise nur Sekt und so Zeug. Der Mörder muss also irgendwann zwischen halb zehn und elf Gelegenheit gehabt haben, den Cocktail zu vergiften. Während dieses Zeitraums saß Han-Li aber auf dem Sofa im Raum direkt neben dem Saal und hat die Anprobe überwacht und anschließend genäht. Das Mädchen mit dem gerissenen Kleid saß bei ihr und hat den Raum selbst nicht verlassen, deshalb können wir uns da sicher sein.«

Ein leises Schnarchen durchbrach die Stille. Widukind hatte den Kampf gegen die Müdigkeit verloren, sein Kopf war nach vorn gesunken und hob und senkte sich sachte im Rhythmus seiner Atemzüge.

Nadja sprach leiser weiter, um ihren Kollegen nicht zu wecken. »Okay, was mir jetzt besonders am Herzen liegt, ist ein Gespräch mit Benedikt Dreher. Gestern haben wir nicht viel aus ihm rausgebracht, er war zu geschockt, aber vielleicht erinnert er sich an irgendetwas, das seine Frau ihm erzählt hat. Sie muss etwas gewusst haben, was für uns von Wert ist.«

»Ich komme mit«, sagte Peter sofort.

»In Ordnung. Steffen, Max und Kurt, könntet ihr dann bei Laura, Feli und Marc vorbeifahren? Sie müssen noch mal wegen Steffi Schweigert befragt werden. Versucht rauszubekommen, was sie über ihren Tod wissen und ob es irgendwelche Anhaltspunkte gibt, wer der Vater des Kindes war.«

Braun und Neumann begannen sofort darüber zu streiten, wer von ihnen Marc übernehmen sollte. Anscheinend hatte keiner von ihnen Lust auf eine Begegnung mit dem Tanzschulcasanova. Schließlich lächelten beide mit zuckersüßer Miene zu Heideckert hinüber, der genervt sein Notizbuch zuknallte.

Peter klopfte auf den Tisch, um ihre Aufmerksamkeit zu erregen. »Ich hätte da noch einen kurzen Nachtrag«, sagte er. »Yvonne Dreher hat darauf hingewiesen, dass praktisch jeder der Männer in unserem Verdächtigenzirkel irgendetwas mit Steffi zu tun hatte. Ich frage mich, ob das bei den Frauen ähnlich ist. Wir sollten im Blick behalten, dass es noch einen anderen Zusammenhang geben könnte als die Schwangerschaft.«

»Sicher, wir halten die Augen nach Zusammenhängen jeglicher Art offen. Unklarer kannst du dich wohl nicht ausdrücken?«, meinte Braun gutmütig spottend und klopfte Peter auf die Schulter.

Der schüttelte seine Hand grinsend ab. »Ach, aber Frauen dürfen das, unklare Vermutungen und Verdächtigungen äußern. Das nennt man dann nämlich weibliche Intuition. Wenn ich Bauchgefühle in Worte fasse, dann wird sich drüber lustig gemacht.«

»Behalt deine Verdauung lieber für dich«, empfahl ihm Neumann.

Nadja winkte Peter heran, während sie ihren Besuch bei Benedikt Dreher ankündigen wollte. Sie probierte es mehrmals sowohl auf seinem Handy als auch auf dem Festnetztelefon der Drehers.

»Ich habe eine Idee, wo er sein könnte«, meinte Nadja. »Komm, wir fahren zur Tanzschule.«

Als sie hinter Peter den Raum verlassen wollte, hielt Viktor de Mancini sie zurück. Seine Schultern unter dem grauen Anzugstoff waren angespannt und nach oben gezogen. »Sie haben gesagt, dass das Gift schnell gewirkt hat.« Er zögerte und wartete Nadjas Nicken ab. »Wie schnell?«

»Wahrscheinlich war sie bereits nach wenigen Minuten tot. Sie hatte keine Zeit mehr, Hilfe zu holen oder ihr Zimmer zu verlassen. Es muss wirklich rasch gegangen sein. Oder zumindest war sie sehr schnell ohnmächtig.«

Mancini seufzte. »Vielleicht kann das ihre Hinterbliebenen etwas trösten. Danke, Frau Gontscharowa.«

Nadja wies ihn nicht darauf hin, dass von der Familie nur noch Benedikt Dreher übrig war. Sie hatte das merkwürdige Gefühl, etwas wie Sympathie für Mancini rege sich in ihr, auch wenn das sicherlich nur eine vorübergehende Neigung war.

Auf der anderen Seite des Tisches schlief Widukind noch immer den Schlaf der Gerechten. Nadja schlich auf Zehenspitzen zur Tür hinaus.

***

Sie fanden Benedikt Dreher im grünen Saal, wo er auf einer Trittleiter herumkletterte und hektisch goldene Papiersterne an die Fenster klebte. Auf dem Boden standen mehrere Kartons mit Weihnachtsdeko, teils über den Rand der Schachtel hinaushängend, teils im Umkreis verstreut.

Auf der Bar befand sich bereits ein Adventskranz neben zwei grimmig lächelnden Rentieren aus Holz, und um jede der Säulen war eine riesige rote Schleife gewickelt. Sie waren allerdings deutlich schief angebracht. Peter zog an den Schleifenenden, bis sie zumindest parallel zueinander hinabhingen.

Nadja ging langsam auf den Mann zu. »Benedikt, es tut mir sehr leid, aber wir müssen dringend mit Ihnen reden.«

Er warf kaum einen Blick über die Schulter. »Ich kann jetzd grad leider ned. Gäb mer doch bidde mal den Desa.« Er deutete auf eine Tesarolle, die auf dem Fensterbrett lag, und Nadja reichte sie ihm hinauf.

Mit leicht zitternden Händen riss er Stück um Stück von der Rolle ab und klebte weitere Sterne auf.

»Meinen Sie nicht, dass Sie die Sterne etwas gleichmäßiger auf die Fenster verteilen sollten?«, fragte Peter von hinten.

Nadja warf ihm einen warnenden Blick zu.

Benedikt Dreher antwortete nicht. Das Fenster, an dem er in diesem Moment arbeitete, war bereits von oben bis unten voll, sodass nur noch wenig Licht hindurchdrang, während die anderen Scheiben höchstens zwei oder drei Sterne zierten. Als er den letzten Stern schräg über zwei anderen befestigt hatte, stieg er von der Leiter und begann, in einem der Kartons zu wühlen. Er zog eine Girlande tanzender Engel hervor und schlang sie um die Lampenhalterung auf der verspiegelten Saalseite.

Nadja beobachtete ihn ratlos. »Setzen wir uns doch kurz ins Büro und unterhalten uns«, schlug sie vor.

»Gehd ned!«, brachte Benedikt Dreher zwischen zusammengebissenen Zähnen hervor. »Ich muss noch die ganze Danzschul schmügg.«

»Aber die Tanzschule ist doch vorerst geschlossen.«

»Mei Fraa machd des Weihnachdsgeraffl, ich kann sie ned enddäusch.« Stur grub er weiter in den Kartons und brachte eine Packung Lametta zum Vorschein.

Peter ging die wenigen Schritte auf ihn zu und hielt die Packung ebenfalls fest. »Bitte hören Sie auf damit.«

»Gäbense her!« Benedikt Dreher zerrte an der Plastikpackung, doch Peter gab nicht nach, sodass die Packung riss und silbernes Lametta durch den Raum flog. Benedikt Dreher ging auf die Knie und versuchte, das Lametta mit den Armen wieder zusammenzusammeln.

»Yvonne ist tot, Herr Dreher«, sagte Nadja leise, »und Sie können sie nicht zurückbringen, egal, wie viel Mühe Sie sich hier geben.«

Benedikt Dreher hielt inne. Er blickte sich gequält im Raum um. »Ich kann so was ned so gud«, murmelte er, »Ivi machd doch immer die Deko.« Er begann leise zu weinen.

Nadja ging neben ihm in die Hocke und legte leicht den Arm um seine Schulter. Dabei bemerkte sie, dass er noch immer das weiße Hemd vom Vorabend trug, das mittlerweile zerknittert und fleckig war. Einzelne Lamettafäden hingen daran. Nadja zupfte sie vorsichtig ab und legte sie auf den Berg Lametta zu ihren Füßen.

»Das alles tut mir sehr leid. Ich kann mir gar nicht vorstellen, wie schlimm das für Sie sein muss.« Das vertrauliche Du zu Tanzkurszeiten kam ihr nicht mehr über die Lippen.

»Mei ganze Familie is dod. Des kann doch gar ned wahr sei, des darf einfach ned schdimm!«

Auch Peter hatte sich jetzt in einiger Entfernung auf dem Boden niedergelassen. »Sie wurden ermordet«, sagte er ernst. »Wir müssen herausfinden, von wem und ob Sie selbst vielleicht auch in Gefahr sind. Deshalb müssen Sie uns alles erzählen, was Sie wissen.«

Benedikt Dreher lachte bitter auf. »Ich würd mich freu, wenn ich der Nächsde bin. Des Lebm machd doch jetzd gar kein Sinn mehr. Mir hamm die Danzschul für mein Sohn aufgebaud, mir hamm gedachd, Sebastian übernimmd des alles amal. Was soll ich damid? Unn mei Ivi …« Er verstummte wieder.

»Könnten die Morde etwas mit Steffi Schweigerts Tod vor einem Jahr zu tun haben?«, fragte Nadja.

»Ach Godd, des war a schlimme Sach. Da war unser Sebasdian gscheid draurich. Des Mädle war in eim von seiner Danzkurse, er had's gar ned verschdanne.«

»War er vielleicht der Vater ihres ungeborenen Kindes?«

Benedikt Dreher sah so verwirrt aus, dass Nadja schon vor seiner Antwort sicher war, dass er nichts über die näheren Todesumstände gewusst hatte, geschweige denn von der Schwangerschaft.

»Ich weiß es leider ned, er had normalerweis nur mit seiner Mudder über so Brivadzeuch gered.«

Nadja und Peter tauschten einen Blick. Sebastian hatte also sehr wohl mit seiner Mutter über sein Privatleben gesprochen, obwohl sie energisch abgestritten hatte, irgendetwas zu wissen.

Sie stellten abwechselnd ihre Fragen: ob Yvonne Dreher Feinde gehabt hatte, ob sie irgendeinen Verdacht wegen Sebastians Tod geäußert hatte oder ob Benedikt Dreher ein Motiv einfiele, doch er konnte ihnen nicht weiterhelfen.

Peter rief schließlich ein Taxi, das Benedikt Dreher nach Hause bringe sollte, und benachrichtigte auch den seelsorgerischen Dienst, da Nadja und Peter beide der Meinung waren, er brauche in seiner Trauer professionelle Unterstützung.

Während sie die Tanzschule verschlossen und Benedikt Dreher zum Taxi begleiteten, dachte Nadja über Sebastian nach. Sie mussten davon ausgehen, dass er seiner Mutter etwas erzählt hatte, was dem Mörder gefährlich werden konnte. Yvonne Dreher konnten sie nicht mehr danach fragen, doch vielleicht hatte Sebastian sich noch jemandem anvertraut, jemandem, von dem er sicher sein konnte, dass er Stillschweigen bewahren würde. Zum Beispiel, weil es das Beichtgeheimnis gab.

Sie gingen zum Parkplatz zurück. Wie an den meisten Tanzschulabenden hatte Nadja am Dom geparkt. In der Innenstadt war es sonst schwierig, das Auto abzustellen.

Als Peter die Beifahrertür öffnete und einsteigen wollte, sah er eine kleine Gestalt im übergroßen Pulli hinter den Autos vorbeihuschen. Er fasste einen spontanen Entschluss. »Ich fahr doch nicht mit zurück. Muss noch schnell was überprüfen, ich nehme später die Straba.«

Nadja fragte nicht nach. Peter war sich nicht sicher, ob sie die Frau ebenfalls erkannt hatte. Vielleicht beschäftigte sie aber auch das Gespräch mit Benedikt Dreher. Er wartete, bis sie weggefahren war, bevor er loslief.

Han-Li drehte sich um, als seine schnellen Schritte auf den Pflastersteinen hallten. Die hochgezogenen Schultern, die zusammengezogenen Augenbrauen, die vor der Brust verschränkten Arme – alles an ihr drückte Abwehr aus.

»Entschuldigung, ich wollte Sie nicht erschrecken.« Peter blieb zwei Meter entfernt von ihr stehen.

Han-Li nickte nur. »Was wollen Sie, Herr Kommissar?«

»Hallo sagen, mit Ihnen reden – und verstehen, das am allermeisten.«

»Da kann ich Ihnen nicht helfen.« Ihre geröteten und geschwollenen Augen verrieten, dass sie geweint hatte.

»Sie können nicht, oder Sie wollen nicht?«

»Ich weiß nicht, wer das getan hat. Alle haben gesagt, dass Sebastian an Unterzucker gestorben ist. Aber das stimmte gar nicht, und jetzt ist auch Yvonne tot, und Nadja ist in Wirklichkeit ein Polizeispitzel, der versucht hat, uns auszuhorchen.«

»Sie haben ihr doch sowieso nicht vertraut, oder?«

»Nein, allerdings nicht. Sie hat sich für zu viele Dinge interessiert, die sie nichts angehen. Aber wenn ich gewusst hätte, dass sie da ist, um Sebastians Mörder zu finden …«

»Was dann?«

Statt einer Antwort seufzte sie. »Nichts wird jemals wieder so sein, wie es war.«

Peter ärgerte sich über diese Floskel. Sie klang nach Selbstmitleid und gar nicht nach der introvertierten, aber starken Frau, die er in Han-Li sah. »Das ist es also, was Sie am meisten beschäftigt?«

»Ich hatte in der Tanzschule Freunde gefunden. Wenn einer von ihnen ein Mörder ist, wem kann ich dann noch vertrauen?«

»Ihnen selbst. Und mir.«

»Vielleicht.« Es begann zu tröpfeln. Han-Li legte den Kopf in den Nacken und blickte zum Himmel empor. Graue Wolkenmassen zogen über Würzburg und ballten sich über dem Kiliansdom zusammen.

Peter beobachtete den Himmel mit Sorge. Ihm blieb nicht mehr viel Zeit. »Es gibt eine Sache, die mir recht rätselhaft erscheint. Die Mitglieder Ihrer Tänzerclique, Sebastian, Laura, Ralph, Marc, Fred und Feli und Sie, waren und sind doch sehr unterschiedlich. Was hält Sie alle zusammen?«

Han-Li schwieg einen Moment. Dann sprach sie zu den Wolken statt zu Peter. »Es gibt viele Leute in der Tanzschule, viele, die einmal die Woche kommen, ihren Kurs mitmachen und dann wieder gehen. Aber für uns ist das Tanzen mehr.«

»Was bedeutet das?«

»Es ist mehr als ein Hobby. Es ist zu einem Teil der Persönlichkeit geworden.«

Peter dachte an die oft unvorhersehbaren Ereignisse, die durch Gruppendynamiken ausgelöst wurden. »Wollen Sie damit sagen, dass Ihre Freundesgruppe so eine Art elitärer Zirkel war?«

»Das klingt so unsympathisch. Wir wollten einfach unter uns bleiben.«

»Aber dann ist Sebastian gestorben, und Laura wollte ihn in Ihrer Clique sofort durch Nadja ersetzen. Obwohl sie eine absolute Anfängerin ist.«

Han-Li antwortete nicht. Doch sie presste ihre Lippen aufeinander, als müsse sie sich selbst daran hindern, mit einer Äußerung herauszuplatzen.

Peter glaubte zu verstehen. Als Mitglied einer Clique lag es natürlich im eigenen Interesse, diese Gruppe als möglichst interessant und geheimnisvoll erscheinen zu lassen. Denn dass man selbst Mitglied war, wertete den eigenen Status auf. Han-Li hatte vielleicht schneller durchschaut als die anderen, worauf es ankam, und sich Mühe gegeben, Eindringlinge fernzuhalten, die den Mythos zerstören konnten. Eindringlinge wie beispielsweise Nadja.

Der Regen wurde stärker. Peter deutete auf einen überdachten Hauseingang. »Vielleicht sollten wir uns besser unterstellen.«

Han-Li lächelte. »Vielleicht wachse ich ja noch ein bisschen, wenn ich etwas Regen abbekomme«, sagte sie mit überraschendem Humor. Doch dann setzte sie die Kapuze ihres Pullis auf und stellte sich neben Peter ins Trockene.

»Wo wollten Sie eigentlich gerade hin?«, fragte er. »Zur Tanzschule?«

»Ich weiß nicht genau, vielleicht. Ich bin nur etwas herumgelaufen, weil ich es zu Hause nicht ausgehalten habe. Yvonne war eine gute Freundin und auch so etwas wie eine Mentorin für mich. Und Sebastian … Er fehlt einfach.« Sie blickte auf den Boden.

Peter dachte daran, dass Han-Li weiterhin im Kostümkeller arbeitete, obwohl sie die Präsenz des Toten darin zu spüren glaubte. Oder vielleicht gerade deshalb? »Lief da was zwischen Ihnen?«

»Nein!« Sie sagte es so entschieden, dass Peter ein Lächeln unterdrücken musste.

Sie errötete. »Nein, es war nie etwas.«

Obwohl du es dir vielleicht gewünscht hättest, beendete Peter den Satz in Gedanken.

»Danke für das Gespräch«, sagte er. Er schüttelte vorsichtig ihre Hand. »Ich muss zurück ins Kommissariat.«

***

Auf dem Weg zum Hauptfriedhof machte Nadja sich Gedanken, wie sie Pater Ralph gegenübertreten sollte. Am Telefon hatte er sehr distanziert geklungen, wirkte jedoch keinesfalls überrascht, dass sie nun offiziell in ihrer Eigenschaft als Polizistin mit ihm sprechen wollte. Natürlich hatte ihr wahrer Beruf sich nach Yvonne Drehers Tod sofort in der Tanzschule herumgesprochen.

Ralph hatte den Würzburger Hauptfriedhof als Treffpunkt vorgeschlagen, und Nadja hatte zugestimmt. Sie wollte sich allein mit ihm treffen, obwohl Peter Bedenken geäußert hatte. Er war mit nassen Haaren ins Kommissariat zurückgekehrt, als Nadja gerade aufbrechen wollte. Zum Glück hatte der Regen inzwischen aufgehört.

»Wir haben eine gewisse Vertrauensbasis«, hatte sie ihm zu erklären versucht. »Wir haben miteinander getanzt und gelacht, als er mich noch für eine Versicherungsangestellte hielt. Mein Deckungsverlust hat daran hoffentlich nichts geändert. Und ich bin sicher, er weiß mehr, als er bisher zugegeben hat. Aber wenn ich einen Fremden mitbringe, wird er bestimmt nichts erzählen.«

»Schöne Basis«, hatte Peter gemurmelt, »das wird ja lustig, wenn du einen deiner neuen Freunde dann verhaften musst.«

Doch daran wollte Nadja in diesem Moment nicht denken. Sie rangierte rückwärts in eine Parklücke direkt vor dem Friedhofstor und stieg langsam aus. Sie war zu früh. Bis zum Treffen mit Pater Ralph war noch eine Viertelstunde Zeit, und sie war unschlüssig, ob sie im Auto warten oder sich noch ein wenig die Beine vertreten sollte. Es war eine seltsame Vorstellung, allein zwischen den Gräberreihen herumzuspazieren wie in einem Park.

Sie beschloss, lieber die Denkmäler neben der Friedhofsmauer zu betrachten. Es waren Betonstelen mit eingemeißelten Beschwörungen des Gedenkens. »Tapfer und treu an allen Fronten kämpften unsere Kameraden für Deutschland 1939–1945.« Jemand hatte mit Edding das Wort »Nazi« über dem eingemeißelten »Deutschland« ergänzt.

Das nächste Denkmal wirkte völlig anders, die Schrift weniger aggressiv und die Wortwahl resignativ. »Zum Gedenken an die gefallenen Kameraden. Keinerlei Heil liegt im Krieg. Frieden fordern wir alle.«

Nadja kratzte etwas Moos vom Beton ab. Die Oberfläche war kalt unter ihren Fingern, und sie zog die Hand zurück. Als sie sich umdrehte, sah sie wenige Meter von sich entfernt eine Vertiefung im Boden, darin eine liegende Figurengruppe aus Beton. Sie war durch Bäume abgeschirmt, sodass man sie vom Parkplatz aus nicht sehen konnte.

Nadja ging neugierig darauf zu und stieg die wenigen Stufen hinunter. Vor ihr lag ein knochiger Mann, der die Hände noch im Todeskampf rang. Neben ihm eine Frau mit knöchellangem Rock, auf dem sie ein kleines Kind hielt. Beide hatten die Augen geschlossen. Zwischen dem Paar lag ein weiteres Kind, offensichtlich ein Mädchen mit geflochtenem Haarkranz um den Kopf. Zwischen Schulter und angstvoll erhobenem Kopf des Mädchens stand ein kleiner rosafarbener Blumenstock. Er wirkte merkwürdig deplatziert auf diesem Denkmal des Schreckens.

Nadja wusste nicht, worauf die Figurengruppe anspielte, doch dann entdeckte sie einen weiteren Betonklotz und las die Inschrift: »Dreitausend Männer, Frauen und Kinder, die bei der Zerstörung Würzburgs ihr Leben lassen mussten, haben wir hier zur letzten Ruhe bestattet. Friede ihren armen Seelen, Friede unserer armen Stadt.«

Ein Massengrab. Sie hatte natürlich davon gehört, dass Würzburg in den letzten Wochen des Zweiten Weltkrieges noch schwer bombardiert und zu großen Teilen zerstört worden war. Aber diese Betonfiguren, die aussahen wie die toten Körper, die unter der Asche des Vesuvs versteinert worden waren, erschreckten sie zutiefst.

Sie stand reglos da, bis sie eine sanfte Stimme hinter sich hörte: »Wir vergessen nur zu gern, wie viel Leid es in der Welt gibt, nicht wahr?«

Nadja musste sich nicht umdrehen, um zu wissen, dass Pater Ralph sie gefunden hatte. »Ich wusste nicht, dass so viele gestorben sind«, sagte sie nur.

»Zu viele.« Er nickte ernst. »Auch Verwandte meiner Großmutter. Sie haben im Stadtzentrum gewohnt. Dort ist nicht viel stehen geblieben.«

Und heute laufen wir jeden Tag durch die Straßen und Gassen, dachte Nadja, und niemand denkt daran, wie es hier wohl früher einmal ausgesehen hat. Dass zu unseren Füßen Menschen gestorben sind, dass ganze Straßenzüge von einem Tag auf den anderen aufgehört haben zu existieren.

»Würzburg muss früher noch viel schöner gewesen sein«, sagte sie leise.

Ralph stimmte ihr zu. »Ich würde auch zu gern wenigstens ein einziges Mal durch den alten Stadtkern laufen, so wie er früher war. Mit Fachwerk und kleinen, eng beieinanderstehenden Häusern.« Er winkte ab. »Aber aus der Zerstörung ist etwas Neues entstanden. Das darf man nicht vergessen.«

»Ist das nicht ein etwas erzwungener Optimismus?«

»Dem Vergangenen hinterherzutrauern macht die Menschen nicht glücklicher.«

»Aber ehrlicher.«

»Nein, das bezweifle ich, eine Fata Morgana wird nicht dadurch real, dass man ihr lange genug folgt. Und die Suchenden werden dadurch nicht weiser.«

»Klingt nach einer Metapher für den Glauben an sich.«

»Das darfst du einem Priester nicht unterstellen.«

Nadja war sich nicht sicher, ob er das im Scherz oder Ernst meinte, und hielt es für angebracht, endlich über die Morde zu sprechen. Sie fragte, ob sie nicht hineingehen wollten.

Pater Ralph warf einen letzten Blick auf die Skulptur und bekreuzigte sich. Dann ging er neben Nadja durch das Friedhofstor.

Nach einem kurzen Fußweg an gepflegten Gräberreihen entlang setzten sie sich in eine kleine Kapelle, in der außer ihnen keine Besucher waren. Nadja fragte sich, ob Ralph mit seiner Ortswahl auf göttlichen Beistand hoffte. Sie selbst hatte schon lange keine Kirche mehr betreten. Hier hatte er eindeutig Heimvorteil.

»Gut«, sagte sie und räusperte sich. Ihre Stimme kam ihr zu laut vor, sodass sie fast flüsternd weitersprach. »Wir können Yvonne Drehers Todeszeitpunkt mittlerweile relativ genau eingrenzen. Es muss zwischen zehn und halb oder drei Viertel elf passiert sein. Den Cocktail hat sie sich bereits um halb zehn mischen lassen, aber danach wurde sie noch einmal gesehen. Offensichtlich hat sie erst später davon getrunken.«

»Oder aber das Gift wurde erst später hinzugefügt.«

»Das können wir nicht ausschließen«, gab Nadja zu. »Hast du während des Abends jemanden in der Nähe von Yvonnes Umkleide gesehen?«

»Niemanden, der da nicht hingehört hätte. Auf den Bällen herrscht immer ein ziemliches Gewusel, die Leute laufen herum, bereiten sich auf ihre Auftritte vor, legen ihre Rucksäcke in den Umkleideräumen ab, suchen sie dann wieder, machen Selfies in den Kostümen und so weiter und so weiter. Da könnte jeder unbemerkt mal rüber in die andere Umkleide schlüpfen, sie befinden sich alle auf demselben Gang.«

Also hatte theoretisch wirklich jeder die Gelegenheit gehabt, das Gift in Yvonne Drehers Cocktail zu mischen. Leider entlastete diese Aussage ihn selbst nicht besonders. Ralph schien zu bemerken, dass seine Angaben wenig hilfreich waren, und zuckte entschuldigend die Schultern.

»Und was hast du selbst den ganzen Abend über gemacht?«, fragte Nadja.

»Ich habe bei der Balleröffnung mitgetanzt und ebenso bei der Sambashow. Zwischendrin habe ich mit Han-Li getanzt und mich dann noch eine Weile mit ihr unterhalten, bis sie wegen eines Kostümnotfalls gerufen wurde. Ich mache mir etwas Sorgen um sie, sie zieht sich ziemlich zurück seit Sebastians Tod.«

»Denkt sie noch immer, sein Geist gehe in der Tanzschule um?«

Ralph warf ihr einen halb belustigten, halb nachdenklichen Blick zu. »So würde ich es nicht unbedingt formulieren. Aber sie ist beunruhigt, ja. Sie sagt, sie spürt eine starke negative Präsenz. So etwas wie einen Fluch oder ein Verhängnis.«

»Der Fluch der Tanzschule Dreher?«

»Es kommt nicht allzu häufig vor, dass Mutter und Sohn kurz hintereinander ermordet werden, nicht wahr? Es scheint fast, als hätte Han-Li in irgendeiner Weise recht.«

Nadja lehnte sich in der schmalen Kirchenbank zurück und blickte Pater Ralph nachdenklich an. Irgendetwas störte sie an dem, was er gerade gesagt hatte.

»Was hast du sonst noch gemacht?«

»Herumgelaufen, mich umgezogen, eine Brezel gegessen, mit dir getanzt.« Er schwieg. Wahrscheinlich dachte er ebenso wie Nadja an die Rumba und das seltsame Lied. Und vielleicht auch an die Frage nach Steffi Schweigert.

»Wie gut kanntest du sie?« Sie brauchte nicht zu erklären, wen sie meinte. Pater Ralph wusste Bescheid.

»Steffi war bei mir im Firmunterricht. Ich habe sie regelmäßig in der Tanzschule gesehen. Und ich habe ihre Beerdigung gehalten.«

»Das war nicht wirklich eine Antwort auf meine Frage.«

»Entschuldigung, ich dachte, du wolltest Fakten hören.«

Nadja hatte den Eindruck, dass Ralph ihr ständig auswich. Er war höflich und kooperativ, aber er sagte nur das Nötigste. »Hast du ihr etwas angemerkt in den Wochen vor ihrem Tod? War sie anders als sonst, stiller, zurückgezogener vielleicht?«

»Darüber habe ich schon so häufig nachgedacht, dass ich nicht mehr unterscheiden kann, was sich wirklich zugetragen hat und was ich mir hinterher nur zusammengereimt habe.«

So einfach würde sie ihn nicht davonkommen lassen. »Mir geht es neben den Fakten genauso sehr um Eindrücke, um deine persönliche Meinung. Ich will verstehen, was dahintersteckt. Warum dieses Mädchen gestorben ist und warum ihr zwei weitere Menschen in den Tod folgen mussten.«

»Du siehst einen Zusammenhang?«

»Ja«, antwortete Nadja schlicht, »und ich frage mich, was du darüber weißt. Du brauchst es gar nicht abstreiten. Die Menschen vertrauen sich dir gern an, das ist mir selbst von Anfang an so gegangen. Du verstehst diese Leute doch, du kennst die Zusammenhänge.«

Er schwieg.

»Aber du schweigst. Immer, wenn ich konkret etwas wissen will, herrscht plötzlich tiefstes Schweigen. Niemand weiß etwas, niemand will etwas gesehen haben oder den anderen anschwärzen. Wir müssen uns unsere Informationen mühsam zusammensuchen, immer ein Häppchen nach dem anderen. Hast du schon einmal überlegt, dass zumindest Yvonne Dreher vielleicht nicht gestorben wäre, wenn irgendjemand offen mit uns gesprochen hätte?«

Nadja hatte sich in Rage geredet. Nun hielt sie inne, um ihrem Gegenüber Zeit für eine Erwiderung zu geben. Sie wollte, dass er sich verteidigte, doch Ralph saß still da, die Hände gefaltet, den Blick auf das Kruzifix am Altar gerichtet. Es sah aus, als hielte er Zwiesprache mit seinem Gott.

»Ich möchte dir etwas zeigen«, sagte er schließlich. »Komm mit.« Er erhob sich und hielt die Kapellentür für Nadja auf. Sie fröstelte, als unvermittelt ein kalter Luftzug ins Innere drang. Während sie ihm nach draußen folgte, zog sie den Reißverschluss ihres Parkas zu und versteckte die Hände in den Jackentaschen.

Vor der Kapelle wartete ein steinerner Engel auf die Trauernden, die sonst an ihm vorbeizogen. Pater Ralph ließ eine Hand über dessen Schulter gleiten, als grüße er einen alten Freund, bevor er den Weg einschlug, den sie gekommen waren. Als das Friedhofstor in Sicht kam, bog er nach links ab. Hier waren die

Grabsteine größer und älter, die Inschriften aufwendiger und verwitterter. Einige Grablichter säumten flackernd ihren Weg.

»Wo gehen wir hin?«, fragte Nadja nervös. Während sie in der Kirche gesessen hatten, hatte es zu dämmern begonnen. Auf dem Friedhof war kein Mensch mehr unterwegs. Niemand außer ihnen. Sie dachte an Peter und seine Warnung und war drauf und dran, von Ralph zu verlangen, dass sie umkehrten und er ihr den Weg zurück zum Parkplatz zeigte, da blieb er plötzlich vor einem Grab stehen.

Mit seiner modernen Gestaltung wollte es so gar nicht zu den anderen Begräbnisstätten passen. Die Umrandung bestand aus sandfarbenem Naturstein, ebenso zwei rautenförmige Sockel, auf denen je ein modellierter Kopf prangte. Die Gesichter erinnerten an Sagenfiguren, Nadja glaubte, zwischen den Haaren des Mannes sogar zwei Hörner zu sehen, die wie Schraubgewinde in sich gedreht waren. Doch das Auffälligste waren die vielen Sprüche, die auf dem Stein eingraviert waren. Zitate, Gedichtfetzen und Lebensweisheiten.

Ralph ging in die Hocke und wischte etwas Laub von der Grabumrandung. Darunter kam eine weitere Inschrift zum Vorschein. »Wer die Wahrheit sucht, der muss sie auch ertragen können.«

Nadja blickte ihn fragend an.

»Du weißt, dass wir Priester dem Beichtgeheimnis unterliegen, richtig? Es gibt also Dinge, die ich weder dir noch sonst jemandem erzählen kann, Dinge, die vielleicht auch Menschen aus der Tanzschule betreffen, Freunde.«

»Du bist trotzdem der Wahrheit verpflichtet!«

»Wahrheit, was ist schon Wahrheit? Ist Wahrheit schwarz oder weiß oder grau? Ziehen wir Menschen zwangsläufig die richtigen Schlüsse, wenn wir die sogenannte Wahrheit kennen?«

»Ich werde dir jetzt eine Frage stellen. Und du als Priester kannst dich dazu entscheiden, das Richtige zu tun und mir eine ehrliche Antwort darauf zu geben. Oder du kannst dich hinter deinem Beichtgeheimnis verstecken, wohl wissend, dass wir keinerlei anderen Anhaltspunkt haben, um in unseren Ermittlungen weiterzukommen. Also: War Sebastian Dreher der Vater von Steffis Kind?«

Pater Ralph schloss gequält die Augen. »Frag mich das nicht, Nadja, bitte, das wird euch nicht weiterhelfen.«

»War er der Vater?«

»Ich …«

»Ja oder nein?«

Ralph starrte auf die Erde und die Inschrift, die ihm so zusetzte. »Ja«, sagte er schließlich, »ja, das war er.«

Nadja atmete auf und wollte ihm danken, dass er sich dazu durchgerungen hatte. Doch Pater Ralph schüttelte nur den Kopf. »Der Bischof könnte mich dafür exkommunizieren«, sagte er, »und das zu Recht.« Er drehte sich um und ging zwischen den Grabsteinen davon.

Nadja blieb zurück. Der Triumph hinterließ einen schalen Geschmack in ihrem Mund. Ihr nächster Weg würde sie zu den Mitgliedern der Familie Schweigert führen. Und vielleicht zu einer Wahrheit, die diese nicht hatten ertragen können.

5

Viktor de Mancini saß in seinem Büro und ging nicht ans Telefon, obwohl es in regelmäßigen Abständen klingelte und wieder verstummte. Er hatte Kerzen angezündet. Sie brannten still und ohne ein Flackern vor sich hin. Das machte man so in Italien, für die Toten.

War es seine Schuld, dass es einen weiteren Mord gegeben hatte? Hätte er etwas tun können, irgendetwas? Die Ermittlungen liefen gut, seine Leute arbeiteten fleißig – und doch blieb da der Zweifel. Als Staatsanwalt war er der Herr des Verfahrens und damit auch verantwortlich, wenn etwas schieflief. Vielleicht hätte er einen anderen Beruf wählen sollen.

Er starrte auf die Platte seines edlen alten Holzschreibtischs, den er sich von seinem ersten Würzburger Gehalt gekauft hatte. Und jetzt war er schon so lange hier, eigentlich zu lange.

Zur Staatsanwaltschaft war er wegen einer neunzehnjährigen Schönheit gekommen – Ivi –, in der er süditalienisches Temperament erkannte. Zudem glaubte er, dass sie klug war, vielleicht klüger, als irgendjemand ahnte. Gegen den Rat seiner Freunde nahm er sie zu einem wichtigen Juristenkongress mit. Sie dankte es ihm, indem sie den Absatz ihres Stilettos im richtigen Moment zwischen den Pflastersteinen verkeilte. Nur eine halbe Stunde später machte sie Mancini mit ihrem Helfer in der Not bekannt, der zufällig eine hohe Position in der Würzburger Staatsanwaltschaft innehatte.

Am nächsten Abend lud Mancini sie in das teuerste Restaurant der Stadt ein. Es gab einiges zu feiern – die neue Stelle, seine angestrebte Karriere und die gemeinsame Zukunft. Er lächelte in sich hinein, wenn er sah, wie die Kellner sich darum stritten, wer ihren Tisch bedienen durfte. Jeder hoffte, einen Blick in Ivis Dekolleté zu erhaschen, das von roten Locken eindrucksvoll eingerahmt wurde. Mancini ließ es sich nicht nehmen, noch etwas Champagner zu bestellen.

Als Ivi ihr Glas ausgetrunken hatte, stand sie auf und strich

Mancini mit einer kühlen Hand über die Schläfe. »Von jetzt an schaffst du es ja allein«, sagte sie und verließ ihn.

***

Das Haus der Schweigerts thronte still und seltsam abwartend über dem Weinberg. Die Tore waren offen, denn sie wurden erwartet. Peter hatte eine Stunde zuvor angerufen und ihren Besuch angekündigt. Eine leise Frauenstimme hatte sich gemeldet, die aus weiter Entfernung mit ihm zu sprechen schien: Theresa Schweigert, Freds und Steffis Mutter.

Nadja fuhr ruckartig in den Hof hinein und hielt vor der Garage an. Peter fragte sich, ob sie nervös war. Er zumindest spürte die Anspannung, die ein Fall mit sich brachte, wenn sie kurz vor dem Durchbruch standen. Er fühlte sich wacher als sonst, bereit zum Zugriff.

»Also, wir sprechen zuerst mit den Eltern, dann mit Fred, in Ordnung?«

Nadja war schweigsam gewesen, seit sie Peter von zu Hause abgeholt hatte. Ihre Beiträge zu einer eventuellen Unterhaltung hatten sich auf Fragen nach dem Weg beschränkt. Also hatte auch Peter geschwiegen und sich auf die immer noch erstaunlich grünen Wiesen konzentriert, die an ihm vorbeizogen. »In Ordnung«, sagte er.

Nadja klingelte. Die Tür wurde fast sofort geöffnet, als hätte jemand im Flur auf das Signal gewartet. Vor ihnen stand ein Mann, der ebenso groß wie Fred war, glatt rasiert und mit grauen Schläfen. Er duftete dezent nach Aftershave oder Parfüm. Peter glaubte, den Fahrenheit-Duft von Dior wiederzuerkennen. Rebekka hatte ihm letztes Jahr ein kleines Fläschchen davon zu Weihnachten geschenkt. Er benutzte es nur zu ganz besonderen Gelegenheiten, aber dann genoss er es, wenn Rebekka förmlich an seinem Hals hing und hingebungsvoll an ihm herumschnupperte. Der Herr vor ihm roch vermutlich jeden Tag so.

»Guten Morgen, ich bin Thomas Schweigert«, sagte er und streckte zuerst Nadja und dann Peter seine Hand entgegen. Auch Peter hatte keine kleinen Hände, doch neben Herrn Schweigerts

Pranken wirkten sie kümmerlich. Das war irritierend bei einem Mann, der so kultiviert daherkam, es sah fast gewalttätig aus.

»Bitte kommen Sie doch herein. Meine Frau und mein Sohn sind im Wohnzimmer.«

Er ging voraus in ein Zimmer mit verglaster Wand, die die Sicht auf einen Balkon, den Weinberg und tief darunter den Main eröffnete. Fred saß in der Ecke des geblümten Sofas, dessen Stoff zu dem der Vorhänge passte. Er schien diesmal weder etwas für den Ausblick übrig zu haben noch zu wissen, wohin mit Händen und Füßen. Seine Mutter verschwand in einem Sessel daneben förmlich zwischen den Kissen. Sie war blass und hatte große blaue Augen, die durch die Augenringe noch besorgter wirkten.

Beim Anblick der Kommissare standen beide auf. Fred begrüßte sie laut und stotternd, Frau Schweigert mit leiser Stimme. Als sie Peter die Hand reichte, rutschte der Ärmel ihres Twinsets zurück und enthüllte ein besorgniserregend dünnes Handgelenk.

Thomas Schweigert forderte sie auf, Platz zu nehmen, und bot ihnen im gleichen Atemzug Kaffee, Tee und frisch gepressten Orangensaft an. Als Nadja sich für den Saft entschied, schenkte er ihr aus einer geschliffenen Glaskaraffe ein. Er setzte sich zu seinem Sohn. Die Knie der beiden ragten über den Couchtisch hinaus.

»Das ist ein tolles Haus«, meinte Peter nach einem Moment des Schweigens.

Nadja warf ihm über den Rand ihres Orangensaftglases hinweg einen ermutigenden Blick zu. Sie wusste, wie wichtig es ihm immer war, eine lockere Stimmung zu schaffen.

Alle drei Schweigerts lächelten. »Ich hoffe, Sie haben gut hergefunden«, sagte Thomas Schweigert.

»P-papa, hör d-doch auf mit dem Small Talk«, hielt Fred ihm entgegen, bevor Nadja oder Peter antworten konnten. »D-dafür sind sie bestimmt nicht hier.«

»Das stimmt leider.« Nadja nickte ihm zu. »Fred, wir würden gern zuerst mit deinen Eltern sprechen. Könntest du uns solange allein lassen?«

Er warf einen besorgten Blick auf seine Mutter, die regungslos in ihrem Sessel saß, dann ging er kommentarlos aus dem Zimmer.

Herr Schweigert trommelte mit den Fingern auf den Couchtisch. »Er ist sehr nervös momentan. Sonst wäre er bestimmt höflicher gewesen. Die Tanzschule ist so etwas wie sein zweites Zuhause, und das alles hat ihn sehr mitgenommen.«

Peter fand es seltsam, dass er sich für seinen erwachsenen Sohn entschuldigte.

»Das ist doch ganz natürlich«, meinte Nadja, »und ich kann auch verstehen, dass er nicht gut auf mich zu sprechen ist. Er hat Ihnen sicher erzählt, dass ich bis vorgestern noch verdeckt in der Tanzschule ermittelt habe?«

»Ja, das stimmt.« Er zögerte. »Aber etwaige Ergebnisse, die Sie dabei vielleicht gewonnen haben, lassen sich doch bestimmt nicht vor Gericht verwenden, oder?«

»Von welchen etwaigen Ergebnissen sprechen wir denn beispielsweise?«, fragte Peter.

Herr Schweigert zuckte unbestimmt mit den Achseln. »Na ja, was man halt so redet unter Freunden. Wie jeder junge Mann sagt Fred bestimmt auch mal Sachen, die er gar nicht so meint.«

Peter sah, wie Nadja die Stirn in Falten zog. Sie schien Thomas Schweigerts Benehmen ebenso seltsam zu finden wie er. Er tat gerade so, als hätten sie bereits Anklage gegen Fred erhoben, dabei waren sie noch nicht einmal beim eigentlichen Thema angelangt.

Theresa Schweigert dagegen hatte kein Wort gesagt, seit Fred den Raum verlassen hatte. Man hätte sie für eine Puppe halten können, die sorgfältig auf einem Sessel drapiert war. Eine sprachlose, erschöpfte Puppe. Vielleicht stand sie unter Medikamenteneinfluss. Peter glaubte sich zu erinnern, dass Müdigkeit zu den häufigeren Nebenwirkungen von Antidepressiva zählte. Oder nahm ihr Mann eine so dominante Rolle in der Beziehung ein, dass sie ihm auch das Reden überließ?

»Wie alt ist Fred eigentlich?«, wollte Nadja wissen.

»Fast siebenundzwanzig, er hat nächste Woche Geburtstag.«

»Dann war der Altersunterschied zu Steffi recht groß, oder?«

Als der Name seiner Tochter fiel, schloss Thomas Schweigert kurz die Augen. Nach einem Blick auf seine Frau erklärte er: »Steffi war eine Nachzüglerin. Fred ist neun Jahre älter als unsere Tochter. Aber der Altersunterschied hat gar keine Rolle gespielt, die beiden haben sich sehr gut verstanden.«

Peter glaubte Theresa Schweigerts Fuß zucken zu sehen, doch als er genauer hinsah, standen ihre Füße in den flachen Hausschühchen ganz korrekt nebeneinander. Er würde es mit einer Schocktherapie versuchen müssen, sonst würde sie bei diesem Gespräch vielleicht kein einziges Wort sagen. Hoffentlich verstand Nadja, worum es ihm ging.

»Es hat sich mittlerweile herausgestellt, dass Sebastian Dreher ein Verhältnis mit Ihrer Tochter Steffi hatte. Er war der Vater ihres ungeborenen Kindes.«

Peter hatte erwartet, dass die Schweigerts erschrocken oder wütend reagieren würden, dass Frau Schweigert zu weinen beginnen und ihr Mann sie trösten würde. Doch nichts davon trat ein. Thomas Schweigert zuckte leicht zusammen. Seine Frau dagegen richtete sich endlich aus ihrer starren Haltung auf und sah die Kommissare ruhig an.

Leise, aber deutlich sagte sie: »Das weiß ich bereits.«

Nadja und Peter wechselten Blicke. »Wie haben Sie es erfahren?«, fragte Nadja.

»Durch Yvonne Dreher. Sie war Samstagnachmittag hier.«

»Sie war hier? Bei Ihnen?« Peter war so überrascht, dass er sich halb aus seinem Sessel erhob und erst auf Frau Schweigerts Nicken hin wieder zurücksinken ließ.

»Sie rief gegen fünfzehn Uhr dreißig an, ob sie vorbeikommen könnte. Sie wollte mit mir sprechen. Sie hat am Telefon nicht gesagt, worum es geht, aber es klang dringend.«

»Waren Sie denn befreundet?«

»Nein, wir hatten uns bis dahin nur ein einziges Mal gesehen, das war auf Steffis Beerdigung. Sie war zuvor auch noch nie hier.«

»Und was wollte sie dann?«

»Mit mir reden. Sie meinte, seit sie Sebastian verloren hat, ließe ihr die Sache keine Ruhe mehr. Ich glaube, sie hat keinen Sinn darin gesehen, das Geheimnis länger zu bewahren, nachdem ihr Sohn tot war. Sie wollte, dass ich ihr und Sebastian verzeihe.«

»Uns hat sie das verschwiegen.« Peter war frustriert. »Ich habe vormittags ja noch mit ihr gesprochen. Ich habe sie nach Steffi gefragt.«

»Das hat sie auch erzählt. Es klang so, als wäre das Gespräch mit Ihnen der Hauptanstoß gewesen, zu mir zu kommen.«

Peter schüttelte den Kopf. Er fragte sich, was geschehen wäre, wenn er nicht so schnell aufgegeben hätte. Wenn er länger geblieben und intensiver nachgefragt hätte, könnte sie dann noch am Leben sein? Aber selbst wenn sie früher von Sebastians Vaterschaft erfahren hätten, der Ball wäre trotzdem nicht abgesagt worden. Oder doch?

»Und warum wollte Yvonne Dreher nicht nur, dass Sie Sebastian verzeihen, sondern auch ihr?«, schaltete Nadja sich ein.

»Weil sie davon gewusst hatte. Sebastian hat ihr erzählt, dass er eine heimliche Beziehung zu einer Tanzschülerin hatte. Ohne Steffis Namen zu verraten zwar, aber es war klar, dass seine Freundin noch minderjährig war. Seine Mutter hat ihn gedrängt, die Sache zu beenden. Sie hatte Angst um den Ruf der Tanzschule und vielleicht sogar vor einer Anzeige.«

»Und dann?«

»Sebastian hat auf seine Mutter gehört und Steffi gesagt, dass es vorbei ist.«

Peter konnte sich vorstellen, wie es weitergegangen war. »Und als sie entdeckt hat, dass sie schwanger war, stand sie ganz allein da.«

Theresa Schweigert starrte wieder ins Leere. Sie krampfte die Hände in ihrem Schoß zusammen. Die Haut färbte sich weiß, wo sie die Fingernägel hineinbohrte. Peter hätte gern hinübergegriffen und ihre Hände auseinandergezogen, doch er wusste, dass das nicht angebracht war.

»Sie stand nicht allein da! Wenn sie nur ein Wort gesagt hätte, wir …«, Thomas Schweigerts Stimme war laut geworden, »wir hätten ihr geholfen, das ist doch klar. Sie wusste, dass sie uns alles sagen konnte. Alles! Eine Schwangerschaft ist doch heutzutage keine Katastrophe mehr. Ich weiß einfach nicht, wie sie so was machen konnte. Sie war doch sonst ein vernünftiges Mädchen und …« Er brach plötzlich ab und verbarg den Kopf in den Händen.

»Wir würden jetzt gern mit Fred sprechen«, sagte Peter schließlich. »Wären Sie so freundlich, ihn zu holen und uns dann einige Minuten allein zu lassen?«

Theresa Schweigert stand sofort auf und verließ den Raum. Peter hörte keine Stimmen, doch nach wenigen Sekunden kam Fred zusammen mit seiner Mutter herein und setzte sich wieder auf seinen Platz. Theresa Schweigert stellte sich hinter ihn und strich ihm kurz durch das Haar. Er blickte zu ihr empor und lächelte. »A-alles in Ordnung, M-mama.«

Sein Vater zögerte kurz und klopfte Fred dann unbeholfen auf die Schulter. »Bis dann«, sagte er zu niemand Bestimmtem und schloss die Wohnzimmertür hinter sich und Theresa.

Fred blickte von Peter zu Nadja und wieder zurück. »W-was w-wollt ihr wissen?«, fragte er mit angespannter Stimme. »B-b-bin ich ver-verdächtig?«

Nadja seufzte. Sie nahm noch einen Schluck Orangensaft, als brauche sie für das Gespräch eine zusätzliche Stärkung. »Also, Fred, nachdem Sebastian und nun auch Yvonne tot sind, sieht es so aus, als würde sich jemand an der Familie Dreher rächen wollen. Und da haben wir uns natürlich gefragt, wer ein Motiv dafür haben könnte.«

»I-ich bestimmt nicht! Sebastian w-war mein F-freund.«

»Schöner Freund, der deine kleine Schwester schwängert und sie dann sitzen lässt.« Peter schlug eine härtere Tonart an. Mit Nadja stand Fred auf vertrauterem Fuß, also musste Peter die Rolle des bösen Bullen übernehmen. Auch wenn ihm dies heute ganz und gar nicht gefiel.

Fred setzte an, um etwas zu sagen, doch es kam kein Wort aus seinem Mund. »W-w- …« Er wiederholte immer den gleichen Laut und schien sich dabei schrecklich anzustrengen. Sein Gesicht wurde ganz rot, sodass Peter sich zwingen musste, den Blick nicht abzuwenden. Fred tat ihm so leid, der junge Mann war völlig außer sich vor Wut und Scham.

»Ganz ruhig, Fred«, sagte Nadja leise. »Wir wollen nur mit dir reden, sonst nichts.« Sie nickte ihm aufmunternd zu.

»S-sebastian h-hat m-meiner Schwes-Schwester d-das angegetan?«, brachte er schließlich hervor.

Peter und Nadja wechselten einen überraschten Blick. »Das musst du doch gewusst haben«, sagte Peter, »Yvonne Dreher war am Samstag doch extra deshalb bei euch, das hat uns deine Mutter bereits erzählt.«

»Ich-ich … sie h-haben mir g-gar nichts ge-gesagt!« Fred ballte die Fäuste. »S-sie w-wollte nur mit meiner Mutter r-reden. Ich w-wusste nicht, w-warum sie da w-war.«

»Deine Eltern haben dir nicht erzählt, worum es bei dem Gespräch ging?«, fragte Nadja noch einmal.

Fred schüttelte den Kopf. »K-kein W-wort. Und ich h-habe mich nicht ge-getraut, Yvonne selbst zu f-fragen.«

»Obwohl du sie abends noch beim Dekorieren im Congress Centrum gesehen hast?« Peter war skeptisch. Fred musste doch misstrauisch geworden sein nach dem unerwarteten Besuch. Was sollte Yvonne Dreher schon mit seiner Mutter zu bereden haben, wenn es nicht um Fred, Steffi oder Sebastian ging? Und all das betraf Fred genauso sehr wie seine Eltern, wenn nicht noch mehr. Immerhin war er derjenige, der beinahe seine gesamte Freizeit in der Tanzschule verbrachte.

Fred schlug mit der Faust auf den Tisch, dass die Gläser klirrten. »N-nein!«, rief er. »Ich w-wusste g-gar nichts! Aber w-wenn ich es ge-ge-w-wusst hätte, dann h-hätte ich ihn auch umgebracht. Sebastian h-hat meine F-familie zerstört! Er h-hat immer so ge-getan, als sei er m-mein F-freund. D-dabei w-war alles seine Schuld? V-vor Steffis T-tod w-war alles g-gut!«

Bevor Peter oder Nadja etwas darauf sagen konnten, flog die Tür auf, und Herr Schweigert stürmte herein. »Kein Wort mehr!«, sagte er scharf zu Fred, dann wandte er sich den Kommissaren zu. »Wie können Sie es wagen, ihn zu solchen Aussagen zu provozieren. Sie werden in Zukunft nur noch mit meinem Sohn reden, wenn ein Anwalt anwesend ist! Und jetzt gehen Sie bitte. Ohne eine offizielle Vorladung erfahren Sie von uns gar nichts mehr.«

Peter erhob sich, damit er dem wütenden Mann wenigstens annähernd ebenbürtig war. »Herr Schweigert«, sagte er langsam, »es muss doch in Ihrem Interesse sein, alles dafür zu tun, damit Ihr Sohn entlastet wird. Und dafür müssen wir nun einmal mit ihm sprechen.«

»Mein Sohn hat nichts getan, wofür er sich rechtfertigen müsste!« Thomas Schweigert ging zur Tür und hielt sie auf. Die Geste war klar.

»Auf Wiedersehen, Fred.« Auch Nadja hatte sich erhoben und

reichte dem jungen Mann die Hand. Er saß jetzt zusammengesunken auf dem Sofa und blickte sie kaum an. Der Händedruck war schlaff und teilnahmslos.

Thomas Schweigert schloss die Wohnzimmertür hinter ihnen und begleitete sie durch den Gang zur Haustür. Bevor sie hinausgingen, wandte Peter sich noch einmal an ihn. »Warum haben Sie Ihrem Sohn nicht erzählt, worum es bei Yvonne Drehers Besuch ging?«

Thomas Schweigert sah ihn mit einem steinernen Blick an. »Ich versuche das Beste für meine Familie zu tun. Steffi konnte ich nicht beschützen, aber meine Frau und meinen Sohn wird mir niemand wegnehmen.«

Nadja fuhr aus der Ausfahrt der Schweigerts hinaus und hielt wenige Querstraßen später an, das Auto mit zwei Rädern auf dem Gehsteig parkend. Sie schaltete den Motor aus und wandte sich Peter zu. »Okay, ich habe Klärungsbedarf. Ich bin mir unsicher, was wir da gerade eigentlich alles erfahren haben und was das für unseren Fall bedeutet.«

»Fred ist zum Hauptverdächtigen Nummer eins avanciert, obwohl oder gerade weil er sofort Mitleid in einem erweckt.«

»Aber wenn er wirklich gerade erst durch uns erfahren hat, dass Steffi von Sebastian schwanger war, dann entlastet ihn das vollkommen. Dann hat er nämlich kein Motiv mehr …«

»Das glaubst du doch selbst nicht, dass er es vorher nicht wusste. Der ganze Vormittag bei den Schweigerts war meiner Meinung nach eine einzige Show, die sie nur für uns aufgeführt haben. Der frisch gepresste Orangensaft, die schweigende Mutter, die erst mit den Infos rausrückt, wenn es spannend wird, ein wütender Fred und sein Vater, der im richtigen Moment zur Tür hereinstürzt und die Vernehmung platzen lässt. Die haben das vorher abgesprochen und wahrscheinlich fünfmal geübt, bevor wir uns überhaupt auf den Weg zu ihnen gemacht haben.«

Nadja blickte ihn skeptisch an. »Glaubst du das wirklich?«

»Und der Vater hat das alles initiiert. Er ist das Familienoberhaupt, und er kommt nicht damit klar, was mit seiner Tochter passiert ist. Das war ja wohl mehr als deutlich.«

»Das mag schon sein, aber deswegen gleich zwei so perfide Morde?«

Peter antwortete mit einer Gegenfrage: »Glaubst du denn, das ist Zufall, dass Yvonne Dreher an einem Giftcocktail stirbt, nur wenige Stunden nachdem sie sich vor den Schweigerts geoutet hat, dass sie eigentlich an der ganzen Tragödie die Schuld trägt?«

»Aber sie hätten es uns ja nicht erzählen müssen. Das hat Theresa Schweigert ganz freiwillig getan.«

»Sie können sich nicht sicher sein, ob Benedikt Dreher nicht auch Bescheid wusste. Nur deshalb haben sie uns vorsorglich von dem Besuch erzählt.«

»Ich weiß nicht …« Nadja trommelte mit den Fingern auf das Lenkrad. »Das ist ja eine richtige Verschwörungstheorie. Irgendwie traue ich Fred das nicht zu.«

»Dabei ist Rache das älteste Mordmotiv aller Zeiten.«

»Aber wir können doch nicht die ganze Familie verhaften!«

»Erst mal reicht Fred. Zumindest bei dem Mord an Yvonne Dreher muss er ganz allein gehandelt haben. Schließlich waren seine Eltern wohl kaum auf dem Winterball.«

»Glaubst du, wir kriegen einen Haftbefehl von Mancini?«

»Hmm …« Peter lehnte den Kopf gegen das Autofenster. Die Scheibe war kühl an seiner Schläfe und beruhigte ihn etwas. »Wir haben ein Motiv und eine Gelegenheit, aber keine konkreten Beweise, oder?«

»Nein, bisher nicht.« Nadja blickte ihn abwartend an.

Peter setzte sich wieder aufrecht hin und zog den Gurt fest. »Dann suchen wir eben welche.«

***

Für den Abend hatte sich Professor Nauke angekündigt. Er hatte am Telefon behauptet, dass die arbeitswütige Atmosphäre im Kommissariat seinen Chakren nicht guttue und er stattdessen lieber direkt zu Nadja kommen wolle, um ihr die Obduktionsergebnisse im Fall Yvonne Dreher zu erklären. »Bei einem Gläschen Wein arbeitet es sich doch viel angenehmer.«

Nadja hatte schließlich nachgegeben. Mittlerweile sah sie in

Lars Nauke sowieso mehr einen guten, wenn auch recht exzentrischen Freund als den Chef des rechtsmedizinischen Instituts. Da fand sie es schon fast nicht mehr seltsam, wenn er ihr einen Hausbesuch abstattete. Sie musste nur noch ein wenig aufräumen.

Um kurz vor sieben Uhr klingelte es. Nadja öffnete die Tür in der Erwartung, einen fröhlich strahlenden Lars Nauke vor sich zu sehen, der sie in eine seiner kratzigen Seebärenumarmungen zog. Doch stattdessen stand sein Assistent Mukki vor ihr – Dr. Nepomuk Kamil-Chechem, wenn sie sich recht erinnerte –, der ein wenig verlegen dreinblickte. Er trug ein weißes Hemd zu Jeans und schwarzen Lederschuhen und eine Flasche Wein in der Hand.

Nach der ersten Überraschung riss Nadja sich zusammen und sagte freundlich: »Guten Abend. Kommen Sie doch herein«, so als sei es ganz normal, attraktive junge Männer mit Geschenken vor der eigenen Haustür vorzufinden. Während sie ihm die Jacke abnahm und an den einzigen Garderobenhaken über ihren eigenen Mantel hängte, überlegte sie fieberhaft, was sie ihm anbieten könnte. Der Kühlschrank gab wenig Erfreuliches her.

Schließlich grub sie aus dem Küchenschrank eine Packung Salzstangen und einige Gummischweine aus und drapierte sie auf einem Teller. Mit einem entschuldigenden Lächeln trat sie ins Wohnzimmer. »Es tut mir leid, um meine Vorräte ist es schlecht bestellt, ich habe nur noch einige Knabbereien gefunden.«

Der junge Rechtsmediziner blickte auf das seltsame Arrangement in ihren Händen, nahm versuchsweise eines der rosa Gummischweine und steckte es in den Mund. Dann zog er eine Grimasse, schluckte und schlug vor: »Was halten Sie davon, wenn wir uns einfach Pizza bestellen?«

Nadja lachte und stellte den Teller zur Seite. »Sollen wir für Lars Nauke auch eine dazubestellen? Wann kommt er denn eigentlich? Sie müssen schon entschuldigen, er hat mir gar nicht gesagt, dass Sie bei der Besprechung mit von der Partie sind und dass Sie bereits um sieben kommen, auch nicht.«

Sonst hätte ich mich wohl ein klein wenig anders angezogen, fügte sie im Stillen hinzu. In der Trainingshose und einem alten karierten Hemd ihres Vaters fühlte sie sich zwar wohl, aber Besuch hatte sie damit noch nie empfangen. Wenn man sie nicht so überfallen hätte, hätte sie zumindest noch eine Bluse anziehen können und sich die Haare gekämmt.

»Hat er Sie denn nicht angerufen? Er meinte, er sei verhindert und könne leider nicht mitkommen. Er hat mir aber extra seine Notizen mitgegeben.« Mukki blickte sie leicht verwirrt an.

»Nein, kein Wort hat er gesagt. Und dabei ist er doch sonst so schnell damit, mir ellenlange Telefongespräche anzuhängen.« In Nadja keimte ein Verdacht auf. Professor Nauke wollte doch wohl nicht Amor spielen, um seinem Lieblingsassistenten einen Grund zu geben, hier in Würzburg zu bleiben?

Hastig sagte sie: »Setzen Sie sich doch schon mal. Ich hoffe, die Couch ist einigermaßen freigeräumt. Wenn nicht, schieben Sie einfach alles weg.« Sie ging zum Telefon, um den Pizzaservice anzurufen.

»Für mich eine große Pizza Diavolo, bitte«, rief er ihr hinterher.

Nadja bestellte zwei Pizzen bei ihrem Lieblingsitaliener und wollte sich dann wieder zu ihrem Gast gesellen. Statt sich zu setzen, war er allerdings mittlerweile in ihre Küche gegangen und durchwühlte die Schränke.

»Kann ich Ihnen helfen?«, fragte sie, irritiert, dass er sich offensichtlich bereits ganz wie zu Hause fühlte.

Sofort trat er einen Schritt zurück und blickte sie zerknirscht an. »Tut mir leid, ich wollte nicht unhöflich sein. Ich suche nur ein Handtuch oder so etwas. Der Verschluss ist anscheinend undicht, und mein Hemd hat etwas abbekommen.«

Nun sah auch Nadja, dass sein Hemd auf der Vorderseite voll feuchter Flecken war, sodass seine dunkle Haut hindurchschimmerte. Sie schluckte. »Oh, tut mir leid, ich habe ganz vergessen, Ihnen die Flasche abzunehmen. Sie müssen mich für eine lausige Gastgeberin halten.« Im Stillen hoffte sie, dass die Quote an Fettnäpfchen für diesen Abend nun erfüllt war.

Mukki lächelte auf sie hinab. »Oh nein, ich finde Ihre unkonventionelle Art sehr erfrischend.«

Nadja musterte den Wein, den sie nun in der Hand hielt. »Aber das ist ja Federweißer, kein Wunder, dass der Verschluss undicht ist, das muss so sein, damit er weiter gären kann. Deswegen steht auch drauf, dass man die Flasche nicht hinlegen soll. Haben Sie denn noch nie Federweißen getrunken?«

»Hm, nein, ich glaube nicht. Der Verkäufer hat mir das empfohlen. Er sagte, dass sei typisch Würzburgerisch.«

»Na ja, für Anfang Dezember eigentlich nicht unbedingt.« Nadja musste lachen. »Normalerweise wird Federweißer nur bis Ende Oktober verkauft. Man kann ihn nicht so lange lagern, weil die Gärung sehr schnell fortschreitet. Wer weiß, was der Typ Ihnen da angedreht hat.«

Mukki sah so beschämt aus, dass Nadja sich das Lachen verkniff und ihn zu trösten versuchte. »Eigentlich mag ich Federweißen ganz besonders gern. Er schmeckt so richtig schön fruchtig. Wir probieren ihn einfach zum Essen, vielleicht gibt es ja wirklich extreme Spätlesen oder so etwas.«

Sobald Nadja Mukki mit einem großen Stück Küchenrolle versorgt hatte, mit dem er auf seinem Hemd herumtupfte, gingen sie zurück ins Wohnzimmer, und Nadja bot ihm einen Platz auf dem Sofa an. Sie selbst setzte sich im Schneidersitz auf den Fußboden, die Akte Dreher um sich verstreut.

Zum ersten Mal fiel ihr auf, wie wenig heimelig ihre Wohnung wirkte. In einer Ecke standen drei halb ausgepackte Kartons, den Sessel bedeckten Wäschestapel, die Wände waren weiß und leer. Nur eine kümmerlich vor sich hin welkende Topfpflanze zeigte, dass sie zumindest irgendwann einmal einen Gedanken an Dekoration verschwendet hatte. Dieser Gedanke konnte aber höchstens eine halbe Minute vorgeherrscht haben.

»Tja, ich wohne noch nicht so lange hier.« Selbst in ihren Ohren klang es nach einer billigen Ausrede. »Besser gesagt, seit dem Umzug hatte ich noch nicht die Zeit, mich richtig um die Einrichtung zu kümmern.« Das war die Untertreibung des Jahrhunderts, aber wenn sie zu weiteren Erklärungen ausholte, würde es nur noch schlimmer werden. Also schwieg sie lieber.

»Ich mag es schlicht eingerichtet, und weiße Wände sind doch nie verkehrt.«

Da war er in der Rechtsmedizin ja genau richtig aufgehoben. Nadja lächelte, um ihre boshaften Gedanken zu verbergen, und sagte: »Also, was haben Sie für mich?«

Mukki faltete die Hände und beugte sich etwas nach vorn. »Yvonne Dreher ist wie vermutet vergiftet worden. Und zwar mit Digitalis, das Gift war in ihrem Drink. Der Wodka und die Tabascosauce in der Bloody Mary haben den Geschmack wahrscheinlich verdeckt. Als man sie fand, war sie noch nicht lange tot. Wobei es kaum einen Unterschied gemacht hätte.«

»Wie meinen Sie das?«

Mukki runzelte die Stirn, was irgendwie süß aussah. »Sobald die ersten Symptome auftreten, ist es für Gegenmaßnahmen eigentlich zu spät. Man hätte Aktivkohle geben können und versuchen, die Herzarrhythmien in den Griff zu bekommen, aber ihre Überlebenschancen wären trotzdem sehr gering gewesen.«

»Woraus besteht Digitalis denn?«

»Digitalispräparate werden normalerweise bei der Behandlung von Herzkrankheiten eingesetzt. Der Extrakt wird aus dem Roten und dem Wolligen Fingerhut hergestellt, also aus einer Pflanze, die in Mitteleuropa ganz normal im Garten wächst.«

»Yvonne Dreher ist also mit einer Heilpflanze vergiftet worden?«

»Wie es so schön heißt: Die Dosis macht das Gift. Was bei umsichtigem Einsatz Menschen helfen kann, ist überdosiert häufig giftig.«

»Hat sie lange gelitten?« Nadja dachte an Mancinis Frage zurück und wollte es nun selbst genau wissen.

Mukki zögerte. »Als letale Dosis gilt der Extrakt aus zwei bis drei Digitalisblättern. Wenn ein Mensch so viel davon zu sich nimmt, kann der Tod innerhalb weniger Minuten eintreten. Typischerweise zeigt sich zunächst ein Abfallen der Herzfrequenz, gefolgt von Übelkeit, Lähmungen, Sehstörungen und Krämpfen. Der Herzmuskel wird dabei so stark geschädigt, dass es zum völligen Herzstillstand kommt.«

»Das klingt … brutal.«

»Ja, aber sie wird dennoch nicht lange gelitten haben. Wie gesagt, die Dosis war ziemlich hoch, es dürfte schnell gegangen sein.«

Nadja war aus irgendeinem Grund sehr erleichtert. Sie stimmte Mukki zu. »Dafür spricht auch, dass sie an ihrem Schminktisch saß und nicht einmal mehr versucht hat, Hilfe zu holen. Und angeblich hat auch niemand etwas gehört.«

»Das kann schon sein, ja.«

Der Mörder ging jetzt wirklich aufs Ganze. Offenbar hatte er Yvonne Dreher unbedingt tot sehen wollen und dafür einen absolut tödlichen Cocktail gemixt. Außerdem schien es ihm mittlerweile völlig egal zu sein, ob noch jemand an die Unfalltheorie glaubte. Durch den zweiten Mord hatte er seine eigene sorgfältige Inszenierung von Sebastians Tod ad absurdum geführt.

Nadja musste an den Besuch bei Fred und seinen Eltern heute Morgen denken. Würde Fred Yvonne Dreher wirklich vergiften? Die Tanzlehrerin, zu der er aufgeblickt und die er bewundert hatte? Gift war ein hinterhältiges Mittel, das Opfer konnte sich nicht einmal mehr rechtfertigen oder verteidigen. Das passte doch nicht zu dem jungen Mann, den sie kennengelernt hatte, oder?

Mukki blickte sie aufmerksam an. »Sie sehen nachdenklich aus, haben Sie noch eine Frage?«

»Gibt es eigentlich offizielle Statistiken, was Giftmorde anbelangt, also wer so etwas macht, welches Alter, welcher Bildungsgrad, vor allem, welches Geschlecht?«

Mukki zuckte mit den Schultern. »Das weiß ich leider nicht. Man könnte das sicher recherchieren, aber die Frage ist, ob das konkret weiterhilft. Vielleicht verrennt man sich dann umso mehr in seine Lieblingstheorie, statt die Augen offen für andere Möglichkeiten zu halten.«

Nadja seufzte. »Vielleicht haben Sie recht. Um ganz ehrlich zu sein: Wir haben einen männlichen Verdächtigen, und ich bin mir unschlüssig, ob ich ihm eine solche Tat zutrauen soll.«

»Auch Männer können mit Gift morden. Denken Sie nur an Dr. Crippen.«

Nadja versuchte sich den alten Fall ins Gedächtnis zu rufen. Dr. Hawley Crippen hatte sich zu Beginn des 20. Jahrhunderts in London seiner alkoholabhängigen und zudem untreuen Frau entledigt, indem er sie vergiftete, zerteilte und im Keller vergrub. Anschließend wollte er mit seiner als Mann verkleideten Geliebten per Dampfschiff nach Kanada fliehen, was jedoch misslang, da der Kapitän die Verkleidung durchschaute und die britische Polizei per Telegramm informierte. Crippen wurde der Prozess gemacht, und er wurde hingerichtet.

»Also ich sehe da kaum Parallelen. Crippen hat schließlich seine eigene Ehefrau umgebracht. Dann wäre Benedikt Dreher unser Mann, und das kann ich beim besten Willen nicht glauben.«

Mukki lächelte. »In Ordnung, dann konzentrieren wir uns wohl lieber auf den jetzigen Mord, statt in der Kriminalgeschichte nach Präzedenzfällen zu graben.«

Nadja versuchte, wieder in die richtigen Gedankenpfade zu finden. »Wissen Sie, wo man Digitalis bekommt? Kann man das kaufen oder selbst irgendwie aus der Pflanze gewinnen?«

»Das beantworte ich nur, wenn du aufhörst, mich zu siezen.« Er lachte sie an. »Als Kollegen duzt man sich doch, oder?«

»Gut, ähm, Nepomuk, ich bin Nadja.« Sie streckte ihm die Hand entgegen, und er schlug ein.

»Du kannst mich ruhig Mukki nennen. Das machen im Institut auch alle.«

»In Ordnung, Mukki, also woher hatte unser Mörder das Gift?«

»Digitalispräparate sind verschreibungspflichtig, eben weil die Dosierung so heikel ist. Also entweder hat er selbst Herzbeschwerden oder jemand in seinem Bekanntenkreis. Dann könnte er da etwas abgezweigt haben. Dass jemand das Gift direkt aus der Pflanze gewonnen hat, hat das Labor nach Untersuchung der Cocktailreste und des Mageninhalts der Toten ausgeschlossen. Es muss sich um aufgelöste Tabletten gehandelt haben.«

Nadja seufzte. »Insulinspritzen, Petersiliensud und jetzt auch noch Digitalistabletten – das ist wirklich ein Fall für Spezialisten.«

Kurz darauf trug Nadja zwei duftende Pizzakartons ins Wohnzimmer. Sie stellte sie auf dem Sofa ab und wandte sich einem der Umzugskartons zu. »Hier müsste doch irgendwo …«

Nach einigem Herumkramen zog sie ein großes weißes, mit Stickereien verziertes Tischtuch heraus und breitete es auf dem Boden aus. Dann holte sie ein großes Messer, eine Rolle Haushaltspapier und zwei Weingläser aus der Küche. Mukki öffnete die Pizzakartons und stellte sie auf das Tischtuch. Dann setzte er sich im Schneidersitz davor. Nadja schenkte ihm von dem Federweißen ein, der verführerisch ins Glas gluckerte. Sie kniete sich auf die andere Seite des Tischtuchs.

»Wow, das ist ja ein richtiges Festmahl«, sagte Mukki. Seine weißen Zähne blitzten im Licht der Wohnzimmerlampe, wenn er lachte. Der Duft der scharfen Salami auf seiner Pizza zog zu Nadja herüber, als er ein großes Stück abbiss.

»Tja, Improvisation ist die Haupttugend einer unfähigen Hausfrau.« Nadja nippte am Wein. »Hm, der schmeckt eigentlich ganz normal. Noch nicht mal so übermäßig süß. Probier mal.«

Mukki trank einen Schluck und blickte Nadja zweifelnd an. »Aber das schmeckt ja gar nicht nach Wein, eher nach Limo.«

»Das gehört so, keine Sorge«, beruhigte sie ihn. »Und passt überraschend gut zur Pizza.« Sie widmete sich ihrer Quattro Formaggi, die sie in kleine Rechtecke geschnitten hatte, und kämpfte dabei mit den Käsefäden. Einige davon landeten zusammen mit Tomatensoße und Teigkrümeln auf ihrem Hemd. Nadja versuchte die Flecken verstohlen mit einem Stück Zewa abzuwischen.

Mukki achtete zum Glück gar nicht auf sie. Er probierte immer wieder vom Wein und verzog dann das Gesicht, als wäre er jedes Mal aufs Neue vom Geschmack überrascht. Schließlich sagte er: »Jetzt musst du nur noch ein Teelicht anzünden, dann kann ich Professor Nauke morgen von unserem Candle-Light-Dinner erzählen und bekomme einen Bonus.«

Er schien also die gleiche Vermutung zu haben wie Nadja, und offensichtlich nahm er es mit Humor. Sie überlegte. »Ich glaube, in diesem Haushalt gibt es nicht mal Streichhölzer, von Teelichtern ganz zu schweigen, aber ich könnte zumindest Musik anmachen.«

Nadja holte ihren Laptop aus dem Schlafzimmer. »Ich habe sogar genau das richtige Lied für dich, das ist besonders romantisch.« Sie suchte das Album von Pink Martini, das sie sich nach dem Ball heruntergeladen hatte.

»J'ai perdu ma tête«, klang es gleich darauf durch das Wohnzimmer.

Mukki lauschte ebenso konzentriert wie Nadja einige Tage zuvor. »Das ist ja interessant«, sagte er, »für die Idee des zerteilten Liebenden gibt es nämlich sogar ein mythisches Vorbild. Der ägyptische Gott Osiris wurde von seinem eifersüchtigen Bruder Seth erst getötet und anschließend in vierzehn Teile zerrissen. Doch Osiris' Frau Isis suchte unermüdlich, bis sie alle Teile gefunden hatte und den Körper ihres Ehemannes wieder zusammenfügen konnte. So wurde er einbalsamiert und konnte endlich ins Totenreich einziehen, wo er von da an herrschte.«

»Die arme Frau.«

»Wieso denn die arme Frau? Der Mann wurde zerteilt, nicht vergessen!«

»Ja, aber Isis hat eine Ewigkeit damit zugebracht, vergammelte Leichenteile aufzuklauben. Da kann ich mir auch erfüllendere Tätigkeiten vorstellen.«

Mukki lachte. »Na ja, es gibt auch einen lustigen Aspekt dabei. Seth hatte die Stücke im Nil verstreut. Und Isis konnte alle Stücke einsammeln, bis auf das Geschlechtsteil ihres Mannes. Das hatte ein gottloser Fisch gefressen. Aber dank ihrer intimen Kenntnisse hat Isis es einfach nachgeformt und dem Leichnam angeklebt oder angeschraubt oder was auch immer.«

»Ihr Rechtsmediziner habt wirklich einen seltsamen Sinn für Humor.«

»Nein, im Ernst. Die Geschichte ist genauso überliefert worden, wie ich sie erzählt habe. Ehrenwort.« Er hob die Hand zum Schwur.

Nadja lachte. »Das ist der Schweigefuchs, den du da zeigst, nicht die indianische Schwurgeste!«

»Was ist denn der Schweigefuchs?«

»Das ist eine pädagogische Maßnahme ...« Sie konnte mit ihrer Erklärung nicht fortfahren, da es erneut klingelte. »Wer ist das denn jetzt? Hat sich Professor Nauke doch noch zu einem Besuch entschlossen?«

Nadja ging zur Tür und drückte den Summer. Als sie Schritte im Treppenhaus hörte, öffnete sie die Wohnungstür. Vor ihr stand André Krönig mit einem gigantischen Strauß roter, weißer und rosafarbener Rosen in der einen und einer Flasche Wein in der anderen Hand. Nadja wurde bewusst, dass sie immer noch ihr altes Hemd trug, an dem mittlerweile auch Käsefäden und Pizzakrümel klebten.

André blinzelte überrascht, begann dann jedoch zu lächeln. »Du siehst toll aus! Dir stehen ja sogar Männerhemden.«

»André, was …?«

»Ich weiß, ich weiß, das kommt jetzt vielleicht etwas überraschend«, sagte er und blickte sie über den Strauß hinweg an, »aber du bist nie ans Handy gegangen, wenn ich versucht habe, dich anzurufen. Du hast auf keine meiner Nachrichten geantwortet und mich komplett ignoriert. Dabei wollte ich so gern noch einmal mit dir reden.«

»Das letzte Gespräch war nicht besonders erfreulich.« Nadja versuchte, Andrés zerknirschten Gesichtsausdruck und den Blumenduft zu ignorieren. Sie starrte auf seinen Hemdkragen, der unter dem braunen Pulli hervorlugte. Auf einer Seite war er etwas zerknittert, und Nadja hätte gern die Hand ausgestreckt und ihn glatt gestrichen. Es wäre so leicht, ihm jetzt zu verzeihen.

Aber wie stellte er sich das vor? Dachte er wirklich, sie könnten eine Beziehung führen, wenn er nebenbei mit seiner Verlobten zusammenwohnte, die seit einem Unfall vor einigen Jahren im Rollstuhl saß? Oder hatte er Amalia verlassen? Bei dem Gedanken daran fühlte Nadja mehr Beklemmung als Freude. Anfangs hatte sie darauf gehofft, aber jetzt? Es war so viel passiert, das sie nicht einfach vergessen konnte.

»Und deine Lebensgefährtin, was ist mit ihr?«

Andrés Lächeln verschwand. »Lass uns in Ruhe drüber reden. Darf ich vielleicht reinkommen?«

Nadja zögerte. »Ich glaube, das ist keine gute Idee.«

Er blickte auf den Strauß in seiner Hand. »Jetzt komme ich mir vor wie ein Idiot. Einfach so aufzutauchen.«

»Woher wusstest du, wo ich wohne?«

»Das war nicht schwer. Du hast eine Nachsendeadresse angegeben. Ich weiß schon seit ein paar Wochen, wo ich dich erreichen könnte, aber ich habe mich lange nicht getraut, dir gegenüberzutreten. Ich habe mich so geschämt.«

In Nadjas Kopf wirbelte alles. Eine Erinnerung nach der anderen tauchte auf und wurde sofort von der nächsten verdrängt. Sein überraschtes Lächeln, als sie ihm zum ersten Mal ein Geschenk gemacht hatte. Ihre Wut, als sein Lügengebäude vor ihren

Augen einstürzte. Seine Verlobte, die Nadja auslachte. Und dann wieder sein Blick, der sie nicht losließ. Die Erkenntnis, dass er nicht aufgegeben hatte, dass er trotz ihres deutlichen Widerstandes noch immer versuchte, sie zurückzugewinnen. Vielleicht lag ihm wirklich etwas an ihr, vielleicht hatte sie ihn zu streng beurteilt, vielleicht …

Sie wich einen Schritt zurück, was André als Einladung zu verstehen schien. »Danke, Nadja«, sagte er und trat in die Diele.

In diesem Moment hörte sie Schritte hinter sich. Mukki kam aus dem Wohnzimmer, die Flasche Federweißer in der Hand. »Macht es dir was aus, wenn ich da Wasser mit reinkippe? Das schmeckt sonst …« Er verstummte, als er André in der Tür stehen sah.

Nadja hatte Mukki ganz vergessen. André starrte ihn an, das Lächeln verschwand von seinem Gesicht und wich einer steinernen Miene. Er legte die Rosen auf den Boden. Sie blieben in einem unordentlichen Haufen zu Nadjas Füßen liegen.

Hastig sagte Nadja: »Das ist ein Kollege von der Rechtsmedizin. Er ist hier, um –«

»Du musst mir nichts erklären«, sagte er resigniert, »wenn ich das gewusst hätte, hätte ich uns beiden diese Peinlichkeit erspart. Verdammt, ich bin so ein Idiot.«

Er drehte sich um und ging mit schnellen Schritten davon.

Nadja kannte ihn gut genug, um zu wissen, dass es ihn Kraft kostete, sie nicht anzuschreien oder wenigstens zu fluchen. Sollte sie ihm nachlaufen und Mukkis Anwesenheit erklären? Würde er ihr überhaupt glauben? Sie hatte nichts anderes gewollt, als dass er sie endgültig in Ruhe ließ, doch nicht auf diese Weise. Sein Schock und die Verletztheit waren zu deutlich gewesen. Sie blieb unentschlossen stehen, bis sie das Knallen der unteren Tür hörte.

Mukki sah sie mit großen Augen an. »Habe ich etwas falsch gemacht?«

Nadja seufzte und drückte die Handballen an ihre Schläfen. Sie hätte gern geweint. »Nein, nein, das war nur … das Ende von etwas, das ich lange nicht aufgeben wollte.«

»Möchtest du, dass ich auch gehe?«

Sie nickte nur. An der Langsamkeit, mit der er seine Jacke vom

Sofa holte und zur Tür ging, erkannte sie, dass er lieber bei ihr geblieben wäre. Seine Schultern hingen nach unten, die ganze Körperhaltung verriet Enttäuschung.

Vorsichtig stieg er über die Rosen auf den Fliesen. An der Treppe drehte er sich zögernd noch einmal um. »Wenn du etwas brauchst, dann melde dich bitte. Es tut mir wirklich leid.«

Das Angebot war verlockend. Wenn sie ihm erlaubte zu bleiben, dann würde sie zumindest nicht ständig an André denken müssen. Doch heute Abend war schon zu viel geschehen. Sie konnte sich nicht in etwas Neues stürzen, wenn das Alte noch so wehtat.

Ihre Antwort war kurz: »Es ist nicht deine Schuld. Gute Nacht.«

6

Am nächsten Morgen schlurfte Nadja um acht ins Badezimmer. Sie hatte schlecht geschlafen – wenn man überhaupt von Schlaf sprechen konnte. In ihrer Erinnerung bestand die vergangene Nacht nur aus Stunden genervten Hin- und Herwälzens, aus Grübeleien und unzähligen Griffen nach dem Handy, um Andrés Nummer zu wählen, bevor sie sich im letzten Moment immer wieder umentschieden hatte. Um halb drei war sie zu der Überzeugung gelangt, dass sie Männer nicht ausstehen konnte, und um drei Uhr bedauerte sie, dass jetzt keiner neben ihr lag. Um viertel vier war sie aufgestanden, um eine Tasse warme Milch mit Honig zu trinken, wovon sie den ersten Schluck wieder in den Ausguss spuckte, weil die Milchhaut sich so eklig auf ihrer Zunge angefühlt hatte. Mit dem Vorsatz, am nächsten Tag erst später zur Arbeit zu gehen, war sie schließlich eingeschlafen.

Als Nadja nun in den Spiegel blickte, erschrak sie dennoch. Sie hatte schon fast so tiefe Augenringe wie Frau Schweigert und wies einen ähnlich blassen Teint auf. Hektisch kramte sie in der Schublade des Badezimmerschränkchens herum, wo für solche Notfälle eigentlich ein extrastarker Concealer liegen sollte. Als sie ihn gefunden hatte, trug sie die Creme großzügig unter den Augen auf und verwischte sie, so gut es ging.

Das Ergebnis war weniger überzeugend als Furcht einflößend. Der Concealer verdeckte die Augenringe zwar zuverlässig, hatte aber einen so dunklen Farbton, dass sie wie ein Clown aussah. Nadja erinnerte sich vage, dass sie das Retuschierwunder vor zwei Jahren nach dem Urlaub gekauft hatte, wahrscheinlich war sie zu dem Zeitpunkt sportlich gebräunt gewesen.

Sie wusch alles wieder ab und beschloss, dass es sowieso egal war, wie sie aussah. Männer hatten ab jetzt keinen Platz mehr in ihrem Leben. Sie brachten nur Kummer und Sorgen und Rosen, die dann auf dem Boden landeten. Nadjas Augenringe dagegen hatten jede Daseinsberechtigung. Sie zeigten, dass sie eine hart arbeitende Polizistin war, und verhinderten interessierte Blicke.

Höchstens ein Psychiater würde sie in diesem Zustand noch mit Interesse betrachten.

Zufrieden musterte Nadja ihr hohläugiges Spiegelbild, flocht die Haare wie immer von der Seite beginnend nach hinten und schlüpfte in ihre zweitälteste Jeans, die zwar noch keine Löcher hatte, von einer figurbetonten Passform jedoch ebenso weit entfernt war wie ein Viermannzelt. Dann machte sie sich einen Kaffee und tunkte ein aufgetautes Schokocroissant mit Nutellaaufstrich hinein. Wenn sie schon aussehen konnte wie sie wollte, dann würden Kalorien ab jetzt ihre besten Freunde werden. Vielleicht hatte Gretchen ja noch ein paar Eulenmuffins vorrätig.

***

Als Peter vor seinem Häuschen in den Wagen stieg und Richtung Innenstadt den Berg hinunterfuhr, fröstelte er. Natürlich hatte er seine Handschuhe vergessen, und natürlich hing der unvermeidliche Morgennebel über Würzburg.

Peter musste nun die zwar kalte, dafür aber zumindest durchsichtige Luft Gerbrunns hinter sich lassen und in die Waschküche hinunterfahren. Das Würzburger Klima mochte insgesamt gesehen wärmer sein als das mittelfränkische, dafür hatte es in Nürnberg so gut wie nie Nebel gegeben!

Das Wetter schien förmlich zu einem Showdown einzuladen. Im Nebel waren doch immer grässliche Dinge passiert. Wilkie Collins' »Frau in Weiß« geisterte durch den Londoner Vorstadtnebel, Poes Geschichten waren samt und sonders nebulös, und sogar in Viscontis Literaturverfilmung von »Tod in Venedig« erblickte der Protagonist die verhängnisvolle Stadt im Nebelschleier. Peter befand sich also in guter Gesellschaft.

Nur als Held eignete er sich vielleicht nicht besonders gut. Sein Haar begann am Hinterkopf etwas lichter zu werden, auch wenn er es bisher durch geschickte Kämmtechnik vor Rebekka zu verheimlichen gewusst hatte, und sein grauer Strickpulli machte auch nicht besonders viel her. Nun ja, ein schönes Nebelstück brauchte ja mehr als einen Helden. Er musste ja nicht die Hauptrolle einnehmen, nein, er sah sich eher als unscheinbaren, doch überaus intelligenten Berater, der sich insgeheim in die Herzen des Publikums schmuggelte. Jeder mochte Watson doch viel lieber als Sherlock Holmes. Er würde sich einen Gehstock und ein kariertes Jackett zulegen müssen. Und Nadja könnte er eine Pfeife zum Geburtstag schenken, Rebekka wusste bestimmt, wann sie Geburtstag hatte.

Im K1 herrschte anscheinend einiger Aufruhr. Als Peter die Treppe hochstieg, hörte er andauerndes Niesen und dazu lautes Lachen. Gretchen stand mit fuchtelnden Händen vor ihrem Empfangstresen, auf dem ein Weihnachtsteller thronte. Ein wild qualmender Duftkegel verströmte aufdringlichen Tannenduft. Heideckert stand in einer Ecke, so weit wie möglich vom Schreibtisch entfernt, und hielt ein riesiges Taschentuch vor sein Gesicht, in das er sich fortwährend schnäuzte. Max Braun hatte ein Fenster aufgerissen und wedelte frische Luft herein. Dabei hielt er von Lachanfällen geplagt immer wieder inne, während Gretchen in einem fort beteuerte: »Aber ich habe doch nicht gewusst, dass Sie gegen Räucheraromen allergisch sind!«

Peter nahm den Teller vom Tresen und kippte den Räucherkegel kurzerhand aus dem Fenster. Heideckert nieste noch einmal und nickte Peter dann dankend zu. Nachdem er das Taschentuch von seinem Gesicht entfernt hatte, sah man rote Pusteln auf seinen Wangen und am Hals erscheinen.

»Nächstes Mal ein bisschen vorsichtiger mit der Weihnachtsdeko, bevor Sie uns noch alle vergiften.« Peter drohte Gretchen mit dem Finger, woraufhin sie ihn todunglücklich anblickte und zu Heideckert eilte, um seine Pusteln zu behandeln.

Vielleicht stand ihm die Heldenrolle doch ganz gut? Zufrieden ging Peter in sein Büro, um vor der Versammlung noch einmal seine Notizen zu sichten. Er hatte gestern Abend alles aufgeschrieben, was ihm bei dem Gespräch mit den Schweigerts aufgefallen war, und da Heideckert sowieso erst mal ausgeschaltet war, konnte ebenso gut er den Streber herauskehren.

Von seinem Schreibtisch aus hörte er Heideckerts Schniefen und die Ankunft von Neumann, der von Braun sofort ausführlich über den Allergievorfall aufgeklärt wurde. Dann ging er mit einer frischen Flasche Wasser hinüber in den Versammlungsraum.

Als Nadja nach wenigen Minuten den Raum betrat, taxierte Peter sie genau, um herauszufinden, ob die typische Sherlock-Mütze mit den hochgefalteten Ohrenklappen zu ihrer Flechtfrisur passen würde. Deshalb fiel ihm auch auf, dass sie irgendwie anders aussah als sonst. Irgendwie nicht nadjamäßig, nicht so energiegeladen, eher etwas müde und blass.

»Bist du krank?«, fragte er, nachdem Nadja sich neben ihn gesetzt hatte.

Sie warf ihm einen genervten Blick zu, musste dann aber lachen. »Wenn du wüsstest, was ich gestern Abend durchgemacht habe … Ich glaub es ja selbst noch nicht so ganz.«

Peter dachte an den Nebel. »Hast du etwa die ›Frau in Weiß‹ gesehen?«

»Eher den schwarzen Mann«, sagte sie und lachte wieder, »der dann vom Rosenkavalier abgelöst wurde.«

»Sie scheinen ja ein sagenhaftes Privatleben zu führen, Frau Oberkommissarin.« Wie es schien, hatte Mancini sich herangeschlichen und den letzten Satz noch mitbekommen. Mit unbewegter Miene stand er nun da. »Falls Sie sich trotzdem noch für den Doppelfall Dreher interessieren, könnten wir dann anfangen.«

Sobald Mancini sich abgewandt hatte und zu seinem Stammplatz schritt, verdrehte Nadja die Augen. Peter grinste und hielt die Daumen hoch. Toi, toi, toi.

Nadja stand diesmal nicht auf, sondern erklärte von ihrem Stuhl aus, was sie am Abend von Mukki erfahren hatte, wie eine Vergiftung durch Digitalis ablief und dass es in Form eines Herzmedikaments in den Cocktail gemischt worden war. Anschließend bat sie Peter, den Besuch bei den Schweigerts zusammenzufassen, worüber rege diskutiert wurde. Fred Schweigert fand Unterstützer in Nadja und Maximilian Braun, während der Rest ihn für schuldig hielt oder – in Peters Fall – die ganze Familie verdächtig fand.

Mancini hielt sich heraus und pochte nur ab und zu schlecht gelaunt mit den Fingerknöcheln auf den Tisch, woraufhin es für wenige Sekunden leiser wurde, bevor der Geräuschpegel wieder anschwoll.

Als Neumann zum dritten Mal fragte, ob man keinen vorläufigen Haftbefehl für Fred beantragen könne, fand Nadja es an der Zeit, das Thema zu wechseln. »Ihr habt gestern doch mit unseren übrigen Verdächtigen gesprochen, was kam dabei denn raus?«, fragte sie in die Runde.

Heideckert meldete sich. Als Nadja ihm ermunternd zunickte, fielen ihr die vielen Pflaster auf, die seine untere Gesichtshälfte und den Hals zierten. Beim Rasieren konnte das schwerlich passiert sein. Ob sie nachfragen sollte? Aber vielleicht sollte sie ihn nicht vor allen Kollegen darauf ansprechen.

»Also, ich war gezwungenermaßen«, hier warf Heideckert Braun und Neumann einen scheelen Blick zu, »bei Marc Kupido. Wider Erwarten haben wir eigentlich ein ganz interessantes Gespräch geführt. Ich wusste gar nicht, dass er Medizin studiert hat. Wir haben dann eine Weile über Diabetes und mögliche Todesfolgen diskutiert. Professor Nauke hat das neulich ja so schön dargelegt, was bei Unterzucker passiert.«

»Marc ist Arzt?« Steffen Neumann schrie fast. Als alle ihn anblickten, erklärte er: »Wir haben uns doch gefragt, wer über die nötigen medizinischen Kenntnisse verfügt, um die Morde so sicher durchführen zu können. Da haben wir die Antwort.«

»Er macht gerade sein PJ, sein praktisches Jahr«, berichtigte Heideckert ihn. »Und ich finde, nur weil jemand sich mit Medizin auskennt, muss er noch kein Mörder sein.«

»Es ist ja nicht jeder ein Dr. Crippen«, fügte Nadja in Erinnerung an das Gespräch mit Mukki hinzu.

»Ja, aber das ist schon ein erwähnenswertes Detail. Wieso erfahren wir das erst jetzt?«, fragte Mancini. Er klang ungehalten.

Die Kommissare blickten sich an. »Weil er vorher noch nicht einzeln befragt worden war«, antwortete Peter schließlich. »Und Benedikt Dreher hat auf seiner Liste der Verdächtigen keine Berufe dazugeschrieben.«

Mancini runzelte die Stirn. »Trotzdem, ich hätte mir gewünscht, Sie hätten das eher herausgefunden.«

Der Tadel war eindeutig. Peter schaute Nadja an, die nicht zu wissen schien, wie sie damit umgehen sollte. In Abwesenheit von Hauptkommissar Bär war sie zwar für die Leitung der Ermittlungen zuständig, aber den Undercover-Auftrag hatte sie auf Drängen

Mancinis angenommen, und es war klar gewesen, dass sie dann nicht wie üblich an den Fall herangehen konnten. Andererseits wäre auch undercover nichts leichter gewesen, als Marcs Beruf zu erfragen. Sie sagte nichts dazu, und Peter ging davon aus, dass sie ihre Aggression erst nach der Besprechung ausleben würde. Hoffentlich war er dann schon weit, weit weg.

»Okay, Marc kommt also rein von seinen Fähigkeiten her gut als Täter in Betracht«, sagte er. »Das trifft übrigens auch auf Felicitas Huf zu. Sie arbeitet als Diätassistentin im Juliusspital. Inwieweit man sich in dem Beruf mit Giften auskennt, weiß ich nicht genau, aber Diabetes kommt auf jeden Fall häufig vor. Doch darüber hinaus können wir ihnen nichts unterstellen, oder? Vor allem, weil ein Motiv fehlt.«

»Ich habe Marc auch zu Steffi Schweigert und den verdächtigen Umständen ihres Todes befragt«, fuhr Heideckert fort, »aber dazu hat er nicht viel gesagt. Ich habe ja auch erst danach erfahren, dass wir inzwischen wissen, dass Sebastian der Vater war, deshalb konnte ich ihn damit nicht unter Druck setzen.«

»Und wie hat er sich dir gegenüber verhalten? War er nervös, oder hat er in irgendeiner Weise einen Verdacht geäußert?«, fragte Nadja.

»Nein, Marc hat sich so ähnlich verhalten wie damals, als Peter und ich ihn bei Feli überrascht haben. Er war ganz locker, ein bisschen von oben herab vielleicht. Und er kam noch mal auf die Sache zurück. Er sagte, dass Feli und er alte Freunde seien, dass sie vor ein, zwei Jahren schon einmal etwas miteinander gehabt hätten und das jetzt erst vor Kurzem wieder aufgeflammt sei. Das hat er ziemlich betont.«

»Warum war zwischendrin Funkstille?«, fragte Nadja. Sie kaute nachdenklich auf Peters Bleistift herum, den dieser auf seine Notizen gelegt hatte.

Heideckert zuckte die Achseln. »Vielleicht hatte er da eine andere Favoritin oder Feli einen Freund.«

»Vielleicht war er Laura zur Abwechslung ja auch mal treu«, schlug Peter vor. Er betrachtete die Bleistiftspuren an Nadjas linkem Mundwinkel und bot ihr stumm einen Radiergummi an, was ihm einen irritierten Blick einbrachte.

»Wie sieht Casanovas Räuberhöhle denn eigentlich aus?«, fragte Braun. Er schien auf schlüpfrige Details zu hoffen, denn er lehnte sich erwartungsvoll nach vorn.

»Wenn dich das so sehr interessiert, hättest du ja hingehen können. Ich hätte viel lieber Felis Hund noch einmal gesehen, als diesen Typ auszuhorchen.«

»Grade hast du doch noch behauptet, du hättest dich so gut mit ihm über medizinische Details unterhalten.«

Heideckert zog es vor, Braun zu ignorieren. Er setzte seinen Bericht fort: »Marcs Wohnung ist tipptopp, viel glänzender Stahl und so Zeug, moderne Aktzeichnungen an den Wänden, von Frauen und Männern übrigens.«

»Bestimmt nur, damit es nicht allzu sehr auffällt, wenn er sein eigenes Konterfei dazwischenhängt«, meinte Peter mit einer Grimasse.

»Ja, er hat bestimmt einen tollen Körper.« Nadjas Überlegung wurde von ihren Kollegen mit Hüsteln und demonstrativem Augenbrauenhochziehen aufgenommen. Sie blickte in die Runde. »Was denn? Ihr schaut doch auch lieber hübsche Frauen an als hässliche. Also tut mal nicht so scheinheilig.«

Mancini fand es offenbar wieder an der Zeit, auf den Tisch zu pochen. Obwohl er nichts sagte, war die Botschaft klar.

»Also keine weiteren Verdachtsmomente gegen Marc, außer seinem Beruf«, fasste Peter zusammen.

»Vielleicht hat Fred ihn mal im Krankenhaus besucht, was ja ganz normal wäre, wenn sie alle so gut befreundet sind, und hat dort ein paar Tabletten mitgehen lassen. Oder auch Insulin.« Steffen Neumanns Idee sorgte für erneutes Gemurmel.

»Das gilt aber für alle anderen genauso, nicht nur für Fred«, warf Max Braun ein.

»Außerdem ist es um die Freundschaft zwischen Marc und Fred wohl nicht besonders gut bestellt«, meinte Nadja, »schließlich sind die beiden Konkurrenten.«

»Da kann ich ja gleich einhaken.« Neumann steckte symbolisch die Daumen in die Taschen seiner Lederweste. »Ich war bei Laura und habe Cappuccino bekommen, wenn es auch nur löslicher war, den man mit heißem Wasser aufgießt. Kekse hatte sie auch, aber ich habe keinen genommen, weil der ganze Esstisch mit Aufsätzen übersät war, die sie gerade korrigiert hat, und ich nicht drüberbröseln wollte.«

Peter sah Neumanns raschen Blick auf Mancini und nahm an, dass er diesen mit seiner weitschweifigen Erzählung provozieren wollte. Der Staatsanwalt tat ihm den Gefallen jedoch nicht. Er schien einen Punkt an der Wand dicht neben Neumanns Ohr zu fixieren. Vielleicht dachte er auch einfach nur darüber nach, wann das Gebäude zum letzten Mal renoviert wurde. Das allgegenwärtige Weiß könnte man mal durch etwas Peppigeres ersetzen. Rebekka hätte sofort zu Farbeimer und Pinsel gegriffen, wenn sie hier arbeiten würde. Sie mochte Räume mit Charakter, wie sie sagte, zartes Rosa, Kobaltblau, ein dunkles Grün in Kombination mit Sonnenuntergangsorange … In Gedanken tauchte Peter das ganze K1 in Regenbogenfarben. Dann hätte Mancini zumindest einen Grund, die Wand so anzustarren. Er bekam gerade noch rechtzeitig mit, dass Neumann inzwischen mit dem aussagekräftigeren Teil seines Berichts begonnen hatte.

»Wir wussten ja bereits, dass Laura Steffis Lehrerin war. Mich hat das anfangs etwas irritiert, aber tatsächlich ist der Altersunterschied gar nicht so groß wie gedacht. Laura hat gerade erst ihr Referendariat abgeschlossen, sie ist letzte Woche achtundzwanzig geworden, Nadja war ja bei der Feier dabei.«

Nadja nickte mit zusammengekniffenen Lippen. Peter konnte sich vorstellen, dass sie nicht allzu gern an diesen Abend zurückdachte.

»Zuerst hat sie ganz frei von Steffi erzählt, aber als ich nach der Schwangerschaft gefragt habe, hat sie plötzlich dichtgemacht. Ich habe sie drauf angesprochen, ob Marc der Vater des Kindes sein könnte, und dann wollte sie gar nichts mehr sagen. Sie wollte plötzlich ganz dringend weiterkorrigieren.«

»Das finde ich im Nachhinein auch komisch«, sagte Nadja. »Es war ja Laura, die mir überhaupt erst von der Sache erzählt hat, aber mir gegenüber hat sie behauptet, dass sie nicht genau wisse, woran Steffi gestorben ist. ›Irgendein Unfall‹, hat sie gesagt. Und dabei ist sie doch so eng mit Fred befreundet. Ich kann mir fast nicht vorstellen, dass er ihr nie davon erzählt hat.«

»Verdrängung?«, fragte Heideckert. »Vielleicht hat sie die Schwangerschaftsgeschichte einfach ausgeblendet, weil sie gar nicht näher drüber nachdenken wollte.«

Peter wollte gerade antworten, als es an der Tür klopfte. Gretchen blickte schüchtern durch den Türspalt hinein.

»Ich weiß, dass ich euch eigentlich nicht stören soll, wenn Besprechung ist, aber vor meinem Schreibtisch wartet Frau Schweigert und besteht darauf, dass sie dringend mit Nadja und Peter sprechen muss.«

»Oh endlich, ein Geständnis!«, rief Braun.

»Quatsch, sie will bestimmt nur Fred entlasten«, meinte Neumann.

»Oder ihren Mann beschuldigen«, sagte Heideckert hoffnungsvoll.

Mancini rieb sich die Schläfen. »Was auch immer es ist, es kann vermutlich nicht warten, also kümmern Sie beide sich am besten gleich darum, und wir besprechen die Befragung von Felicitas Huf. Es muss doch etwas geben, das uns weiterhelfen kann.«

Gretchen hielt ihnen die Tür auf. Nadja und Peter gingen an ihr vorbei, wobei Peter einen vertrauten Geruch nach Plätzchenteig und Zimt wahrzunehmen glaubte. Gab es Weihnachtsduft mittlerweile als Parfüm? Oder lagerte Gretchen ihre Lebkuchen und Christstollen im Kleiderschrank, sodass Blusen und Röcke danach dufteten?

Er lächelte sie an, woraufhin sie die Flucht ergriff und die Tür mit einem Knall zufallen ließ.

Theresa Schweigert stand etwas verloren neben Gretchens Empfangstisch. Sie hielt einen Regenschirm in der Hand, obwohl es den ganzen Tag noch nicht geregnet hatte, und ihre blauen Kinderaugen wurden von den Sorgenfalten fast erdrückt.

Nadja drückte Theresa Schweigerts Hand möglichst behutsam. »Sie wollten mit uns sprechen?«

»Können wir vielleicht nach draußen gehen?« Sie klang genauso unsicher wie Fred.

»Natürlich können wir rausgehen, wenn Sie das möchten, aber momentan ist es ziemlich kalt.«

»Das macht nichts, ich bin lieber draußen, wenn es geht. Ich halte mich nicht so gern in großen Gebäuden auf.«

Peter holte ihre Jacken aus dem Büro, woraufhin sie langsam das Gebäude verließen und den Weg Richtung Main einschlugen. Der Gehsteig war nicht besonders breit, sodass die Autos dicht an ihnen vorbeifuhren. Theresa Schweigert blickte sich immer wieder nervös nach ihnen um. Nadja ging an ihrer rechten Seite, um sie etwas vom Verkehr abzuschirmen.

»Mein Mann weiß nicht, dass ich hier bin«, begann Theresa Schweigert. Sie blickte die Kommissare an, als erwarte sie, dafür gescholten zu werden. Als nichts dergleichen geschah, fuhr sie fort: »Er musste zur Arbeit. Ich habe ihm versprochen, mit Fred zu Hause zu bleiben und mit niemandem zu reden, aber das konnte ich nicht.«

Nadja bog in den Spazierweg ein, der am Main entlangführte. Heute war der Fluss grau und leer, und er schien schneller zu strömen als sonst.

»Thomas denkt, dass Fred Ihr Hauptverdächtiger ist und Sie ihn verhaften wollen.«

»Wir wollen ihn bestimmt nicht verhaften«, widersprach Nadja, »aber momentan deutet wirklich vieles auf ihn hin, das muss ich zugeben.«

Theresa Schweigert antwortete nichts darauf. Mit kleinen, aber schnellen Schritten lief sie zwischen Peter und Nadja wie ein Kind zwischen seinen Eltern.

»Durch Ihre Aussage können Sie uns vielleicht helfen«, sagte Peter, »damit wir etwas finden, das Fred entlastet.«

Sie schien es nicht zu hören. Die Spitze des Regenschirms schleifte im Kies hinter ihnen her und verursachte ein aufdringliches Geräusch, das Nadja nervös machte. Nun kam sie sich auch verfolgt vor.

»Ich habe nachgedacht«, sagte Theresa Schweigert und blieb stehen. »Ich weiß, dass mein Sohn nicht der Mörder ist. Er könnte so etwas niemals tun, und außerdem habe ich ihm nicht erzählt, worum es bei dem Gespräch mit Frau Dreher ging. Ich wollte ihm die Tanzschule nicht nehmen. Seit Steffis Tod ist sie so etwas wie sein Zufluchtsort geworden.«

»Das hat uns Ihr Mann auch schon gesagt«, wandte Peter ein, »aber ich halte es für wahrscheinlicher, dass Fred es viel eher wusste als Sie beide. Er hat es irgendwie erfahren und beschlossen, sich an Sebastian zu rächen.«

»Dann hätte er den zweiten Mord doch nicht direkt nach Yvonne Drehers Besuch bei mir begangen. Das hat den Verdacht ja erst auf ihn gelenkt.« Theresa Schweigerts Stimme war immer noch leise, doch sie schien sehr überzeugt von dem, was sie sagte. »Außerdem kenne ich meinen Sohn. Er ist abwechselnd verwirrt, traurig und wütend, seit Sie ihm erzählt haben, dass Sebastian der Vater von Steffis Kind war. Das könnte er mir nicht vorspielen.«

Nadja hielt es für angebracht, die Diskussion zu unterbrechen. Sie schlug vor, sich in Ruhe auf eine Holzbank am Mainufer zu setzen. Peter wickelte seinen Wollschal vom Hals, um ihn als Sitzunterlage auf die Bank zu legen, und sie nahmen nebeneinander Platz. Nadja atmete tief durch. Wenn es jetzt zwanzig Grad wärmer wäre und die Sonne mehr als nur zaghaft zwischen den Wolken hindurchscheinen würde, könnte sie den Tag fast genießen.

Theresa Schweigert hatte den Schirm zwischen ihre Knie geklemmt und drehte ihn am Griff im Kreis. Nadja erwartete, dass er jeden Moment eine Laufmasche in ihre Strumpfhose riss.

»Wenn Sie sagen, Sie kennen Ihren Sohn und wissen, dass er es nicht war, dann respektieren wir das natürlich. Aber es muss Ihnen auch klar sein, dass so etwas vor Gericht nicht zählt. Wir sind auf der Suche nach einem Mörder und gehen dabei den Spuren nach, die wir finden. Und die letzte Spur hat uns direkt zu Ihnen geführt.«

»Warten Sie«, der Regenschirm stand still, »es gibt da noch etwas, das Sie wissen sollten: Fred verbringt das Wochenende meist bei uns in Mainstockheim. Als Yvonne Dreher am Samstag zu uns kam, war Fred zunächst sehr beunruhigt. Er dachte, dass es um den Ball geht, dass er seinen Part in der Show vielleicht nicht tanzen darf oder so etwas. Da sie dann aber nur mit mir sprechen wollte, hat er sich zurückgezogen und war später sehr still. Abends ist er dann zum Congress Centrum gefahren, um beim Dekorieren zu helfen. Als er wiederkam, war er recht gut gelaunt und hat mir gesagt, dass er mit Laura geredet hat und jetzt versteht, warum ich ihm nicht erzählen wollte, worum es ging. Er hat mich umarmt und gesagt: ›Wir schaffen das schon, Mama. Alles wird gut.‹«

»Was kann er damit gemeint haben?«, fragte Nadja.

»Für mich klang es so, als hätte Laura irgendeine plausible Theorie für Frau Drehers Besuch gehabt, und Fred hat es geglaubt.«

»Und Sie haben dann nicht weiter nachgefragt?«

»Nein, ich war erleichtert, dass das Thema vom Tisch war. Und Thomas meinte auch, dass wir die Sache am besten möglichst schnell vergessen.« Sie senkte den Kopf, sodass ihr die kurz geschnittenen braunen Haare mit den vielen grauen Strähnen in die Stirn fielen.

»Nach Steffis Tod ging es mir lange Zeit nicht so gut, ich konnte kein normales Leben mehr führen, habe alles aufgegeben. Inzwischen geht es mir besser, aber ich glaube, Thomas hat Angst, dass es wieder schlimmer werden könnte.«

Nadja blickte die Frau von der Seite an. Sie hatte ein klares, schön geschnittenes Profil mit einer kleinen, geraden Nase und hoher Stirn. Ihr Teint war sehr hell, die Augen und Lippen ungeschminkt. Wenn die Augenringe und die grauen Strähnen nicht gewesen wären, hätte man sie für viel jünger halten können.

»Welche Medikamente nehmen Sie denn?«, fragte Peter.

»Citalopram. Es wirkt antriebssteigernd.« Sie lächelte etwas verzagt. »Ich glaube, sonst hätte ich es heute gar nicht hierhergeschafft.«

»Sonst nichts?«

»Am Anfang habe ich Lorazepam dazubekommen. Damit ich vor lauter Antriebssteigerung nicht gleich vom nächsten Hochhaus springe.« Die Selbstironie wirkte fehl am Platz. So als habe Theresa Schweigert sie sich von anderen abgeschaut, wie ein kleines Mädchen, das die Hüften schwingt, weil es den Gang der Schauspielerinnen nachahmen will.

»Aber keine Herzmedikamente?« Endlich wusste Nadja, worauf Peter hinauswollte.

»Nein, meinem Herzen fehlt zwar etwas, aber da können Tabletten auch nicht helfen.« Der Regenschirm kam wieder zum

Einsatz. Sie drehte ihn schneller als zuvor. Nadja warf Peter einen hilflosen Blick zu. Sie wusste nicht, wie lange Theresa Schweigert noch durchhalten würde.

Peter schien es ähnlich zu gehen. Er rückte die Füße aus der Reichweite der Schirmspitze, die ihm gefährlich nahe gekommen war, und sagte: »Dann habe ich jetzt nur noch eine letzte Frage an Sie. Wissen Sie, ob Ihr Sohn sonst noch mit jemandem über Frau Drehers Besuch gesprochen hat?«

Sie runzelte die Stirn. »Er hat nur den einen Namen konkret erwähnt, aber da er insgesamt viel von Laura spricht und von den anderen weniger, kann genauso gut noch jemand anderes dabei gewesen sein.«

Nadja schaute wieder zum Main. Laura, dachte sie, was hatte Laura mit der ganzen Sache zu tun?

Peter stand auf, um Frau Schweigert zu verabschieden und ihr für ihr Kommen zu danken. Nadja tat es ihm gleich. Sie sah die schmale Gestalt davongehen, der Schirm schleifte wieder am Boden. Als sie um die Ecke bog, begann es zu regnen.

Nadja und Peter spurteten zurück zum K1. Nadja hatte ihren Schal um den Kopf gewickelt und Peter seinen Pulli halb über den Kopf gezogen, doch Peters T-Shirt war am Rücken nass geworden, und auch Nadjas Haare fühlten sich feucht an. Hätte sie doch bloß auch immer einen Regenschirm dabei. Mehr amüsiert als schlecht gelaunt stieg sie neben Peter die Treppen hinauf.

Aus dem Versammlungsraum drangen erregte Stimmen. Nadja blickte ihren Kollegen alarmiert an und steigerte ihr Schritttempo. Als sie eintraten, hatten die Kommissare sich um Widukind Bruggner geschart, dem die Aufregung spürbar unangenehm war. Er klammerte sich an seiner Cappuccinotasse fest und sah richtig erleichtert aus, als Peter und Nadja eintraten.

»Was ist denn hier los?«, fragte Nadja Mancini, der mit übergeschlagenen Beinen am Tisch saß und den Tumult beobachtete.

»Jack the Stricker hat anscheinend wieder zugeschlagen«, stellte er mit einem maliziösen Lächeln fest.

Nadja versuchte gar nicht, den Sinn dieser Aussage zu entschlüsseln, sondern wandte sich gleich an ihre Kollegen. »Jetzt setzt euch bitte wieder hin. Der arme Widukind kriegt ja gar keine Luft mehr, wenn ihr euch so um ihn rottet.«

»Aber er hat die schwarzen Wollfasern auch am zweiten Tatort gefunden. Und kein Wort davon gesagt!«

»Moment mal, ich habe gerade selbst erst das Testergebnis bekommen«, protestierte Widukind, sobald er wieder freie Sicht hatte.

»In Ordnung, jetzt beruhigen sich alle wieder, und wir besprechen alles noch mal der Reihe nach.« Nadja kam sich ein bisschen vor wie im Kindergarten. Sie als einzige Frau war natürlich die Erzieherin. Dass sich Klischees auch immer erfüllen mussten.

»Also«, begann Widukind, bevor er sich unterbrach und argwöhnisch in die Runde blickte. Als die Kommissare ruhig blieben, trank er einen Schluck von seinem Kaffee, verzog das Gesicht und stellte die Tasse weg. »Also«, wiederholte er, »ich habe euch ja erzählt, dass wir neben Sebastians Leiche schwarze Fusseln an der Wand sichergestellt haben. Am Tatort des zweiten Mordes haben wir auch solche gefunden, und zwar auf dem Boden im Umkleideraum selbst und auch im Gang davor. Das Labor hat bestätigt, dass es sich um dieselbe Wollmischung handelt.«

»Aber es ist ja nicht zweifelsfrei klar, dass es der Täter war, der gefusselt hat, oder?«, warf Peter ein.

»Das nicht«, musste Widukind zugeben, »aber ein guter Hinweis ist es schon, finde ich. Dann wissen wir zumindest, dass der Träger dieses ominösen Kleidungsstückes sich an beiden Tatorten aufgehalten hat.«

Nadja ging im Geiste die Garderobe der Tanzschulleute durch, die sie auf dem Ball gesehen hatte. Soweit sie sich erinnerte, war kein schwarzes Kleid darunter gewesen. »Können die Fasern von einem Anzug stammen?«, fragte sie.

Widukind schüttelte den Kopf. »Das glaube ich nicht. Einen Anzug mit solch hohem Wollanteil kann man schwerlich kaufen. In Sibirien vielleicht, aber hier?«

»Gestrickte Strümpfe?«, schlug Braun vor.

»Du warst wohl länger nicht mehr auf einem Ball«, spottete Neumann.

Nadja blickte zu Peter. In ihrer Erinnerung regte sich etwas, blieb jedoch zu dicht unter der Oberfläche des Bewusstseins, als dass sie es hätte erfassen können. Sie wusste nur, dass es um ein auffälliges Kleidungsstück ging und sie es an einem Ort gesehen hatte, wo Peter dabei gewesen war. Ein Mantel, eine Mütze, eine Strickjacke? Wenn sie sich nur an ein weiteres Detail erinnern könnte, dann würde der Rest auch zurückkommen. Sie wusste, dass es wichtig war, aber es wollte und wollte ihr nicht einfallen.

Seufzend gab sie schließlich auf und erklärte das Meeting für beendet, nachdem sie noch kurz von Theresa Schweigerts Besuch berichtet und Braun das Gespräch mit Feli in ein paar Sätzen für sie zusammengefasst hatte. Feli hatte wie alle anderen gewusst, dass Yvonne Dreher in der Ballnacht immer eine Bloody Mary bestellte, meinte aber, dass sie diesmal von der Zeremonie gar nichts mitbekommen habe.

»Nachdem sie mit der Kartenkontrolle fertig war, hat sie viel und mit wechselnden Partnern getanzt. Ich habe ein paar ihrer Partner angerufen, und die haben das auch bestätigt. An die genauen Uhrzeiten scheint sich aber niemand mehr zu erinnern.« Braun hob die Schultern. »Was Besseres habe ich leider nicht zu bieten.«

»Hast du auch noch mal nach Sebastian gefragt?«, wollte Nadja wissen.

»Ja, klar. In der Nacht von Sebastians Tod ist sie direkt nach Hause gegangen, nachdem ihre Pflichten am Empfang erledigt waren.«

»Kann das jemand bestätigen?«

»Anscheinend nicht. Und sie kannte Steffi ganz gut, weil die ihr manchmal am Empfang half, wenn viel los war. Feli war ziemlich überrascht, als ich danach gefragt habe. Sie meinte, es sei doch schon so lange her, dass Steffi gestorben ist.«

»Wie schnell die Leute doch vergessen«, sagte Peter leise.

Nadja räumte ihre Sachen zusammen. Sie brauchte dringend eine heiße Dusche und einen noch heißeren Föhn. Vielleicht musste ihr Gehirn nur etwas angetaut werden, damit ihr wieder einfiel, wonach sie so dringend suchte.

***

Heute war Papa-Tochter-Abend. Rebekka wollte zu einer Lesung in der Universitätsbibliothek gehen, hatte jedoch eine Unmenge Befürchtungen, was während ihrer Abwesenheit alles passieren konnte. Peter hatte ihr bereits hoch und heilig versprochen, gut auf Mariechen aufzupassen, keinen Unsinn anzustellen und anzurufen, wenn es irgendwelche Probleme gab.

Als seine Frau nun in ihren Mantel schlüpfte, stand er mit Mariechen daneben und versuchte, wie ein möglichst kompetenter Vater auszusehen. Er hatte ein Lächeln aufgesetzt, von dem er hoffte, dass es beruhigend auf beide Mädels wirkte. Mariechen bekam jedoch gar nichts davon mit, da sie ihr Köpfchen an seine Brust gelehnt hatte, um an seinen Hemdknöpfen herumzukauen.

Rebekka betrachtete ihren Ehemann stirnrunzelnd. »Warum grinst du denn so? Du hast doch kein Bier getrunken, oder?«

Sein Lächeln schien nicht den gewünschten Erfolg zu erzielen. Schnell schaltete Peter in einen anderen Modus. »Darf ich mich nicht freuen, mal einen Abend ganz allein mit meiner Tochter zu verbringen? Wir werden den höchsten Duploturm der Welt bauen und danach einen Siegestanz drumherum machen!«

Rebekka hob eine Augenbraue. »Und wenn ich zurückkomme, dann finde ich euch beide unter einer Flut von Duplosteinen begraben vor?«

»Oh ja, dann sieht Mariechen nicht, wenn du mich freibuddelst und wir unanständige Sachen in ihrem Kinderzimmer machen.«

Endlich hatte er den richtigen Ton getroffen. Rebekka lachte und schloss beide in eine lange und feste Umarmung. Dann erklärte sie ihm ein letztes Mal, dass er sie jederzeit anrufen könne, und eilte nach einem Blick auf die Uhr aus der Wohnungstür.

»Du musst dir keine Sorgen machen, genieß den Abend!«, rief Peter ihr hinterher und stellte sich mit Mariechen ans Fenster, um ein letztes Mal zu winken, bevor Rebekka ins Auto stieg. Als der Wagen um die Ecke verschwand, atmete er erst einmal tief durch und blickte dann seine Tochter an. »Das schaffen wir beide doch mit links, nicht wahr, mein Schatz?«

Sie wandte ihm ihr pausbäckiges Gesicht zu und spuckte einen Knopf aus.

Peter gab sein Bestes. Er las Winnie Puuh mit verstellten Stimmen vor, wobei ihm Ferkel seiner Meinung nach am besten gelang, fütterte Karottenbrei und pürierte Erbsen und baute zu Mariechens Unterhaltung einen meterhohen Turm aus Duplosteinen. Er wollte gerade ein Foto davon schießen, als Mariechen beschloss, Kullerfässchen durchs Wohnzimmer zu machen, und sich unter einigem Quietschen in sein Bauwerk hineinkugelte. Also fotografierte er stattdessen Mariechen, die den halben Turm in der Hand hielt wie ein Bodybuilder seine Gewichte. Er würde das Foto morgen Neumann, dem sportlichsten Kommissar im K1, zeigen.

Dann räumte er alle Duplosteine wieder auf einen Haufen und wischte auch die orangegrüne Pampe von Mariechens Gesicht und Haaren. Es ging ganz leicht, da sie inzwischen getrocknet war. Auch das Wickeln klappte problemlos. Erst als Peter um halb acht den Schlafanzug herauslegte und Mariechen hineinstecken wollte, begann das Geschrei. Sie schrie so lange, bis Peter nachgab und sie mit ins Wohnzimmer nahm, wo sie sich wieder ihren Duplos widmete.

Nach einer Viertelstunde wagte er einen neuen Versuch. Doch sobald Mariechen den Schlafanzug nur von Weitem sah, versuchte sie, vor ihm davonzukrabbeln. Peter fing sie ein und zog ihr den Schlafanzug mit sanfter Gewalt über. Das war offensichtlich ein Fehler. Ihr wütendes Gebrüll nahm an Lautstärke zu.

Peter saß hilflos in einem Sessel, sein schreiendes Kind auf dem Arm, und fragte sich, ob jetzt der Notfall eingetreten war, der es rechtfertigte, Rebekka anzurufen. Er blickte auf die Uhr. Die Lesung hatte wahrscheinlich erst vor einer halben Stunde angefangen, wenn er sich jetzt meldete, würde Rebekka sich vielleicht verpflichtet fühlen, zurückzukommen. Nein, das konnte er auf keinen Fall machen. Sie hatte sich den freien Abend wirklich verdient.

Er wiegte Mariechen behutsam auf den Knien und versuchte es mit »Sch-sch-sch« und »Na-na-na«. Mariechens Gesicht war inzwischen ganz nass und rot, sie schien seine Beruhigungsversuche gar nicht wahrzunehmen.

»Schlaf, Kindchen, schlaf«, begann Peter zu singen. Mariechen verstummte und drehte sich überrascht zu ihm um. Vom Erfolg ermutigt, probierte Peter sich am nächsten Vers. »Dein Vater hüt' die Schaf.« Er könnte das Lied umdichten. »Dein Vater ist ein Schaf« würde ihr wahrscheinlich besser gefallen. »Deine Mutter schüttelt's Bäumelein, da falln herab die Träumelein, schlaf, Mariechen, schlaf.«

Bei den letzten Worten trug er sie langsam ins Kinderzimmer hinüber und setzte sie im Gitterbettchen ab. Mariechen begann wieder zu schreien. Sie klammerte sich an den Gitterstäben fest und wippte zornig mit dem Windelhintern auf und ab. Wenn er erwartete, dass sie widerstandslos einschlafen würde, hatte er sich wohl getäuscht.

»Also gut«, sagte Peter, »dann probieren wir es mal mit Erpressung.« Er ging ins Elternschlafzimmer, um Winnie Puuh aus seinem Versteck im Schrank zu holen. Mariechen liebte den gelben Plüschbär, der »Kitzel mein Rumpel-Pumpel-Bäuchlein« sagte, wenn man ihm auf den Bauch drückte. Das war aber noch nicht alles. Sein Repertoire war erstaunlich groß. Er hatte auch »Ich glaube, es ist Zeit für Honig« auf Lager und konnte »Schlaf, kleiner Puuh« singen.

Mariechen durfte nur selten mit ihm spielen, beispielsweise wenn sie zum Kinderarzt musste. Peter hätte erwartet, dass sich der positive Effekt getreu dem Prinzip der Angstkonditionierung irgendwann abnutzen und ins Gegenteil verkehren würde, doch Mariechens Liebe war unerschütterlich.

Tatsächlich stellte sie das Geschrei abrupt ein, als Peter und Puuh die Treppe hinunterkamen und ihr zuwinkten. Peter ließ den Bären einen kleinen Tanz vorführen und fünfmal hintereinander »Kitzel mein Rumpel-Pumpel-Bäuchlein« sagen, weil Mariechen jedes Mal lachte und ihn anstrahlte, als sei er der beste Vater der Welt. Gerührt ließ er den Bären in ihre ausgestreckten Arme fliegen und drückte sie.

Mariechen erwiderte die Umarmung, doch dann packte sie Puuh plötzlich an einem Bein, entzog ihn Peters Griff und schlug ihn mehrmals gegen die Gitterstäbe. Sein honiggelber Kopf prallte gegen das Holz. Ein Ohr wurde umgeknickt. Mariechen schien das nicht zu stören, sie hielt ihrem Vater den misshandelten Bären mit stolzem Blick hin.

Peter war schockiert von so viel kindlicher Brutalität. Er weigerte sich, den Teddy wieder zu nehmen. »Puuh ist tot!«, sagte er streng.

»Uuh o?«, fragte Mariechen verwirrt.

»Tot!«, bekräftigte Peter und stupste das Plüschtier an, um ihr zu zeigen, dass es sich nicht mehr bewegte. Mariechen starrte den Bär an, dann plötzlich füllten sich ihre Kulleraugen mit Tränen, und sie begann zu weinen.

Peter war sich im Klaren, dass er vollkommen unpädagogisch handelte, doch diese tiefe Verzweiflung konnte er nicht mitansehen. Er nahm seine Tochter in den Arm und versuchte, sie zu trösten. Er fragte sich, ob Mariechen die Verbindung zwischen ihrem eigenen Tun und dem toten Puuh verstanden hatte, ob sie es überhaupt schon verstehen konnte.

Als er die Tränenspuren auf ihren Wangen mit seinem Ärmel wegtupfte, hatte er plötzlich das verzweifelte Gesicht einer ganz anderen Person vor Augen. Überrascht hielt er inne. Da war etwas, etwas, dem er bisher keine Beachtung geschenkt hatte. Während er den Bären wieder zum Leben erweckte und einen lustigen Tanz aufführen ließ, fragte er sich, warum sein Unterbewusstsein in diesem Moment eine Verbindung zum Fall Dreher hergestellt hatte.

Nachdem er Mariechen beruhigt, ihr vorgelesen und das Abendgebet gesprochen hatte, lief Peter im Wohnzimmer auf und ab. Immer um den zusammengestürzten Haufen Bauklötzchen herum. Er musste nachdenken. Der erschrockene Gesichtsausdruck seiner Tochter, als sie verstand, was sie getan hatte, ging ihm nicht aus dem Kopf. Peter trat ans Fenster und blickte zu der fahlen Mondsichel hinauf. Er sah die rachsüchtige Medea in ihrem Drachenwagen über den Himmel fliegen, und Yvonne Drehers Stimme hallte in seinen Ohren wider: »Die Hoffnung zu verlieren ist das Schlimmste, das Allerschlimmste.«

Eine Idee begann sich zu formen. Er hielt den Atem an, um den Gedanken nicht zu verscheuchen. Er wusste nicht, wie lange er regungslos dagestanden hatte, während Fragen, Antworten und Theorien durch seinen Kopf wirbelten. Er schloss die Augen, er war so blind gewesen. Dann plötzlich ging er im Laufschritt zum

Küchentisch, wo sein Handy lag. Er schlug im Telefonbuch nach und wählte eine Nummer.

Eine Frauenstimme meldete sich.

»Sind Sie immer noch fest entschlossen, Ihren Sohn zu beschützen?«

Einen Moment herrschte Stille. »Ja«, sagte sie schließlich.

»Dann hören Sie mir jetzt genau zu …«

7

»Du weißt schon, dass es eine höchst zweifelhafte Sache ist, eine labile Frau mit Depressionen als Köder zu missbrauchen, oder?«, zischte Nadja aus ihrem Versteck hinter dem Vorhang hervor. Sie hatte auf Augenhöhe schmale Schlitze hineingeschnitten, damit sie etwas sehen konnte, ohne den Vorhang zurückschieben zu müssen. Benedikt Dreher würde ihr die Sachbeschädigung in seiner Tanzschule hoffentlich verzeihen.

»Na und? Mancini hat es erlaubt«, zischte Peter zurück. Er lag bäuchlings unter einer Bank, die zum Schuhewechseln gedacht war. Dem Geruch nach zu schließen, verströmten hier tagtäglich diverse Treter ihr Aroma. Er bekam Hunger auf ein Käsebrot. Warum hatte er sich eigentlich keinen Snack eingepackt?

»Ach, Mancini, der erlaubt in diesem Fall doch einfach alles. Ich frage mich, warum.«

Das fragte Peter sich insgeheim zwar auch, doch andererseits kam ihm die unerwartete Großzügigkeit des Staatsanwaltes gerade recht. »Es dient der Wahrheitsfindung«, fügte er hinzu. »Uns wird sie bestimmt nichts erzählen, aber Frau Schweigert hat den Mutterbonus.«

»Wer ist ›sie‹?« Nadja hatte sich schon den ganzen Tag über immer wieder gefragt, wen er verdächtigte, aber Peter hatte nichts verraten. Falls er sich irrte, wollte er das nicht jahrelang vorgehalten bekommen. »›Sie‹ ist natürlich die verdächtige Person«, antwortete er deshalb nur.

»Glauben Sie wirklich, es kommt noch jemand?« Theresa Schweigert stand im Türrahmen des Tanzschulbüros und flüsterte in die Richtung, in der sie die Kommissare vermutete.

»Ja, bestimmt. Jetzt setzen Sie sich einfach wieder hin und schieben ein paar Papiere auf dem Schreibtisch herum. Und vergessen Sie nicht, dass die Bürotür auf jeden Fall offen bleiben muss.«

Widukind Bruggner hatte zwar eine Wanze und eine kleine Kamera in einem Ordner versteckt im Aktenschrank untergebracht, aber Nadja und Peter durften Frau Schweigert trotzdem nicht aus den Augen verlieren. Falls die Situation eskalierte, mussten sie sofort eingreifen können.

Peter beobachtete, wie Theresa Schweigert folgsam ins Büro zurückkehrte und sich auf Yvonne Drehers Stuhl niederließ. Sie saß sehr aufrecht da, mit geradem Rücken, als wolle sie nicht mit der fremden Stuhllehne in Berührung kommen. Das Licht der Schreibtischlampe war auf die Tischplatte gerichtet und hob ihre weißen Hände hervor, die einen Papierstapel durchblätterten. Benedikt Dreher hatte ihnen alte Unterlagen der Tanzschule überlassen, mit denen Frau Schweigert sich nun beschäftigen konnte.

Während Peter auf dem harten Boden lag und sich vorstellte, dass die Knöpfe seines Hemdes nach einer weiteren Stunde in dieser Stellung bestimmt einen irreversiblen Abdruck auf seinem Oberkörper hinterlassen haben würden, ging er im Kopf den Plan noch einmal durch. Fred hatte die Instruktion erhalten, seine Freunde einzuladen und im Laufe des Abends zu verkünden, dass es entgegen den Befürchtungen nun wohl doch nicht zu einer Anklage gegen ihn kommen würde. Die Polizei verfolge eine neue Spur, wolle zur Sicherheit aber am nächsten Tag noch einmal die Tanzschule durchsuchen. Vielleicht seien etwaige Hinweise übersehen worden. Peter konnte sich gut vorstellen, wie Fred die anderen verlegen anlächelte und mit dem Satz kämpfte, der den Mörder zum Handeln zwingen sollte: »Und ich w-war es ja n-nicht, also könn-können sie d-da auch n-nichts f-finden.«

Sobald Fred eine SMS losgeschickt hatte, dass der Abend nach Plan verlaufen sei, hatten sich Nadja, Peter und Frau Schweigert auf den Weg zur Tanzschule gemacht. Widukind und sein Team waren schon nachmittags vor Ort gewesen, um das Büro zu verwanzen und die besten Versteckmöglichkeiten auszutüfteln. Und nun kauerte Peter seit einer guten Stunde auf den kalten Fliesen und hoffte, dass er nicht krank würde. Gesund war das bestimmt nicht.

Der Gürtel drückte unangenehm in seinen Bauch. Während er überlegte, ob er ihn nicht schnell ablegen sollte, glaubte er, ein Geräusch an der Tür zu hören. Mit angehaltenem Atem blieb er liegen, den Arm auf halbem Weg zur Hose unter seinem Oberkörper eingeklemmt. Tatsächlich drehte sich ein Schlüssel im Schloss.

Ein kalter Luftzug streifte Peter, als jemand die Tür öffnete und durch den Vorhang trat. Von seinem Versteck aus sah er braune Wildlederstiefel. Sie waren an der Ferse schon etwas abgeschabt und gehörten eindeutig einer Frau. Sie stand nur etwa drei Meter von ihm entfernt. Peter betete, dass sie sich nicht umdrehte und auf den Boden blickte. Doch die Frau wurde von etwas anderem abgelenkt. Sie hielt inne, als der Lichtschein aus dem Büro auf ihre Stiefelspitzen fiel. Was, wenn sie jetzt einfach wieder ging?

Doch Theresa Schweigert hatte das Öffnen und Schließen der Tür ebenfalls gehört. Sie drehte sich mit ihrem Stuhl herum und blickte angestrengt in die Dunkelheit. »Wer ist denn da?« Ihre Stimme klang erschrocken, und Peter fragte sich, ob sie ein verborgenes Talent zur Schauspielerei besaß oder inzwischen wirklich Angst hatte.

Einen Moment lang bewegte sich niemand, weder Nadja hinter dem Vorhang oder Theresa Schweigert auf ihrem Stuhl noch die Frau an der Tür oder Peter unter dem Bänkchen. Dann schien die Frau einen Entschluss gefasst zu haben, denn sie ging langsam auf das Büro zu und trat ins Licht.

Nadja unterdrückte gerade noch ein erschrecktes Keuchen. Sie konnte das Gesicht der Eingetretenen zwar nicht sehen, weil ein Kleiderständer mit einem vergessenen Hut darauf genau in ihrem Blickfeld stand, aber sie sah einen schwarzen, aus dicker Wolle gestrickten Poncho, und die Erinnerung an die Ballnacht kam zurück. Sie sah sich selbst im Umkleidezimmer neben Yvonne Drehers Leiche stehen. Feli und Laura kamen herein und wichen mit erschrockenen Gesichtern sofort wieder zurück. Nadja war mit ihnen auf den Gang hinausgetreten, um ihre Rolle in dieser Sache zu erklären. Obwohl sie diese Aufgabe als unangenehm empfand, hatte sie mit einem leisen Anflug von Überraschung bemerkt, dass Lauras weibliche Formen sogar in dem formlosen Poncho, den sie sich über ihr Ballkleid geworfen hatte, noch zur Geltung kamen.

Genau dieser Poncho war es, den sie nun vor sich sah, und jetzt wusste sie auch, warum die Diskussion um die schwarzen Fasern an den Tatorten sie so nachdenklich gemacht hatte. Sie hatte das betreffende Kleidungsstück schon gesehen und sogar bewusst wahrgenommen. Jetzt wo sich die Falle bereits zu schließen begonnen hatte, fiel ihr der Zusammenhang erst wieder ein. Warum war sie nicht vorher darauf gekommen? Hatte ihre Sympathie für Laura die professionelle Distanz so sehr beeinträchtigt, dass sie sogar mögliche Beweise übersehen hatte?

Die Frau stand nun in der Bürotür. »Was machen Sie hier?«

Theresa Schweigert antwortete indirekt: »Mein Sohn ist nicht der Mörder.«

»Sie sind Freds Mutter?« Die Frage kam sehr schnell.

»Ja, und Sie sind Laura? Diejenige, von der Fred schon so viel erzählt hat?«

Die Frau blickte sich gehetzt im Zimmer um. »Genau.« Nach einer kurzen Pause fragte sie: »Wie sind Sie hier hereingekommen?«

»Ich habe den Schlüssel einfach von Freds Schlüsselbund abgemacht.«

»Er weiß also gar nicht, dass Sie hier sind?«

»Fred war so erleichtert, dass die Kripo ihn nicht mehr als Hauptverdächtigen betrachtet, dass ich ihm die Euphorie nicht nehmen wollte. Er scheint gar nicht daran gedacht zu haben, dass – wenn er es nicht war – wahrscheinlich einer seiner Freunde für die Morde verantwortlich sein muss.«

»Aber Sie haben daran gedacht.« Die Frau stellte es mit einer gewissen Resignation fest, die deutlich machte, dass sie versuchte, sich auf die neue Lage einzustellen.

»Ja, und dann habe ich es zu Hause nicht mehr ausgehalten. Der Gedanke hat mich so nervös gemacht.«

»Und was wollen Sie jetzt hier in der Tanzschule?«

»Ich will verhindern, dass jemand Beweise fälscht, bevor die Polizei morgen alles gründlich durchsucht.« Theresa Schweigert klang ziemlich kleinlaut, als sie das sagte. »Na ja, eigentlich weiß ich, dass ich niemanden aufhalten kann. Aber ich wollte es zumindest versuchen.«

»Warum sollte jemand Beweise fälschen?«, fragte die Frau.

Etwas Lauerndes klang in ihrer Stimme mit. Wartete sie auf eine offene Anklage?

»Weil mein Sohn einen guten Sündenbock abgibt. Dem Mörder kommt es vermutlich sehr gelegen, dass Fred ein Motiv für beide Morde hat. Er muss die Polizei nur noch davon überzeugen, dass auch die Spuren gegen meinen Sohn sprechen. Was wäre da naheliegender, als nachts noch schnell etwas hier zu deponieren, was den Verdacht zusätzlich auf ihn lenkt?«

Theresa Schweigert hielt sich sehr genau an das Drehbuch, das Peter mit ihr ausgearbeitet hatte. In seinen Ohren klang die Geschichte bisher plausibel, doch er fragte sich, ob es der Mörderin nicht komisch vorkam, dass Frau Schweigert so offen mit ihr sprach.

»Sie dürfen eigentlich gar nicht hier sein, das wissen Sie, oder?«

»Ja, ich wollte wirklich nicht unbefugt hier eindringen. Doch es ging nicht anders.« Theresa Schweigert holte tief Luft. »Sie sollten auch nicht hier sein.«

»Das ist richtig.« Die Frau ging langsam auf den Schreibtisch zu. Sie trug eine Handtasche über dem Arm und öffnete sie im Laufen.

Theresa Schweigert rührte sich nicht von der Stelle. Wie festgewachsen saß sie auf ihrem Stuhl. »Was haben Sie da drin?« Ein panischer Unterton hatte sich in ihre Stimme geschlichen.

Die Frau hielt inne und blickte auf Frau Schweigerts angsterfülltes Gesicht hinunter. »Ich weiß gar nicht, wie das alles passieren konnte. Ich wollte Sebastian töten, sonst niemanden. Er hatte es wirklich verdient. Aber seitdem kann ich mich keine Sekunde mehr sicher fühlen. Ständig habe ich Angst, dass jemand dahinterkommt. Erst Frau Dreher und jetzt sitzen Sie hier. Und da bleibt mir doch gar keine Wahl.« Sie seufzte. »Das passt überhaupt nicht zu mir. Ich bin eigentlich ein netter Mensch, aber jetzt muss ich mich verteidigen.«

Theresa Schweigert gab ein leises Geräusch des Entsetzens von sich. Die Frau beachtete es nicht. Ihre Stimme wurde härter, sie schien die Phase des Selbstmitleids überwunden zu haben. »Es ist Ihnen doch klar, dass ich Sie jetzt nicht einfach gehen lassen kann? Jetzt wo Sie mich hier gesehen und außerdem so klug erraten haben, was mich zu später Stunde in die Tanzschule führt.« Die Frau trat noch näher an Theresa Schweigert heran, die mit dem Schreibtischstuhl von ihr wegrollte, bis sie an die Tischplatte stieß.

»Wie praktisch, dass Sie schon am Schreibtisch sitzen. Sie nehmen sich jetzt einen dieser Zettel und schreiben in Schönschrift, was ich Ihnen diktiere.«

»Einen Abschiedsbrief?«

»Da allgemein bekannt ist, dass Sie unter Depressionen leiden und niemals über den Tod Ihrer Tochter hinweggekommen sind, wird es gar nicht so überraschend sein, dass Sie letztendlich doch Suizid begehen. Und den passenden Ort haben Sie auch gleich ausgewählt. Hier, wo alles begonnen hat …«

»Das wird Ihnen niemand abnehmen.«

»Oh doch, welche Mutter wäre nicht verzweifelt, wenn das eine Kind stirbt und das andere zum Mörder wird?«

»Mein Mann weiß, dass ich Fred für unschuldig halte.«

Die Frau zuckte unter dem dicken Poncho mit den Achseln. »Er kann ja glauben, was er will. Aber jeder medizinische Fachmann wird bestätigen, dass die Verordnung von Antidepressiva die Selbstmordgefahr erhöhen kann. Sie zählen zur Risikogruppe, Frau Schweigert.«

»Ich weiß nicht, welchen Grund Sie hatten, Sebastian und Yvonne zu töten, aber ich weiß, dass ich Ihnen nichts getan habe.« Ihre Stimme stockte. »Mein Sohn und mein Mann – sie brauchen mich.«

Die Frau schien davon wenig beeindruckt. »Sie sind zur falschen Zeit am falschen Ort. Ich habe nichts gegen Sie, aber wenn ich Sie laufen lasse, werden Sie sofort gegen mich aussagen. Das Risiko kann ich nicht eingehen.«

»War Yvonne Dreher auch zur falschen Zeit am falschen Ort?«

Es gab eine kurze Pause, dann antwortete die Frau wütend: »Sie hat zu viel geplaudert. Ich dachte, ich spinne, als Fred beim Aufbau für den Ball erzählt hat, dass Yvonne Ihnen einen Besuch abgestattet hat. Es konnte ja nur um Steffi gegangen sein. Nach einem Jahr Schweigen wollte sie plötzlich ihr Gewissen erleichtern. Und wer weiß, was sie sonst noch alles erzählen würde. Nein, das war mir zu gefährlich.«

»Wusste Frau Dreher denn, dass Sie Sebastian ermordet haben?«

»Nein, aber sie wusste von unserer Beziehung. Während der Probe für den Winterball ist sie zu mir gekommen und hat mir eine Postkarte gezeigt, die ich Sebastian einmal geschrieben hatte. Anscheinend hatte sie die am Tag zuvor beim Ausräumen gefunden und ihre Schlüsse daraus gezogen. Und nachdem sie plötzlich über Steffi ausgepackt hat, konnte ich nicht abwarten, ob sie den Polizisten etwas von mir und Sebastian erzählen würde oder nicht. Wie Sie sich vielleicht vorstellen können, geraten die Partner der Mordopfer meist sehr schnell unter Mordverdacht.«

Frau Schweigert schwieg. Offensichtlich verblüffte diese Eröffnung sie. »Aber … ich dachte, Sie sind mit Marc zusammen? Zumindest hat Fred das gesagt.«

Die Frau lachte. »Sie halten mich immer noch für Laura, oder? Hat Fred denn nie erzählt, wie seine Angebetete aussieht? Laura ist blond, blauäugig und hat eine sehr weibliche Figur. Und jetzt schauen Sie mich noch mal genauer an.«

»Aber Sie haben gesagt …«

»Sie dachten, ich sei Laura, und ich habe Sie in dem Glauben gelassen. Aber nein, Laura liegt wahrscheinlich schön brav in ihrem Bettchen und freut sich, dass Fredischatz entlastet ist. Ich bin Feli, das nette Mädchen vom Empfang mit dem süßen Hund. Von mir haben Sie doch bestimmt auch schon gehört, oder?« Das Gespräch schien Feli mittlerweile richtig Spaß zu machen.

Theresa Schweigert war die Irritation dagegen noch immer anzumerken. »Sie und Sebastian …?«

»Ursprünglich fand ich Marc interessanter, wir hatten auch ab und zu was miteinander, aber dann passierte die Sache mit Steffi, und Sebastian hat wohl eine Schulter zum Anlehnen gesucht. Er hat mir alles erzählt, wie sie sich verliebt haben, wie seine Mutter dagegen war, wie er nachgegeben und die Sache beendet hat. Und dann war sie plötzlich tot. Er hat sich so schuldig gefühlt, dass er sogar zu Pater Ralph gegangen ist, um zu beichten. Ist das nicht absurd?«

»Ich verstehe trotzdem nicht, warum Sie ihn dann umgebracht haben.«

»Ich dachte, dass er es ernst meint. Er hat immer gesagt, wir müssen unsere Beziehung geheim halten, weil das sonst komisch aussieht, wenn ich eine Ausbildung in der Tanzschule anfange. So als würden die Drehers mich nur nehmen, weil ich mit Sebastian zusammen bin statt wegen meines Talents. Ich wollte schon immer Tanzlehrerin werden und habe ihm geglaubt. Aber passiert ist gar nichts. Wir haben uns ein Jahr lang heimlich getroffen, und er hat immer ausweichend geantwortet, wenn ich nachgefragt habe, wann die Drehers mich denn offiziell als Azubi akzeptieren. Dann habe ich gemerkt, dass Yvonne mich nicht in den großen Shows haben wollte. Für die Balleröffnung hat es gepasst, aber etwa die Tango-Show? Niemals, denn Laura ist ja so viel talentierter als ich.«

»Das tut mir leid.«

»Ich brauche kein Mitleid, nur jemanden, der mir eine Chance gibt.«

»Aber durch den Mord an Sebastian haben Sie sich doch selbst alle Chancen verbaut.«

»Was wissen Sie denn schon davon!« Felis Stimme wurde laut und wütend. »Ich war doch nie gut genug.«

»Trotzdem hätten Sie das nicht tun dürfen.«

»Irgendwann habe ich Sebastian offen darauf angesprochen. Ich habe ihm gesagt, dass ich das Gefühl habe, er nutzt mich nur aus und dass ihm unsere Beziehung in Wahrheit gar nichts bedeutet.«

»Und was hat er geantwortet?«

»Er meinte, dass ich ihn nerven würde mit meiner dauernden Nachfragerei, dass seine Mutter sowieso denke, ich wäre nicht zur Tanzlehrerin geeignet, und dass er schon länger drüber nachdenke, Schluss zu machen. Ich sei ja auch nur mit ihm zusammen, weil ich mich hochschlafen wolle.« Feli lachte bitter.

»Können Sie sich das vorstellen? Nachdem ich jahrelang jeden Tag hier ein und aus gegangen bin und zwei Jobs gleichzeitig gemacht habe, damit mich die Drehers akzeptieren, sagt dieser arrogante Kerl mir so etwas. Dabei ist ihm von Anfang an alles in den Schoß gefallen. Er hat sich mit einer Schülerin eingelassen und sie geschwängert, aber Mami vertuscht ja alles. Ich mochte Steffi sehr gern. Sie hätte etwas Besseres verdient – und ich auch.«

Bei der Erwähnung von Steffis Namen war Theresa Schweigert

leicht zusammengezuckt. Dennoch hielt sie sich an die Vorgaben. Sie musste so viel wie möglich aus Feli herausbekommen. Sie fragte: »Da haben Sie ihn einfach umgebracht?«

»Nein, er hatte sogar noch eine Chance. Ich habe damit gedroht, dass ich die Sache publik machen würde, wenn er sich nicht für mich einsetzen würde. Aber er hat nur gelacht und mir eine Anzeige wegen übler Nachrede angekündigt. Schließlich hätte ich keinerlei Beweise, und da seine Mutter sowieso schon Bescheid wisse, sei ihm der Rest auch egal.«

»Das klingt …« Theresa Schweigert zögerte, »das klingt sehr unsympathisch. So habe ich mir Sebastian nie vorgestellt, obwohl ich ihn natürlich nur aus den Erzählungen meiner Kinder kenne.«

Feli schüttelte den Kopf. »Sie hätten ihn bestimmt auch nett gefunden. Er konnte sehr charmant sein, wenn er wollte. Marc und er hatten tatsächlich viele Gemeinsamkeiten, mehr, als auf den ersten Blick ersichtlich war. Aber jetzt habe ich lange genug erzählt. Also, Sie schreiben Folgendes: Es tut mir leid, dass ich es nicht länger aushalten kann …«

Theresa Schweigert griff folgsam nach Stift und Papier und schrieb den ersten Satz. Feli beugte sich zu ihr hinunter und kontrollierte das Geschriebene. »Ich kann den Gedanken nicht ertragen, nun auch noch mein zweites Kind zu verlieren«, diktierte sie weiter.

Doch Theresa Schweigert hielt inne. Ihr schien noch ein weiterer Gedanke gekommen zu sein. »Aber wie haben Sie es dann geschafft, dass Sebastian nachts in der Tanzschule blieb? Er muss doch misstrauisch gewesen sein, nachdem Sie versucht haben, ihn zu erpressen, und er mit ihnen Schluss gemacht hat.«

»Ich habe einfach behauptet, ich hätte ein Angebot von einer Nürnberger Tanzschule bekommen und würde dort eine Ausbildung beginnen. Zum Glück war Sebastian noch nie besonders nachtragend. Er hat mir sofort geglaubt, dass ich mich mit ihm versöhnen wollte, bevor ich weggehe. Also ist er nach seinem Kurs geblieben und hat allen gesagt, dass er noch üben will. Ich bin nach meiner Schicht am Empfang zurückgekommen und habe Sekt mitgebracht. Wir haben auf die Zukunft angestoßen. Dann habe ich ihm einen ordentlichen Schubs gegeben, er fiel die Treppe hinunter, und ich konnte ihm in aller Seelenruhe das Insulin spritzen. Im Juliusspital habe ich ja jeden Tag mit Diabetes zu tun. Ich musste nur abwarten, ob die Dosis hoch genug war. Das war ziemlich unheimlich. Allein mit einem Sterbenden in diesem Keller. Aber ich habe mir immer wieder gesagt, dass er es verdient hat.«

»Und das Gift für Frau Dreher haben Sie auch von Ihrer Arbeitsstelle?«

»Ja, das waren ganz einfache Herztabletten. Digitalis wird bei uns sehr häufig eingesetzt. Nachdem Yvonne ihren Cocktail geholt und in ihren Umkleideraum getragen hat, ist sie noch einmal auf die Tanzfläche zurückgekehrt, um mit Benedikt zu tanzen. Da hatte ich genug Zeit, um die Tabletten im Alkohol aufzulösen.«

»Das klingt so abgeklärt, wie Sie das alles erzählen«, sagte Frau Schweigert. Widerwillen war aus ihrer Stimme herauszuhören. »Dabei geht es hier doch um Menschenleben.«

»Es gibt Menschen, die den Tod verdient haben.« Felis Hände klammerten sich um ihre Tasche.

Theresa Schweigert beobachtete sie, sagte jedoch nichts.

»Sie schreiben jetzt endlich weiter«, kommandierte Feli. »Bitte verzeiht mir. Ich habe nichts mehr, wofür es sich zu leben lohnt.«

Während Theresa Schweigert die Buchstaben sorgfältig aufs Papier brachte, zog Feli einen Gegenstand aus ihrer Handtasche. Es geschah so schnell und leise, dass Nadja zuerst gar nicht erkannte, was vor sich ging. Erst als Peter »Finger weg« schrie und sich mit Gepolter unter seinem Bänkchen hervorwuchtete und Richtung Büro stürzte, wurde Nadja klar, was Feli da in der Hand hielt.

Peter packte Felis Arm und zog sie von Theresa Schweigert weg, die sich zusammenduckte wie ein kleines Kind. Nadja stellte sich zwischen Feli und Frau Schweigert und schlug gezielt mit der Handkante zu, sodass Feli die Spritze mit einem Schrei fallen ließ. Doch sie hatte die Überraschung rasch überwunden, rammte Nadja den Ellenbogen in den Bauch und riss sich aus Peters Griff los. Als Nadja sich stöhnend wieder aufrichtete, war Feli bereits aus dem Büro verschwunden.

»Ich mach das«, rief Peter, rannte los und polterte hinter Feli die Treppe hinauf. Sie war überraschend flink. Im Gegensatz zu Peter hatte sie ja auch nicht über eine Stunde zusammengekauert unter dem Schuhbänkchen zubringen müssen. Sein rechtes Knie fühlte sich ganz steif an.

Im oberen Stockwerk quietschten die Dielen unter seinen hastigen Schritten. Feli lief nach links und schlug ihm eine Tür ins Gesicht, als er hinter ihr herlaufen wollte. Peter stieß sie schnell wieder auf und hielt inne. Im großen Saal war es völlig dunkel. Der Lichtschein aus dem Büro drang nicht mehr bis hierher. Die Vorhänge vor den Fenstern waren zwar nicht geschlossen, doch anscheinend ließ der Mond sich heute Nacht überhaupt nicht blicken. Wo war bloß der Lichtschalter? Peter tastete sich an der Tür entlang zur Wand und fuhr über die raue Fläche. Nichts. Das durfte doch nicht wahr sein. Vielleicht gab es in einem der Räume einen Zentralschalter, der alle Lichter im oberen Stockwerk ein- und ausschaltete? Den würde er niemals finden.

Er versuchte sich zu konzentrieren. Feli musste hier irgendwo sein. Vermutlich sah sie auch nicht viel mehr als er, aber sie kannte natürlich den Raum besser. Er schloss die Augen und lauschte.

Zuerst hörte er nur seinen eigenen schnellen Atem und seinen Herzschlag, der das Blut mit Hochdruck durch die Adern pumpte. Dann glaubte er schleichende Schritte zu hören, die sich langsam von ihm entfernten. Peter versuchte sich den Raumplan der Tanzschule ins Gedächtnis zu rufen. Die Säle waren quadratisch um den Innenhof herum gruppiert, doch konnte man ganz ringsum laufen, oder waren die Räume nicht miteinander verbunden? Davon hing es ab, ob er besser an der Tür stehen bleiben oder Feli weiter verfolgen sollte. Wenn es noch einen anderen Ausgang gab, dann musste er hinterher, bevor sie ihn abhängen konnte.

Peter tastete sich mit vorsichtigen Schritten in den Raum hinein. Inzwischen hatten sich seine Augen etwas an die Dunkelheit gewöhnt, und er konnte linker Hand schemenhaft die Bar wahrnehmen und rechts eine niedrige Sitzgruppe. Er tastete nach der Lehne eines Stuhls. Das kühle Leder gab ihm Halt.

Feli war anscheinend auch stehen geblieben, denn er konnte keinerlei Geräusch aus der Richtung ausmachen, in der er sie vermutete. Oder hatte er die Lage falsch eingeschätzt? War sie vielleicht viel näher, als er dachte? Lauerte sie darauf, dass er durch einen unbedachten Laut seinen Standort preisgab? Als er daran dachte, dass Nadja auf dem Nachhauseweg von Lauras Party das Klicken einer entsicherten Waffe gehört hatte, brach ihm der Schweiß aus. Zielte sie vielleicht aus der Dunkelheit heraus schon auf ihn?

Unschlüssig blieb er stehen. Er dachte an Rebekka und Mariechen und dass er selbst im Falle des Falls nicht so einfach auferstehen konnte wie der gute alte Puuh. Nein, er durfte nicht passiv bleiben, er musste Feli zum Handeln zwingen, damit er die Spielregeln neu bestimmen konnte.

Er tastete über die Taschen seiner Jeans, doch Autoschlüssel und Geldbeutel hatte er herausgenommen, bevor er sich unter die Bank gelegt hatte. Blieb nur das, was er am Körper trug.

Peter drehte an einem seiner Hemdknöpfe, die Mariechen bereits fleißig benagt hatte. Nach wenigen Drehungen fiel der Knopf ab. Peter holte aus und warf ihn dorthin, wo er die Mitte des Saales vermutete. Ein Klonk ertönte, zwar leise, aber laut genug für jemanden, der auf jedes Geräusch lauschte. Als hätten sie nur darauf gewartet, knarrten Felis Wildlederstiefel von weiter links. Sie schien sich in die hintere Ecke des Raumes zu bewegen.

Peter folgte ihr, so leise er konnte. Währenddessen nestelte er an einem weiteren Knopf herum. Plötzlich sah er etwas Dunkles vor sich aufragen und glaubte, eine Bewegung wahrzunehmen. Erschrocken sprang er zurück und schlug reflexartig zu. Seine Faust prallte gegen eine Spiegelsäule. Ein schneidender Schmerz fuhr ihm durch die Hand, während Scherben auf den Boden prasselten.

Feli nutzte die Situation, um loszurennen, ohne sich darum zu kümmern, ob er ihre Schritte hörte oder nicht. Peter streckte den linken Arm aus, um nicht irgendwo gegenzustoßen, und barg die verletzte Hand schützend an seiner Brust. So schnell er konnte folgte er ihr, ständig darauf gefasst, gegen eine Wand, eine weitere Säule oder einen Tisch zu stoßen.

Er erreichte einen schmalen Durchgang. Rechts von ihm lag nun der grüne Saal, in dem er Han-Li befragt hatte. Die Mehrzahl der Fenster hier ging auf die Hofstraße hinaus, und das Licht der

Straßenlaternen fiel durch die Scheiben, die Benedikt so eifrig mit Weihnachtssternen beklebt hatte. Doch Feli sah er nicht. Als er zu seiner Linken plötzlich das Geräusch eines Schlüssels hörte, verstand Peter, dass sie ihn ausgetrickst hatte. Anscheinend gab es in der Tanzschule auch einen Hinterausgang. Er rannte los, doch es war zu spät. Kalte Luft wehte ihm aus einem Treppenhaus entgegen. Als er sich über das Geländer beugte, sah er gerade noch, wie ein Zipfel von Felis Poncho um die Ecke wehte.

Peter stieg die Stufen nur langsam hinunter. Er hatte gedacht, dass es ihn zufriedenstellen würde, wenn sich seine Vermutung bestätigen sollte. Gestern war ihm alles so logisch und einfach erschienen. Frau Drehers Weigerung, etwas über Sebastians Privatleben und seine Beziehungen zu erzählen, Marcs Hinweis, dass die Affäre zwischen Feli und ihm fast ein Jahr lang unterbrochen gewesen war, die Poster und Tanzdekorationen in Felis Wohnung und vor allem Felis Gesicht, als sie auf die tote Yvonne Dreher hinabblickte. Er hatte die Puzzleteile richtig zusammengefügt. Aber von Triumph oder auch nur Zufriedenheit war nicht das Geringste zu spüren. Im Gegenteil, er hatte das Gefühl, versagt zu haben.

Er fühlte sich genauso überfordert wie Feli, für die es nach dem ersten Mord keine ruhige Minute mehr gegeben haben musste. Er glaubte ihr, dass sie niemals geplant hatte, auch Yvonne Dreher zu ermorden, und erst durch die Gefahr der Entdeckung dazu getrieben worden war. Letztendlich hatte sich Yvonne Dreher selbst zur Zielscheibe gemacht, indem sie ihr Gewissen erleichtert hatte, nachdem Nadja auf die Sache mit Steffi gestoßen war. Und wenn er Theresa Schweigert nicht als Köder in der Tanzschule platziert hätte, wäre Feli auch auf diese nicht losgegangen. Der Fall hatte sich irgendwie verselbstständigt.

Peter wurde immer langsamer. Feli war sowieso längst irgendwo in den Würzburger Gassen verschwunden. Sie würden eine Fahndung nach ihr starten müssen und ihre Wohnung durchsuchen. Vielleicht auch die von Marc, falls sie dort Unterschlupf suchte. Er ärgerte sich über sich selbst, er war nicht schnell genug gewesen, und außerdem schmerzte seine rechte Hand mittlerweile ziemlich stark. Er hatte sich noch nicht getraut, sie näher anzusehen, es fühlte sich an, als sei etwas gebrochen.

Als er aus dem Hinterausgang trat, sah er jemanden in der Hofeinfahrt bäuchlings am Boden liegen. Das beleuchtete Tanzschulschild tauchte die Frau in bunte Farben. Ein Teil ihres Pferdeschwanzes hing in eine Pfütze, doch sie schien sich nicht darum zu kümmern. Ein Streifenpolizist legte ihr gerade Handschellen an. Nadja stand mit Frau Schweigert daneben und sprach mit einem weiteren Polizisten. Überrascht trat Peter näher.

Sobald sie ihn erblickte, winkte Nadja ihm zu. »Du hast sie genau in meine Arme getrieben. Ich hatte gehofft, dass Feli diesen Weg wählt. Gute Arbeit, Partner!«

Peter atmete auf. Es war vorbei, endlich war es vorbei.

Einer der Polizisten vom Kriminaldauerdienst verfrachtete Feli in den Streifenwagen. Nadja öffnete die Autotür und setzte sich in sicherer Entfernung zu ihr auf den Rücksitz. Feli reagierte nicht. Sie trug einen verschlossenen Gesichtsausdruck zur Schau und wich Nadjas forschendem Blick aus.

Ihre Kleidung war schmutzig, da Nadja sie mit den beiden Polizisten abgefangen und zu Boden gerungen hatte. In ihrem Schal hatten sich Kieselsteine verfangen, die Jeans war an den Knien nass und aufgescheuert. Sie zitterte leicht, obwohl es hier im Wagen deutlich wärmer war als draußen. Nicht gerade beste Bedingungen für ein inoffizielles erstes Verhör. Sie würde es so kurz wie möglich machen, vielleicht war Feli ja kooperativ und wollte es schnell hinter sich bringen.

»Dein Geständnis für die Morde haben wir ja bereits auf Band«, sagte Nadja, »aber zwei Dinge interessieren mich ganz persönlich noch: Warum trägst du Lauras Poncho? Wolltest du den Verdacht auf sie lenken, nachdem es bei Fred nicht so geklappt hat wie gedacht?«

Feli schien erst überrascht, dann genervt. »Das ist gar nicht Lauras Poncho. Er gehört mir. Laura hat ihn sich nur einmal für den Ball ausgeliehen, weil sie kein Jäckchen hatte, das zu ihrem Kleid passt.«

Nadja atmete erleichtert auf. Dann waren die Wollspuren an

den Tatorten zwar vom selben Kleidungsstück, aber von unterschiedlichen Personen hinterlassen worden. Laura war gemeinsam mit Lars Nauke und Feli in Yvonne Drehers Umkleidezimmer gekommen, nachdem Han-Li die Leiche gefunden hatte, und hatte dort Fusseln von Felis Poncho hinterlassen. Laura wäre in Verdacht geraten, wenn Nadja früher eingefallen wäre, wo sie ein schwarzes Kleidungsstück mit hohem Wollanteil gesehen hatte. Aber vielleicht wären sie dann eher auf die Lösung gestoßen?

»Was ist in der Nacht von Lauras Geburtstag passiert? Wolltest du mich damals erschießen?«

Feli schüttelte den Kopf. »Nein«, antwortete sie leise, »ich habe ja auch gar keine Waffe. Marc und ich wollten dir nur einen Schrecken einjagen, damit du aufhörst, in unseren Angelegenheiten rumzuschnüffeln.«

Bei der Erwähnung von Marcs Namen wallte Zorn in Nadja auf. Dieser Idiot hatte also wirklich mit dringesteckt. »Wusste Marc, dass du Sebastian getötet hast?«

»Nein, natürlich nicht. Sebastian hatte ihm zwar erzählt, dass was zwischen uns läuft, aber nichts von den Schwierigkeiten. Marc dachte, ich sei ebenso geschockt von Sebastians Tod wie er.«

Und da ist er natürlich gleich als Witwentröster eingesprungen, dachte Nadja, sagte aber nichts, da sie wollte, dass Feli weitersprach.

Feli wich Nadjas Blick noch immer aus. Eine Haarsträhne fiel ihr ins Gesicht, was sie sehr jung wirken ließ. Fast, als hätten sie gerade ein Kind verhaftet.

»Ich habe Marc gebeten, niemandem etwas von unserer Beziehung zu erzählen. Auf ihn ist Verlass, er hatte ja auch während des letzten Jahres dichtgehalten. Wir mögen es beide nicht, wenn sich jemand zu sehr für unser Privatleben interessiert.«

Jetzt sah Feli Nadja herausfordernd ins Gesicht. »Marc hat gemerkt, dass du auf Lauras Feier bei dem Spiel eine Frage erfunden hast, um uns auszuhorchen. Er hat es mir sofort gesagt, und ich habe dann vorgeschlagen, dir ebenfalls einen Streich zu spielen. Als alle aufgebrochen sind, haben wir beide einfach in der nächsten Straße geparkt und sind dir hinterher. Marcs Schreckschusspistole liegt immer in seinem Handschuhfach, und wir haben sie mitgenommen. Marc wollte aus dem Gebüsch heraus eine Platzpatrone abfeuern, aber das Ding hat geklemmt, und dann bist du auch schon losgerannt und über den Bahndamm.«

»Ich hatte Todesangst«, stellte Nadja nüchtern fest.

»Umbringen wollte ich dich jedenfalls nicht, vor allem nicht, nachdem wir den Verdacht hatten, dass du von der Polizei bist. Ich dachte, es sei nützlicher, dich von meiner Unschuld zu überzeugen und den Verdacht auf Fred zu lenken, als direkt gegen dich vorzugehen.«

»Wie nett!«

Feli blickte auf ihre gefesselten Handgelenke. Ohne eine Spur von Ironie sagte sie: »So bin ich. Ein nettes Mädchen.«

Epilog

Nadja saß an einem Nischentisch bei ihrem Lieblingsitaliener. Sie kuschelte sich gern in diese Ecke und genoss in Ruhe ihr Glas Wein, beobachtete die anderen Gäste und nahm sich viel Zeit, um die Speisekarte zu durchstöbern. Doch diesmal achtete sie gar nicht auf die lautstarke Familie am Nebentisch oder das junge Pärchen mit identischem Haarschnitt.

Peter saß ihr gegenüber, mit einem Verband um die Hand und etwas benommen von den Schmerzmitteln. Nadja hatte ihn nach der Stippvisite in der Notaufnahme direkt nach Hause fahren wollen, doch Peter war stur geblieben. Er brauche erst etwas Anständiges zu essen, Rebekka könne ihn dann direkt vom Italiener abholen.

Nun thronte ein großes Kalbsschnitzel in Kapernsoße vor ihm auf dem Tisch, und Nadja machte sich daran, es in kleine Häppchen zu schneiden, damit Peter sie mit der unverletzten Hand aufspießen konnte. Die kleinen Fleischdreiecke sahen zart und delikat aus und dufteten verführerisch. Nadja bereute es mittlerweile, dass sie nicht das Gleiche bestellt hatte. Vielleicht konnte sie einige abzweigen, wenn er gerade nicht aufpasste.

»Iss doch mal deinen Salat«, sagte sie versuchsweise, »du brauchst jetzt Vitamine.«

»Vitamine bringen eine Handgelenksstauchung auch nicht wieder in Ordnung«, brummte er, griff aber folgsam nach der Gabel und stocherte in den Karottenscheiben herum.

Nadja spießte ein Stück Kalb auf und steckte es sich blitzschnell in den Mund, während Peter missmutig seinen Salat musterte.

»Hab ich dir schon einmal erzählt, warum ich zur Polizei gegangen bin?«, fragte er plötzlich.

Nadja schüttelte den Kopf. Peter hatte nach seinem Abitur zunächst Germanistik studiert. Auch heute zitierte er noch gern aus den Klassikern und war ein wandelndes Lexikon, was die Motivik in Sagen, Dramen und Erzählungen betraf. Warum er das Studium abgebrochen hatte, wusste Nadja allerdings nicht. Vorsichtig begann sie zu kauen.

»Es war Rinas Schuld«, sagte Peter, »ich habe es wegen ihr gemacht.«

Nadja warf ihm einen fragenden Blick zu. Mit dem Fleisch im Mund konnte sie schlecht sprechen. Peter schien nichts Seltsames daran zu finden. Er schob den Salatteller zur Seite und legte die verletzte Hand auf der Tischplatte ab. Er begann zu erzählen.

Peter und Rina waren sich eines Abends in der Universitätsbibliothek begegnet. Beide trugen einen hohen Stapel Bücher auf den Armen und eilten auf den einzigen Arbeitsplatz zu, der im zweiten Stock noch frei war. Peter erreichte den Tisch eine Viertelsekunde früher und legte seine Bücher demonstrativ darauf ab. Rina setzte sich mit ihren Büchern auf den Stuhl, und als Peter sie mit einem Räuspern darauf hinwies, dass der Stuhl zu *seinem* Platz gehörte, antwortete sie nur, dass er vielleicht zuerst den Tisch erreicht habe, sie aber den Stuhl, und den würde sie niemals aufgeben. Sie nahm ein Buch von ihrem Stapel und begann zu lesen.

Peter überlegte, ob er den Stuhl kippen und sie mitsamt ihrer Lektüre hinunterwerfen sollte, doch er entschied sich dagegen, da Rinas Augen ihn in einem ungewöhnlich schönen Gewitterblau anfunkelten und ihre Lippen Worte wie »Ich bleibe hier sitzen, und wenn es das Letzte ist, was ich tue« mit faszinierender Anmut formten.

Stattdessen setzte er sich also auf den Boden, lehnte sich an das Tischbein und vertiefte sich in seine eigenen Bücher. Es mochten eine oder zwei Stunden vergangen sein, als eine schmale Frauenhand einen Becher mit Kaffee vor seine Nase hielt.

»Kaffee ist im Lesesaal nicht erlaubt«, sagte Peter.

»Bist du von der Polizei, oder was?« Rina ließ den Becher vor seiner Nase baumeln, sodass ihm der Duft von Instantkaffee in die Nase stieg.

»Ich könnte mein brotloses Studium abbrechen und hingehen.«

»Ja, tu das, ein Student weniger würde die Arbeitsplatzsituation hier schon erheblich verbessern.«

»Warum bringst du mir Kaffee, wenn du mich loshaben willst?«

»Du hast ein Grübchen im Kinn«, sagte Rina und lachte, »also kannst du kein ganz schlechter Mensch sein. Ob Polizist oder nicht.«

Peter sparte sieben Monate, bis er einen Verlobungsring kaufen konnte, der zu Rina passte. Er enthielt sogar ein kleines, funkelndes Steinchen. Eines, das mit Rinas Augen um die Wette strahlte. Rina nahm den Antrag an, verkündete aber fast im gleichen Moment, dass die Hochzeit erst nach ihrer Reise stattfinden könne. Sie hatte mit ihrem Professor und einigen Kommilitonen eine Exkursion nach Äthiopien und Eritrea organisiert, um einen Teil des Ostafrikanischen Grabens zu besichtigen.

»Sei vorsichtig und pass auf dich auf«, sagte Peter.

»Du kennst mich doch«, antwortete Rina, »ich habe keine Angst.«

Peter wusste, dass sie sich niemals an die Regeln des Reiseleiters halten würde. Sie war einfach stur. Aber er wusste auch, dass sie gut allein zurechtkam, also machte er sich keine besonders großen Sorgen.

»Was ist dann passiert?«, fragte Nadja. Es war seltsam, Peter über eine andere Frau als Rebekka reden zu hören. Sie hatte immer gedacht, die beiden hätten sich von Anfang an gesucht und gefunden. Stattdessen gab es in Peters Vergangenheit blauäugige Rinas und glitzernde Verlobungsringe.

Peter kratzte an einem Fleck auf dem Tischtuch herum. »Sie ist eines Abends nicht ins Hotel zurückgekehrt. Die Polizei hat sie am nächsten Morgen tot hinter einem Schutthügel gefunden. Der linke Ringfinger fehlte. Sie war wohl überfallen worden und hatte sich geweigert, den Verlobungsring herzugeben.«

Nadja blickte ihn mit offenem Mund an und schloss ihn schnell, als ihr bewusst wurde, wie unvorteilhaft das aussehen musste. »Ist das wirklich wahr? Oh Peter, das tut mir wirklich, wirklich leid. Das muss sehr schlimm für dich gewesen sein.«

»Ich konnte das Studium nicht fertig machen, es hat mich ständig nur daran erinnert, was ich verloren hatte. Also habe ich mich nach etwas anderem umgesehen und bin zur Polizei gegangen.« Er lächelte etwas schief. »Und jetzt sitzen wir hier, und ich zerre alte Geschichten ans Tageslicht, obwohl wir doch von Frau Dreher wissen, dass das nicht gut geht.«

»Du hast mir nie davon erzählt. In all den Jahren …« Nadja fragte sich, warum er jetzt das Bedürfnis verspürt hatte, es doch zu tun. Waren die Medikamente schuld, die sie ihm im Krankenhaus verabreicht hatten?

Peter räusperte sich. Etwas verlegen sagte er: »Ich wollte dir gar nicht davon erzählen. Aber bei diesem Fall wurde ich ständig daran erinnert. Du hast eine gewisse Ähnlichkeit mit Rina, so stur und eigenbrötlerisch, wie du manchmal bist. Ihr seht euch sogar etwas ähnlich. Und deine Alleingänge haben meine Nerven ziemlich belastet. Ich habe einfach immer Angst, dass dir etwas passiert.«

Nadja wusste nicht, was sie dazu sagen sollte. Sie dachte an Peters ungehaltene Reaktion zurück, als Mancini sie zu der Undercover-Aktion überredet hatte, und daran, wie Peter und Rebekka plötzlich auf dem Winterball aufgetaucht waren. Er hatte sie beschützen wollen. Und sie hatte es als Bevormundung interpretiert.

»Das wusste ich nicht«, sagte sie langsam. »Ich bin ein bisschen dickköpfig, und ich fürchte, das wird sich auch niemals ändern. Aber du bist auf jeden Fall der beste Partner, den ich mir vorstellen kann. Wenn ich Blödsinn anstelle und mich unnötig in Gefahr begebe, dann hast du jedes Recht, mich darauf hinzuweisen. Und ich verspreche, dass ich deine Meinung respektiere.«

Peter schniefte gerührt und blickte im Restaurant herum, auf der Suche nach etwas, das ihn ablenken konnte. Schließlich blieb der Blick an seinem Teller hängen. »Moment mal!« Sein Kopf ruckte nach oben, und er musterte Nadja scharf. »Da fehlt doch die Hälfte. Wo ist denn mein halbes Schnitzel hingekommen?«

Nadja konnte ihren Bissen gerade noch hinunterschlucken, bevor sie sich vor Lachen die Serviette vors Gesicht halten musste.

Zum Glück kam gleich darauf Rebekka, um ihren Ehemann ins Auto zu packen. Nadja blickte den beiden nach, als sie Hand in Hand das Restaurant verließen. Sie hatten einander, Nadja dagegen blieben nur die lauwarmen Reste des Kalbsschnitzels. Da konnte man fast ein wenig melancholisch werden. Nachdenklich schob sie die Dreiecke auf dem Teller herum.

Der Kellner riss sie aus ihren Gedanken. Er schien schon eine Weile neben ihrem Tisch zu stehen und räusperte sich nun. Auf einem Tablett trug er ein Weinglas mit einer durchsichtigen, leicht schäumenden Flüssigkeit darin.

»Ich habe nichts bestellt«, sagte Nadja.

»Der Herr am Tisch dort drüben ist der Meinung, dass Ihnen das schmecken müsste, es ist zwar alkoholfrei, aber er meinte, wir sollen es trotzdem unbedingt in einem Weinglas servieren.« Er wies auf einen kleinen Tisch am anderen Ende des Raumes. Dort saß Nepomuk Kamil-Chechem in einem gestrickten Norwegerpulli, der herrlich kuschelig aussah.

Mukki musste ins Restaurant gekommen sein, als Nadja von Peters Geschichte und seinem Schnitzel in Anspruch genommen gewesen war. Nun winkte er und rief: »Federweißer ist um diese Jahreszeit leider aus.«

Nadja dachte an ihre guten Vorsätze. Keine Männer mehr und schon gar keine, mit denen sie beruflich zu tun hatte. Der Kellner hielt ihr noch immer das Glas hin. Sie seufzte. Dann griff sie danach und probierte. Die Limonade schmeckte süß und sprudelnd und nach Abenteuer.

Man kann ja mal eine Ausnahme machen, dachte sie und prostete Mukki zu.

***

Viktor de Mancini stand an einem Grab. Er hatte eine weiße Rose in der Hand, sonst nichts. Sein Mantel machte ihn zu einem Teil der Umgebung. Hellgrauer Kies, dunkelgraue Steine, schwarze Kreuze.

»Ich habe mir Mühe gegeben«, sagte er. »Wir haben die Mörderin gefunden, aber leider nicht schnell genug.«

Er blickte auf einen Blumenkranz, der halb unter der Erde begraben lag. »Der hier ist von mir. Ich dachte, die Farben gefallen dir.« Er schaufelte etwas von der Erde beiseite. Die Blumen waren verwelkt, aber man konnte noch einen Hauch Meergrün erahnen, und einen Klecks Orangerot. »Genauso sahen deine Haare aus, wenn du in der Sonne gesessen hast.«

Er schloss die Augen. Der Friedhof roch nach Moos, grün und erdig und frisch.

»Ich konnte dir nicht früher gegenübertreten. Wahrscheinlich war ich gekränkt, die ganzen Jahre hindurch. Jetzt frage ich mich, warum. Du hattest jedes Recht der Welt zu gehen. Du musstest durch das Leben tanzen, und ich konnte die Schritte nicht.«

Ein Vogel ließ sich auf dem provisorischen Holzkreuz nieder. Mancini stand bewegungslos, um ihn nicht zu verscheuchen. Es war ein Spatz, klein und plüschig.

»Aber ich wollte dich beeindrucken. Dir zeigen, dass ich alles dransetze, den Mörder deines Sohnes zu finden. Ich habe dir Nadja geschickt, damit sie dich beschützt. Sie ist stark, ebenso stark, wie du warst.«

Mancini lächelte. »Du bist im Abendkleid gestorben. Das passt zu dir.«

Der Spatz beäugte ihn streng.

»Heute Abend gehe ich Benedikt besuchen. Es heißt, es geht ihm nicht gut. Ich versuche, mich um ihn zu kümmern.« Mancini drehte die Rose in der Hand. »Das ist bestimmt in deinem Sinne.«

Mit einem etwas unbeholfenen Satz flatterte der Spatz auf das Grab hinunter. Dicht vor Mancinis Schuhspitzen begann er in der Erde zu picken. Vielleicht hoffte er, im frisch aufgewühlten Erdreich einen Wurm zu finden, der noch nicht in Winterstarre verfallen war. Mancini beobachtete ihn.

»Keine Sorge, ich werde ihm nicht erzählen, dass wir uns vor langer Zeit gekannt haben. In Neapel weiß man, wie man schweigt.«

Der Vogel flatterte davon. Das Grab lag wieder still da.

Mancini wandte sich zum Gehen. »Von jetzt an schaffe ich es allein«, sagte er. Die Rose nahm er mit.

Danksagung

Zum Schluss gibt es ein paar Komplimente und Dankeschöns zu verteilen – für die vielen Menschen, ohne die aus einer Idee niemals ein Buch hätte werden können:

Besonders herzlich möchte ich an erster Stelle Bettina Bäulke danken, die der fiktiven Tanzschule Dreher eine Heimat gegeben hat. Die Tanzschule Bäulke, in einem historischen Domherrenhof gelegen, ist die älteste Tanzschule Würzburgs und hat Generationen von Schülern über das Parkett erst hüpfen und dann schweben sehen. Für meinen Krimi durfte ich die Räumlichkeiten als Vorlage verwenden. Der »grüne Saal« existiert also wirklich und ist noch viel schöner, als ich ihn beschreiben konnte. Die Figurenkonstellation ist jedoch frei erdacht, und ich kann versichern, die Tanzschule frei von Mord und Verrat, jedoch voller netter Menschen vorgefunden zu haben.

Ein großes Dankeschön geht auch an:

… meine Probeleser Barbara Mäderer, Ruth Faul-Huber, Melissa Hill, Katharina Schürnbrand, Julia Wohlfart, Julia Wagner, Paul Stapor, Nis Hauke Hansen, Franz Mäderer und Christian Schmiedecke. Ihr seid spitze, weiter so!

… Anja Leberzammer und Katharina Schürnbrand, meine beiden Lieblingspharmazeutinnen, die ich über Gifte, Heilpflanzen und Medikamente ausfragen durfte.

… Ruth Faul-Huber, die mich überhaupt erst zum Tanzen gebracht und so lange einen Tanzkrimi gefordert hat, bis ich schließlich einen schrieb. Ich werde die Sonntagabende samt Parkplatzsuche und Kaffeeklatsch im Casa Prima in allerbester Erinnerung behalten.

... Nis Hauke Hansen, der mich mit Humor und verrückten Einfällen verlässlich durch alle Kurse begleitet hat und sich nicht aus der Ruhe bringen ließ, wenn ich bei einer Drehung Schläge verteilte oder die Füße verwechselte. Das Tanzen mit dir ist wirklich ein Erlebnis!

... Micha Rix, den besten Bib-Begleiter aller Zeiten. Danke für die vielen Abende, an denen dein Fleiß auch mich zum Schreiben motiviert hat. Die Kaffeepausen ohne Kaffee, dafür aber mit Salametti-Sticks und Kinderschokolade bleiben unvergessen.

... Eva Horstmann für die Italienische Reise, die nicht nur denkwürdig und wunderschön war, sondern zusätzlich Anregungen fürs Schreiben geliefert hat. Dir hat Mancini seine Kindheit zu verdanken und Widukind seinen klangvollen Vornamen.

... Rainer Huth, der mich nicht nur zuverlässig bei meinen Kämpfen mit dem unterfränkischen Dialekt unterstützt, sondern auch ein untrügliches Gespür für die schmackhaftesten Würzburger Schoppen besitzt und mich daran teilhaben ließ.

... meine Lektorin Hilla Czinczoll, die Geduld mit mir hatte, als ich mit dem Kopf noch in Argentinien war, und deren Anmerkungen dem Krimi und mir sehr geholfen haben.

... meine Familie, die immer für mich da ist, wenn ich sie brauche. Es ist schön, wenn man so tolle und treue Fans hat. Ihr seid die Besten, danke!

... Paul Stapor, der Tanzfiguren nachstellte, damit ich sie beschreiben konnte, Pläne vom Congress Centrum zeichnete, mit mir über Mord und Motive diskutierte, Figurenkonstellationen und Handlungsverlaufspläne als Wanddeko duldete und mich immer und überall unterstützte. Dieses Buch ist für dich.